サラ・ラヴェット／著
阿尾正子／訳

精神分析医シルヴィア
# フクロウは死を運ぶ
**Acquired Motives**

JN286004

扶桑社ミステリー
0858

ACQUIRED MOTIVES
by Sarah Lovett
Copyright ©1996 by Sarah Lovett
Japanese translation rights
arranged with Sarah Lovett
c/o PMA Literary and Film Management, Inc., New York
through Tuttle-Mori Agency, Inc., Tokyo.

フローと母とロバートに、本書を捧げます。

まずはディヴィッド・ローゼンタールに心からのお礼を申しあげます。

リオーナ・ネヴラー、ミリアム・セイガン、キャロリン・ギリランド、メリッサ・ホワイト、ジュリア・ゴールドバーグ、バーナード・ベイカ博士、ジャクリーン・ウエスト博士、スーザン・ケイヴ博士、リック・スミス、ジム・バールソン、ダグ・ベルドン、P・J・リーブソン、およびバーバラ・ゴードン、ローレンス・リー・レナー、ドクター・カレン・グレイスト、およびドクター・ブルース・マン、ルー・トンプソン、およびリチャード・フォークス、アダム・ロートバーグ、ブライアン・マクレンドン、タミー・リチャーズ、デニス・アンブローズ、そしてヴィラード・ブックスのみなさん、大変お世話になりました。

ピーター・ミラー、ジェニファー・ロビンソン、そしてPMAリテラリー・アンド・フィルム・マネージメント社のみなさん、どうもありがとう。

そして最後に、ブックドクターのティモテオ・トンプソンに感謝します。

精神分析医シルヴィア

# フクロウは死を運ぶ

## 登場人物

シルヴィア・ストレンジ――――――精神分析医
マット・イングランド――――――州警察の刑事。シルヴィアの恋人
ロージー・サンチェス――――――ニューメキシコ州刑務所主任捜査官。シルヴィアの友人
レイ・サンチェス――――――ロージーの夫
アルバート・コーヴ――――――〈司法鑑定センター〉の設立者。精神分析医。シルヴィアの上司
ナサニエル・ハウザー――――――判事
エリン・タリー――――――ニューメキシコ州警察巡査
ダン・チェイニー――――――FBI特別捜査官
アンソニー・ランドル――――――レイプ犯
ケヴィン・チェイス――――――シルヴィアのクライアント
ジャッキー・マッデン――――――ケヴィンの後見人
ベンジー・ムニョス・イ・コンチャ――――受刑者。消防士
デュポン・ホワイト――――――銃の密売人
コール・リンチ――――――デュポンの元相棒

# 1

アンソニー・ランドルは、残忍なレイプ行為を自供した人物には見えなかった。大きなブルーの瞳に狡猾さは微塵もなく、頬はほんのりばら色で、ことあるごとにくちびるをわずかに尖らせる。ミサの侍者をつとめる少年のようだった。二十二歳という年齢より幼く見えた。

シルヴィア・ストレンジは、かたい木の椅子の上で身じろぎした。もう三十分以上もこうしている。蛍光灯のぎらつく明りのせいで頭痛がした。紺色のシルクのスカートにもしわが寄っている。スーツのジャケットの腋の下にできた黒い汗染みが見えなければいいのだけれど。たとえ法廷が圧力釜の内側のようになっているときでも自制がきいているという幻想を保つのが彼女の仕事なのだ。

ナサニエル・ハウザー判事の喉元を汗がゆっくりと伝い、黒い法服の襟の奥に消えるのが見えた。この十五分間に判事は三度、検察側、弁護側双方を判事席に呼び寄せていた。判事が直前の情勢の変化を喜んでいないのは明らかだ。

つい先日、ニューメキシコ州警察のエリン・タリー巡査が、強姦行為を自供した際のアンソニー・ランドルは薬物とアルコールのせいで足元もおぼつかない状態だったと認めたのだ。憲法上、自白はその結果を理解したうえで任意になされたものでなければならない。被告人の身体が有害物質の影響下にあったとすると——ことは慎重を要する。

警察への造反ともいえるタリー巡査のこの発言を受けて、弁護側はただちに自白削除の申し立てをおこなった。これが認められれば起訴は取り下げられ、被告は釈放となる。ハウザー判事はこの申し立てに決定を下す前に、被告の精神鑑定をおこなった精神分析医、シルヴィア・ストレンジの証言を聞くことを強く求めた。

ハウザー判事が被告側、原告側双方の代理人と再度協議をはじめると、廷吏は両手で顔をあおいだ。法廷内の温度はゆうに三十度を超えているはずだ。傍聴席で女性記者が白いものが混じるポニーテールをうなじからもちあげ、身をぐっとのりだして携帯用扇風機の弱い風をなんとか顔にあてようとしている。別の報道記者《リポーター》の口と鼻は、環境中の有毒物質を除去する白いマスクで覆われていた。

記者席のうしろでは、レイプ被害者の家族がからだを寄せ合うようにしてすわっていた。被害者の母親は、戦争神経症にかかった人のように見えた。シルヴィアはその女性の方を、ちらりとでも見ることができなかった。

ハウザー判事が代理人たちとの小声の協議を終わらせた。被告側弁護人のトニー・クラヴィンが証言台に近づくと、シルヴィアは深呼吸してふたたび気持ちを集中させた。クラヴィンは三十五歳。屈強なからだつきで押しが強い。彼はこの証人尋問に全精力を注いでいた。

「ドクター・ストレンジ、アンソニー・ランドル被告に面接した十五時間のあいだに被告人の家族歴について話し合いましたか？」

シルヴィアは被告人席にいるランドルを見た。彼のブロンドの頭はぴくりとも動かない。彼女はいった。「鑑定のための面接の過程で、被告の生い立ち、家族関係、学歴、経験の個人的特徴を知るために病歴についても尋ねました」

トニー・クラヴィンが重々しくうなずき、額にかかる黒い巻き毛がかすかに弾んだ。クラヴィンは世間を騒がせた凶悪事件の容疑者の弁護を引き受けては勝訴をかちとることで、やり手の被告弁護人としての評判を得てきた男だ。彼は両手をズボンのポケットにつっ込み、身をのりだした。「アンソニー・ランドルは、いたわしい子供時代をすごしましたか？」

「異議あり」ジャック・オデル検事が立ちあがり、うんざりだというように首をふった。「ドクター・ストレンジは劇作家として当法廷に召喚されたわけではありません、裁判長」

「クラヴィン弁護人、あまり大げさでない表現で質問をいいかえるように」

トニー・クラヴィンは両手の指先を合わせて三角形をつくった。「ドクター・ストレンジ、アンソニー・ランドルは十一歳のときに薬物濫用者になりましたか？」

一瞬、シルヴィアはランドルと目が合った。死んだものの目をのぞき込んだような気がした。

六週間前、刑務所内で最後の面接をおこなったときのランドルはうぬぼれが強く、自分には人を操る才能があり、ほしいものはなんでも手にはいると信じきっていた。さすがにミネソタ多《MMP》

面《I》人格目録第二版《2》——自分は重い精神病のため刑事責任能力がないと世間を欺こうとする「詐病」を見破る心理検査——の診断基準までは知らないようだったが、それでも人をだます、支配する、利用するといった、反社会的人格障害者特有の才能には長けていた。

アンソニー・ランドルの話を聞いていると、被害者は彼の方だと思えてくるほどだ。

肩甲骨のあいだがじっとりして、汗の粒がひとつ背骨に沿ってゆっくり流れ落ちるのがわかった。シルヴィアは舌でくちびるを舐め、言葉を絞りだした。「アンソニー・ランドルは十二歳のときにアルコール濫用で入院しています」

「被告人が飲酒をはじめたのはいくつのときでしょう?」

「十歳から十一歳のあいだです」

「シンナー遊びも同時にはじめましたか?」

ジャック・オデルがさえぎる。「裁判長——」

検事と弁護人が証拠の許容性という新たな問題について議論するあいだ、シルヴィアは一息ついて目の前の問題に意識を集中させた。今回の裁判では、シルヴィアは弁護側の専門家証人として出廷していた。法心理学者として、求められれば検察側、弁護側、裁判官の区別なく仕事を受ける。公平さは、この仕事に欠かせない条件のひとつなのだ。

シルヴィアはこれまでに何百人もの犯罪者を鑑定してきた。ぞっとするような身の上話も、それこそ何冊もの本が書けるほど聞いてきた。そして大抵は被告に共感をおぼえた。だがアンソニー・ランドルは別だった。ランドルは人を痛めつけることを楽しんでいた。

シルヴィアはトニー・クラヴィンの質問に答え、行動障害をもつ子供が非機能的で反社会的なおとなになったという、アンソニー・ランドルに有利な理論を組み立てつづけた。質問に答えるたびに胃が締めつけられる気がした。数ヵ月前に警察の捜査報告書に初めて目をとおしたとき、シルヴィアは泣いた。アンソニー・ランドルは、十四歳の少女を金属パイプでめった打ちにしてレイプした。そして瀕死の彼女をその場に置き去りにしたのだ。フローラ・エスクデロは――かろうじて一命をとりとめた。しかし、覆面をした犯人の顔を確認することはできなかった。

シルヴィアは死刑擁護派ではない。死刑は野蛮で不当な制度で――人種的にも経済的にも偏りがあり、法外な費用がかかるわりに不完全で残酷だと思っている。

それでも、ふつふつと湧きあがる原始的な思いを否定することができなかった。アンソニー・ランドルなど死ねばいいのだ。

「ドクター・ストレンジ？ 質問をくりかえします」トニー・クラヴィンは、答えがなかなか返ってこないことにとまどってシルヴィアをまじまじと見た。「先生の鑑定の目的は、被告人が裁判を受けるに足る理性的理解力を有しているかどうかを見極め、さらには本件犯行時の精神状態を診断することですか？」

いよいよだ、とシルヴィアは思った。「はい」

「事件について被告人に尋ねたとき、被告人は犯行について警察に供述したことをおぼえているかどうか話しましたか？」

「あまりおぼえていないといいました」シルヴィアの声は平板で、すべての感情を排していた。

「記憶があいまいで、精神安定剤《ベイリウム》とマリファナとアルコールの影響が残っていたといっていました」

「精神安定剤とマリファナとアルコールを同時に摂取した場合、判断力が損われるということはあるでしょうか？」

「あると思います」

「記憶力に影響がでることも？」

「可能性はあります」

「アンソニー・ランドルは警察に犯行を自白したことをおぼえているかどうか話しましたか？」

言葉が喉につかえ、シルヴィアはちらりと被告に目をやった。彼女以外は誰も気づかなかったと思う。だがシルヴィアはランドルのどんな動きも見逃さなかった。彼の左目が一瞬細くなり、まわりの皮膚がぴくぴくするのが見えた。無意識の反応だろうが、たとえ一瞬でも自制心を失うのはランドルにしては珍しいことだった。世間が知る彼のイメージにはそぐわなかった。

記者席の方でカメラのシャッターが切られ、フィルムが巻かれる音がした。

「ドクター・ストレンジ？」トニー・クラヴィンが促した。

「おぼえていないといっていました」

「被告人は彼がいったとされる自白の内容について、ひとことでも思いだすことができましたか？」

「いいえ」

「なぜです?」

「ひどく酔っていたと、ハイになっていたといっていました」

傍聴席のざわめきはシルヴィアに蟬の声を思わせた。ハウザー判事の顔が険しくなり、無言で法廷を諌める。静寂が戻った。

「ドクター・ストレンジ、先生はお仕事柄、薬物濫用者を診る機会があると思われますが?」

「はい、中毒、禁断、回復のさまざまな段階にいる患者を診てきました」

「初めてアンソニー・ランドルと会われたとき、彼はどんな様子でした?」

「声は単調で、態度はぶっきらぼうでぼんやりしていました。ひどく落ちこんでいて、自殺願望があるといっていました」

「それは薬物とアルコールを断ったばかりの人間の症状と一致しますか?」

法廷内の息苦しいほどの暑さにもかかわらず、シルヴィアは寒気をおぼえた。「そうともいえます」

トニー・クラヴィンが証言台に近づいた。「ドクター・ストレンジ、エリン・タリー巡査は宣誓したうえでこう証言しています。四月十六日の夜、アンソニー・ランドルが検察側のいう自白をしたとされるとき、彼は——」大げさな身ぶりをまじえながら、手にもった公判記録をゆっくりと読みあげた。『——ふらついてまともに歩けず、ぼうっとして、ぐあいが悪そうで、一時的に意識を失った』」クラヴィンは小さな円を描くようにその場を行ったり来たりした。顔に浮かんだ嘲りの色を隠そうともしない。「これが、状況を理解したうえで自白した人物の態度だと思えますか?」

「異議あり!」ジャック・オデルが立ちあがった。「こんなパントマイムもどきの芝居は必要ありませんし、偏見を招くものであります」

「異議を認めます。クラヴィン弁護人、質問だけをおこなうように」

「申し訳ありません、裁判長。自分でも気づかないうちに気持ちが顔に出ていたようです」

シルヴィアはクラヴィンの質問に意識を集中しようとしたが、気がつくとエリン・タリーの翻意のことを考えていた。州警察のタリー巡査がランドルの自白に関する初期の証拠を撤回すると、州全体に衝撃が走った。最近では、タリーが証言を翻したのは州警察に対する性差別訴訟で敗色が濃くなったのが原因だというもっぱらの噂だった。タリーは、昇進が認められなかったのは自分が女性だからだと主張した。彼女が起こした民事訴訟に対する州警察の解答は明快だった。エリン・タリーは警察官になってまだ二年。警官二年目の人間を刑事部へ昇進させるのは——男女を問わず——時期尚早である。

しかし、タリーはひとりで泣き寝入りをするような女性ではなかった。彼女は見るからに怒りにわれを忘れた青白い顔で証言台に立ち、検察側の主張を突き崩すために弁護側が喉から手が出るほどほしかった楔をあたえたのである。

シルヴィアはまんまとタリーの片棒を担がされた気分だった。わたしの証言はこの裁判に幕を下ろす前の最後の切り札になるだろうから。

頭のなかを駆けめぐるさまざまな思いをトニー・クラヴィンの声がさえぎった。「ドクター・ストレンジ、逮捕当時に被告人が薬物とアルコールの影響下にあったとすると、被告の自白は状況を理解したうえでなされたものだと断言できますか?」

「いいえ、断言はできません」

「ありがとうございました、ドクター・ストレンジ。これで質問を終わります、裁判長」

きれいに整ったアンソニー・ランドルの顔に、つかのま満足げな表情がよぎったことにシルヴィアは気づいた。その瞬間、彼女は司法制度を、そこでの自分の役割を憎んだ。アンソニー・ランドルを憎んだ。

トニー・クラヴィンが〝上出来だよ、先生〟というように口元に小さな笑みを浮かべるのを見て、シルヴィアは片眉をつりあげた。

ジャック・オデル検事が、最後の反撃の準備にとりかかった。オデルは敵方の弁護士ほど洗練されたハンサムではなかったが、まじめでどこか大学教授のような雰囲気を漂わせていた。そのこげ茶色の髪に白いものが混じるときがきても、ロマンスグレーは陪審員の受けがいいといって歓迎するようなタイプの人間だった。

そのオデルはいま、負けを覚悟した男のきびしい表情をしていた。自白削除の申し立てに対するこの日の決定は、法執行機関が罪を犯した被告人に自白を強要したという事実に基づいて下される。オデルはあれこれ考えてみた――犯罪者が警察の〝手続き上の不備〟によって釈放されることに対する世間の抗議の声。警察官が証言を翻したことへの責任。自白なしで被告人を起訴した場合の勝算。そしてのろのろと椅子から重い腰をあげた。

オデルがメモに目をとおしていると、革のジャケットにカウボーイブーツといういでたちの長身痩躯の男性が法廷にはいってきて扉の横に立った。シルヴィアは、州警察のマット・イングランド刑事にちらりと目をやったあとでジャック・オデルに注意を戻した。オデルとは別の裁判で何度かいっしょに仕事をしたことがある。シルヴィアがランドルを憎んでいることをオデルが察しているのは、目を見ればわかった。

シルヴィアはオデルの次の質問を待ち構えた。〝アンソニー・ランドルはふたたび強姦行為をおこなうと思いますか?〟

〝はい〟

シルヴィアの答えが決定を覆すことはないだろう。だが少なくともアンソニー・ランドルを公然と非難することにはなる。

しかし、次に口をひらいたのはハウザー判事だった。感情を抑え切れないのか、声が震えている。「オデル検事、議会を閉会する際に議長はなんというのだったかな?」

オデルはすべてのてらいを捨てて、いった。「ですが裁判長、もしこの自白が削除されれば、われわれにはもうなにも残っていません」

ハウザー判事は苦しげに息を吸った。「そんなことはいわれなくてもわかっている」

トニー・クラヴィンが身をのりだした。「裁判長、弁護側は被告人が法的効力を有する自白のできる状態ではなかったという明確な根拠を示しました。この偽の自白を除けば、州側はアンソニー・ランドル氏に関する証拠はなにひとつ――」

ハウザーがぴしゃりといった。「もうじゅうぶんです、クラヴィン弁護人」判事の肌は不健康に黄ばみ、角ばったあごから肉が垂れていた。まるで暑さのせいで溶けて消えてしまいそうに見えた。彼はいった。「自白削除の申し立てを認めます」

抗議や驚き、嘆きの声で法廷が騒然となった。ハウザーは小槌をふりあげて静粛を求めなければならなかった。そのあとで疲れたようにシルヴィアにうなずき、退廷を許した。

シルヴィアは証言台から降りた。被告人席の横を通りかかったとき、アンソニー・ランドルが口元に笑みを浮かべた。右の耳たぶのダイヤのピアスがきらりと光る。「どうも」ランドルが小声で囁いた。

シルヴィアは一刻も早く法廷の外へ出たかった。記者団やひと握りの傍聴人のわきを大股で通りすぎたとき、傍聴席からひとりの女性がいきなり立ちあがった。娘が強姦される前のアンジー・エスクデロは美しい女性だった。本来はやさしい顔立ちが、いまは怒りに歪んでいた。肌にはしみが浮き、隈ができている。両の目はくぼみ、ぎらぎら光っていた。

彼女はとめようとする夫や息子の手をふりきり、シルヴィアに罵声を浴びせた。「人でなし。あの男はわたしのフローラを傷つけた。なのに、あんたのせいで釈放されるんだ」

## 2

法廷の扉を出たところでマット・イングランド刑事が待っていた。シルヴィアはかぶりをふった。いらだちと怒りで言葉にならない。正義がなされなかったことに対する非難と苦悩の声から遠ざかりたかった。シルヴィアは長い廊下のつきあたりにある二重ガラスのドアへと大またで歩きだした。マットが歩幅を合わせて歩く。

「それでどうなった?」抑えた声でマットがきいた。

「エリン・タリーのおかげでランドルは釈放よ」

タリーの翻意の知らせは、彼女が証言を撤回しはじめて数分もしないうちに、郡内のすべての警官同様マットの耳にもはいった。裁判所はタリーに嫌味のひとつもいってやろうと待ち構える警官でいっぱいで、そのなかにはタリーの指導教官も少なくともひとり混じっていた。仲間がへまをしたと聞けばマットも腹が立つ。他人事には思えないからだ。タリーはいい警官だった。法執行アカデミーの成績もトップクラスで、理想に燃え、頭も切れた。ランドルについてドロを吐くなら三ヵ月前にそうすべきだったのだ。さもなければ一生口をつぐむか。そういう重荷なら耐えられる。だが土壇場で前言を翻してレイプ犯を釈放させるなどということはどうにも我慢できなかった。

マットは奥歯を噛み締めた。タリーとは友人以上の関係だったのに。

背後で法廷の扉が勢いよくひらいた。悲鳴にも似た泣き声が聞こえたあと――フローラの母親に違いない――「ドクター・ストレンジ！」と誰かが叫んだ。シルヴィアがふりかえると熱いライトが顔にあたるのが感じられ、二名のリポーターと小型カメラが目に飛びこんできた。

シルヴィアは爪がくい込むほど強くマットの腕をつかんだ。「ここから連れだして」

ふたりは警備員の前を通り、マットがサンタフェ司法ビルのドアを押しあけた。

おもては、熟しすぎたアンズと煙のにおいがした。ここ三ヵ月は猛暑つづきで、七月五日には最高気温の記録が塗り替えられていた。サンタフェ周辺では山火事が発生し――すでに二万エーカー以上を焼失している。

乾いた風がシルヴィアの肩までの黒っぽい髪を顔から吹き払った。ぎらつく陽射しが目に痛い。シルヴィアはブリーフケースからサングラスを出して、一度に二段ずつ石段をおりた。

「ドクター・ストレンジ！　今日の審理の感想は？」ふたりのリポーターのうち少なくともひとりは、粘り強さが身上らしい。

マットがシルヴィアの手に車のキーを握らせて前に押しやった。「乗って」

目の前にマットの覆面パトカーのカプリスが、ビルの敷地の入口をふさぐようにして停まっていた。いつものように違法駐車だ。よかった、これであれこれきかれずにすむ。シルヴィアはキーを使って助手席のドアをあけて車に乗りこむと、ふたたびドアをロックした。車内はまだいくらか涼しく、しんとして――まるで静かな孤島のようだ。

マットがいきなり向きを変えるのが見えた。リポーターが――鷲鼻の不格好な男だった――大柄の刑事との衝突を避けようとあわててうしろに下がる。

マットはのしかかるようにしてリポーターを見下ろした。頭のおかしな犯罪者を相手にするときに見せるあの笑みを顔に浮かべて。そして薄気味悪いほど愛想のいいバリトンでいった。「よう、マクピーヴィー、そろそろまともな職についたらどうだ？〈ロッタ・バーガー〉で障害者を雇ってくれるって聞いたぞ」

マクピーヴィーが負けじといい返した。「なら、喜んであんたをスタッフに迎えてくれるだろうさ、マット」

マットはゆったりした足取りで運転席側にまわり、別れ際にマクピーヴィーに指を一本ふって見せた。「肉を扱う前に手を洗うのを忘れるなよ」

運転席にすべり込み、エンジンをかけてマクピーヴィーすれすれまで車をバックさせたので、リポーターは石段の上にしりもちをついた。

シルヴィアは呻き声をもらして首をふったが、マットがカプリスをグラント・アヴェニューに向けると笑い声をあげた。「あなたってイカレてるわ」

「ぼくの精神分析はやめてほしいな、先生《ドク》」赤信号にぶつかると、マットは横にすわる女性にちらりと目をやった。シルヴィアはシートにもたれていたがリラックスはしていなかった。暗く沈んだ茶色の瞳を見ればわかる。その目は、交差点をのろのろと横切る一台の消防車を見据えていた。消防車のエンジン音で会話ができない状態が、十五秒ほどつづいた。

シルヴィアはスカートの裾のほつれ糸をいじっていた。へたに引っぱると縫い目がすべてほどけてしまうとわかっていても、じっとしていられなかった。

左折してケートロン・ストリートにはいると、マットはいった。「弁護側の証人として法廷に立つのはやめたほうがいい」

「それなら検察側にわたしに電話するよういって」彼女のオリーブ色の肌はいつもよりくすみ、ほんの少し不揃いな前歯で下くちびるを噛んだ。

ふたたび口をひらいたとき、その声は囁きに近かった。「法廷でフローラ・エスクデロの母親にいわれたわ。ランドルが釈放されるのはわたしのせいだって」

「責めるならエリン・タリーと、あの事件の担当刑事にするべきだな」

それは慰めの言葉だったが、シルヴィアは恋人の声に別の響きを聞きとった。彼女はまじまじとマットを見た。「まさか彼女と同じ意見だなんていうんじゃないでしょうね。あなたもわたしのせいだと思ってるの?」

シルヴィアの瞳が険しくなるのを見て、マットは、彼女の直感はまったくの的はずれだということを納得させるのはもう手遅れだと悟った。ある部分でマットは、シルヴィアがアンソニー・ランドルのような人間のクズと関わったという事実を許せずにいた。

彼はいった。「きみが選ぶ仕事を、ぼくはつねに理解できるわけじゃない」

「これって、〝ぼくが必死になって刑務所に送りこんだ連中をきみが塀の外に出している〟という例のあれ?」職業上の話になると、ふたりの意見はかならずといっていいほどぶつかる。それはこれからも変わらないだろう。マットの仕事は法の執行と取り締まりであり、シルヴィアの方は患者の鑑定と治療だ。これまでに何度口論になったか知れないが、最悪の事態だけはどうにか避けてきた。きわめて重要な一点でふたりの意見が一致していたせいもある。それは、一般市民の安全がすべてにおいて優先されるということ。

マットの声はおだやかだった。「いや、そうじゃない」

「ならいいわ」シルヴィアは顔に張りついたひとすじの髪を手で払いのけ、気持ちのギアを切り替えようとした。だが精神分析医という仕事の重みに押しつぶされそうな気がした。ジャケットをぬぎ、スカートからシャツの裾を引っぱりだして、汗で湿ったストッキングをぬぎ捨てた。それから髪に指をつっ込んでくしゃくしゃにした。

シルヴィアはいらだち、ひどく興奮していた。いまにも爆発しそうだった。マットにはそれがわかった。だがごくたまにシルヴィアが肩の力を抜いてすきを見せるときがあって、そんなときには別人が現われる。ひどく無防備な女性が。シルヴィアといると、マットはつねに不安な気分にさせられた。

彼女が尋ねた。「どこへ行くの?」

マットはちらりと彼女を見た。「昼食は〈ジアア〉でといったのはきみだと思ったけど」

「そうだった?」シルヴィアは両脚をシートの上にあげて横ずわりになると、マットの肩に軽く触れた。「それよりあなたのところへ行きましょうよ」

「いいねえ、そういう心変わりは大歓迎だ」口調は淡々としていたが、片方の眉がつりあがっているのを見れば、内心驚いているのが知れた。

「カーセックスって手もあるけど」シルヴィアは窓の方に向きなおり、学校の校庭を眺めた。ティーンエイジの少年がふたり、大きなハコヤナギの木につりさげたタイヤのブランコに乗っているのをのぞけば、校庭はがらんとしていた。煙と埃のせいで風景がかすみ、グリーティングカードの絵のように淡い色になり、ざらついた現実をノスタルジアにかえている。シルヴィアが見ていると、ふたりのうち小柄な方の少年がそろそろとからだを反らし、両ひざをタイヤに引っかけるようにして逆さまにぶらさがった。髪の毛が、地面と草をかすめる。どちらの少年も白い歯を見せて笑っていた。

「ランドルに監視をつけるつもり?」シルヴィアの声が急に鋭くなった。

「ああ……だがあまり近づくと、やつの弁護士がいやがらせだと騒ぎ立てるだろうな」

「ランドルなんか、とことん苦しめてやればいいのよ」

「まあ、そうカッカするなって」マットは右手をシートのむこうに伸ばし、シルヴィアのむきだしのひざに触れた。彼女の肌の上であたためられた香水の淡いかおりがにおい立ち、鼻孔をくすぐる。ブラウスのボタンのあいだからちらりとのぞく片方の胸のふくらみに、視線が吸い寄せられた。

シルヴィアが微笑む。「ちょっと、どこを見てるのよ」それから、腕時計にちらりと目をやって呻き声をもらした。

「なんだ?」

「四十五分後にカウンセリングがひとつはいってるの。恐怖のケヴィンと《ケヴィン・ザ・テリブル》」ふだんはクライアントについてマットと話したりはしない。だがこの患者のことはマットも知っていた。マットが逮捕し、カウンセリングを受けることを条件に執行猶予となったのだ。

マットがうなずいた。「ケヴィン・チェイスか。きみもついてるな」

車がグアダルーペ・ストリートに近づくと、シルヴィアが小さな子供のようにゆびさした。

「チリバーガーを食べなきゃ仕事に戻れないわ」

マットは小声でぶつぶついいながらハンドルを左に切り、歩道を横切って〈バートのバーガー・ボウル〉の駐車場にカプリスを入れた。バーガー・ボウルは五〇年代調《フィフティーズ》のテイクアウトの屋台店で、四十年前から地元っ子たちがチリチーズバーガーを注文している。

車が完全にとまる前に、シルヴィアはもうドアの外に出ていた。

マットは彼女のあとを追って、ティーンエイジャーたちを満載した深紅の一九六〇年型ビュイックのわきを通りすぎた。十一時三十分。昼どきの混雑はこれからというところで、店のなかはひと握りの客が待っているだけだった。注文の品が出てくると、マットはアイスティーとパラフィン紙でくるんだハンバーガーをもって外へ出た。ブリキのパラソルが、テーブルに小さな日陰をつくっている。スズメの一団がコンクリートの上でパンくずを探していた。そのうちの一羽が、シルヴィアの待つテーブルの前を横切った。

シルヴィアはスズメにパンをちぎってやってからチリバーガーにかぶりついた。マットは、食べている彼女を見つめた。はっとするほど美しい女性だ。頬骨も額も高く、きつい印象をあたえるほどに彫りが深い。大きくてつぶらな茶色の瞳。ふっくらしたくちびるは口紅がはげ、いまはぶ厚いグリーンチリチーズバーガーにかじりついている。

マットはずっと心に引っかかっていた疑問を口にした。「なぜランドルの鑑定を引き受けた？」

シルヴィアは紙皿にハンバーガーをおいて、あごについたマスタードをぬぐった。視線は少しもゆるがない。彼女はいった。「ランドルは不法拘禁と強姦と殺人未遂の容疑で起訴された。これだけの重罪の刑期をすべて足せば、最高で五十年にはなるわ。たとえ検察側が鑑定を要求したとしても結果は変わらなかったはず——ああなるよりほかになかったと思う。それになにより、あの男にはじゅうぶんな精神鑑定を受ける権利があったのよ」

マットがゆっくりうなずく。「だからってきみでなくてもいいはずだ。精神分析医はほかにもたくさんいるんだし」顔が曇り、急に表情が読めなくなった。「最近のきみは、手に余るほどの犯罪者を抱えこんでいる。なのにどうしてこの一件から手を引かなかった？」

シルヴィアが頭をかしげた。その顔は〝よけいなお世話よ〟といっていた。

「きみはランドルが世間の注目を集めると知って——」

「だからなに？　わたしは誰も見向きもしないような裁判の鑑定も引き受けているわ。それが仕事だから」

「ランドルがふたたび自由の身になったということが、どうにもたまらないんだ。やつはまたきっとフローラ・エスクデロのようなかわいそうな子供を傷つける」

シルヴィアがマットの目を見た。「わたしがそれを知らないとでも思うの？　わたしたちがこうしてしゃべっているあいだにもランドルは次の犠牲者と出会っているかもしれない。そして賭けてもいい、この次ランドルは殺すわ」声がこわばった。「でももしかしたらこの次は州警察も法的に有効な自白を得ることができて、タリーみたいな人が証言を撤回することもないかもしれない。そしてもしかしたらあのサディストのげす野郎も、ニューメキシコ州刑務所北棟に収監されるかもしれない。世界じゅうでランドルにふさわしい場所はあそこだけよ」

マットはアイスティーの残りを飲み干してから紙コップを握りつぶした。「まだ最初の質問に答えてくれていないな。なぜこの一件から手を引かなかった？」

彼女が答えないと、マットはさらにしつこく迫った。「どこかのクソ野郎がフローラ・エスクデロのような子供を強姦するたびにきみが出ていかなきゃならない。なぜなんだ？」

シルヴィアはテーブルの紙くずを集め、それから顔をあげてマットの目を見た。「今日、あの法廷でしたことは……わたしがこれまでにしなければならなかったことのなかでも、もっともつらいことのひとつだったわ」

「それならなぜ放っておかなかった？」マットは腰をあげ、車に戻るシルヴィアのあとを追った。

カプリスの前までくるとシルヴィアはマットをふりかえり、その場にじっと立ちつくした。「こんな話はしたくなかった」そういうと、深く息を吸ってかぶりをふった。「わたしがしていることは誰もができるわけじゃないの。たいていの人は犯罪者と関わるのをいやがるわ。でも、わたしはうまくやれる。そしてうまくいけば、人助けができる。アンソニー・ランドルみたいなやつがまた別の誰かを傷つけないようにすることができるのよ」

一陣の風がシルヴィアの顔から髪を吹き払った。ハコヤナギの老木の枝がさらさらと音をたてる。紙くずやゴミがアスファルトの上を飛んでいった。シルヴィアはマットに近づき、頬に触れた。「そろそろ行かない？　あと五分でオフィスに戻らないと……。今日はひどい一日だったわ」

答えるかわりに、マットは彼女をカプリスに押しつけてくちびるをふさいだ。飢えたような激しいキスが、シルヴィアの喉と肺から空気を奪う。彼の手がシルクのブラウスをまさぐり、乳房を探りあてた。

突然のことに、シルヴィアはうろたえた。熱いものが腿から腹部へ駆けあがる。ビュイックのティーンエイジャーたちがひやかすようにクラクションを鳴らしはじめるまで、ふたりはくちびるを離さなかった。

カプリスのなかで、言い争いがまた再燃した。

マットがいった。「きみは仕事量を少し減らすべきだと思う。もっとふたりですごす時間を――」

「忙しすぎるのはあなたも同じだと思うけど。あなた、わたしにエプロンをつけて家にいてほしいわけ？」

マットは目の玉をぐるりとまわしただけだった。

以前にもこの領域に踏みこんだことはあった。利口な旅行者なら避けて通る危険地帯だ。ふたりはまだ結婚に踏みきれずにいた。おたがいのことを愛してはいたが、テリトリーを共有するのはどちらも不得手だった。

「わたしたちはおたがいにいまの状態に満足している、そうよね?」押しつけがましいその口調に、シルヴィアは自分でもうんざりした。

驚いたことに、マットが赤面した。首から耳までが朱色に染まっている。やがて、気恥ずかしさといらだちを隠すようにイグニッションに入れたキーをまわしてエンジンをかけた。

シルヴィアのオフィスがはいっている建物の前で、マットは彼女を降ろした。彼の車を見送りながら、シルヴィアはパニックを起こしそうになった。マットを呼び戻したかった。彼はなにかを隠している、そんな思いをぬぐい去ることができなかったのだ。だがそれをいうならわたしも同じだ。シルヴィアは結婚という制度に昔からなじめなかった。失敗に終わった短い結婚生活がいい証拠だ。それに少し前に終わったマルコム・トリースマンとの情事も。ガンで亡くなるまでマルコムはシルヴィアの指導者で、仕事仲間で、父親代わりで——愛人だった。

父親の失踪、離婚、愛人の死。男運に関するかぎり、わたしはまったくついていない。

気分が落ち着くまでに少しかかった。シルヴィアは暑い歩道に立って、近くの庭で気も狂わんばかりに吠えている犬の声を聞いていた。九千メートル上空では、ジェット機がシェービング・クリームのような尾を引いている。空には夏につきものの積乱雲はひとつもなく、かわりに北西のヘメス山脈で発生したダークキャニオン大火の煙でかすんでいた。もう少し地表近くに目をやると、サンタフェの北東の境に位置するサングリ・デ・クリスト山脈の青灰色の丘陵が見えた。標高二千六百メートルの気温は、ここよりかなり涼しいはずだ。

ブリーフケースを小脇に抱え、オフィスまでの短い道のりを歩いた。ケヴィン・ザ・テリブルのカウンセリングに意識を集中しようとしたが、先刻の法廷でのシーンが――「人でなし!」と叫んだフローラ・エスクデロの母親の姿が、何度も脳裏によみがえった。

マットのいうとおりだ、アンソニー・ランドルに関わるべきではなかった。

シルヴィアは毎日、榴散弾のように邪悪な心を持つ人間を診ている。彼らの暗闇を探り、調べ、闇がさらに広がることをくいとめている。彼女には仕事に専心するだけの自制心と忍耐力があった。だが日々邪悪なものと接しているからといって悪に対するじゅうぶんな免疫ができるわけではないことを、シルヴィアは知っていた。

# 3

アンソニー・ランドルはサンタフェ郡拘置所の受付デスクの上に身をのりだしてくちびるを舐めた。女性職員が苦々しい表情で、釈放のための書類をカウンターごしに彼の方に押しやった。

「サインをして」

「淫売」彼女が横を向いたすきに、ランドルは声に出さずにいった。それからにっこり笑って、書類の下の方に乱暴に自分の名前を書きなぐった。受付デスクの奥のガラス張りの留置場には、前の晩に連行された犯罪者や浮浪者、それに別の刑務所への移送を待つ受刑者たちが入れられていた。うつろな表情で、強化ガラスに顔を押しつけている者もいる。あいつらがアンソニー・ランドル釈放の立会人というわけだ。七月五日午後一時五十五分、おれは正式に自由の身となった。三十二ドルと少しの金をポケットに入れ、わずかな所持品がはいった紙袋を受けとると、ランドルは留置場の男たちやオレンジ色のリノリウムの床や受付デスクの女性に背を向けた。そして裏口から、三ヵ月前にここに連れてこられたときと同じ場所から、外に出た。

拘置所の外には、警官もリポーターも野次馬もいなかった。弁護人のトニー・クラヴィンの勧めで、ランドルは審理終了後に裁判所の前でインタビューに応じていた。そして次のような声明を発表した。「今回の裁判で正義がなされたことについて、神に感謝したいと思います。エスクデロ家の方々には、心からお見舞いを申しあげます。なぜならいまもどこかに——本物のレイプ犯が野放しになっているからです」

　残りはクラヴィンが代弁してくれた。「法執行機関は無実の人間の人生を破壊するのではなく真犯人の発見に全力を注ぐべきだと思いますよ」

　ランドルは「法執行機関」が金魚のふんのようについてくるものと思っていた。だが倉庫やトレーラーハウス用のキャンプ場、売店つきガソリンスタンドの横を通りすぎるあいだも、警官の姿は一度も見かけなかった。八〇エーカーの広さを誇る〈ヴィラ・リンダ・モール〉があるロデオ・ロードとセリロス・ロードの交差点までは三ブロックの直線道路で、そこここに見えるハコヤナギやネズの茂みは、ブルドーザーの難を逃れた生き残りだ。この土地に長く暮らす住民にとって、こうした木々は高地砂漠《ハイデザート》地帯の大草原や大牧場、マキバドリやスペイン移民の土地払い下げといった記憶を呼び覚ますものである。だがランドルにそんな記憶はない。彼と母親と弟の三人は、三年前にカリフォルニア州バンナイスからここに流れ着いたのだ。

　どうやら警察は姿を現わさないつもりらしい。そして彼の母親も。おふくろとは当分会えないだろう。できの悪い息子を避けるためにアルコールに逃れているはずだから。

　ランドルは北へ向かい、親指をあげて、うぬぼれた笑みを浮かべた。**今日はいいことがあり**

**そうだ。**ホンダ750をヒッチハイクしてタンデムシートにまたがるまで五分とかからなかった。バイクはサンタフェから十九キロほど北のポホアケへ向かい——サンタフェ・オペラ、松の木が点在する丘、先住民《プエブロ》の住居風《スタイル》のビンゴ場、キャメルロック(サンタフェの北にあるラクダの形をした自然岩)を通りすぎて——ランドルの最終目的地の〈コック・ン・ブル〉に着いた。いまから飲めば、ナンベ・ヴァレーのむこうに太陽が傾きはじめる前にべろんべろんに酔えるだろう。

〈コック・ン・ブル〉は道路沿いにある酒場で、建物は風雨にさらされて変色し、看板もひび割れている。埃っぽい駐車場は、ピックアップ・トラックと燃費の悪い大型車と、バイク乗り《バイカー》の集会でもできそうなほどたくさんのハーレーで埋まっていた。七月五日、祝日明けの週末。この店ではまだお祭り騒ぎがつづいている。

ホンダが青緑色のピックアップのうしろに横すべりするようにとまると、エンジンの振動がやむ前に、ランドルはうなずいて乗せてもらった謝意を示した。昔の酒場風のスイングドアから、ハーレーの革ベストを着た太った酔っ払いがよろよろと外に出てきた。ランドルはリーヴァイスについた砂埃を払うと、もったいぶった足取りで店に足を踏み入れた。

たちまち、騒音といらだちに襲われた。なじみのバーテンの姿が見えない。何十ものグラスに生ビールを注いでいる黒髪の若い女に見覚えはなかった。実際、込みあった薄暗い店内で客の顔を見分けるのは容易ではなかった。それでも知った顔はひとりもいなかった。ほんの三月《みつき》、顔を出さなかっただけなのに。もちろん熱狂的な歓迎を受けると考えていたわけではない。アンソニー・ランドルは仲間と群れるタイプではないから。それでも、彼が店にはいっていけば誰かしら注意を払ってくれるものと思っていたのだ。

**おれはクソったれの警察に一泡吹かせてやったんだぞ。**

肩で人を押しわけるようにしてカウンターまで進み、大声で「キキは何時に出てくる?」と叫んだが――顔にたばこの煙を吹きかけられただけだった。ランドルはエラデューラ・ゴールド(メキシコ産のテキーラ)のダブルとチェイサーのバドワイザーの代金を払った。広い店の奥に、壁にくっつくようにしてひとつだけ空いているテーブルがあった。ランドルはばか騒ぎをしている連中や呑んだくれどもをかきわけながら奥に進んだ。店内は汗とアルコールのすえたにおいがして、あまりのやかましさに耳が痛くなった。席につき、テキーラを一気にあおってニス塗りの木のテーブルに乱暴にグラスをおいたちょうどそのとき、店の反対側でクラッカーがパンパンと派手な音をたてた。

脚の線もあらわなぴちぴちの黒いパンツ姿の若い女がカウンターに飛び乗った。大勢の客が見守るなか、女はピッチャーにはいった生ビールの一気飲みをはじめた。ランドルは、さもいやそうにかぶりをふった。あばずれめ、どうせセックスの相手でも探しているんだろう。ランドルがバドワイザーを飲み終えたとき、女もちょうどピッチャーのビールを飲み干した。彼女の顔や首はビールでびしょびしょで、Tシャツが肌に張りついていた。

笑い声や歓声にまじって、ランドルの耳に誰かの声が響いた。「クールだったぜ、あんたがやってのけたこと」

顔をあげると、黒いサングラスの男がこちらを見下ろしていた。ホンダ７５０のあの男だ。

バイクの男はテキーラのダブルのグラスを四つ、テーブルにおいた。そしてランドルの向かいの椅子にまたがった。

ランドルは口のなかでぶつぶついった。こいつはサツじゃない。警察のクソどもは、一マイル先からでもぷんぷんにおうからな。彼は片手でシャツのポケットからたばこのパックをとりだして、軽くふってたばこを一本抜きだすと、ふっくらしたくちびるのあいだにはさんだ。

バイクの男は肩幅が広く筋肉が盛りあがり、伸ばして三日ほどの口ひげをたくわえ、この暑さにもかかわらず茶色のレザージャケットを着こんでいた。肌は陽射しと風にさらされてかさついている。男はうんざりした顔で頭をぐいとひねった。「ほかの連中はあんたがなにをしたかわかっちゃいないんだ。あんたがおまわりや判事や、くだらない国家権力ってやつの鼻を明かしたことをね」

グラスに手を伸ばし、ランドルに向かってあげて見せた。「あんたに、兄弟」

ランドルは二杯目のダブルのグラスをとって、とろりとしたテキーラを喉に流しこんだ。焼けるような熱さが胃まで一気に駆けおりて、肩から力が抜けていった。彼は酔いたかった。思いきりハイになりたかった。三ヵ月もくらいこんだのだ、楽しんで当然だろう。もしかしたらこのバイク野郎が願いを叶えてくれるかもしれない。

ジュークボックスから、クリス・アイザックの《バッド・バッド・シング》が大音響で流れてくる。

ランドルは新しいグラスをぐいとつかみ、テキーラがテーブルにこぼれた。「これに合うハッパはもってるかい?」そのあとで一気にグラスを空けた。

バイカーの顔に、ゆっくりと下卑た笑みが浮かんだ。「外に出ようか」

駐車場に出ると不意の突風がランドルの髪を逆立て、砂が目にはいった。砂利を敷いた駐車場にビールの空缶が音をたてて転がり、タイヤのうしろでとまった。ランドルは男のあとについて駐車場の端まで歩いていった。バイクは楡とハコヤナギの木立の下、白の小型バンの横に停めてあった。風に木の枝がしなり、呻くような音をさせている。車が二台、駐車場を出て側道に向かった。

ランドルは新しい友人の背中を叩いてから、よろよろといちばん大きなハコヤナギの木に近づいた。太い幹はごつごつとして、血管が浮きでたように見える。彼はおぼつかない手でズボンのチャックを下ろした。小便をしなくては。ビールとテキーラを飲むといつもこうだ。水道の蛇口をひねったみたいに大量の小便が出る。ハコヤナギの根元の地面に突き立ててある手製の木の十字架に、しぶきがかかった。

そういえばあれはなんといったっけ？　ハイウェイで誰かが死んだときに、その場所に立てる十字架のことを？　スペイン語だったと思ったが、どうにも思いだせなかった。

目の前の十字架は、切りっぱなしの松の枝を二本、釘で打ちつけたもので、高さ五十センチ、幅三十センチぐらいはあるだろうか、地中深くにしっかりと刺してあった。リボンは日に焼けて色褪せ埃をかぶっていたが、造花は飾られたばかりに見えた。で、いったい誰がここでくたばったんだ？

小便が宙に黄色い虹を描き、不意にこちらを見あげる少女の姿が見えた。両脚を大きく広げて、顔は血だらけだ。死にかけた娘を彼はそのまま放置した。なのにあのくそあまは生き延びて、もう少しでおれは長いムショ暮らしをくらうところだった。危ないところだった。おれが刑務所に行かないですむようにするのが、弁護士の義務だ。それはあの精神分析医も同じ。ほかの連中が逮捕されてくさい飯を食うはめになっても、アンソニー・ランドルはそうはならない。おれには計画があるのだ。

足音が聞こえたがランドルはふりむかなかった――バイク野郎がマリファナをもって戻ってきたのだろう。かわりに、十字架に焼きつけてある名前を読もうと身をかがめた。それが、彼のした最後のことだった。頭のうしろを一撃されて文字がごちゃ混ぜになり、意識が急速に遠のいて、ランドルは前に倒れた。

アンソニー・ランドルは息ができなかった。ここは暑くて暗い。時間の感覚がなくなっていた。酒場を出てから数時間……いや、すぎたのはほんの数分かもしれない。口はテープでふさがれ、目隠しをされて、両手が痺れている。胆汁の酸っぱい味が喉元に広がった。テキーラと恐怖の味だ。

からだが一方に転がり、また元に戻った。動くトラックかヴァンのなかに閉じこめられているのだろう。運転しているのは誰だ？　そこでまた目の前がちかちかして、意識が遠のいた。

意識が戻って最初に頭に浮かんだのは、自分は裸に違いないということだった。風が肌を撫でることはなくても、なんとなく無防備な感じがする。誰かがシャツと……それにジーンズをぬがせたのだ。だが全裸のわりにはからだがひどく熱い。まるで生きたまま焼かれているようだ。不意になにかで鼻と口をふさがれ――彼はまた意識を失った。

次に気がついたときには――頭がぼうっとして、ひどい頭痛がした――トラックのなかにすわらされていた。汗のにおいがした。自分自身と、別の誰かのにおい。こいつらはおれをどうするつもりなのだ？　それを思うと、めったに味わったことのない恐怖がランドルの全身を満たした。ランドルは恐怖という感情が嫌いだった。だから恐怖を怒りに変えて、彼をとらえた連中と戦う力にした。全身の力をふりしぼり、からだを前に傾ける。筋肉が張り詰め、頭の血管が脈打ち、喉の奥からうなり声がもれた。手首に巻かれたダクトテープが肌にくい込んだが――テープが切れることはなかった。股を大きくひらいた格好で両脚を固定しているテープの方も同じだった。

ランドルは、まるで動物のように両腕をわき腹に縛りつけられていた。喉がひりひりして、さるぐつわの奥で舌が腫れている。

「あああああ」水をくれといおうとしたが、かすれた叫びにしかならなかった。

ランドルは自分をとらえた犯人の存在を感じた。ひとりではない。三人、それとも四人だろうか？　たぶんおれがレイプした少女の頭のイカレた家族だ。彼は勇気を奮い起こした。そのときさるぐつわがはずされ、誰かの声が囁いた。「おまえが死ぬときの悲鳴を聞きたい」

「いったい誰――」ランドルはその問いを最後までいい終えることができなかった。

「〝キラー〟と呼んでもらおうか」

マッチを擦る音がして、むっとするような甘ったるいにおいがあたりを満たした。お香だ。教会のようなにおい。

ありがたいことに、意識がまた薄れはじめた。遠い昔の誕生日の記憶がよみがえる。人々の笑い声。ピンクの砂糖衣をかけた白いケーキの味。

きっとこれは夢だ。うとうととして白昼夢を見ているだけなのだ。だがそのときカチッという音がして、彼は両目をかっと見ひらき、悲鳴をあげようとした。

必死の思いで意識を失うまいとする。いまのはなんだ？　危害を加えられたわけではなかったが、一瞬強い光を感じて、ポンという音が聞こえた。

無理してあごを突きだすと目を覆っている布の下からむこうが見えることがわかった。目の前にあるものの形が、かろうじて見てとれた。手だ、なにかを握っている。

心臓がドキドキしだした。一瞬、自分の血のにおいを嗅いだ気がした。いや、そんなはずはない。恐怖だ……恐怖のあまり、すわったまま失禁したのだ。

突然、誰かにひざを大きく割られた。ランドルは必死で抵抗したが、あまりに無力だった。彼は以前、殺される直前のヤギを見たことがある。彼の父親は肉屋の主人だったのだ。仕事は手早かったが、それでも動物たちはつねに次になにが起こるかを知っていた。彼らには死のにおいがわかるのだ……そして彼らの目をのぞき込めば死が見えた。

「で、おまえは女たらしの色男を気取っているわけだ？」

笑い声が聞こえた次の瞬間、ランドルの股間に吐き気をもよおすほどの激痛が走った。「苦痛は偉大な師だよ、アンソニー」

　ランドルが意識を失うと顔から目隠しがはずされ、二枚目の写真が撮られた。ランドルはフラッシュを見なかった。股間から流れでた血が足元に小さな池をつくっていることも感じなかった。

# 4

水曜の午後遅く、サンタフェ北西に位置するヘメス山脈で発生したダークキャニオン大火の七十五パーセントは鎮火したとの発表がなされた。サンタフェ国有林の奥深くで消火活動にあたっていた消防士のチームが、二日間不眠不休で炎を囲むように幅一メートルの防火線を設置したのだ。林野部の通信指令係は、この火災で二千八百エーカーの山林が焼失し、いまなお部分的にくすぶっているため完全な鎮火までにはあと一両日はかかるだろうと認めた。

三時間後、チワワ砂漠の上空から新たに張りだした気圧が、風速毎時六十四キロのからからに乾いた熱い風を運んできた。瀕死の状態だったダークキャニオン大火は大量の酸素の流入によってたちまち息を吹き返し、巨大な溶鉱炉のように燃えあがった。地中火（地中の腐食層、根系、泥炭、無機土壌が燃えること）が樹冠火（樹木の先端部分にある枝や葉が燃えること）になり、みずからが巻き起こす風に煽られるようにしてこずえ伝いに急速に燃え広がった。

ベンジー・ムニョス・イ・コンチャ――消防士ばかりの家系の四代目で、入隊一年目の新米消防士で、ニューメキシコ州刑務所の軽警備棟から一時仮出所中の受刑者――は、サンアントニオ・クリーク付近で爆発が起きるのを目撃した。そしていま見ているものが、文字どおり百メートルの高さまで火柱が立ち、またたくまに一・六キロ四方を焼きつくす大爆発でないことを短く祈った。

彼は坂を駆けのぼり——炎があとを追ってきた——仲間の隊員が設置した防火線を目指して西に曲がった。防火線は既存する林野部の側道に合流し、さらに進めばハイウェイ四号線と交わる。

夜なのに、あたりはまるで昼間のように明るい。熱気が踵を舐めるのを感じながら、ベンジーはでこぼこの道をひたすら走った。どうやらこのダークキャニオン大火のはしくれは、仲間の消防隊員がいる山頂部分まで追いかけてくるつもりらしい。重い木こり用ブーツ《ロガーブーツ》のせいで速く走れない。緑色の耐火性ズボンが汗だくの脚にまとわりつく。黄色いシャツは灰をかぶってすでに色が変わっている。走っている途中で〝サラダボール〟——消防隊員全員が着用しているプラスチック製のヘルメット——はなくしてしまった。ゴーグル、ヘッドランプ、グローブ、地図、応急キットがはいったバックパックも。斧とブラシフックとシャベルもだ。二本の水筒は、いまもナイロンのベルトにぶらさがっている。それに携帯用の防火シェルターも。テントと寝袋をかねたこの防火シェルターは、消防士にとって最悪の悪夢だ。いったんこのシェルターが必要になったら、その消防士はまず生きては帰れない。

ベンジーは火の手に走り勝つ自信があった。彼はトレーニングを積んだ長距離ランナーであり、高地砂漠で何百キロも走りこみをしたアスリートなのだ。走ることはベンジーにとって、スペイン人とプエブロインディアンの祖先と結びつくための精神修行だった。彼の走りが乱れることはなかった——少なくとも、その男を見つけるまでは。

最初は、仲間の消防士のひとりだと思った。けがをしたか、煙で目をやられたのだろうと。男はこの原生林の長老ともいえる松の古木によりかかって——いや、むしろ木でからだを支えているという感じだった。しかも、男は全裸だった。

ベンジーは男の方に近づき、大声で呼びかけた。次の瞬間、ひざから力が抜けて吐きそうになった。

男の毛穴からはうっすらと煙が立ちのぼり、炎が足元をくすぐって皮膚は黒くなっていた。目は狂犬のように赤く燃え、炎がからだを舐めると男は悲鳴をあげて身をよじった。

**この男、生きたまま焼かれたのだ。**

爆発のすさまじい音と光に、炎に包まれた男がびくんと前に跳ね、ふらふらとベンジーの足元に倒れた。

そのぞっとするような一瞬に、ベンジーは心の扉を閉ざした。そして、祝祭の日のかすかな記憶——ボディーペイントをほどこし仮面をつけた踊り手、呪医《クランデロ》、黒魔術《アルブラリオ》を解く祈祷師——と、刑務所のなかで目にした悪いまじないの数々を封じこめた。

完全に無力な状態でベンジーは第二の亡霊を見た。呪術師だ。

からだに血と泥を塗りたくり、こちらに向かってくるそれは、ベンジーには彼めがけて飛んでくる二本足の死の鳥、フクロウに見えた。臨終の喉声が聞こえ、フクロウの鉤爪に魂をつかまれるのを感じた。恐怖が氷の指で彼の心臓をわしづかみにして、そのまま放そうとしなかった。

午後八時三十分。セリロス・ロードは込んでいた。南へ向かう車線のドライバーたちはみな、暮れがたの残照をまともに顔に受けていた。車高を低くした車の一団がのろのろと通りを流し、似たような車を見つけてはうしろから煽るために車線変更をする。カーステレオから大音響で流れるビートのきいたベースのリズムに、渋滞のいらだちがさらに増す。

赤信号につかまると、シルヴィアは車のウインドウから顔を出した。排気ガスの臭気と、どこかの家のバーベキューのにおいがする。日中の熱気がふたのように町を覆っていた。

ラ・シエネギラにある自宅までは、まだ二十分はかかる。アドービれんがでできたその家はびっくりするほど涼しく、二個の自動セキュリティライトが灯っている以外は薄暗いはずだ。最近とりつけたばかりの警報装置のおかげで前よりは安心できる場所になったが、寒々しさはあいかわらずだった。彼女の帰りを待つものは誰もいない。彼女の犬でさえも、だ。テリアのロッコは、数ヵ月前にシルヴィアの元同僚の息子で六歳になるジャスパー・トリースマンのところへ行ったきりだった。

シルヴィアは、ヴォルヴォのハンドルの上にかがみこんだ。マット・イングランドと恋人どうしになるまでは、ひとりの生活が気に入っていた。孤独を楽しんでいたし、心が休まった。だがいまは、いろいろなことが複雑になってしまった。

セント・マイケルズ・ドライブとセリロス・ロードの交差点で右折した。今夜はマットが彼女の家にくる予定はない。かわりに、彼女の方が行くことにしたのだ。シルヴィアは助手席においた紙袋に手を伸ばした。袋の外からでも、アブソルートのずんぐりしたボトルがひんやりと指に冷たい。ウオツカとハラペーニョ入りオリーブのほかに、ポルタレ・ヴィアでフォカッチャのサンドイッチも買ってある。恋人の食欲を満たしたあとで、彼とセックスしたかった。ウオツカを浴びるほど飲みたかった。思いきりはめをはずして、ほんの数時間だけでも仕事のことを忘れたかった。

ギアをセカンドに入れるとヴォルヴォのエンジンが泣くような音をたてた。シルヴィアはハンドルを軽く叩いた。あなたもだいぶ疲れて、がたがきているみたいね。彼女も車と同じ気分だった。よくない徴候だ。

サラザール小学校は夏休みで閑散としていた。照明がともった学校の敷地内で目につくものは、一台の白いトレーラーだけ。トレーラーは運動場の奥の南西の隅に停まっていた。ルーフのあちこちにタイヤがおいてある。トレーラーわきの小さな一角は青々とした菜園に姿を変えていた。マットの菜園だ。青トウガラシ、トマト、トウモロコシの畝がきれいに並んで、すくすくと育っている。畝と畝のあいだでは大輪のひまわりが咲き誇り——大判の花柄スカーフのようだった——うやうやしくお辞儀をしているように見えた。棹の先にとりつけた大きな黄色のビーチボールには、黒と赤で猛禽《もうきん》のフクロウに似せた巨大な目が描いてある。カケスやカラスやカササギを追い払うためだ。不意の突風に、ビーチボールが棹にあたって跳ね返った。自動スプリンクラーがこれでもかというほどに水をまき、湿った土のにおいがする。菜園を仕切る柵と木製の堆肥用生ごみ容器《コンポスター》の奥では、雑草のあいだから一本の楡の木がすっと伸びて、まるで葉の茂った旗竿のようだった。マットは学校側とある取り決めをしていた。それは小学校の敷地内に〝ただ〟でトレーラーを停めさせるかわりに、マットが非番のときにはあちこちに目を配るというものだ。州警察の警官がまともな家のかわりにトレーラーを選ぶのは珍しいことではなかった。

マットのカプリスは見えなかった。シルヴィアは、錬鉄製の格子枠つきのくたびれた小型トラックの横に車をとめた。小さなつむじ風が、埃を巻きあげながらアスファルトと土の上を横切っていく。トレーラーのドアの前までくると、シルヴィアは食料品のはいった紙袋とブリーフケースを落ちないように片手で抱えて、三ヵ月前にマットからプレゼントされた鍵を使った。ドアをあけると、しわがれたニャーという鳴き声に出迎えられた。雄の老猫《トムキャット》は、飼い猫生活にまだ慣れないのか文句をいいたげな顔をしていた。頭の形もいびつで、鼻には野良猫時代に負った傷が残っている。マットの新しいペットは、公衆安全局《DPS》の「猫ジョーク」の恰好のネタになっていた。猫を飼うような警官は、〝ニャンとも女々しい〟というわけだ。

「こんにちは、トム」シルヴィアは小声でいった。「ひとりで寂しかった?」天井の明りをつけて、寒いくらいに冷えきった部屋のなかにはいると——マットがまた冷房を〝強〟にしたまま出かけたのだ——素足に猫がすりよってきた。

狭い玄関の先には、同じくらい狭いキッチンがついていた。紙袋をカウンターの上におき、ウオッカはまっすぐ冷凍室へ。

居間にはカウチとステレオとテレビがある。主寝室はトレーラーの西の隅だ。六月の終わりから七月にかけて、この部屋には昼間の陽射しがまともにあたる。冷房を切ってしまうと、チェリーパイが焼けるくらいに暑くなる。

ジャケットとブリーフケースをカウチに放って服をぬいだ。そしてマットの特大サイズのTシャツを頭からかぶった。Tシャツには法執行アカデミーのロゴがはいっていた。たいていの警官同様、マットも制服を完全にぬぐということがない。最後に冷たい水を顔にかけて化粧を落とした。

これでようやく今日一日を、法廷や仕事のことを忘れられそうな気がした。ブリーフケースが目にはいらないよう、わざとカウチのわきにおく。それでも仕事のことを完全に頭から締めだすことはできなかった。同僚のアルバート・コーヴが休暇から戻るまでにまだ四日ある。アルバートがいないのが寂しくてたまらなかった。シルヴィアにとって、アルバートは仕事仲間で上司で、教師で友人だ。ため息がついて出た。今度の月曜にアルバートが司法鑑定センターにいてくれたらどんなにいいか。その日は州との契約更新に関する話し合いがもたれることになっていた。センターの存続がかかった一大事だというのに。

キッチンでキャットフードの缶をあけてやると、トムがミャーと鳴いた。猫が夕食に夢中になっているあいだに、自分用にアブソルートでマティーニをつくった。氷はなしで、オリーブはふたつ。それからテレビのスイッチを入れてカウチに寝そべり、まだじゅうぶんに冷えていないマティーニをちびちび飲んだ。

どこを見てもマットが見えた。カウチのうしろの隅に立てかけたフライフィッシング用の釣竿。野球のバットと、ボールのはいったかご。壁には、数年前に自動車事故で亡くなった妻と幼い息子の写真が額に入れて飾ってある。写真の横には州警察の表彰状が三枚。クローゼットの扉には、白地に黒い線で人の上半身が描かれた射撃用の紙の的が画鋲で留めてあって、弾痕でつくった顔がにっこり笑っていた。テーブルの上の『大国の興亡』は、マットの独学プログラムの一環だ。

このトレーラーにおいてあるシルヴィアの私物は片手で数えられるくらいしかない。ベッドの枕の下にたたんでしまってある新しい下着。バスルームの棚にマットの剃刀とシェービングクリームと並んで入れてある歯ブラシとデンタルフロスとヘアブラシ。洗面台の下のタンポンの箱。彼のクローゼットにシルヴィアが服をおいていったり、CDやバスオイルをもち込んでもマットが気にしないのはわかっていたが、シルヴィアはいまの関係を居心地のいいものにしたくなかった。

気を許せば、かならず痛い目にあう。

だから逃げ道が必要だった。いつでも逃げこめる自分だけの場所があると思いたかった。これは間違いなく、わたしをおいて出ていった父親の影響だ。シルヴィアは顔をしかめ、マティーニの残りを飲み干した。いまは安っぽい自己分析をする気分ではなかった。カウチのクッションに、さらに深くからだを沈めた。

シルヴィアがテリトリーを共有するのが苦手だとしたら、マットはその反対だった。シャツ、下着、本、ガーデニングのカタログ——これらはマットが彼女の家にもち込んだたくさんの私物のごく一部だ。シルヴィアはマットの忘れ物をしょっちゅう見つけた。万年筆は洗濯機のなかで、ループタイはベッドの下、靴下の片方は道具小屋で。

あくびをしながら伸びをしたとき、ブリーフケースが短く甲高い音を発した。携帯電話の呼びだし音だ。電話に出ると、留守番電話サービスの女性オペレーターの声がした。ケヴィン・ザ・テリブルが、裁判所命令でシルヴィアがカウンセリングをすることになったクライアントだが、電話をしてきたのだ。シルヴィアはびっくりして眉をあげた。ケヴィンはこの日の午後の面接をすっぽかしていた。神さまのサイン入りの欠席届けでもないかぎり、ケヴィンの保護観察官はまず間違いなく執行猶予取り消しの手続きをはじめることになる。

シルヴィアはいった。「つないでちょうだい」

「もしもし、ドクター・ストレンジ？　その、まずいことをしたってのは、自分でもよくわかってるんだ」うしろで車の騒音が聞こえた。音は大きくなったかと思うと急に途絶え、シルヴィアはケヴィンが受話器を手で覆ったのだろうと見当をつけた。

ケヴィンは興奮した得意げな口調でつづけた。「でも、どうしても抜けられない用事があったんだよ」

「規則のことは知ってるはずでしょ、ケヴィン。カウンセリングにこなければ執行猶予は取り消されるかもしれないのよ」シルヴィアはグラスの底に残った緑のスタッフトオリーブを見つめた。「ひとつだけアドヴァイスするわ。明日、わたしのオフィスにきなさい。十二時きっかりに。今後のことはそのときに話しましょう」

突然、ケヴィンの後見人のジャッキー・マッデンが電話口に出た。そしてうろたえた声でいった。「ドクター・ストレンジ、ケヴィンがカウンセリングに行かなかったこと、心からお詫びします。じつは〈エル・コマル〉の皿洗いの面接があったもので。でも、明日はかならずそちらに行かせますから」

「では十二時に」シルヴィアは接続を切り、そのまま電話を下に落とした。

トムがだしぬけにからだに乗ってきて、尖った爪でおなかのマッサージをはじめた。シルヴィアはぎょっとして猫を押しのけると、立ちあがってキッチンに向かった。もう一杯マティーニがほしい。なにか食べたかった。物欲しげにフォカッチャのサンドイッチを見る。マットの帰りが何時になるかはわからなかったが、とにかく待つことにした。冷蔵庫のプロボローネ・チーズ（イタリアの燻製チーズ）をちょっぴりつまんでから、ドアをしっかり閉めた。小さな戸棚の奥でプレッツェルの袋とチューブ入りマスタードが見つかった。つくりたてのマティーニといっしょにそれをもって、カウチの猫の隣に腰を落ち着けた。

三つのネットワーク加盟局のうちの二局が、十時のニュースで「アンソニー・ランドル釈放――警官、衝撃の証言撤回」をトップで報じていた。

チャンネル7では、リポーターのマイク・マクピーヴィーがサンタフェ司法ビルをバックに午前中におこなわれた審理の模様と、ランドル釈放に対する反響の大きさについて簡単に説明していた。ニュースキャスターに向かってマクピーヴィーがいっている。「この事件に関しては自警団による制裁の恐れがあるといわざるをえません」

アンソニー・ランドルが弁護士とともにカメラの前に立ち、こういった。「いまもどこかに本物のレイプ犯が野放しになっているのです」

シルヴィアはマティーニの残りを空け、リモコンでテレビを消した。アンソニー・ランドルの気取った笑みが頭から離れない。トムの背中においた手に思わず力がはいり、猫が怒った声を出した。

空いたグラスをキッチンの流しに戻し、居間の明りをすべて消した。そして暗闇のなかに佇んだ。怒り、呵責、いらだち――相いれないそのすべてを、シルヴィアは痛いほどに感じていた。

外では、キラーが影を伝うようにして真っ暗な校庭を横切っていた。トレーラーはぶかっこうな大岩のように目立った。それとも座礁した船か。窓は暗い瞳。うつろな瞳だ。風が、トレーラーのアルミの壁を打つ。裏のポーチにつるした陶器の風鈴を煽ってうるさいくらいに鳴らし、飢えた獣のようにトウモロコシやトマトのあいだをうろついている。

トレーラーの前、入口のドアの近くに、あの精神分析医の車が停まっているのが見えた。刑事のカプリスはない。いいぞ。完璧だ。

同じ言葉が、くりかえしキラーの頭をよぎった。**すべてはやつらの目の奥に見える――よこ**

しまな思いも、邪悪な嘘も。

シルヴィアはしわが寄ったスカートをはいて、裸足のままトレーラーの外へ出た。おもては風が低くうなり、セリロス・ロードの絶えることのない車のざわめきをかき消している。遠くでクラクションが鳴り、ブレーキのきしる音につづいてサイレンが聞こえた。シルヴィアは自分の車に近づいてドアをあけた。そして探しはじめた。

グローブボックス、バイザーの下、灰皿のなか。収穫はなし。ドアを閉めようとしたところで、ふと思いだしてフロントシートの下をさぐった。何週間も前から床にころがっていたマルボロが一本見つかった。一瞬、ライターが赤く灯る。シルヴィアはうしろめたい喜びを感じながら満足げにたばこを吸った。煙が肺にしみる刺激を堪能する。

トレーラーのステップに腰を下ろして、深々と煙を吸いこんだ。風が強まり、熱く乾いた手で頬を叩く。菜園のトウモロコシが風にそよぎ、さらさらと音をたてている。ふと人の気配を、誰かの視線を感じた。シルヴィアは月を見あげた。両腕の産毛が逆立っていた。ひどく神経質になっている。

たばこを念入りにアスファルトの上でもみ消してから、指で先端を押しつぶした。吸い殻をトレーラーの下にかませた支えのブロックの隙間に差しこんで、最後にもう一度菜園に目をやった。それからトレーラーのなかに戻ってドアに錠をかけた。

三本の香りつきキャンドルに火をつけた。少し前までは、怒りといらだちの腹いせに無性にセックスがしたかった。いまは、むしろ眠りたい気分だった。だがからだと心がくつろぐことを拒んでいた。

照明を少し落としてから、火のついたキャンドルを一本だけキッチンに残して、残りの二本は寝室とバスルームにそれぞれもっていった。炎がつくる影が、逃げ場所を求めるかのようにバスルームの壁をすばやく動く。シルヴィアは着ていた服を足元に落とし、シャワー室にはいって水の蛇口をひねった。

シャワーの下に足を差しだすと、水の冷たさにたちまち全身に鳥肌が立った。息をとめ、頭からシャワーを浴びる。冷水が肌に痛い。痛みに頭がうずきだしても、そのままじっと我慢する。そこでようやくシャワーをお湯に切り替えて全開にした。しぶきが生ぬるくなり、徐々に熱くなっていく。湯気とキャンドルのジャスミンの香りがバスルームじゅうに立ちこめた。からだがゆっくり溶けだして、ふたたびひとつになった。熱いシャワーの魔法が効きはじめて、緊張がほぐれていった。


キラーにはそのお告げが心の声のように聞こえた。**なんじは復讐と死の翼なり。復讐と死。復讐と死……。**

十三夜の月が、トウモロコシの絹のような穂と細長い葉を明るく照らしている。大地はひんやりとしてやわらかく、肥沃な土のにおいがあたりを満たしている。

キラーは手袋をした手をトレーラーの白いボディーにすべらせた。壁板、通気口、縦樋。トレーラーの外側は甲虫やクモの棲み家になっていた。窓下の通気口の隅にコガネグモがみごとな巣をかけている。くるくると舞う夜風を受けて巣がきらめく。その絹の鎖から逃れようと、一匹の蛾がむなしくもがいていた。窓にかけたブラインドの隙間からろうそくの明りがもれて、クモの巣の上で踊っている。

窓、壁板、ドア、ドアノブ。キラーの手と腕についた血が乾いて、月明りに鈍く光る。バールはドアとわき柱の隙間にぴったりはまった。バールをドアノブの下あたりに差しこんでゆっくり力をかけると——錠がはずれる音がしていきなりドアがあいた。

シルヴィアはシャンプーの泡を洗い流して石鹸に手を伸ばした。石鹸は小さく、かちかちになっていた。そういえば、流しでアイボリー石鹸を見た気がする。すばやくやれば、床をびしょびしょにせずに石鹸と歯ブラシをとってこられるかもしれない。シルヴィアはシャワーカーテンをさっとあけた。

アイボリーは手の届くところにあった。つるつるした石鹸を片手でつかむ。カーテンの奥に戻ろうとしたとき、あけはなしたバスルームのドアの前を影が横切った。

シルヴィアははっとした。一瞬、恐怖に駆られたが、すぐに落ち着いて理性をとりもどした。マットが帰ったんだわ。

シルヴィアは彼の名を呼んだ。

静寂が突き刺さった。彼女はお湯を出したままシャワーから出た。ドアの前で別の影が動いた。ろうそくの明りだった。シルヴィアはふうっと息を吐いた。なおもすばやく行動する。Tシャツを頭からかぶると、濡れた肌に張りついた。自分でも過剰な反応だと思いながら玄関をチェックして寝室に向かう。寝室はいつもより狭く感じられた。壁が迫ってくるような気がする。ベッドの端にすわり、毛布のむこうに手を伸ばす。ベッドのホルスターに、マットの勤務外用拳銃が装弾された状態ではいっていた。両手でリヴォルヴァーのグリップを握り、玄関の方に戻りかけた。そのとき、あるものが目に留まった。裏口のドアがこじあけられている。扉が半開きになっていた。

トレーラーのなかに誰かいる。

# 5

シルヴィアはその場に凍りついた。心臓が激しく打ち、喉がつまる。頭のなかの声が叫びつづけている。**逃げるのよ。**

リヴォルヴァーをもちかえ、裏口から逃げようとからだの向きをかえた。影がさっと現われ消えたと思った次の瞬間、右のわき腹に鋭い痛みが走った。影がそんなふうに攻撃してくるはずがない。痛みが焼けるような熱さにかわる。目に涙がにじんだ。蹴られたはずみでよろめき、からだがねじれ、ひざから力が抜けた。肺から空気が押しだされる。部屋がぐるぐるまわった。

ろうそくの明りに暴漢の横顔が浮かびあがり、シルヴィアは悲鳴をあげた。

黒々とした大きな口に白い歯。全身に泥を塗りたくり、目があるはずのところにはこぶし大の穴がふたつあるだけ。両頬には、なすりつけたような赤茶けたすじ。

身を守ろうとするより早く、手袋をした手にベッドにつきとばされた。黒いブーツのすべりどめ金具が、Tシャツとその下の皮膚を切り裂く。火がついたような痛みを感じた。

左手の指がリヴォルヴァーの台尻にかかった。シルヴィアはからだをずらし、銃を右手にもちかえて自衛のために銃をかまえた。暴漢は消えていた。

シルヴィアは麻痺したようにその場に横たわっていた。腹部から血がにじみだすのがわかっても動くことができなかった。


マットは急ハンドルを切り、サラザール小学校のフェンスでシヴォレー・カプリスのバンパーをこすった。シルヴィアのヴォルヴォのうしろにサンタフェ署のパトロールカーが停まっていた。二名の制服警官がかがんで、ヴォルヴォの助手席側のウインドウに顔を寄せている。どちらも表情が険しい。一方の警官がドアをあけようとハンドルを引いている。

すでに真夜中だったが、三十分前にポケットベルが鳴ったとき、マットはたまたまカプリスから半マイルも離れた涸れ谷《アロヨ》で、盗まれたレンタカーを探して月明りのなかを歩きまわっているところだった。ブダガースから自分のトレーラーまでの二十九キロを、マットは時速百六十キロを超えるスピードで州間道路《インターステート》を疾駆した。カプリスが起こす風で右車線の車が煽られる。テールランプが赤く点滅する。速度を落としたのは、I-二十五号線を降りてセリロス・ロードにはいるときだけだった。

マットはヴォルヴォの横にカプリスを停めた。警官のひとりがあいさつがわりに手をあげた。マニー・ルイスはニューメキシコ州一背の低い警察官だ。車を運転するときは尻の下に電話帳を敷くというもっぱらの噂だ。マットとはアカデミー時代からの知り合いで、マニーは刑事訴訟法の試験でAをとっていた。

「ドアをロックしてなかに閉じこもっちまってる」とマニーがいった。

もうひとりの制服警官は女性だった。両手を腰にあてて、いった。「すでに供述はとって、あなたのトレーラーも調べました。指紋が残っているかどうか調べることもできますが、彼女の話だと侵入者は手袋をしていたそうです」ヴォルヴォの方にあごをしゃくった。「なにしろ、ドアをあけてくれなくて――」

「ショックのせいだな」マニー・ルイスが夜気に向かって説明した。

「出血はおさまってきています」女性警官がいった。

マットはふたりの警官のそばをかすめてヴォルヴォの横にまわった。フロントガラスに片手をついて窓からなかをのぞき込む。

シルヴィアは運転席にいた。彼女がはっと瞳をもたげ、マットに目の焦点があった。彼女はドアのロックをはずした。マットはドアをあけて身をかがめた。シルヴィアの右手に彼のリヴォルヴァーが握られているのが見えた。大きすぎるTシャツは血でよごれている。

「助手席にずれてくれないか」マットはいった。

すぐにはシルヴィアに触れずにおいた。マニー・ルイスとその友人に行っていいと合図する。ブルーのビュイックが校庭から出ていくのを、シルヴィアはバックミラーで見ていた。少しして彼女はいった。「犯人は、わたしがシャワーを浴びているときに忍びこんだの。なにもとっていかなかったと思う」声に抑揚がなかった。

マットはいった。「血が出ているじゃないか」

シルヴィアは首をふった。「だいじょうぶよ」銃を握りしめていた手をそろそろとひらき、指でわき腹をなぞった。そして痛みにひるんだ。「肋骨にひびがはいったみたい」マットはまだ彼女に触れずにいた。シルヴィアのペースに合わせるつもりだった。

シルヴィアがため息をついた。「犯人にブーツで蹴られたのよ」そこでようやく、まっすぐにマットを見た。一瞬、目と目が合い、シルヴィアの瞳に涙があふれた。まばたきをして涙を払うと、彼女はマットの胸に頭をあずけた。

それからくぐもった声でいった。「明日にはものすごく痛むと思うわ」

マットがバスルームの棚から鎮静剤を一錠見つけてきた。シルヴィアはそれを飲みくだした。それからマットの手を借りてわき腹のすり傷をきれいにした。傷はさしわたし十センチ以上もあって、ブーツの金具が突き刺さったところが深くなっていた。まわりの皮膚はすでに紫色に腫れはじめている。シルヴィアが救急処置室に行くのはいやだというので、マットは抗生物質の軟膏を傷口にたっぷり塗りこんでおいた。うまくすれば、これで感染症が防げるはずだ。

裏口はマットが間に合わせで外から誰もはいってこられないように――いいかえれば、なかからも出られないように――した。とりあえず明日まではこれでもつだろう。

砂あらしを映しだすテレビの前で、ふたりはカウチに横になった。肌と肌をできるだけ密着させるようにする。二十分もすると、シルヴィアの呼吸が深く安定してきた。

シルヴィアには話さなかったが、マットは、あと三十分もしたら上司のひとりが訪ねてくるだろうと思っていた。襲われたのが州警察の刑事の住まいだからだ。

待っているうちに、うとうとしかけた。ところが筋肉が痙攣しはじめて、肩と首がずきずき痛んだ。これに効くのはアスピリンと冷えたビールだというのはわかっている。マットはシルヴィアのからだをそっとどかして静かに起きあがるとキッチンへ向かった。

冷蔵庫をあけようと手を伸ばして、そこで動きをとめた。買物リスト、絵はがき、貼りつけ式カレンダーに混じって、写真が一枚、マグネットで留めてあった。写真をはがそうとしたとき、うなじに息がかかるのを感じた。ふりかえると、大きく見開かれた濃い茶色の瞳にぶつかった。シルヴィアは無言でマットの肩口から手を伸ばして写真をとった。マグネットが床に落ちて小さな音をたてる。

それは男性のポラロイド写真だった。写真からは生死のほどは知りようがない。全裸で両腕をわき腹に縛りつけられ、顔もはっきり写っている。男は去勢されていた。

アンソニー・ランドルだった。

ぎょっとして、シルヴィアは写真を取り落とした。写真を拾おうと床に手を伸ばして、マットは裏に走り書きがあるのに気づいた。〝とくと見るがいい、真の裁きとはこういうものだ。人殺しのドクターへ、まずひとり〟

「ブロートーチで焼かれたな」公衆安全局犯罪研究所の主任で血清学者のハンシ・ガウサーは咳払いをして、目にはいった砂を袖でぬぐった。サンアントニオ・クリークの西に位置するこの犯行現場は、仕事のできるような場所ではなかった。足場は悪く、休みなしに風が吹き、そのうえダークキャニオン大火による壊滅的な被害ときている。ガウサーはため息をもらした。独立記念日の翌週に当番がまわってくるとは、まったくついてない。休日というのは人間のなかの悪意を引きだすところがあるのだ。彼はシルヴィアとマットにうつろな笑みを向けてから、目の前の仕事に、アンソニー・ランドルの死体に注意を戻した。

　ガウサーの指が死体の火傷パターンの上を動いた。「山火事は彼に指一本触れなかったようだ。だが燃焼促進剤をたっぷりかけられているよ。幸い、身元の確認ができる程度には顔が残っているが――どうやら、きみらがいっていた男のようだ」

「ランドルだ」マットはガウサーにうなずいた。ハンシ・ガウサーはスイスで生まれ教育を受けた完全主義者だ。Ｇａｕｓｓｅｒ《ガウサー》の「ａｕ」をｈｏｕｓｅ《ハウス》の「ｏｕ」のように発音すれば、たちどころに彼に気に入られる。だがｇａｓ《ガス》の「ａ」のように発音した場合は――たいていの人はそうするのだが――スイスの傭兵が現われる。その変人ぶりにかかわらず、いやむしろそのせいで、ガウサーは第一級の犯罪学者だった。

　ガウサーはまた、悪臭に耐えられる嗅覚のもちぬしとしても知られていた。

　マットは、できるだけ息をしないようにした。シルヴィアは先刻からバンダナで口と鼻を覆っている。こんな朝早くから、焼け焦げて腐りかけた肉のにおいを嗅がされて平気な顔をしていられるのはガウサーくらいのものだ。南から風が吹きつけたときなど、その悪臭は耐えがたいほどだった。

　シルヴィアはガウサーから離れたところに立っていた。そばに寄らなかったのはにおいのせいでも、現場を荒らしてしまうことを恐れたせいでもない。現場はすでに鑑識係が碁盤目《グリッド》捜索をすませて、証拠の収集もあらかた終えている。距離をおいていたのは物理的な理由からではなかった。シルヴィアはアンソニー・ランドルの死を望んだ。ばかげたことだとわかっていても、ランドル殺害の共犯になったような気分をぬぐい去ることができなかったのだ。

〝人殺しのドクターへ、まずひとり〟

ガウサーが松林の西方へ伸びる防火線をゆびさした。「あれが見えるだろう。焼け跡はここから九メートル先からダークキャニオンまで延々とつづいている」彼は死体をふりかえった。「この木の幹と周囲の落ち葉だが、どちらも無傷のままだ。火は防火線を飛び越えられなかったということだな」

シルヴィアはいやいや質問を口にした。「ランドルは死後に焼かれたの?」

「それは興味深い質問だな」ガウサーが冷静な声でいった。「その答えは、検屍報告が出ればわかるだろう」

彼女はごくりとつばをのんだが、喉の奥にしこりのようなものが残った。「もし生きたまま焼かれたとしたら、死ぬまでにどれくらいかかる?」

ガウサーはにわかに勢いづいた。「状況によるね。犠牲者が腐食性ガスや過熱された空気や——または火玉を吸いこんだ場合は、気道細胞をやられて死に至ることもある。だが即死ということはまずない。中毒や酸素不足——住宅火災でよく生じることだが——なら、死は速く訪れることも、ゆっくりやってくることもある。生体システムの恒常性《ホメオスタシス》が失われた、たとえば全身の皮膚が焼け焦げた、というような場合であれば——熱傷病棟行きだ」ガウサーはいったん言葉を切り、ふたたびつづけた。「戦争への抗議のために自分をバーベキューにしたあのベトナム人僧侶たちのような焼身自殺の場合でも、たいていはすぐには死なない。数秒か数分か……かなりの時間がかかるはずだ」そこで考えにふけるように下くちびるを噛んだ。「だがまあ、アンソニー・ランドルは運がよかったと思うね」

「どういうこと？」

ガウサーは、ランドルの左耳の残骸のまうしろを指で示した。「頭を銃で撃たれている。射入口と、射出口だ。角度を見てくれ。弾のはいり方が浅くておそらく即死には至らなかっただろうが、人事不省になった可能性はある」

黒ずんだ部分をよく見ようと、シルヴィアは身をのりだした。「情けの一発かしら？」

「だとしたら、ひどいはずし方だな」ガウサーは黒焦げになった断片をピンセットではさんで真新しい容器に慎重におさめた。それから肩をすくめた。「マット、ＦＢＩのきみの友人は、これを情けの一発だとは思っていなかったようだぞ」

マットの顔に驚きの表情が浮かんだことにシルヴィアは気づいた。

ガウサーはつづけた。「きみたちがくる少し前にチェイニー特別捜査官が帰ったところだ」言葉にこそ出さなかったが、マットは、ラスクルーセスを活動拠点とする連邦捜査官がどうしてこの犯行現場に現われたのだろうと不思議に思った。

そのとき一陣の風が焼けた肉の腐臭を運んできて、彼は思わず呻いた。

ガウサーが顔をあげずにいった。「よかったらわたしのチャーリーを使ってくれ。尻のポケットにはいってるから」

すでに鼻孔のまわりにヴィックスヴェポラッブをたっぷり塗ってあったものの、マットはその申し出をありがたく受けて、くたびれたプラスチックボトルを引き抜いた。栓をあけたとたん、甘ったるいコロンのにおいにむせ返った。死体のにおいを遮断するにはこれがいちばんだとガウサーはいう。彼によると、チャーリーの香りがこの世でもっともおぞましいにおいと化学的に結合して、その結果なんとか我慢できる程度になるのだそうだ。

マットはコロンのボトルをシルヴィアに差しだした。シルヴィアはかぶりをふった。片方の腕はいまも胸の下にまわされている。シルヴィアをここに連れてきたくはなかったのだが、彼女は聞く耳をもたなかった。その電話は、明け方の四時半すぎにかかってきた。消防隊員のひとりがヘメス山脈で死体を発見したというものだった。アンソニー・ランドルの死体かもしれないということは、容易に想像がついた。

現場保存のためのテープの内側でマットは深呼吸してからガウサーに近づき、手袋をした手でランドルの右手の残骸の方をゆびさした。

「縛られた跡だ」ガウサーがいった。

驚いたことに、シルヴィアが黄色いテープをくぐってガウサーの横にしゃがんだ。そして鼻を覆っていたバンダナをはずした。目はサングラスに隠れて見えない。シルヴィアは例のポラロイド写真のことを考えていた。彼女はいった。「去勢されたのは生きているうちだと思うわ」

ガウサーがいう。「それも、検屍報告が出るまではなんともいえないな」

「わかってる。でもおそらくこの犯人――もしくは犯人たちは、苦痛をあたえたかったのよ」

「レイプの仕返しだ」マットはふくれあがった胴体と焼け焦げたふとももを見下ろした。

「フローラ・エスクデロの家族か?」ガウサーは二の腕で額を拭いながらランドルの死体を見つめた。「この男がうちの娘をレイプしたら、わたしもこれと似たようなことをしてやろうと考えただろうな」

マットは内心それにうなずいていた。警察の仕事をしていると、早い段階で殺人犯や……レイプ犯が罪を免れるという事実に直面する。愛する者が犠牲になったら、自分の手で制裁を加えるという手段に訴えたほうが簡単かもしれない。

この事件の担当は公衆安全局のテリー・オスーナ刑事で、彼女はすでに林野部の特別捜査官と協力して現場周辺で捜査にあたっていた。あとでオスーナがフローラ・エスクデロの家族に事情をききにいくときにはマットも同行するつもりだった。

「それで、きみんとこのトマトはどんなぐあいだね、マット?」と、ガウサーがいった。

「初物のチェロキー・パープルがそろそろもぎどきだな」

「かごいっぱいのトマトをくれるって約束だったぞ」

「チェロキーは十月の頭まで実がなるんだ。ほしいだけやるよ」

「シルヴィアにトマトの瓶詰めをつくってもらうといい」ガウサーがウインクした。

「そうだな」マットはシルヴィアを見下ろした。彼女はまだランドルの死体から目を離せずにいる。マットは、大鍋に沸かした湯の前でエプロンをしたシルヴィアがせっせとトマトの瓶詰めをつくっているところを想像しようとした。

彼は無残に焼け焦げた死体にゆっくり視線を走らせた。客観的な好奇心を抑えることができなかった。不慮の死を遂げた人間は、似たような失意の表情を浮かべていることが多い。まるで最期の時が迫っているのを知り、不当な仕打ちだと感じながらも抵抗するだけの力が残っていないというような表情。ところが、ランドルの顔は気味の悪い道化師のようだった。焼けたくちびるがめくれあがってグロテスクな笑みを浮かべ、皮膚はどろどろに溶け、眼窩がぽっかりと黒くあいている。

マットは死体から顔をそむけ、風の音を圧してかすかに聞こえるヘリコプターの回転翼の響きに耳を澄ました。ここから一・六キロ西の焼け野の終わりで、消防隊員たちが水と難燃剤を散布しているのだ。

シルヴィアが立ちあがり目をつぶった。マットはかばうように腕を差しだした。と、彼女が身をこわばらせ、さっとからだを引いた。わき腹の傷に触れてしまったことに気づくまでにしばらくかかった。マットは、不器用で気がきかない男になった気がした。

そのいらだちが、なにかしたいという思いに変化する。シルヴィアを襲った男をつかまえて、引き裂いてやりたい。とことん痛めつけたい。マットはもうアンソニー・ランドルの死にショックを受けているようなふりをするのはよした。じつをいえば、警察にできなかったことを誰かがかわりにやってくれたのだと信じそうなくらいなのだ。とはいえ、シルヴィアが今回のごたごたに巻きこまれてけがをしたのは気に入らなかった。それになんといっても、新たな殺人犯がまたひとり野放しになっていると思っただけで胸くそが悪くなった。

松林の反対側で、ガウサーの公用車とマットのカプリスのあいだに検屍局のヴァンがとまった。検屍局副局長は慎重に足場を選びながら林のなかを進んだ。彼の仕事はアンソニー・ランドルの死亡を正式に宣告して——さもないとランドルが不意をついて逃げだすとでもいうのだろうか——そのあとで死体をアルバカーキの検屍局まで搬送すること。坂をのぼって犯行現場に着くと、副局長は黄色いテープの下をくぐった。

「道に迷って、さんざん探したよ。どうやら、教えられたのは指令本部への道順だったようだ」彼はまじまじと死体を見据えた。「これまた、ずいぶんカリカリに焼かれたもんだな」

シルヴィアの視線は太鼓腹でずんぐりした検屍官をすり抜け、思いはまったく別のところにあった。燃えさかる炎が渓谷を這いあがってくるところを思い描き、アンソニー・ランドルの人生最後の数時間を想像しようとした。犯人、もしくは犯人たちは、なぜランドルをわざわざヘメス山脈まで連れてきて殺したのだろう? 山火事が死体の始末をつけてくれると考えたとは思えない。犯人は明らかに、世間に声明を出すことを狙ったのだ。そしてその声明のなかに「人殺しのドクター」も確実に加えたかった。だからこそランドルを殺したあとに危険を冒してまでマットのトレーラーにやってきた。

シルヴィアはマットをふりむいた。「死体を発見した消防士と話がしたいわ」

マットは目をつぶり、伸びをしたあとでようやくうなずいた。「ぼくもあとから行くよ。もしむこうで会えなかったら昼に電話する。指令本部への行き方はわかるかい？」

「わかると思うわ」シルヴィアは、いまではきびきびと動いていた。彼女はガウサーにひとさし指を突きつけた。「さっきのトマトの瓶詰めの話だけど、ハンシ……ひとりで勝手に夢見てなさい」

　サンタフェ国有林の職員がラ・クエバ村のはずれに指令本部を設置した数日前、ダークキャニオン大火の勢いは想像を絶するものだった。この十時間で火勢はピークに達した。現在、関係者たちは炎が力つきて終局に向かうことに望みを託している。

　連絡道路からわき道にはいると、アメリカンフットボールのフィールドにも満たない草地にバスやトレーラーや緊急用車両が停まっているのが見えた。ここで通信指令係が地上と連絡をとり、新聞記者がスクープを求めてうろつき、そしてなにより重要な任務を担った消防士たちが仮眠や食事をとったり傷の手当てをしているのだ。いまこの瞬間も、黄色と緑のユニホームを着た消防士をふくむ十数人の人間が、ヘリコプターが着陸するのを待っている。

　シルヴィアはスクールバスの横にヴォルヴォを停めた。目の前に、米国林野部《USFS》通信本部と書かれたトレーラーが見える。ドアをノックしてなかにはいった。一方の壁際に通信機材がずらりと並び、もう一方は地図や航空チャートでほぼ埋まっていた。ヘッドホンをした男性が、片耳だけずらした。

　シルヴィアはいった。「死体を発見した消防士を探しているんだけど——」

「救急室だ」彼はヘッドホンを元に戻した。「隣にある大型のRV車がそうだ。急いだほうがいい。サンタフェに送り返すって話だから」

トレーラーのドアを出たところで、シルヴィアは赤銅色の髪の小柄な女性とぶつかった。あつらえの黄褐色のシャツにぱりっとした黒のスカート、ベルトの銀のバックルはきれいに磨かれて曇りひとつない。ニューメキシコ州刑務所主任捜査官のロージー・サンチェスだ。

「ロージー！」シルヴィアは驚いて目を丸くした。ヘリコプターがふたたび離陸し、あまりの騒音に一瞬耳が聞こえなくなった。

ロージーが両手を広げ、ふたりの友人は抱き合った。

シルヴィアは大声できいた。「いったいここでなにをしているの？」

ヘリコプターが上空から離れるとロージーが声を張りあげた。「受刑者たちを一時出所させて消火活動にあたらせているのよ。あんたこそ、こんなところでなにをしてるのよ？」

「じつは話を聞きたい消防士が——」

「死体を発見した消防士ね」ロージーは不意に声を落とした。「ベンジー・ムニョス・イ・コンチャ」

「受刑者なの？」一時出所中の受刑者についてなにか知りたければこの刑務所捜査官にきくのがいちばんだということを、シルヴィアは知っていた。

「模範囚のひとりだけど」ロージーがいぶかしげな顔をした。

「じゃ、その模範囚に会いにいくとしましょうか。事情は歩きながら説明するわ」

ベンジー・ムニョス・イ・コンチャは、B級のホラームービーに出てくるゾンビのようだった。うつろな顔にどんよりとした目。痩せてはいるが屈強そうなからだがいまは小さく見え、ふだんは浅黒い肌も白茶けている。彼は四つある簡易ベッドのひとつに横になり、からだを丸めていた。

ロージーがいった。「ベンジー、こちらは友人のシルヴィアよ」

シルヴィアはベッドのかたわらに近づき、そっと話しかけた。「調子はどう、ベンジー？　少し話してもいいかしら？」

反応はなし。ベンジーの視線はシルヴィアのからだをすり抜けていた。近づいてよく見ると、瞳孔が、まるで空気や感情の目に見えない流れを追うかのように動いているのがわかった。

ベンジーの瞳は漆黒だが、その奥の虹彩には栗色のかけらが散っている。スペイン人と白人の血が、そう遠くない過去のどこかでプエブロインディアンの血と混じり合ったのだろう。高い頬骨、鼻すじのとおった鼻、のみで刻んだようなあごのライン、どれも遺伝の賜物だ。

シルヴィアはベッドの端に腰かけた。「ゆうべは大変だったそうね」

無言。

シルヴィアは不意にぱちんと指を鳴らした。

ベンジーが目をしばたたき、そして堰を切ったようにしゃべりだした。それは英語ではなかった。プエブロインディアンの言葉とも違う。どこか異国のリズムをもつ言葉。シルヴィアはふと、ある患者のことを思いだした。その患者は、ストレスを感じると意味不明の言葉をしゃべりまくるのだ。

　彼女はロージーの方をふりむいた。「いつからこんな調子なの？」

「あたしがここに着いたときにはベッドに起きなおってぶつぶついってたわ。たいていは、いまみたいになにをいっているのかわからなかったけど。ベンジーは今朝早くに救急隊員《EMT》の手でここに運びこまれたの。いまさっきまで正気だったのに次の瞬間にはそうでなくなる、そんな感じだったそうよ。ここには医師がひとり待機していて、彼がベンジーを診たの」

「その人たちはいまどこにいるの？」

「みんなヘリコプターで出動したわ。ダークキャニオンで消防士が二名負傷したのよ」

　シルヴィアはベンジーを見つめた。詐病は受刑者がよく使う手だ。なかには身体的外傷や精神的トラウマ、またはその両方を驚くほど巧みに演じる輩もいる。受刑者に関するデータには信用できるものとできないものがあるということを鑑定人は肝に銘じておかないといけないのだ。

　シルヴィアはベッドから腰をあげ、ロージーに顔を寄せた。「あなたはベンジーをよく知ってる……彼、仮病を使っていると思う？」

　ロージーは大きく首をふった。「ベンジーは消防士よ、生まれながらのね。彼のからだには消防士の血が流れてるの。ベンジーは自分の腕を、炎に立ち向かう能力を、なにより誇りにしている。彼の父親も消防士だった。それにおじいさんも」彼女はベンジーの方に片手をふった。「こんなふうに――トランス状態のふりをしたところで、ベンジーになんの得もないわ。それどころか、正気に戻ったときには、こんなことになってメンツがまるつぶれだって思うはずよ」

シルヴィアはうなずいた。「わかった。じゃ、なんらかの外傷を負ったと考えましょう。神経科の検査を受けないうちはてんかんの発作や頭部外傷の可能性を完全に排除することはできないけど、刑務所側としては頭部スキャンに四百ドル払うつもりはないんでしょうね？」

「まあ、そんなところね」ロージーは、ドクター・クーパーが記入した長ったらしい用紙をシルヴィアに手渡した。ムニョス・イ・コンチャに関する報告書だ。簡単なものだったが、それでも興味を惹かれた。クーパー医師によると、ベンジーには頭部または頸部に外傷を負った徴候は現われていなかった。なにより憂慮すべき症状は記憶消失である、とクーパーは記していた。「患者には死体発見当時の記憶がない」と。

用紙の上部に、誰かの――おそらくクーパーだろう――走り書きがあった。「精神的なもの？　BR精神病？　解離性健忘症？」

シルヴィアは報告書に目をとおしながら、「BR」は「短期反応性《ブリーフ・リアクティブ》」のことだろうと見当をつけた。そしてふたつの診断について考えてみた。短期反応性精神病は短期の急性精神病で、現実と妄想の区別がつかないなど心的機能が著しく阻害される。短期反応性精神病は激しい精神的ストレスを感じるような経験によって誘発されることがある。たとえば、からだを切り刻まれて火をつけられた人間を発見するといったような。これに対して解離性健忘症は、トラウマやトラウマになるようなできごとが原因で記憶喪失または記憶障害を引き起こすものだ。これは単なる意識の切り替えで、自分自身や自分を取り巻く環境と部分的に解離した状態にすぎない。

シルヴィアはロージーにちらりと目をやった。「ベンジーの昏迷状態はどれくらいつづいているの？　三十分、それとも一時間？」

「せいぜい三十分ってところね」

「ランドルを見つけたとき、ベンジーは誰かといっしょじゃなかったの？」

ロージーがかぶりをふる。「ベンジーは何時間も森のなかを歩きまわっていたらしいわ」眉根を寄せ、心配そうな表情を見せた。「さっきみたいにわけのわからないことをつぶやきながらね」

「意味がつうじることはなにも？」

ロージーがくちびるをすぼめた。「そういえば、あたしが最初にここにきたとき、だしぬけに死のフクロウがどうとかっていいだしたわ……邪悪ななにかがこの町をうろついているって」

「なにそれ、ゴジラかなにか？」シルヴィアは首の筋肉をもんだ。「ムニョス・イ・コンチャについて教えてちょうだい」

ふたりはRV車の隅にある小ぶりなテーブルのところへ行って腰を下ろした。ロージーはかたい壁にもたれかかった。ふだんの彼女の仕事は、覚醒剤やクラックやヘロインを過剰摂取した受刑者、ほかの受刑者や刑務所職員を刺した受刑者、過剰な暴力をふるった刑務官などに対処することだった。刑務所は超自然的なこととは無縁の現実世界の怪物どもを養う場所だ。ふつうなら、呪術師や死のフクロウなんかの相手をする必要などないのに。

「ロジータ」シルヴィアの声が思考をさえぎった。

「う――ん？」

「ベンジーはいくつなの？」

「二十二」

「それで彼がいるのは――」

「軽警備棟よ」

軽警備棟にはさまざまな受刑者が収監されていることはシルヴィアも知っていた。初犯の模範囚から、仮釈放や正式な釈放を待つ殺人者まで、じつにバラエティーに富んでいる。

ロージーがいった。「ベンジーはラスクルーセスで自動車窃盗団の片棒を担いだかどで逮捕されたの。州境を越えようとしたところで捕まったのよ。もっとも、車泥棒のことなど知らないとベンジーはいい張ったけど。自分ははめられたんだって」

「で、あなたはそれを信じたの？」

ロージーは頭をめぐらしてベンジーを見た。ベンジーはぴくりとも動かない。彼女はいった。

「いいえ、これっぽっちもね」乱れた巻き毛を指ですきながら笑みを浮かべた。「でもベンジーのことは好きだし、早くよくなってほしいと思うわ。それより、どうしてそんなに興味をもつの？　ベンジーがゆうべなにかを見たとでも？　ランドルを殺した犯人を見たと考えているの？」

「正気を失うほど恐ろしいものを見たのはたしかね」シルヴィアは目をすがめ、身をのりだしてテーブルに両ひじをついて組んだ手の上にあごをのせた。「ベンジーの家庭環境について教えて」

「ベンジーはたいてい自分だけの世界にこもっているの。両親はすでに他界している。たしか母親はプエブロインディアンで、父親はスペイン人と白人の血を引いた……伝統的な心霊治療師《ヒーラー》だったはずよ」

「つまりベンジーはいくつもの現実のなかで育ったわけね」シルヴィアは、なるほどというようにうなずいた。多文化的な価値基準をもつニューメキシコでは、これはとくに変わったことではない。

ロージーは慎重に次の言葉を選んだ。「ベンジーとのつきあいは、もう一年以上になるわ。彼には〝見える〟の。なにかが起きる前にそれを〝感じる〟のよ」

シルヴィアが、テーブルにおなかがぶつかるほどからだをのりだした。「それって、ベンジーが超能力者だってこと?」

ロージーが肩をすくめた。「本人はそう思ってる、ってことよ」

「超能力者って、あまり好きじゃないのよね」シルヴィアは肩をすくめ、それから口元をゆるめた。ひとさし指で、テーブルの上に見えない星をいくつか描く。「なにしろ、わたしの商売敵だから」彼女は壁にもたれ、ベッドに横たわるベンジー・ムニョス・イ・コンチャの方に顔をめぐらせた。呪術によって魂が抜け落ちたようになる「ススト」という病いについては読んだことがあった。同様の症状はさまざまないいかたで表わされている。シルヴィアは「もののけ」

のことを考えた。南部の大草原に暮らすあるインディアンの部族のなかでは、亡くなったばかりの死者の霊魂が「もののけ」になって生きている人間に取り憑くと信じられている。それに、ロージーの義理の祖母にあたるサンチェスおばあちゃんのこともある。頭がよくてウイットに富んだサンチェスおばあちゃんは、敬虔なカトリック教徒でありながら魔術を信じている。彼女の世界は呪術師、霊魂、悪魔、呪いの邪視《マル・オホ》といったものであふれている。十七世紀にスペインからヌエボメキシコ（ニューメキシコ）に伝統的な治療法を伝えた心霊治療師《ヒーラー》の子孫にあたる呪医《クランデロ》のもとにも定期的にかよっていた。ロージーに夫のレイの祖母のこうしたおこないをやめさせるつもりがないことはシルヴィアも知っていた。そんなことをしたらおばあちゃんはきっと、災いをもたらすといわれる邪視をロージーに向けるだろうから。

ロージーが椅子からゆっくり腰をあげ、ベンジーがからだを丸めている簡易ベッドのそばに戻った。「これを見て」

ロージーの横に立つと、シルヴィアにも友人が目を留めたものが見えた。ベンジーの右の前腕いっぱいに走る深いすり傷。シルヴィアはいった。「カルテにこの傷のことは書いてなかったわ」

ロージーがつぶやいた。「なんだか、ベンジーもなにかに取り憑かれているみたい」

シルヴィアはいった。「そうね」

# 6

サンタフェ中心街の通りには色鮮やかな露店が立ち並び、シルヴィアは、昼休みにブリトーやイタリアの揚げパンを求めて行列をつくる観光客や地元っ子たちをよけて歩かなくてはならなかった。広場は夏の工芸品市でにぎわっていた。民族衣装に身を包んだマリアッチ（メキシコの移動楽団）が、ベニヤ板でつくった間に合わせのステージにあがり、スピーカーをとおして伝統的なウエディングソングが鳴り響いている。歩道ではローラーブレードをはいたピエロがふたり、いくつもの水風船を使ってジャグリングをしていた。風船がひとつ地面に落ちて割れ、目を丸くして見ていた子供たちがわっと歓声をあげる。気がつくとシルヴィアも声をあげて笑っていた。通りすぎる彼女に、ピエロ顔のジャグラーたちが大きな目でウインクした。ベンジー・ムニョス・イ・コンチャとロージー・サンチェスを残して消防隊の指令本部を出たのは、わずか四十五分前のことだ。

それなのに、まるで別世界へ足を踏み入れたようだった。

シルヴィアは、ラムシチューとナヴァホ・タコスが売り物の紅白の旗を飾りつけた露店に近づいた。栗色の肌とベルベットのようにやわらかな茶色の目をした女性が注文をとった。二ドル払って、ものすごく大きなタコスを受けとる。熱々でスパイスのきいたタコスを、オフィスまでの短い道のりを歩きながら食べ終えた。

時刻は正午。ケヴィン・ザ・テリブルと会う時間だ。

「くそったれ野郎だよ」ケヴィン・チェイスは乱暴なものいいを笑顔でごまかそうとした。「てゆーか、女をレイプしたり男のカマを掘ったりしたアンソニー・ランドルみたいなやつが釈放されれば、そりゃ誰だって頭にくるって」ケヴィンは貧乏ゆすりをしながらシルヴィアのオフィスをきょろきょろ見まわした。彼の視線はどこかに留まるということがなかった。地元のアーティストの複製画だけを飾ったシンプルな白い壁にも、プエブロスタイルのカウチにも、オーク材のどっしりしたデスクにも。そして——当然ながら——部屋にいるもうひとりの人間にも。

シルヴィアは深呼吸して気持ちを集中しようとした。広場で味わったのんびりした気分が嘘のようだった。ひどく落ち着かない。気が散ってしようがなかった。疲れてまともにものが考えられない。わき腹の傷が痛んだ。

電話する、といったマットの約束のことは考えまいとした。マットに会いたかった。彼の身を気遣いながらも、裏切られたような気分を抑えきれなかった。いますぐ車を飛ばして家に帰って、ベッドに突っ伏して頭からシーツをかぶってしまいたかった。

だがそうするかわりに彼女はクライアントと向かい合い、今日ここにきなさいとケヴィンにいったのはあなたなのよと自分に念を押した。もしこなければ困ったことになるといって。

ケチな盗みであやうく刑務所送りになるところだった保護観察中の十九歳。うぬぼれの強い、愚かな子供。つねになにかに腹を立て、こわいもの知らずで、無知。裁判所関係のカウンセリングで、シルヴィアは月に十人の「ケヴィン」を診ている。そのうちまともな生活に戻れるのは、百人にひとりくらいのものだろう。

ケヴィンはサンフランシスコ・フォーティーナイナーズのキャップのひさしに手をやり、目深に引きさげた。「だから焼き殺されたりとかしたんだろ」

シルヴィアは声を出さずに呻いた。《ニューメキシカン》紙にランドル殺害に関する記事がのるのは明日の朝刊のはず。だがすでに地元のラジオ局とテレビ局が事件の概略を報じていた。じきに誰もがケヴィンのようにあれこれいいだすに決まっている。そのときオフィスのドアをノックする大きな音がして、シルヴィアの思考をさえぎった。

椅子から立ちあがりドアを少しだけあけると、目の前にケヴィンの後見人のジャッキー・マッデンがいた。ジャッキーが抑えた声でいった。「今日はかならずケヴィンをここへこさせたかったので、わたしの車で送ってきたんです。ちょっと話せますか?」

シルヴィアはケヴィンの方をふりむいた。「ちょっと失礼していいかしら?」ケヴィンがうなずくと、シルヴィアは廊下で待つ女性の方に近づいた。

ジャッキー・マッデンは、四年前にコミューター（近距離都市間を結ぶローカル航空）機の墜落事故でケヴィンの両親が死んだあと、カリフォルニアの裁判所からケヴィンの後見人に任命された。彼女はチェイス家の隣人で、ケヴィンがかよう教会の相談員をしていた。マッデンは歳こそ若いが――まだ二十代半ばだ――しっかりした女性だった。

　彼女は声を落としたまま、せっぱ詰まった口調でいった。「お願いです、ケヴィンの保護観察を取り消すなんていわないで。せっかくやる気になっているのに」ジャッキー・マッデンは不器量な女性だった。髪は白茶けたブロンドで、顔にはそばかすが浮いている。手足がひょろ長く、エネルギッシュだが性的魅力に欠けていた。腕の割に手が大きく、指先にはマニキュアをほどこしている。冷静で控えめ、まさにケヴィンとは正反対だ。懸命に自分を抑えようとしていたが、それでも必死の思いが伝わってきた。心労のあまり顔つきまで変わっている。「ケヴィンはしてはいけないことをしました、それは否定しません。でももう一度だけチャンスをあげてほしいんです」

　道を踏みはずした子供たちがどうなるかジャッキー・マッデンは知っていた。州警察公衆安全局の事務員という仕事柄、彼女は毎日、全国犯罪情報センター《NCIC》のコンピューターにデータを入力している。彼女のコンピューターのスクリーンは、全国の著名な犯罪者による犯罪の詳細な情報で埋まっている。連続殺人犯、誘拐犯、強姦犯――こうした犯罪者の大半が、十代のころに最初の犯罪に手を染める。ちょうどケヴィン・チェイスのように。

　シルヴィアはいった。「それを決めるのはわたしじゃないわ。ケヴィンがカウンセリングにこなかったときは保護観察官に知らせるのが裁判所との契約条項のひとつだというのは、あなたもケヴィンも知っているはずよ。だから昨日の午後、フランキー・レイズと話をしたわ。そのせいでケヴィンの保護観察に影響が出るかもしれない。わたしにいえるのはそれだけよ」

「でも、ケヴィンはちゃんと電話を――」抗議の言葉を途中でのみ込み、ジャッキー・マッデンはあきらめたようにうなずいた。「終わるまでロビーで待ってます」

シルヴィアが向かいの席に戻ると、ケヴィンがいった。「彼女、なんだって？」

「ジャッキーはあなたの保護観察が取り消されるんじゃないかと心配しているのよ。保護観察官がどう判断するかはわからないけど、その可能性についてもあなたとわたしで話し合う必要があるかもしれないわね」

「でも、こうしてちゃんときてるだろ？」

「もう、いいかげんにしなさい、ケヴィン」シルヴィアの暗色の瞳がぎらりと光った。「もしかしたら服役することになるかもしれないのよ。わかってるの？」

「はい、先生」

ケヴィンはずんぐりした若者だった。頭はそこそこいいが気が小さく、受動攻撃的な性向がある。しゃべりながらも、まるで宙に絵を描くように手が絶えず動く。黙っているときも指は動いていて、どこかをトントン叩いたりこぶしを握ったりしていた。左ひじから手首にかけて走る傷は、オートバイで事故を起こしたときのなごりだという。レイヤーカットにした肩までの赤茶色の髪が、ふっくらした顔をふちどっていた。澄んだブルーの瞳を落ち着きなく常にきょろきょろさせて、ピンク色の顔は思春期特有のニキビでいっぱいだ。

シルヴィアは一瞬、なにか見落としていることがあるのではないかという不安に襲われた。だがケヴィン・チェイスが彼自身や第三者にとって明らかな脅威とならないかぎり、保護観察所に事実を報告するのがシルヴィアの仕事だ。

ケヴィンが出し抜けにいった。「その、悪かったよ。てゆーか、面接をすっぽかしたりして。それだけいいたかったんだ」くちびるを引きあげて笑みをつくってはいたが、特大サイズの椅子のひじかけを握る手には力がはいったままだった。「おれ、どうすればいい?」

「きちんとここにくることね」

「そっか」

十二時五十分。面接終了の時間だ。

ジャッキー・マッデンがケヴィン・チェイスを連れて階段の方に向かうのを、シルヴィアはロビーで見送った。彼女はふたりの奇妙な共生関係に胸を打たれた。

ひとりになると、マットのいる公衆安全局に電話をかけた。呼び出し音が六回鳴ったあとで、誰かが受話器をとった。聞き覚えのない声がいった。「マットなら出ています、ポケットベルの方にかけてみてください」

予定表にざっと目をとおした。午後のスケジュールはまっ白だ。精神鑑定のための三時間の面接はすでにキャンセルしてある。五時の予約はクライアントの方からキャンセルしてきた。前日の午後に仮釈放違反で逮捕されたのだ。

シルヴィアは、まともだと思える唯一のことをすることにした。オフィスを出て、家からマットに電話するのだ。今日はもう店じまいすると、留守番電話サービスに連絡を入れた。それから書類の束――採点しないといけない心理テスト――を、パトリック・オブライアンの『無人島《デソレーション・アイランド》』のペーパーバックといっしょにブリーフケースに押しこんだ。ジャック・オーブリー・シリーズの五巻目で、主人公のふたり――むさくるしい博物学者とたくましい艦長がお気に入りなのだ。

オフィスのドアに錠をかけ、司法鑑定センターの階段を一度に二段ずつおりた。ディエゴ・ビルディングの中庭はアンズの木と緑色にふくらんだトウモロコシの茎と、七色のコスモスとペチュニアであふれていた。中央にはスペイン風の石造りの噴水があり、そこから流れ落ちた水が細い用水路《アセキア》を通って庭を潤している。やわらかな水音が耳に心地いい。吹き抜ける風に、かすかに残る煙のにおいがふっと強くなり、もぎたてのレモンに似たヤナギバグミの香りと混じった。

ビルの駐車場で、シルヴィアはひとさし指でヴォルヴォのトランクをこすった。汚れた指先に目をやると、渦状の指紋がくっきり浮きでていた。おかしなところで指紋がとれたものだわ。ヘメス山脈の森林火災の灰が町を覆い、あらゆるものが淡いオレンジ色に染まっている。親指とひとさし指をこすり合わせていると、誰かに肩をつかまれた。シルヴィアは弾かれたようにふりかえった。目の前にあるのが、ＦＢＩ捜査官の見慣れた顔だとわかるまでにしばらくかかった。

マットは〈コック・ン・ブル〉の女性バーテンダーに、眠たげな――そして自分ではそこそこセクシーだと信じている――笑みを投げた。このポホアケの酒場は、ヤクの売人やバイカーや勤め人たちが集まる薄汚れた社交場だ。バーテンダーの女性は、自分のハーレーを片手で頭の上までもちあげられそうに見えた。そして、そのがっしりした体格とは対照的なハート型のかわいらしい顔をしていた。

彼女を見ているうちに、マットはオクラホマのイーニッドで保安官をしていたころのなじみのバーテンダーのことを思いだした。もう二十年以上も前の話だ。彼はおだやかな声を保った。

「それで、キキ……かわいい名前だね、キキって。昨日のことだけど？」

キキは手巻きのたばこに火をつけ、足の先まで煙が行き渡るほどに深く吸いこんだ。それからブラックジャックをぐっとあおってニコチンを洗い流した。「昨日は店には出ていなかったの。久しぶりの休みだったから」彼女はかわいらしい口元を引きあげて微笑んだ。ほとんどからになったグラスを下におき、だがたばこはもったまま、空いた方の手で濡れたぼろ布をつかむ。そしてざらついた松材のカウンターをごしごしと拭きはじめた。

ひどく対照的だ、とマットは思った。この店と、フローラ・エスクデロの家は。ここにくる途中、マットはエスクデロ家に立ち寄っていた。テリー・オスーナ刑事もいっしょだった。ふたりはフローラの母親と兄から延々と話を聞いた。こぢんまりした家は隅々にまで手入れが行き届き、聖母マリアの絵や彫像、キリストの十字架像やたくさんの聖人像や凝った革装丁の聖書など、神に対する信仰の篤さを表わす品々であふれていた。

だがフローラのもっとも近しい家族はランドル殺害とは無関係だとふたりの刑事が確信をもったのは宗教のせいではなかった。フローラ・エスクデロの家族がゆうべ病院の待合室で夜を明かしたという事実があったからだった。フローラがアスピリンとベイリウムで服毒自殺を図り、胃洗浄を受けていたのだ。少女とその家族のことを思うと、マットはやりきれない気分になった。

とはいえ、フローラの家族と多少なりとも血縁関係にある人間はおそらく百人はいるはずで、その全員にランドルが誘拐殺害された時刻のアリバイがあるわけではない。今回の犯行は一種の復讐だという点でマットとテリー・オスーナの意見は一致していた。捜査をつづければかならずこの一族《ラ・ファミリア》に行き着くと確信していた。

マットは、カウンターにカウボーイブーツの先があたるくらいまで身をのりだした。「バイクでリトルピークスの方まで行ったことはある?」なるべく呼吸を浅くした。ゴム製のバーマットとマルガリータ・ミックスが混じって、危険を感じるほどすさまじいにおいがしていた。

「ええ」今度の笑みは、はにかんだような笑みだった。「あなたも?」

マットがうなずく。「友人が三五〇CCのトレールバイクを買ったんで、試し乗りでね」

キキはカウンターを拭くのをやめた。右手でソーダガンをあげて見せた。「なにか飲む? ペプシ? セブンアップ? それともビール?」

「よければ、きみのたばこを一本もらえるかな」紙巻きたばこは数年前にやめたのだが、かわりに缶入りの嗅ぎたばこのコペンハーゲンに手が伸びてしまった。いまはこの悪習も断つ努力をしている。だが必要とあれば、マットはたばこを吸うことを厭わなかった。ちょうどいまのように。

キキは肩をすくめ、内心気をよくしながらアメリカンスピリットの刻みたばこと巻き紙で作業にとりかかった。彼女が紙を舌で濡らしてたばこを巻きあげると、マットは、やばいものが混じっていませんようにと声に出さずに祈った。くちびるのあいだにたばこをはさむと、キキがマッチを擦ってくれた。差しだされた火で、マットは煙を吸いこんだ。

キキがショットグラスに残ったブラックジャックを飲み干した。「彼のことは好きだったわ」

「ランドルのことか？」

彼女はうなずいた。「ほかのみんなは嫌ってたけど。でもあたしたちは友達みたいなものだったの。だから彼があの女の子をレイプしたりしてないって、あたしにはわかる。みんながいうほど悪いやつじゃないのよ」キキはカウンターに両手を押しつけた。「警官は好きじゃないわ」

「好きなやつなんていないだろ」マットは無理して笑おうとした。

「あなたたちには、ずいぶんとひどい目にあわされたから」

「それはすまないことをしたね、キキ」マットは頬の裏側に舌を押しつけた。

「でもロビーが、あなたはほかの警官とは違うって」

「ロビーはいいやつだ」ロバート・ウィギッツ。コック・ン・ブルのオーナーで、バイカーで、覚醒剤常習者。ときにはタレコミ屋にもなる。どういうわけか、彼はマットを気に入っていた。たぶんロビーがバイセクシャルだということに関係があるのだろう。

「だから……」キキはブラックジャックのボトルをもちあげ、金属の注ぎ口がグラスにあたるまで傾けた。金色の液体でショットグラスのふちにやわらかなドームができるころに、ついに心は決まった。「昨日アンソニーが店にきたとき、あたしはここにいなかった」表情が曇った。「いればよかったと思うわ。そしたら、彼はまだ生きていたかもしれない」

マットはバーテンダーをじっくり観察した。愛らしい口元がわずかに歪んでいるのを見て、ランドルの死について彼女がいったことははたして本心だろうかと考えた。たぶんこのがさつな大女は、ランドルのきれいな顔と社会病質者《ソシオパス》特有の魅力に参っていたのだろう。だがいまになって、アンソニー・ランドルの本当の姿がわかりはじめた。

それとも、もっとおだやかでないことが起きているのだろうか。キキが話していないなにかが。

不意にキキが大声を出した。「ちょっと、ショショーニ!」甲高い声がマットの耳をつんざいた。

少しして、これまた大柄の白人女性が——髪を黒く染めて、歳は三十代後半——酒場のスイングドアのあいだから顔をのぞかせた。

「なんか用?」といったあとで、ショショーニは足音も荒く店にはいってきた。パレードよろしく、ふたりの男を従えている。ひとりはくたびれたリーヴァイスに色がさめたTシャツとワークブーツとひさしの長いキャップ、もうひとりは厩肥《うまやごえ》が飛び散ったカウボーイブーツと服といういでたちだった。

ヤクでラリってる顔だ、とマットは思った。

キキは友人たちの前にビールをおいた。それからマットにいった。「この人たちは昨日ここにいた。みんなアンソニー・ランドルを見てるわ、全部見てる」

鼓動が速まるのを感じながら、マットはキキにもらったたばこをもみ消した。それから何気ない風でカウンターにもたれた。「誰かランドルといっしょにいた人間を見た者はいないか?」

ショショーニは低く響くどら声をしていた。「あいつはキキを探してて、あたしがテキーラを注いでやったんだ」

マットがいった。「やつとは友達なのか?」

「あのチビのガキと?」

キキがむっとした顔でバーの端にひっこみ、新しいたばこを巻きはじめるのが目にはいった。マットはいった。「昨日は店はかなり込んだはずだが」

ショショーニは口のなかに指をつっこんでガムをとりだした。「ランドルの顔なら知ってるよ。昨日あたしが見たのはあいつだった」

ここまではまあ事実だろう、とマットは思った。

キャップ男が洟をすすり、手で鼻をこすった。「おれもおぼえてるぜ、たしかビリヤード台のそばのテーブルにすわってたっけ。いっしょにいたのは——黒人の男だ」

「嘘つけ」カウボーイが首をふった。「あいつがいたのは便所のそばのテーブルだ。ちんちくりんのメキシコ女とふたりで——」

キャップ男が肩をすくめ、一気にビールを飲み干した。

マットの興奮は一瞬にして醒めた。こいつらはランドルについて話す気などない。これっぽっちも。いまの話が本当なら、ランドルは自由自在に変身できる人間と飲んでいたことになる。それでもマットは興味をそそられた。なぜこんなくだらない嘘をつく？　おれへの単なる当てつけか？　警官をからかいたいだけだろうか？

ショショーニがマットに顔を向け、すごみのある声でいった。「アンソニー・ランドルと飲んでた男のことならおぼえてるよ。引き締まったいいからだ、っての？　茶色い革のジャケットを着てたよ。だけど、背がちょっとね」

彼女は顔をめぐらし、キャップ男の背中のまんなかあたりに手をあてて背の高さを――正確にいえば背の低さを示した。「あたし、背の低い男って嫌いなんだよね。だってチビの男ってあっちも――」ショショーニは小指をあげて見せた。キャップ男とカウボーイが下卑た笑い声をあげた。

ショショーニはゆっくりビールを飲んだ。「そのチビね、チャーリーみたいな目をしてたのよ」

「チャーリー？」

「チャールズ・マンソンよ」彼女はマットの方にぐっと身をのりだし、マットは熱い息が顔にかかるのを感じた。「マンソンってクールだと思うんだよね。そりゃ、頭のおかしな変人だけどさ、それでも哲学をもってた。戦争とか社会とか、そういうものについてね。きょうび、哲学をもってるやつなんていないじゃない」

キキがカウンター伝いに戻ってきてマットの前に立った。目と目が合った。彼女の顔をさまざまな感情がよぎった。怒り、羞恥、そして嫌悪。

ショショーニは自分の言葉に酔っていた。「彼は、マンソンは、マンソン・ファミリーの女たちをコントロールしてた……そして彼のために人殺しさせた。そんなことのできる人間がどれだけいると思う？」

キャップ男が急に不安げな顔になった。そしてもごもごいった。「それって、ＬＳＤをやってたせいだろ」

ショショーニが黒い髪をふった。彼女はずるそうな笑みを浮かべた。「アンソニー・ランドルを殺《や》ったやつにはチャールズ・マンソンみたいな力があると思う。用心したほうがいいよ、おまわりさん」

「びっくりさせないでよ、ダン！」シルヴィアはダン・チェイニー特別捜査官の見慣れた顔をまじまじと見た。彼はマットの古い友人だった。筋肉質のがっしりしたからだにグレーブロンドの髪――いつもならシルヴィアは彼のことをハンサムだといっただろう。だが今日は違った。今日の彼は目が落ちくぼみ、げっそりしていた。

「あなた、だいじょうぶ？！」そういったあとで、シルヴィアははたと気づいた。「ニーナは本当に残念なことをしたわ、ダン。大事な友人だったそうね」

ニーナ・ヴァルディーズ特別捜査官とダン・チェイニーは、一年以上、恋愛関係にあった。ふたりの関係は公然の秘密というやつで、知らないのは――チェイニーの妻と彼の上司だけだった。ＦＢＩの行動規範は非常にきびしく、不倫は懲罰の対象だった。

シルヴィアは、少し前のできごとを思いだそうとした。ニーナ・ヴァルディーズは、二ヵ月ほど前にラスクルーセスで死んだ。ニーナとダン・チェイニーをふくむＦＢＩ捜査官三名と麻薬取締局《DEA》捜査官数名は、闇の武器取引の現場を押さえた。ところが現場となった倉庫が爆発し、ニーナは巻き添えをくったのだ。

メディアはこの事件を「ラスクルーセスの大爆発」と命名した。

シルヴィアは、かたわらにいる男性にあらためて目を向けた。ダン・チェイニーはまさに、悲しみに打ちひしがれ燃えつきた連邦捜査官という顔をしていた。

「きみに話がある」チェイニーがしゃがれ声で囁いた。手はまだシルヴィアの肩をつかんでいる。シルヴィアは彼の目をのぞき込んだ。薄青の瞳は、瞳孔が針の先ほどしかない。睡眠不足とカフェイン過多と、ことによるともっと不健康なことが重なった人間の目だ。ダン・チェイニー特別捜査官よりずっとリラックスした覚醒剤常用者をシルヴィアは何人も見たことがあった。

「話って？」

「ここではまずい」チェイニーは唐突にシルヴィアの肩を放した。

シルヴィアは連邦捜査官の根深い不安が伝染する気がした。チェイニーは、手を伸ばせば触れられるほどぴりぴりしていた。「マットにはもう会ったの？　あなたがこっちへきていることは聞いて――」

「ゆうべのことなら知っている」チェイニーがぴしゃりとさえぎった。

「あなたは犯行現場を見にきた、アンソニー・ランドルが殺害された現場を……」シルヴィアの声が次第に小さくなった。

チェイニーは一度うなずき、それからいった。「シルヴィア、ここでなにが起きているのかおれは知ってる。きみを襲った人間が誰なのかも」つかのま表情がやわらぎ、以前の彼が幽霊のように現われた。好奇心が強く、仕事熱心で、いやに落ち着き払ったダン・チェイニーが。だがすぐに引きつった仮面の奥に消えてしまった。

「マットのトレーラーに押し入ったのが誰か知っているというの？」シルヴィアはチェイニーの切迫した雰囲気に完全にのまれた。マットの古い友人を助けようとする彼女の本能は、自分を襲った人間についてチェイニーがなにをいうのか聞きたいという焦りの前にわきへ押しやられた。たとえひどく思いつめた人間のようにふるまっていても、チェイニーはつねに優秀な連邦捜査官だった。

「シルヴィア、きみはまずいことに巻きこまれている」チェイニーは、通りに並列駐車した茶色のリンカーンのタウンカーの方を手で示した。「ついてきてくれ」

シルヴィアはダン・チェイニーのリンカーンの二台あとについてセリロス・ロードを南下した。車はFBIのサンタフェ支局ではなくチェイニーのモーテルに向かっていた。人目につかないところで話したいとチェイニーがいい張ったからだ。チェイニーはきっと張りこみ中なのだろう、とシルヴィアは見当をつけた。

シラー・ロードを越えたところで雲が切れて太陽が顔を出し、まばゆいほどの日が燦燦と降り注いだ。これこそが高地砂漠《ハイデザート》の夏の陽射しだ。ここ数週間というもの、空はずっとスモッグと山火事の煙でかすんでいた。

シルヴィアは赤信号でとまった。四十年前、セリロス・ロードは農場や果樹園に面した未舗装の道路だった。だがいまではサンタフェの中心と州間道路《インターステート》を結ぶ通りとして、ファーストフードのチェーン店や小型スーパーがひしめき合っている。信号が青に変わり、車の流れがゆっくりと動きだした。前方でチェイニーが右折するのが見えた。シルヴィアもそれに倣《なら》い、〈ロード・イン〉の駐車場に車を入れた。

バーガーキングとカーペットワールドにはさまれた〈ロード・イン〉は、週単位や月単位で借りられる宿だ。宿の廊下はたばこと汚れた洗濯物のにおいがした。擦り切れたカーペットは、赤とオレンジという最悪の組み合わせだ。シルヴィアは呼吸を浅くした。最近のダン・チェイニーが住むところにあまりこだわっていないのは明らかだ。

シルヴィアは落ち着かない気分のまま、チェイニーのあとについて廊下を進んだ。チェイニーのからだはいまも背すじがぴんと伸び、腰も引き締まっていた。右肩がわずかに下がっているることにシルヴィアは気づいた。どこかの部屋のドアをぶち破るつもりでないといいのだが。

二三二号室の前にくると、彼はキーを使ってドアをあけた。

シルヴィアは、チェイニーのわきをすり抜けるようにして部屋にはいった。たちまち、汗と不安のにおいに圧倒された。彼女はTシャツをまたいだ。ファイルや新聞の切り抜き、報告書らしきものの山がそこらじゅうに散乱している。ベッドには、西部諸州の地図が広げてあった。部屋にひとつしかない窓にはカーテンがひいてあった。真正面にあるテレビは点いていて小さく音がしていたが、画面は青く光っていた。テレビの上に、チェイニーは額に入れたニーナ・ヴァルディーズの写真をおいていた。その高い頬骨と深くくぼんだ瞳と大きな口に、シルヴィアは見とれた。この美しい顔立ちがどれほどチェイニーを苦しめているかわかった気がした。

わかったことはもうひとつあった。ダン・チェイニーは事件の捜査にあたっているわけではないのだ——少なくとも正式には。

シルヴィアはますます気が重くなった。どっと落ちこんだ。部屋のなかを行ったり来たりしながらカーテンごしにモーテルの駐車場を、チェイニーのリンカーンと自分のヴォルヴォをちらちらと見る。窓ガラスにはひびがはいっていた。扉のついていない小さなクローゼットにはシャツが一枚、だらりとハンガーにかけてある。バスルームの蛍光灯の明りが、タイルや設備の安っぽさをあらわにしていた。まさに、いまのチェイニーにぴったりの場所だ。

シルヴィアはようやくチェイニーに顔を向けた。「ゆうべの事件はどうして知ったの?」

チェイニーは短く刈りあげた頭を大きな手でごしごしこすり、それから肩をすくめた。「おいおい、シルヴィア、これでもFBIの人間だぞ。警察無線を聞いていればわかるさ」隣室のドアがばたんと閉まり、ベニヤ板と漆喰でできた壁が震えた。チェイニーが、はっとからだをこわばらせた。

シルヴィアは、つられて身がすくみそうになるのをこらえた。目の前にいる男は、プロの捜査官というより、酒を断って頭がおかしくなったアルコール中毒者のようにふるまっている。

彼女はチェイニーの方に顔を向けた。暗色の瞳が青く透きとおる瞳をつかのま探ったが、彼の心の窓はぴたりと閉ざされていた。口をひらいたとき、シルヴィアの声はやさしかった。「ダン、あなたがここにいることを知っている人はいるの？ わたしから連絡しましょうか？」

チェイニーはその質問を無視してベッドの端に腰かけると、ぼろぼろになったファイルから一枚の写真をとりだした。「これを見てなにか思いあたることはないか？」

写真は引き伸ばされていた。死体が写っていた。被害者は手足を縛られて焼かれていた。アンソニー・ランドルと同じだ。シルヴィアはいった。「どこで手に入れたの？」

彼女の目に怯えの色を見てとり、チェイニーはわかったというように短くうなずいた。「今年の初めに、カリフォルニアの警察がモハーヴェ砂漠の南にある牧場の手入れをした。彼らはそこで別のふたりの被害者――どちらも成人男性だ――が写ったポラロイド写真と殺害場面をおさめたビデオを見つけた」

シルヴィアはぐったりとベッドに沈みこんだ。「つまり、これはひとりの連続殺人犯による犯行だってこと？ 自警団ではなく？ なにがどうなっているのかさっぱりわからないわ」

チェイニーはシルヴィアの方に身をのりだして彼女の手から写真をとると、声を落として、別の状況ならセクシーともいえる熱っぽさで告げた。「この写真の男は子供に性的虐待をおこなっていた。われわれの共通の友人、デュポン・ホワイトと出会うまではね」

その名前にはかすかに聞き覚えがあるだけだったが、そのデュポン・ホワイトというのがチェイニーの敵に、ニーナ・ヴァルディーズの死の責めを負うべき人物に違いないとシルヴィアは直感した。そのとき、そんな直感などわきへ押しやられるほどの厳然たる事実に思い至った。

「ダン、その人物は――そのデュポン・ホワイトという男は、ラスクルーセスで死んだ銃の密売人じゃないの。倉庫が爆発したあの事件の。いま思いだしたわ」

チェイニーは顔の筋肉ひとつ動かさずに感情を抑えこんでいたが、それとわからないくらいかすかに表情が変わったことにシルヴィアは気づいた。

「デュポン・ホワイトの死は――」チェイニーはベッドから立ちあがり、〝死〟という言葉を強調するように指でクォーテーションマークをつくった。「やつが死んだというのは当局の嘘っぱちだ。FBIはデュポン死亡の証拠をなにもつかんじゃいない。証拠はすべて倉庫といっしょに吹き飛んでしまったからな」

恐怖が、薬物かなにかのようにシルヴィアの全身を駆けめぐった。チェイニーは妄想をいだいている？　それとも、内部告発をしようとしているのだろうか？　ベッドのスプリングがお尻にくいこむ。暑さに汗が流れた。シルヴィアはいますぐここを離れたかった。だがダン・チェイニーのいう証拠を――もしそんなものがあるのなら――聞きたくもあった。

シルヴィアを説得するのはむずかしいが、いまを逃したら二度とチャンスはめぐってこないだろうとチェイニーは思った。彼はその場を行ったり来たりしながら静かに先をつづけた。「デュポン・ホワイトは闇市場《ブラックマーケット》で仕入れた武器を、アイダホのスキンヘッドやカリフォルニアのアーリア人連合やテキサスのネオナチに売りさばいていた。すべては警察やFBIや自分の父親、つまり最初に彼をひどい目にあわせた連中に仕返しをするという偏執的なまでの使命のためだ」チェイニーはそこで足をとめ、太く短い指で首をこすってから、シルヴィアの顔を気詰まりなほど長いこと見つめていた。シルヴィアは視線を合わそうとしない。ついに彼は彼女の横に腰を下ろし、口元を引きあげて歪んだ笑みを浮かべた。「信じたほうが身のためだぞ、シルヴィア」

「信じる？　よしてよ、ダン。あなたは死んだ人間の話をしているのよ」シルヴィアはふーっと息をつき、両手を腿において指を広げた。不安でじっとしていられなかった。この部屋から、このモーテルから逃げだしたかった。それでも動かずにいた。

そして、いくぶんおだやかな口調でいった。「倉庫の爆発からじきに二ヵ月よ。FBIはまだDNA鑑定を終えていないの？　デュポン・ホワイトの死亡を証明する証拠はないわけ？」

チェイニーはけだるげにこめかみをさすり、うずくような痛みをやわらげようとした。「ことはもっと込み入っているんだ。当局は入手した証拠を公開しようとしない。この件を公にしたくないんだ」

「もう、そんなわけないじゃないの。これがFBIの陰謀だとでもいいたいの？」

「忘れてもらっては困る、おれはその場にいたんだ」チェイニーが静かな声で答えた。不意にテレビ画面に映像が現われ、シルヴィアは飛びあがりそうになった。

「カリフォルニアの牧場に踏みこんだときに警察が見つけたビデオがこれだ」テレビの方にあごをしゃくった。

カメラが上下左右に動き、それから粒子の粗い映像に焦点が合った。砂漠の空に浮かぶ月だ。シルヴィアはかたわらの捜査官にちらりと目をやった。チェイニーは口をぽかんとあけて、百回は見た映像をくいいるように見つめている。手にはリモコンが握られていた。シルヴィアはビデオに注意を戻した。画質が悪く、白黒で、粒子も粗かったが、見ることはできた。

カメラの目が月から地面へとすべるように動き、なにか長くて白いものをアップでとらえた。ロープだ。シルヴィアが不安げにつばをのみこんだときカメラがふたたび動き、獲物の臭跡を追う猟犬のようにぐいぐい走った。

カメラは男の顔の上でとまった。うつろなふたつの目がこちらを見返している。男はだらりと口をあけ、はあはあと荒い息をしていた。と、不意に映像がぶれて——おそらくカメラを下におろしたのだろう——永遠にも思えるほど長いあいだ画面は灰色のままだった。ようやくカメラが乱暴に引き戻されて男の裸体を映しだすと、シルヴィアは自分の口から呻き声がもれるのを聞いた。男は地面に大の字にされて、四本の金属杭に手足を縛りつけられていた。男の肌は濡れていた。

チェイニーが息を吸いこむ音が聞こえた気がしたが、それはシルヴィア自身が息をのむ音だった。ほかにはなにも聞こえない。ビデオは無音で、ぞっとする映像のモンタージュ

（心象の流れを示すためにいくつもの画面を連続させたり重ね合わせたりする手法）になっていた。誰かの手が赤々と燃える炎をつかむ。その手が男の裸体の上に伸びる。そして、炎が落とされた。

ガソリンで濡れた男の腹が、胸が、顔が、一瞬にして火に包まれた。

シルヴィアは思わず手で口を押さえた。それでも、燃えている男から目を離すことができなかった。カメラが男に近づき、ぼやけたクローズアップになっても目をそらせなかった。男のからだが生気を取り戻し、炎で息を吹き返す。ベッドの上でチェイニーが身をのりだした。

いきなりカメラが引いたかと思うと、次に黒の戦闘靴に焦点が合い、殺人犯の脚にパンした。

これがデュポン・ホワイトに違いない、とシルヴィアは思った。

彼は軍の迷彩服を着ていた。こちらに背を向けている。うしろでひとつにまとめた黒髪が、がっしりした肩にかかっている。

彼がカメラをふりかえり、気がつくとシルヴィアは息を詰めていた。肺が痛み、わき腹がうずいた。

**彼の顔には、泥か絵の具が塗りたくられていた。**黒い絵の具で目のまわりをふちどり、広い額にも同じ色を塗りつけてあった。両頬には斜めに何本も黒いすじが引かれている。薄くて平たいくちびるは——これも黒く塗りつぶされていた——いやらしい笑みを浮かべていた。

わたしを襲った暴漢の顔によく似ている。

傲慢で、尊大で、邪悪な異教の神。

チェイニーが画面を一時停止にした。

シルヴィアはあまりの恐怖に茫然となった。無理やり声を絞りだした。「もし彼が生きているなら、これをやったのが彼なら、当局に――」

「おれがその当局だ」チェイニーがそっけなくいった。「上の連中はおれの話を信じなかった、きみのことも信じないだろう」

恐怖が怒りに変わり、シルヴィアはいきなりベッドから立ちあがった。「いいかげんにしてよ！　わたしをこんなところまで連れてきて、なにをいうかと思えば、この頭のいかれた男がアンソニー・ランドルを殺したあとでマットのトレーラーに押し入ったですって？　じゃ、わたしは死人に蹴られたというの？　もし本気でそんなふうに思っているなら、まずはマットに話して。それからFBIに戻って、もっとまともなやり方で事件の解決にあたるのよ」

「そうするには、もう遅すぎる」

「じゃ、どうしろというのよ」シルヴィアは腹が立ち、怖くもあった。チェイニーが死んだ男に取り憑かれて妄想をいだき、FBIに追われていると考えるのはいやだった。彼が真実を告げていると考えるのは、もっといやだった。

チェイニーが額の汗をぬぐった。目が充血している。無精ひげが顔の下半分に影を落としていた。彼はシルヴィアの手に、ぶ厚い紙のファイルを押しつけた。「デュポン・ホワイトについてもっと知りたければこれを読んでくれ」

シルヴィアはファイルをまじまじと見た。

チェイニーが声を落とした。「デュポンに関わった人間は、みな気がふれるか死ぬかしている。

ヴァイオレット・ミラーは――デュポンの恋人だが――精神異常と認定されて、いまはカリフォルニアの病院にいる。デュポンの相棒のコール・リンチという人殺し野郎は、塀のなかだ」

シルヴィアはかぶりをふった。「どうしてデュポンがわたしを狙うの？」

「その答えは自分で見つけるんだな――きみは精神分析医なんだから。だがやつはきみのクライアントが気に入らないんだとおれは思う」

　チェイニーはシルヴィアの手を強く握り、ドアの方に連れていった。ドアの前までくると、彼はいった。「きみをここに連れてきたのは、怖がらせて用心させるためだ、シルヴィア。デュポンが武器の取引でラスクルーセスにくる前にサンタフェに立ち寄ったことはわかっている。やつはかつてここにいた――そしてまた戻ってきた。やつは生きている。頼むからおれの言葉を信じてくれ」

　口をひらいたとき、彼女の口調はやさしかった。「それであなたはどうするの、ダン？　お金は足りているの？　泊まるところはあるの？　あなたには助けが必要よ」

「おれがどうするかって？」チェイニーはうつろな目を彼女に向けた。「あのくそったれを見つけだして、息の根をとめるまでだ」

　チェイニーの視線を背中に感じながら、シルヴィアはモーテルの廊下をきたときと反対にたどっていった。

　ぼうっとしたまま、セリロス・ロードの往来に車を出した。カーラジオからライチャスブラザーズのなつかしいナンバーが流れてきたが耳にはいらなかった。ダン・チェイニーとデュポン・ホワイトのことが頭から離れなかった。

ロード・インから五ブロック行ったところで、ペンキ店の駐車場に車を入れた。ポンティアックを運転していた年配男性が、ヴォルヴォとの衝突を避けようと急ハンドルを切った。運転手は怒ってこぶしをふりあげたが、すでに携帯電話でマットのポケットベルを呼びだしていたシルヴィアの目にははいらなかった。自分の番号を入れて、すぐに切る。

数分もしないうちに電話が鳴った。

「やあ、どうかした?」

うしろで人の話し声が聞こえた。「いまどこにいるの?」

「〈ババ・タコ〉でグリーンチリ・ブリトーができるのを待ってるんだ。きみの分も買っていこうか?」

「それより話があるのよ。いままで一時間ほどダン・チェイニーといっしょだったの。あの人、ランドル殺害とラスクルーセスの倉庫爆発のことで途方もないことをいいだして——」

「わかったから、そうまくしたてるなって。ダンとどこで会ったんだ?」

「ロード・インよ。彼をひとり残してきたんだけど、なんだか心配で。ダンには助けが必要だわ。勝手に仕事を休んで捜査にあたっているんじゃないかと思うの」

旧友についてマットがなにを考えているかシルヴィアにはわかる気がした。FBIの方針に叛いた捜査官は国を失ったも同然だ。FBIはどこまでもダン・チェイニーを追うだろう。そして見つかったら最後、ダンのキャリアはおしまいだ。

マットがいった。「そのモーテルの駐車場で落ち合おう。それまでダンの部屋には近づくな。やつを怯えさせるとまずい。五分でそっちに行く。ダンの口から直接話を聞きたい」

電話を切ると、シルヴィアはモーテルに戻った。ヴォルヴォのエンジンを切ったちょうどそのとき、マットが駐車場の隣のスペースにカプリスをとめた。

シルヴィアがマットの先に立ち、建物側面の入口の金属製の階段を駆けあがった。チェイニーの部屋の前までくると、ドアがわずかにあいていた。

マットは一度ノックをしてからドアを押しあけた。「ダン、いるか？　マットだ」

答えはない。部屋はもぬけの殻だった。わずかなゴミと恐怖のにおいだけを残して、ダン・チェイニーは跡形もなく消えていた。

# 7

「つまりこういうこと？　ダン・チェイニーはあんたがコール・リンチと話すべきだと考えている、そうすればそのデュポン・ホワイトとやらが生きていることを信じられるようになるから？」ロージー・サンチェスはきれいに揃った前歯で下くちびるを噛んで、両方の眉を引きあげた。

「ダン・チェイニーは誰に会えともいっていないわ。わたしがコール・リンチに会おうと決めたの。リンチはデュポン・ホワイトの相棒だったから」

「それで、いきなり事務所に押しかけてきたわけね。まったく、せめて一時間かそこら前に連絡を入れてほしかったわね。ここの金曜日がどんなかはあんたも知ってるでしょう」ロージーは軽く諫めるように舌を鳴らした。「あんたがなにをしようとしているかマシューは知っているの？」刑務所の敷地内にある警察犬訓練所に面した砂利道を、刑務所主任捜査官は鮮やかなブルーのピンヒールできびきびと歩いた。

ロージーのあとにつづきながら、シルヴィアは友人に合わせていつもより歩幅を狭くした。

「チェイニーの居場所をつきとめるまでマットには話をしている暇などないわね。マットはラスクルーセスのダンのボイスメールにメッセージを残したの。ダンは異常なほど用心深くなっているから、電話があったかどうかをたしかめるためにかならずボイスメールをチェックするはずだから」シルヴィアが通りかかると、一匹のジャーマンシェパードがうなった。

ニューメキシコ州刑務所の警察犬訓練所は、コンクリートブロックの小さな建物と、隣接する犬舎からなっている。周囲はひらけた草原で、機能的で整然とした訓練所とは対照的なシンプルな美しさを見せつけていた。草丈の短い草原は遠目にはとてもやわらかそうで、それとはわからないほどゆるやかに起伏したそのさまは草の海を思わせた。シルヴィアはしぶしぶと訓練所の方に注意を戻した。

十二ある犬舎は、高さ八フィートの金網フェンスで仕切られていた。ドーベルマンやシェパードやロットワイラーが、檻のなかを行ったり来たりしている。「こんにちは、マクスウェル、元気？」ロージーが声をかけると、体重百ポンドのロットワイラーが太く短い尾をふって、濡れた鼻づらを金網に押しつけた。

シルヴィアの視線は、いちばん奥の檻にいる薄茶色のシェパードに引き寄せられた。鋭く光る茶色の目、つややかな毛並み、からだも引き締まっている。

「ベルジアンマリノワの雌よ」ロージーが説明した。「名前はニッキ。まだ訓練中なの。将来の麻薬犬よ。たぶん」

「たぶん？」

「ニッキは見習い中の身なの。できが悪くて《プロブレシータ》、仕事に集中していられないのよ。すべての犬がここでの仕事に適しているとはかぎらないってことね」ロージーはシルヴィアの先に立ってニッキの檻の方へ歩いていった。そして檻の数ヤード手前で立ちどまった。シルヴィアはロージーの横でつかのま足をとめ、それから二歩ほど前に出た。ニッキがうなった。

ロージーがいった。「ほかの受刑者たちはコール・リンチのことを〝弁護士《カウンセラー》〟と呼んでるわ。彼は北棟の法律書図書館に住んでいるといってもいいくらい。この刑務所一法律にくわしい囚人よ」

シルヴィアは頭は動かさずに目だけ友人に向けた。「カウンセラーは殺人の罪で服役中なんじゃないの？」

「殺人の一歩手前というところね。ヘルズエンジェルのメンバーのひとりを、もう少しで殴り殺すところだったの。原因は商売上のトラブルよ」ロージーのミルクコーヒー色の肌が夏の陽射しを受けてきらめいた。彼女は暗色の瞳の上に手をかざし、強い陽射しをさえぎった。ニューメキシコの高地砂漠には珍しい、異常なほどの暑さだった。「ダン・チェイニーが無届けで仕事を休んでいるって本当なの？」

「わたしにはそう見えたわ」

ロージーの両眉がふたたびつりあがった。「二年前のニューメキシコ刑務所組合会議で、チェイニーはそれはすばらしいスピーチをしたのよ。たしか彼と亡くなった捜査官のニーナ・ヴァルディーズは親しい友人だったんじゃなかった？」

汗で肌がじっとりしていた。シルヴィアは、ずり落ちてきたサングラスを元の位置まで押しあげた。「ふたりは愛し合っていたのよ」

「かわいそうなダン。その会議であたし、奥さんのロレインを紹介されたのよ」

「かわいそうなロレイン」

マリノワ犬が、縦六フィート横九フィートの檻のなかを歩きまわりはじめた。数秒ごとに立ちどまっては四肢をテーブルの脚のようにふんばり、シルヴィアをじっと見つめる。だがじきに気が散り、じっとしていられなくなって、ふたたび檻のなかをうろつきはじめた。

「ニッキ、集中して」シルヴィアは小声でいった。

マリノワ犬がうなった。

ロージーがいった。「デュポン・ホワイトが生きているというチェイニーの話は本当かもしれないと思っているの？」

シルヴィアが友人の方をふりかえったとき、突然ニッキが一声吠えた。空気はむっとするほど暑く、息苦しいほどだ。「いいえ。わたしが思っているのは、ダン・チェイニーはなにかを企んでいる狂人のように見えたってこと」

ロージーは探るような目でシルヴィアを見た。シルヴィアはひどくぴりぴりしているように見えた。いつ爆発してもおかしくない、そんな感じだった。

シルヴィアは目を閉じた。不意にわき腹の痛みが戻ってきた。「それでも、彼の警告を無視することもできない」

「ダン・チェイニーが正しいとしたら、ひょっとするとベンジーはダークキャニオンでデュポン・ホワイトを見ているかもしれないわね」

シルヴィアは、彼女を襲った暴漢の顔を思い描こうとした。記憶のなかで、暴漢の顔とビデオで見たデュポン・ホワイトのペイントした顔がダブる。

突然ニッキが吠え、シルヴィアはぎょっとして飛びあがり両手で耳をふさいだ。鋭い咆哮がコンクリートにこだまする。やがて、シルヴィアはその場にしゃがんでももにひじをついた。そしてニッキと向きあった――今度は、群れの序列で第二位の犬のように伏し目がちに。

「カウンセラーからなにが聞けると思うの?」とロージーが尋ねた。

「もしかしたらリンチは、わたしがデュポンの名前を出したとたんに狂ったようにわめきだすかもしれないわね」シルヴィアは真顔で肩をすくめた。「ねえロジータ、わたしたち犬舎でなにをしているの?」

「ある人を待っているのよ、あたしの待ち人をね」

シルヴィアはもぞもぞと足の位置を変えた。ひざが痛くなってきた。ニッキはいまもときおり低いうなり声を発していたが、それでも檻のなかをうろつくのはやめていた。「この犬、わたしのことが好きみたい」

「きっとあんたにくびったけなのよ」ロージーが眉間にしわを寄せた。

しゃがんだ姿勢のままでニッキの方に近づくシルヴィアの横で、ロージーは、砂埃を立てて砂利道をこちらに向かってくるオフホワイトのセダンに目をやった。セダンは犬舎の手前でなめらかにとまり、ひとりの男が降り立った。彼に手をふったあとでロージーはシルヴィアに注意を戻した。

「頼みがあるんだけど」

「なんなりと。誓って《スカウツ・オーナー》どんなことでもするわよ」そういいながら、シルヴィアはじりじりと前に進んだ。ニッキがうなる。

「あんたとは二十年来のつきあいだけど、不良娘だったことはあってもガールスカウトだったことは一度もないわよ」ロージーは腕時計にちらりと目をやり、次にシルヴィアを見た。そして、ついにいらだちを抑え切れなくなった。「ねえ、いいかげんにその犬を放っておいたらどうなの？」

「頼みって？」頬をくすぐるほど近くにマリノワ犬の息を感じた。片方の目の隅に犬の歯が、先端が黒い金色の毛が、濡れたような茶色の瞳が見えた。

「あたしたちがここにきたことを誰にもいわないで」

シルヴィアはロージーをふりかえり、その顔をまじまじと見た。そのとき、こちらに近づいてくるホセ・ゴンザレス捜査官室長の姿に気づいた。ゴンザレスはこのニューメキシコ州刑務所に二十年以上も勤める人物で、縁故や身内びいきからなる昔ながらの刑務所派閥に属するひとりでもあった。刑務所長は入れ替わっても、派閥のネットワークは礎のようにびくともしない。ロージーはなぜゴンザレスと会うことをこうも隠したがるのだろう？

シルヴィアは眉根を寄せた。「わたしの口の固さは知ってるはずよ」そのとき、彼女は間違いを犯した。マリノワ犬の顔に視線をすっとあげたのだ。一瞬、シルヴィアと犬の目が合った。マリノワ犬が上くちびるをめくり、尖った歯をむいて恐ろしいうなり声をあげたかと思うと、前方に飛びだした。衝撃で檻が揺れた。

犬の歯が金網にぶつかるバキッという音がした。シルヴィアの腕と顔に点々とつばが飛んだ。心臓が全力疾走したときのように激しく脈打ち、アドレナリンが全開になる。金網の一部が犬の血で汚れていた。

立ちあがると、ひざががくがくした。「この犬、わたしが好きなんだわ」

「この子たちは愛し方を知らないのよ」ロージーが、やれやれというようにかぶりをふった。「獲物を追うことで頭がいっぱいだから」

ロージーがゴンザレスと話をしているあいだ、シルヴィアは十五メートルほど離れたロージーのカマロの横で待っていた。シルヴィアは好奇心をかき立てられたが、ロージーはいつになく口が重かった。ゴンザレスは、まるでなにかからロージーを守るように彼女のまわりをうろうろしている。あれではロージーにのぼせあがっているのが見え見えだ。ロージーは彼の腕を親しげに軽く叩いたが、そのしぐさはぎこちないものだった。ふたりがなにを話しているかは知らないが、いいニュースでないことはたしかだ。

つややかに輝くまっ赤なカマロのルーフから陽炎が立っている。シルヴィアは、草原にぽつんと一本そそり立つハコヤナギのわずかな木陰に逃げこんだ。そして、彼女の家でマットとすごした夜のことを考えた。ふたりとも気が立っていた。どちらも一睡もしなかった。いまは熱く乾いた空気と煙と疲労のせいで、目がひりひりする。わき腹の傷がひどく痛んだ。たぶん家に戻る途中で救急病院に寄って、抗生物質の軟膏をもらったほうがいいのだろう。たぶんエイズ検査も受けるべきなのだ。

それでも、トレーラーで死人に襲われたと信じる気にはなれなかった。**たぶんわたしは心気症になりかけているのだ。**

その点はマットも同じ意見だった。「デュポン・ホワイトは二ヵ月前に死んだ。今回のことが誰の仕業であれ、そいつは連続殺人犯なんかじゃない。やったのは地元の人間だ、自警団だよ」

「じゃ、チェイニーのことは?」

マットはビールの六缶パックから一缶とると、音をたてて冷蔵庫のドアを閉めた。「きみの話からすると、ダンはすっかり正気を失っているらしい」

それでもマットは、シルヴィアがチェイニーのモーテルで渡されたデュポン・ホワイトのファイルに目をとおすといって聞かなかった。ファイルは一枚の写真からはじまっていた。

デュポン・ホワイトことトーマス・デュポンティエ・ホワイト(男性、異性愛者)は、一九七〇年カリフォルニア州サンタバーバラに生まれた。養父のローランド・ホワイト(すでに死亡)は製造業の大手〈スミス&ホワイト〉の後継者だった。デュポンの母親はローランドの二番目の妻で、〈スミス&ホワイト〉の秘書をしているときに現在の夫と出会った。彼女にとってこの結婚は、金銭的にも社会的にも願ってもないことだった。ふたりの結婚生活は、ローランド・ホワイトがいまなお未解決のひき逃げ事故で亡くなるまで十三年つづいた。養父が死んだとき、デュポンは十六歳だった。

十八歳になると、デュポンは母親の反対を押し切ってロサンジェルス警察学校に入校した。だがすぐに問題にぶつかった。心理テストで加虐的性向のある反社会的人格と評価されて退校を余儀なくされたのだ。

警察官になるというデュポンの夢はついえたが、かわりに犯罪者として名を馳せるようになる。デュポンは銃器類の密売を手がけ——コール・リンチは彼の相棒だった。取引は州内だけに留まらず、アイダホ、テキサス、カリフォルニア、オレゴン、ネヴァダまで及んでいた。このままでいけば、デュポンのファイルは短編小説くらいの長さになってもおかしくなかった。ところが一九九四年を最後に、彼の名が当局の記録に登場することはなくなる。自警的殺人に関する記述もなければ、デュポンが被害者を生きたまま焼いたという記録もない。記録の上では、デュポン・ホワイトは完全に姿を消していた。

ロージーがすぐ横に立っているのを見てシルヴィアはぎょっとした。彼女はつかのま友人の姿に見とれた。背伸びをしてようやく百五十五センチと小柄なのに、ハイヒールをはいたロージーはものすごく堂々として見える。

ロージーはシルヴィアに片眉をあげた。「なにじろじろ見てるのよ。さあ、カウンセラーを、コール・リンチ先生を探しにいくわよ」ロージーは刑務所の警戒境界線をめぐる未舗装の道にカマロを走らせた。途中で巡回中の白いセダンを追い越すと、運転席の刑務官が片手をあげた。

「ゴンザレスとの話はうまくいったの?」無関心を装ってシルヴィアはきいた。

「刑務所長があたしをくびにしたがっているっていわれたわ」

「なんですって？　なぜよ？」シルヴィアはシートの上でさっとからだをねじった。「どうして？」

「所長はわたしの仕事を男にやらせたいのよ。それも大学出の男に。自分と同じようなね」まあ、落ち着いてというようにロージーは片手をあげた。「いまのところ、わかっているのはそれだけ。これは極秘の話なの、わたしに話したことが知れたらホセのくびも危なくなる」

シルヴィアはシートに沈みこみ、親指の爪を噛んだ。「もしむこうがなにかしようとしたら、こちらは告訴するまでよ」サングラスがまたずり落ち、指で押しあげた。

「こちらって？」

「わたしがあなたひとりを法廷に立たせるわけないじゃないの。レイはこのことを知っているの？」ここ数年で、シルヴィアはロージーの夫のレイといい友人になっていた。レイは思いやりのあるやさしい人で、妻とティーンエイジャーの息子のトマスを心から愛していた。

「わたしがすんなり辞めたらレイは大喜びよ。彼はほら、わたしに刑務所の仕事を辞めさせたくてしかたないんだから」ロージーはカマロのウインドウを全開にして、窓枠にひじをのせていた。乾いた熱い風が、カーラジオの音をかき消す。

刑務官訓練所に近づくと、ロージーはカマロの速度を七十キロまで落とした。ちょうど新人刑務官の訓練がおこなわれているところだった。男女が混じった一団が運動場で腕立て伏せに励んでいる。どのからだからも、ゆらゆらと陽炎が立っていた。

しばらくすると、真正面に刑務所中央棟が見えてきた。さえない灰色の、なんの変哲もない建物だ。わかれ道にくると、ロージーはハンドルを軽く右に切って中央棟を通りすぎた。彼女の事務所は、ここの二階だ。

カウンセラーことコール・リンチは、中央棟から車で三分の警備が比較的ゆるやかな南棟に収監されている。しかし、ふたりが向かったのは重警備の北棟だった。そこにカウンセラーの仕事場があるのだ。

ロージー・サンチェスは、法律書図書館のドア上部の強化ガラスの窓を軽く叩いた。ドアのむこうにいる受刑者が、整理しかけの法律書の山から顔をあげた。ネアンデルタール人のように突きでた額に鷲鼻、黒っぽい髪は小さくカールしていて、目は太い眉の下にほとんど隠れてしまっている。誰がきたのか気づくと、恐ろしげな顔がふっとゆるんだ。ゆっくり椅子から立ちあがり戸口まで歩いてくると、少しだけドアをあけた。

「これはこれはミズ・サンチェス、わざわざ会いにきてくれるとはうれしいね」きびきびして明快で芝居じみたその口調は、まさに熟練した弁護士のそれだった。ロージー・サンチェスの顔を見て、コール・リンチは明らかに喜んでいた。

「ちょっといいかしら、カウンセラー？」

カウンセラーことコール・リンチは北棟にある法律書図書館の管理人で、さらには独学の弁護士補助員として独居拘禁の受刑者が上訴請求をしたり上訴に必要な書類を作成するのを手伝ってもいた。

カウンセラーの通常の業務は三つある学習室の監視で、学習室はこぢんまりした参考図書館の隅にあって、各部屋にひとりの受刑者がはいることになっていた。ここは一日二十三時間、監房内に監禁されている受刑者が、刑務所から出る方法を模索する場所なのだ。もちろん合法的な方法で。だがいまは、どの学習室も空いていた。

シルヴィアはロージーの陰から様子をうかがった。カウンセラーはUCLA時代に彼女がつきあっていたロースクールの学生に似ていた。たぶんあの鷲鼻か、さもなければ『L・A・ロー／七人の弁護士』に出てきた俳優みたいな髪型のせいだ。間違っても緑色の服のせいじゃない。

ロージーがにっこりした。「あなたにききたいことがあるの」そういうと、コール・リンチのわきをすり抜けて図書館にはいった。シルヴィアがそのあとにつづく。

カウンセラーの目には知性と、研ぎ澄まされた動物的勘のきらめきがあった。彼は主任捜査官と言葉を交わしながら、その目をシルヴィアの全身にざっと走らせた。「次のクライアントがくる前に本の並び替えを終わらせないといけないんだけどね」デスクの上やまわりに積みあげられた本の山を手で示した。

ロージーがうしろに下がり、かわりにシルヴィアが前に出た。「あなたの仕事の邪魔をするつもりはないの」彼女がどこの誰かカウンセラーはとっくに知っているだろうと思ったが（受刑者は自分を刑務所送りにした人間のことはひとり残らず知っているものだ）、それでもシルヴィアは正式な自己紹介をして、そのあとで仕事をつづけてと身ぶりで示した。カウンセラーがぶ厚い本を二冊とりあげた。彼の背丈はゆうに百八十センチを超え、本を落とさないようバランスをとりながらいちばん上の棚に楽々と手を伸ばした。

シルヴィアは、『ブラックの法辞典』と『最高裁判所判例集』の重みですでに傾いているデスクにそろそろとよりかかった。

「最近、デュポン・ホワイトから連絡があった？」

カウンセラーはぶ厚い専門書の一方を棚に並べた。「キラーから？　最後に聞いた話だと、やつは八週間前に死んだはずだが。ＣＮＮが〝ラスクルーセスの大爆発〟とかって呼んだ、例の倉庫の爆発で」

「キラー？」

カウンセラーがうなずく。「やつは人からそう呼ばれるのが好きだったんだ」『憲法と社会』が棚に並んだ。

作業をつづけるコールをシルヴィアは観察した。彼はそのすらりとした指で、まるで誰かの肌を愛撫するかのように本の表紙を撫でている。コールは書物が人にあたえる力を高く評価するタイプの人間だ。彼は自分が話したいことだけをわたしに話して――あとは一切口をつぐむだろう。

彼女は何気ない調子できいた。「デュポンとのつきあいは長いの？」

コールは弁護士《カウンセラー》の仮面を崩さなかった。「カリフォルニアにいたころからの幼なじみだ。みんなで牧場で遊んでいたころからのね」彼はシルヴィアの表情を見て、そういった情報はすでに頭にはいっているのだろうと判断した。「おれの親父が〈悪魔の巣窟《デビルズ・デン》〉の管理人をしていたんだ。当時、牧場はそう呼ばれていた。千五百エーカーはあったな」コールは新たな本を手にとると、壁の時計にちらりと目をやった。いらだちが募りはじめている。

シルヴィアはいった。「デュポン・ホワイトは生きているかもしれないの」

カウンセラーの声はおだやかだった。「おれを相手にくだらない遊びはやめてもらいたいな、ストレンジ先生。受刑者のなかにも頭の切れるやつはいる、おれもそのひとりだ。この緑色の囚人服にだまされないほうがいい」

ロージーがふーっと息を吐く音がシルヴィアの耳に届いた。

コールはデスクわきにあった四冊の本を抱えあげた。あまりの重さに——革と紙だけで三十キロ以上はあるだろう——腕の筋肉が盛りあがる。棚の方に戻りながら、いった。「六週間前にFBIの連中がここにきた。デュポン・ホワイトの捜査は打ち切るといっていたよ」革装丁の本が一冊、手荒に棚におかれた。

コールは次の本をもちあげた。「髪の毛と皮膚の断片によるDNA鑑定で、デュポンが倉庫といっしょに吹き飛んだことが裏づけられるはずだ」二冊目が叩きつけられるようにして一冊目の横に並んだ。

コールはさらにつづけた。「歯科医療記録も、法廷が認める死亡証拠になる」三冊目がどさりと音をたて、棚全体がゆれた。

シルヴィアが口をひらいた。「あなたはデュポンの相棒だった。それなのに、彼の死を認めるのがいやではないようね」

コールはシルヴィアと向き合った。「デュポンと組んだ最後の仕事のせいで、おれはこうしてくらいこむはめになった。だがやつはまんまと逃げ延びた」そして冷ややかな笑みを見せた。

強化ガラスの窓を叩く音がした。ドアの外に受刑者がひとり立っていた。

カウンセラーは男に向かってうなずいた。それからくちびるをあまり動かさずにシルヴィアにいった。「もうあんたの治療は受けないといっている四人をおれは四人知ってる。まあ、最後に鑑定した男が生きたまま焼かれたとあっては当然か」彼は片眉をあげた。「あんたいったいなにがしたいんだ、刑務所のセンセー？　あんたはものごとの邪悪な一面ばかり見すぎている。もっとバランスのとれた見方をする必要があるんじゃないのかい？」

痺れを切らした受刑者が、またガラスを叩いた。

コールはふたりの女性に向かって、いった。「さてと、そろそろお引き取り願おうか、なにしろ忙しい身なのでね」

「時間をとらせて悪かったわ、カウンセラー」シルヴィアはいい、ブリーフケースに手を伸ばした。

ロージーはドアの横で、錠に鍵を差して待っていた。友人のあとについて部屋を出るとき、シルヴィアは本棚にちらりと目をやった。『刑法解説書』が上下逆になっていた。

弁護士のように法律的主張を展開するところなど、いかにもカウンセラーらしい、とシルヴィアは思った。彼は明らかにデュポン・ホワイトの死を「裁判長」に証明する必要があると考えている。それでも、カウンセラーが自分自身の言葉を信じているとは思えなかった。だからこそ、彼はあそこまでいらだちをあらわにしたのだ。

中央棟診療所では、消防士のベンジー・ムニョス・イ・コンチャ受刑者がベッドに仰向けに横たわっていた。看護婦と刑務官が彼のからだを清潔な寝具の上に寝かせたときから身動きひとつしていない。だが白日夢は見ていた。

炎に追われながら丘の斜面を駆けあがる自分の姿が見えた。そこがどこかははっきりわかる。「チューバのふち」と「汚れた谷間」のあいだのゆるやかな隘路《あいろ》——ダークキャニオンから軽くジョギングしてすぐのところだ。走っているうちに、だんだん呼吸が苦しくなってきた。喉が焼け焦げ、熱が水の分子の最後の一粒までを蒸発させて、肺が黒く干からびていく気がする。脚の筋肉に血が集まり、こわばって、いまにも肉離れを起こして飢えた炎に追いつかれてしまいそうだ。炎が吠えている。七歳のときにフロリダの海で見た時化《しけ》の大波の咆哮のようだ。ベンジーには火より水の方が恐ろしかった。

炎より先に丘の頂上にたどり着けるのはわかっていた。おれは四代目の火の戦士なのだから。頂上まであと二十メートルというとき、燃えさかる炎の叫び声を裂いてばさっばさっとリズミカルな鳥の羽音がした。山火事のせいで夜だというのに昼間のように明るい。小石がごろごろした道にひとつの影が現われては消え、彼のあとをぴたりとついてくる。気配を感じて、べンジーはついに上を見た。大きなフクロウが頭のすぐ上を飛んでいた。フクロウの目は赤く燃えていた。翼の先に火がついている。嘴から煙がたなびいていた。

ベンジーはつまずき、倒れた。そのとき彼女が見えた。ロージー・サンチェスの友人のあの医者だ。最初は彼女だとわからなかった。リーヴァイスにTシャツという格好で、髪もうしろで束ねていたからだ。彼女は彼の前方で炎に囲まれていた。あぶないと叫ぼうとしたそのとき、彼女がこちらをふりむいた。彼女の目は、赤く燃えるフクロウの目だった。

はっとして飛び起きると、診療所のコンクリートブロックの壁と澱んだ空気を感じた。ベンジーは悟った。フクロウがメッセージを運んできたのだ。

# 8

「おかえりなさい！」月曜の朝、シルヴィアはオフィスの受付を横切って、同僚のアルバート・コーヴをぎゅっと抱きしめた。「いい色に焼けてるじゃないの。うらやましいったらないわね。それで、トバゴ島はどうだった？」

アルバート・コーヴは四十代半ばだが、白髪まじりのブロンドを短く刈り、学生風のワイヤ縁の眼鏡をかけてシャツの袖をまくりあげたその姿は三十五でもとおった。物腰はつねにゆったりと落ち着いていて、衝動的でせかせかしたシルヴィアとは正反対といえた。慎重な話し方やのんびりした動きを見るたびにシルヴィアはワープしたくなる。彼女は内心、彼のペースに合わせるよう自分に言い聞かせた。

コーヴはしばし考えたあとで答えた。「すばらしかったよ、シュノーケリングも最高だった。観光客もさほど多くなかったし、土地の人たちもよそ者がはいってくるのをいやがっていないようだったな。まあ、あと三年もしたら観光客がどっと押し寄せて、すっかり――」

シルヴィアが話をさえぎった。「それで、カルロスも島を楽しんだの？」カルロス・ヒローンは、コーヴの長年の同居人だ。

コーヴが頬をゆるめた。「楽しんだなんてもんじゃないよ。ラムパンチとココナッツに首まで浸かってた。おかげでこの先ひと月は節制しないと。低脂肪ダイエットでね」

「あなたがいなくて寂しかったわ」

コーヴは一九八四年に〈司法鑑定センター〉を設立した。センターの目的は、超一流の精神分析医による司法鑑定を州政府と刑事司法制度に提供すること。最初に契約を結んだのがニューメキシコ州で、以来ずっと契約を更新している。司法鑑定センターはコーヴの自慢の種だ。そして彼自身、優れた精神分析医でもあった。

コーヴ以外の職員はロベルト・カシアスとシルヴィア・ストレンジのふたりで、シルヴィアは五ヵ月前にチームに加わったばかりだ。センターの仕事に加えて、シルヴィアとロベルトはわずかではあるが個人開業もつづけていた。司法鑑定センターはサンタフェ司法ビルから呼べば聞こえる距離にあり、シルヴィアの前の診療所からも歩いてすぐだった。

「いますぐ航空会社に予約を入れれば、今週中にトバゴへ行けるよ」コーヴはかなり長いこと迷ったあとで、受付デスクの端に腰かけた。背をそらせたとき、まだ仕分けしていない月曜の郵便物がそこらじゅうに散らばった。

シルヴィアは手紙や新聞雑誌のなだれをくいとめようとしたが、うまくいかなかった。あきらめて、バランスをとるようにデスクの反対側に腰かけた。そして木のデスクを指でトントン叩いた。

コーヴがつづけた。「ランドルのことはすべて聞いた。タリーの証言のことも、起訴が取り下げられたこともね」しばし押し黙ったあとで、さらにいう。「マットはかなりのショックを受けただろうね。たしかタリーと組んでいたんじゃ？」シルヴィアの顔が曇るのを見て、コーヴは彼女の腕にそっと手をかけた。「ランドルの身に起きたことは、きみにはなんの責任もないんだよ」

「そう思わない人もなかにはいるのよ」そして、ここ数日に起きたことをコーヴにざっと話して聞かせた。FBIが事件の真相を隠しているとダン・チェイニーが疑っていることも、デュポン・ホワイトが生きていて殺人を犯しているのだとダンがいい張っていることも。「最初は、チェイニーはパラノイアだと思ったわ」

「ぼくもそうだと思うね」コーヴは眼鏡をはずして、目をこすった。

「そのあとで、デュポン・ホワイトの殺人ビデオのひとつを見たの。殺しの手口がランドルのときとそっくりだった。服役中のデュポンの元相棒とも話をしたけど、わたしがデュポンは生きているかもしれないといっても、あまりうれしそうな顔はしなかったわ」シルヴィアは落ち着かない様子で片方の脚をぶらぶらさせた。「それでダン・チェイニーは完全に気がふれたわけではないのかもしれないと思いはじめたのよ。もしランドルを殺したのがデュポンだったら？そんなことありえると思う、アルバート？」

「もっと別の解釈もできるはずだよ。たとえば模倣犯とか。きみはマットのトレーラーで襲われた。その経験がきみから冷静な判断力を奪って――」

「アルバート、ヒステリー女扱いするのはよして。チェイニーの主張は調べてみる必要があるとわたしは思う。でもただFBIに電話して、『隠蔽工作してます？』ってきくわけにもいかないでしょう？」

コーヴは眼鏡をかけなおし、シルヴィアの顔をまじまじと見た。彼女の茶色い虹彩が色を増したように思えた。挑むようなその視線に落ち着かない気分になり、彼はいった。「それで、マットはなんと？」

「異常者の分析するのはもうやめろ、といわれたわ」

コーヴは鼻を鳴らし、「彼がそういうのも無理はないな」といった。背伸びをすると片手がなにかにぶつかった。高輝度ライトがデスクから落ちかけ、シルヴィアがすんでのところでつかんだ。

彼女はデスクのわきで身をかがめ、大きな茶色の箱をぐっと引っぱった。「これはなに？」

コーヴは視線を落とした。「トバゴ土産のココナッツだよ」アルバートが箱をあけている横で、シルヴィアはレターオープナーを手に郵便物を開封しはじめた。書簡、請求書、通知状——封を切っては、ひとつひとつ仕分けしていく。

「時差ぼけが治るまでに丸一日かかりそうだよ」コーヴはビニールをはぎとり、箱のなかから大きな茶色いフルーツをとりだした。「明日、昼をいっしょにしよう。未処理の患者について確認したいし」

「わかった」彼女はしわくちゃの封筒をオープナーでひらいた。白くて四角いものが、グリーンのフラシ天のカーペットにはらりと落ちた。「いやだ」彼女は封筒を取り落とした。アルバートはとっさにそのポラロイド写真に手を伸ばした。「さわってはだめ」シルヴィアが制した。

彼はデスクのわきにひざをついた。「これは……」

シルヴィアが隣にしゃがんだ。

白黒のポラロイド写真には、全裸の成人男性がはっきり写っていた。男は両手首を頭の上で縛られて、大きな鉄のフックからつるされていた。両ひざをベルトで固定され、ひざから下を力なく床についている。顔の上半分は黒いフードで隠れていた。

頬をふくらませて大きく息を吸うと、シルヴィアはアルバートのひざにそっと手をかけた。「はがきかなにかないかしら、写真をカーペットから拾いあげられるものならなんでもいいわ」

シルヴィアはコーヴが渡してよこした大判のはがきを写真の下に慎重に差し入れた。写真をはがきにのせてデスクの上におろす。次に指で封筒の端をつまんでわきへよけた。それからコーヴがレターオープナーの先で写真の角をもちあげるのを見守った。

コーヴがいった。「裏になにか書いてある」

几帳面なこまかい文字がきれいに並んでいた。

〝おまえは裏切り者の肋骨のあいだをナイフで裂き、おまえは嘘つきの舌を切り落とし、おまえは破壊者の種を燃やす。運命の星に導かれるままに。

人殺しのドクターへ、ふたり目″

四十分後、マットは証拠品用のビニール袋に封筒を入れた。

コーヴがデスクの上のポラロイド写真をあごで示した。「本来は女性のはずなんだがな」

「なんだって？」マットが眉をあげた。

シルヴィアはふたりの男性のあいだで視線を行ったり来たりさせた。

「ぼくらはサディストの手にかかった女性は見慣れているんだ。ある意味、定石だからね」コーヴは左耳のうしろに鉛筆をはさんだ。「テロリストによる拷問をのぞけば、男性が犠牲になることはまずない」

マットはかぶりをふった。「犠牲者が少年なら、犯人は小児性愛者ということも考えられる」

「さもなければ、ゲイの痴情ざたか」シルヴィアが口をはさんだ。「警察がいいそうなことだわ」

コーヴがうなずく。「じつに想像力をかき立てられるね。縛られた男性と――ボディーペイント、猛禽、高尚なメッセージといった儀式的行為。そして、そのすべてにシルヴィアが絡んでいる」

「犯人は解離障害に特徴的な表現を使っているわ。おまえはナイフで裂き、おまえは舌を切り落とし、おまえは種を燃やす、というように……」

「それで、きみたちの意見は？」マットがきいた。

コーヴは背すじを伸ばし、眼鏡を押しあげた。「犯人は三十一歳の天秤座の男性。幼稚園のころは指に絵の具をつけて絵を描くのが大好きで、性器を触っているのを先生に見つかって叱られた。シルヴィアは彼に母親を思いださせる。潜在的なホモセクシュアルで、自分の性的能力にまったく自信がない。職業は警察官。警官になったのは、拳銃をもてば男らしくなれると信じているから。そして目立ちたがり屋でもある」

真顔のまま、マットがいった。「目立ちたがり屋は嫌いだ」

「アルバートはあなたをからかっているのよ、マット」

「わかってる、だがまんざらはずれてもいない気がする」

「犯人は実際に目立ちたがり屋だよ」コーヴは歪んだ笑みを浮かべ、受付デスクの引き出しをあけてしばらくかきまわしていたが、やがて長方形の拡大鏡をとりだした。「それに警察官の可能性もある――さもなければ警官に憧れているか」

「犯人はご親切にも自分から捜査に協力している。第二の殺人を正式に知らせてきたんだからな」

シルヴィアがきいた。「犯人の性的志向は?」

コーヴがのろのろと頬を掻いた。「外見や行動からは性別が判断できない性別歪曲者《ジェンダー・ベンダー》だな。潜在的なホモセクシュアルということも考えられる」

「自警団だよ」と、マットがいった。「先週テキサスで、娘をレイプされた父親が犯人の首を絞めて殺してる」

コーヴが咳払いをした。「自警団にしてはあのメッセージはかなり凝っているな。シルヴィアの話だと、男を誘拐して拷問にかけるのがデュポン・ホワイトの流儀だということだが」彼は拡大鏡を写真の二、三センチ上まで近づけてじっくり調べはじめた。

マットがいらだたしげにデスクの奥にまわり、身をのりだして写真をのぞき込もうとした。

「それはつまり、犯行の動機は復讐ではないということか?」

「犯人……あるいは犯人たちが、ひとり殺したところで犯行をやめていればその可能性もあっただろう。だがいまでは状況がまったく変わってきた。この事件ははるかに複雑で、はるかに興味深い」

シルヴィアはマットの前にからだをすべり込ませて、まんまとコーヴと写真に近づいた。「もしこれがデュポン・ホワイトの仕業なら、怒りの転位ということになるわね。敵意を向けるべき本来の対象が得られないから、手近な犠牲者に置き換える。そして空想の殺人を何度も追体験しているのよ」

コーヴがうなずく。「われわれが相手にしているのは殺しに取り憑かれた人物だ。しかもその人物は特異な儀式的やり方で殺害する。儀式は彼に殺しそのものに匹敵する満足感をあたえるんだ。今回の事件が誰の仕業であれ、その人物はある特定の殺しの形を好むようになったんだな」そう断言した。

シルヴィアは写真をじっと見つめた。「そして殺人の動機も得た」

「それも、胸くそが悪くなるようなやつをね」コーヴは写真に覆いかぶさり、無意識のうちにマットの視界をさえぎっていた。しばらくして、いった。「この被害者はおそらく白人かヒスパニックだ。肌の色は褐色だが——日焼けの跡が見える」

シルヴィアはコーヴをひじで軽くつついて拡大鏡をのぞき込んだ。髪が顔にはらりと落ちて、彼女はそれを耳のうしろに撫でつけた。「足首はダクトテープで縛られている。手首の方も同じ。でも必要以上の緊縛は見られないし、縛り方にシンメトリーなところも特にないから、性的サディストの犯行ではないわね」そこで喉をごくりとさせ、目を閉じた。「よかった、これは子供じゃないわ」

「身体にはいかなる切損も見られない。頭部をちょっと見て——」

「その拡大鏡をこっちへよこせ」マットが噛みつくようにいった。「周辺からはじめて徐々に犠牲者の方へ移動するのが鑑識の手順のはずだぞ」シルヴィアがコーヴの手から拡大鏡をとりあげるのを見て、マットは呻いた。

「ちょっと待って」シルヴィアの声はくぐもっていた。「死体公示所《モルグ》の写真を見たことがあるけど、なかには被写体が死んでいるのかどうかわからないものもあるのよ。目をあいていたとしても、光による錯覚で……。フードが邪魔で、判断がつかないわ」そういって、ため息をついた。

マットが写真にひとさし指をふった。「写真の背景が黒い。ゴミ袋かロール式のビニールでも貼ってあるのかもしれない。そう広い場所じゃないな。拷問部屋だろうか？」

シルヴィアは写真にいっそう顔を近づけた。「道具箱がある……それにバケツと……ロープも」


マットは筋肉をほぐすように肩を上下させた。「拷問セットをもってるってわけか」

「犯人は間違いなく強迫神経症ね」シルヴィアはいった。

「度を越した几帳面人間だな」コーヴがそっけなくいう。

「もしかしたら、ヴァンかトラックの後部かもしれないな。天井が低いし」マットはもう一度デスクの反対側にまわった。「だとすると、その車でランドルを酒場から誘拐してヘメスの山中まで連れていったんだ。移動式の拷問部屋で」

「犠牲者の性器は無傷よ、はっきり見えているわ」シルヴィアはいった。

コーヴが尋ねた。「性的興奮の徴候は？　ペニスが勃起しているかどうかはわかるかい？」

シルヴィアはうしろに下がると、コーヴに拡大鏡を渡した。「ペニスは萎えているわ」

マットが片方の眉を引きあげた。「この写真は露出オーバーだぞ。そんな細部まで本当にわかるのか？」

シルヴィアはいった。「勃起したペニスは、見ればわかるわ」

コーヴは鼻先が写真から二十センチのところにくるように拡大鏡の焦点距離を調整した。「これはおもしろい……」からだを起こし、指で写真の一点を示した。マットはコーヴに近づき、拡大鏡を受けとった。

コーヴがきいた。「これがなにに見える？」

シルヴィアのからだは火照り、喉も渇いていた。ぞっとするような場面が脳裏を駆けめぐる。

フード……犠牲者の縛られた手首と足首……そしてアンソニー・ランドルの死体。

マットが犠牲者のペニスに小さなしみのようなものを見つけるまでに十五秒ほどかかった。

「痣《あざ》か？」

コーヴは首を横にふった。「刺青《タトゥー》だ、賭けてもいいよ」


ニューメキシコ公衆安全局犯罪研究所は、法執行アカデミーと州警察本部がはいった南サンタフェ・ビルのなかにある。刑事部屋の窓から煉瓦を投げたら、たぶん犯罪研究所の受付に落ちるだろう。だがマットは歩いていく方を選んだ。

時刻は火曜の五時少し前。カーペットを敷きつめた長い廊下を歩きながら、マットはデスクに残してきたコンピューターのプリントアウトのことを考えた。テキサス、カリフォルニア、ニュージャージー、コロラド、アイダホで起きた自警団による暴行および殺人事件の報告書だ。リストは延々とつづいていた。同僚のテリー・オスーナ刑事の努力の賜物だ。彼女はいまも地元の自警団が性犯罪者に復讐をしているのだと確信している。マットにはもう、なにひとつ確信はなかった。

だが警察関係者にとってたしかなことがひとつある。〝加害者について知りたければ、被害者を知れ〟。

二枚目のポラロイド写真をハンシ・ガウサーに送ったのは、ちょうど昨日のいまごろだ。この二十四時間でガウサーが奇跡を起こしてくれているといいのだが、とマットは思った。

ハンシ・ガウサーは、比較顕微鏡に覆いかぶさるようにしていた。

顕微鏡をのぞいたまま、マットに軽く手をあげた。「きみの無理な注文にお答えしているところだよ――しかも大至急とはね。うちの娘と引き換えという約束で、ロスアラモスの鑑識がようやくきみの人質の写真をきれいに引き伸ばしてくれたよ」

彼はからだを起こし、テーブルの上の袋を示した。「オリジナルの写真も急使を立てて送り返してきた。あとで鑑定してなにかおもしろいものが見つかったら知らせるが、あまり期待しないほうがいいぞ、相棒」ガウサーはときどきスイス・スタイルのカウボーイを気取ることがある。

「その写真からも一枚目と同様に指紋は検出されないだろうな」マットはいった。写真は二枚ともクワンティコのFBI研究所に送られることになっていた。そこで分析官が写真を引き伸ばして画質処理をほどこし、行動標識を検討評価して、身元の特定につながるものがないかを調べるのだ。だが第二の犠牲者に関するなんらかの手がかりが見つかり、該当する人物がいないかどうか各法執行機関に照会するころには、すでにどこかに新たな死体が転がっていることだろう。第二の犠牲者はすでに死んでいるか、じきに知ぬことになるだろうという点で、マットとガウサーの意見は一致していた。

「少し話せるかな、マット?」ガウサーとマットは同時に顔をあげた。研究所の入口に、エリザー・ローシャ警部が立っていた。ローシャはガウサーに軽くうなずくと、くるりと背を向けた。

マットが出ていくとローシャは廊下で待っていた。「アンソニー・ランドルに関する最新情報は?」ときいた。

「テリー・オスーナが犯罪撲滅の速報を流して情報の提供を呼びかけています。いまのところたいした収穫はありませんが。第二の犠牲者の身元確認の方も、すでに作業にとりかかって――」

「わかった、そのままつづけてくれ」ローシャはぞんざいにうなずいた。「それから例のポラロイド写真だが、早急にFBIの分析官に送ってもらいたい。きょうの午後のうちにだ」そして、さらになにかいおうとするように口をひらきかけたが、結局踵を返して歩き去った。

その短いやりとりにマットは不安をおぼえた。ローシャはFBIを容認してはいるが、連中の高慢な態度をよく思ってはいない。州警察の人間なら誰だってそうだ。それなのに警部はなぜこの事件を一刻も早くFBIに引き渡そうとするのだろう?

マットは新たな疑問を胸にハンシ・ガウサーのいるデスクに戻った。「写真のメッセージの筆跡からはなにかわかるか?」

ガウサーが声を落とした。「対照資料があれば比較は可能だ。サンプルがないなら、行動科学課の分析を待つしかないな」彼は十一×十四インチの拡大写真を顔の前にかざした。「きみが送ってきたポラロイドを引き伸ばしたものだ。被写体は男性の鼠蹊部《そけいぶ》と陰茎……刺青入りのね。こんなことができるなんて信じられるか?」

マットは写真を受けとり、数秒間じっくり眺めた。「くそっ……アルバート・コーヴのいった察関係者のあいだでたちまち評判になった。「ジェシー・モントヤ、別名ゾロだ」

「それだよ」ガウサーが顔をしかめた。ペニスの刺青がトレードマークの重犯罪者の話は、警
「ひとり知ってるぞ」マットがヒューと口笛を吹いた。「ジェシー・モントヤだ」

ペニスに刺青を入れたやつなんて、いったい何人知ってる?」

「ヘビか剣だな」ガウサーは拡大写真を指でトントン叩いた。「ほら、たぶんこれが剣の柄だ。

とおりだ。これはたしかに刺青だ。ヘビだろうか?」


ニューメキシコの道路には二つのタイプがある。棒の先に巻きついたヘビのようにくねくね曲がった道と、平原のなかを一直線に走る道である。サンタフェを出て最初の二十四キロ、州道十四号線は後者に分類される。暗闇のなか、車のヘッドライトと十三夜の月明りに照らされた白い路面は、どこまでも延々とつづいているように見えた。マットはずっと片手をハンドルにおいていた。

シルヴィアは助手席側の窓を通りすぎる木々やトレーラーや家々の黒いシルエットを見つめていた。車はニューメキシコ州刑務所と刑務官訓練所のそばを通りすぎた。刑務所周辺を照らす巨大ライトの白い光の帯が中央棟を浮かびあがらせている。

ジェシー・モントヤ——別名ゾロ——はここに服役していた。もっとも、ごく短いあいだではあったが。モントヤはつい最近、未成年者に対する強姦罪で有罪判決を受けて南棟送りになった。だが「模範囚」であることを理由に刑期を三年に減刑され、二ヵ月前の彼の出所は世間

の注目を集めた。

シルヴィアの自宅を出てから、彼女もマットもほとんど口をきいていなかった。ふたりはサンタフェから南に三十キロのところにあるセリロス村に向かっていた。一八八〇年代、セリロス村は〈アチソン、トーピカ＆サンタフェ鉄道〉の出資による鉱業コミュニティとして栄えていた。〝小高い丘〟を意味するセリロスという名前は、村を取り囲む鉱物に富んだオルティス山に因《ちな》んでつけられたものだ。十七世紀にはスペイン人がインディアンを使い、強制的にオルティス山でトルコ石を採掘させたという史実もある。富を求めて山にはいる無謀な人間はいまもわずかながらいるものの、だいたいにおいてセリロスはヒッピーの生き残りとひと握りの芸術家と、スペイン系アメリカ人の家族とごく少数の金持ちが住む辺境の村だった。

ふたりは、ジェシー・モントヤの祖父のオーガスティン・モントヤに会いにいくところだった。シルヴィアはジェシーの裁判でオーガスティンを見ていた。木の根っこみたいに腰がねじ曲がった老人――そんな記憶があった。有罪を言い渡されたレイプ犯の祖父。

ジェシー・モントヤは、行動科学者の分類でいう「力の再確認型レイプ犯」だった。つまり自分の男らしさを再確認するために若い娘たちをレイプするのだ。ジェシーは性交渉にファンタジーをいだいていて――被害者の女性に「合意の上で」セックスするよう強いた。そうすれば、自分が一人前の男になったように思えるからだ。その点、ペニスに刺青を入れるのはジェシーらしくなかった。少々マッチョすぎる。シルヴィアがジェシーの精神鑑定をおこなったのは、被告側弁護人が「罪は犯したが精神障害のため責任能力なし」という線を狙ったためだった。自分の主張に沿う結果が得られないとわかると、弁護人はシルヴィアの証言を採用しないことにした。

だがジェシーは結局、非常に高い罪の代償を払うことになってしまった。

セリロス村の線路を越えたところでマットが口をひらいた。「オーガスティンの地所につうじる道はここから八百メートルほど先だ」

そのわき道は、巨岩と低木林のうしろにほとんど隠れていた。月明りに照らされ、その丘は実際より高く見えた。道路沿いの排水溝を越えようとしてトラックが大きく弾み、シルヴィアはダッシュボードを強くつかんだ。

マットはきついカーブをうまく切り抜けた。灌漑用の水路かと思うほど深い轍にタイヤがぶつかり、シルヴィアは思わず歯をくいしばった。道幅がわずかに広くなったところでマットが車を片側に寄せて停めると、彼女はほっと息をついた。

「ここで待っていてくれ」マットは車を降りて、静かにドアを閉めた。

ゆるやかな坂を横切る彼のうしろ姿をシルヴィアは見つめた。マットの仕事についてくるのは初めてだったが、今夜の彼の態度はどうにも気に入らなかった。むっつりとふさぎ込んで、ひどくよそよそしい。だがいらついているのはシルヴィアも同じだった。いまにも悪い知らせがはいるのではないか、新たな死体が見つかるのではないかとぴりぴりしていたからだ。犯人、または犯人たちは、アンソニー・ランドルを誘拐してすぐに殺している。ジェシー・モントヤが違う扱いを受けると考える理由はなかった。

シルヴィアは腕時計に目をやった。午後八時三十六分。やわらかなそよ風が髪を乱し、コオロギの一団が休むことなく歌を奏でている。シルヴィアは半分下ろした窓に頭をもたせ、目を閉じた。

どれくらいそうしていたのだろう、ふとパチパチという音がするのに気づいた。どこか近くで火を焚いているような。不意に煙のにおいが鼻を刺した。シルヴィアは咳きこみ、ぎょっとして目を覚ました。

二部屋だけの家は、石油ランプのシューという音しかしなかった。黄色っぽい光のなかに二脚の木の椅子と手作りのテーブルと、旧式の深い流し台の横に渡した合板のカウンターの輪郭がぼんやりと見える。きちんと重ねられたブリキの皿、ふたのない広口のガラス瓶、ホットプレートの上の鍋ではブチインゲン豆がぐつぐつ煮えている。

ジェシー・モントヤはもちろん、祖父のオーガスティンの姿も見えなかった。

砂を撒いた土間を横切ると、ブーツがざくざくと音をたてた。ガス式の古い冷蔵庫の取っ手を引くと、錆びついた蝶番のうめきとともに重いドアがひらいた。コカコーラのまっ赤な缶が一本、わずかに残った瓶入りケチャップと食パン半斤、フランクフルトソーセージの水煮を入れた広口瓶が、棚二段を占領していた。マットは冷蔵庫のドアを静かに閉めた。

部屋にはほかにひじかけ椅子とテレビがあるだけで、テレビのケーブルは窓の外に出ていた。モントヤ老人はおそらく車のバッテリーを電源にしているのだろう。マットは頭をかがめ、狭い寝室につづく戸口をくぐった。

寝室の床には、最近水を撒いて掃いたあとがあった。ベッドは折り畳み式の簡易ベッドだ。北側の壁にかけた祭壇画《レタブロ》から、グアダルーペの聖母マリアがじっと見つめている。聖母マリアの横の壁のくぼみ《ニチョ》に、ジェシー・モントヤの写真を囲むようにして灯明があがっていた。蝋燭のあいだに小さな花束がおいてある。祭壇のかたわらには、色褪せた神の目《オホス・デ・ディオス》がかけてあった。

どうやらオーガスティン・モントヤは孫が死んだと考えているらしい。

ホーホーと悲しげに鳴くメンフクロウの声を聞きながら、マットは家の表側に戻った。玄関先に出ると、コオロギのコーラスがぴたりとやんだ。遠く、丘の斜面の方から、人の話す声がかすかに流れてきた。

「コンプレンデ？」その男は、シルヴィアの顔のすぐ横に立っていた。モルトと紫煙のにおいがぷんとして、シルヴィアは運転席側のドアまであとずさった。そのときパンと小さな破裂音が――。プルトップをあける音だ。

フクロウがまた鳴いた。

ようやく男の姿が見えた。痩せて腰が曲がり、一方の手にはたばこと缶ビールを、もう一方には帽子を握り締めている。彼は歯を見せて笑った。シルヴィアはトラックのドアをあけて外に出た。

「べ、ジータ?」男は缶ビールを差しだした。「シュリッツ、いるかね?」

「いいえ、けっこうです《ノー・グラシアス》」心拍数が平常に戻ると、シルヴィアは眠気のかすみをふりはらった。

この老人はオーガスティン・モントヤだ。

老人はいった。「ス・チョータ、あの男はわしを探している、ペロ・ヨ……やつのムヘルと話すほうがいいと思ってね」

「チョータ」——この言葉は前にも聞いたことがあった。たしか「げす野郎」とかいう意味だ。つまりオーガスティンはそしらぬ顔でマットのことを侮辱して、刑事よりそのガールフレンドの方が好きだといったのだ。だがその口調はていねいだったし、シルヴィアはまったく気にならなかった。それどころか、すでにオーガスティン・モントヤのことを好きになりかけていた。

足を引きずりながらトラックの前をまわり、ビールをぐっとあおると、オーガスティンは空いた方の手をシルヴィアに差しだした。彼の皮膚は紙やすりのようにざらざらしていた。彼の握手は感じがよかった。

「ブスカンド・ア・ジェシー? あんたはあれに会いにきたのか?」彼は弱々しくかぶりをふった。「いや、そうじゃない……あんたは伝えにきたんだ、エスタ・ムエルト」

最後の言葉はシルヴィアにもわかった。エスタ・ムエルト——あの子は死んだ。

月明りの下で、シルヴィアはオーガスティンの顔をうかがった。何本ものしわが深い渓谷のように刻まれているのがうっすら見えた。口元が片方にたるんでいる。目に浮かんだ表情を読むのはむずかしかった。悲しみと諦めを、シルヴィアは目で見るというより肌で感じた。

シルヴィアは首を横にふった。「それについては、わたしはなにも」静かに告げた。それでも、ポラロイド写真のなかの縛られたジェシーの姿が目に焼きついて離れなかった。

オーガスティンは感情の混じらない声で「ムエルト」といった。

「なぜお孫さんが死んだと思うんです?」声をひそめたつもりだったが、ひどく大きく聞こえた。

オーガスティンはビールの残りを一気に喉に流しこむと、節くれだった手で空き缶をつぶして藪に放った。それからのろのろとシルヴィアに近づいた。彼の視線が巧みな指のように顔を這うのを感じた。

「ミ・エスポサ……エレナ……」妻の名前を口にしたとたん、声が詰まった。「あれにいわれたんだ、ジェシーのことをよろしく頼むと」

彼は頭上に広がる満天の星を見あげ、シルヴィアもそれに倣った。北斗七星とヘラクレス座が、ひときわ明るく輝いていた。それにくらべて、ほかの夏の星座はずっと恥ずかしがり屋らしい。一瞬、きらめく惑星と小惑星と恒星が集まって、女性の横顔と肩と馬の臀部を空に描いた。だがすぐにぼやけて、無限の広がりのなかに消えてしまった。

オーガスティンがいった。「ジェシーは三日前の晩にいなくなった——土曜《エル・サバド》に」

「ジェシーに友達はいます?」

「ナディエ。あれはどこの家にも泊まっちゃいない」老人は横を向き、岩めがけてつばを吐いた。「みなあれに償いをさせたいと思っとる」

「罪の償いを？」

「シ」こくりとうなずいた。「あれの刑期は……じゅうぶんじゃなかったからな」一瞬からだが揺らいだが、ぐっとこらえた。「エル・フェス……彼に警告された、誰かがきっと――」

「なに？」シルヴィアは自分を抱くように腰に腕をまわした。スペイン語の知識のなさがもどかしかった。「誰かがお孫さんを脅していたんですか？」

「ウナ・トロカ。それが一晩か二晩、道端に停まっていた」

「どの晩です？ 運転していた人間の顔は見ました？ どんなトラックでした？」

老人は首をふった。「あれはたしか……アマリリャ、ウナ・トロカ・デ・パネル」

**黄色いパネルトラック。それならポラロイド写真とも合致する。**

十メートルほど先の坂の方で小石が転がる音がした。音はシルヴィアとオーガスティンの耳にも届いたが、どちらも顔を向けようとはしなかった。シルヴィアはいった。「そのトラックがジェシーを連れ去ったと？」

「ス・チョータ……」オーガスティンは低くうなるようにつぶやき、それからわざとらしく咳をした。「どうやらあの男は地獄耳らしい」

五メートルほど先からマットが呼びかけた。「よう《オラ》、オーガスティン」

オーガスティンはそれを無視して、ためらいがちにシルヴィアの肩に触れた。「ウナ・トロカ、たぶんフォードだ、だが遠目に見ただけだから」

マットが早口のスペイン語でまくしたてた。意味はさっぱりだったが、シルヴィアは声の調子からいくつか質問しているのだろうと察しをつけた。オーガスティンの表情がこわばるのがわかった。

彼はいった。「ミ・ニエト、ジェシー……フエ・ウン・バッド・オンブレ」声が低くなり、腹立たしげなつぶやきに変わる。「ビエネ・ラス・リャマス・デ・フイシオ、地獄の業火だ。エル・フェスが、お偉い裁判官がいっとった、かならずそれがやってくるとな！」

オーガスティンはシルヴィアの方にからだをかしげ、震える指で自分の額に触れた。それからくるりと背を向け、足を引きずりながら道を渡って、ナバホ柳の木立の奥に消えた。

マットはトラックの運転席にすべり込んだ。助手席に落ち着くと、シルヴィアは彼の腕に触れた。「オーガスティンはジェシーが死んだと考えているわ」

「やつのいうとおりだと思うね」

「彼はほかになんて？」

「裁きの炎が、地獄の業火がやってくる」

シルヴィアはシートにおいてあった綿のジャケットをひざにかけた。「裁判官が彼にそういったと？」

「裁判官は彼に、かならず罪の報いを受けることになると警告した」

「裁判官というのは神のこと？」

「いや、違うだろう」マットはトラックのエンジンをかけた。「彼の口ぶりからして、きみの裁判官だという気がする」

「誰ですって？」

「ナサニエル・ハウザー判事だよ」

幹線道路を三キロほど行ったところで、マットは家畜の誘導路のそばを通る未舗装の道にはいった。そしてヘッドライトを消して、アクセルを踏みこんだ。

いきなり光を奪われて、シルヴィアは目が見えなくなった。においと音だけのぼやけた世界が、窓の外を飛ぶように通りすぎる。なにも見えないまま暗闇を走り抜ける感覚は、恐ろしいがどこか胸躍るものでもあった。

〈アチソン、トーピカ&サンタフェ鉄道〉の古い線路の近くで、マットはようやくスピードを落としてトラックをとめた。黒猫の目のような黄色い月が空から見下ろしている。その乳白色のまなざしが、荒涼とした風景を斜めの角度からくっきりと浮きあがらせた。大地は乾燥したカリーチ（砂や粘土に硝酸ナトリウム、塩化ナトリウムなどの結晶をふくんでいる表土）。目につく植物といえば、長く尖った黒っぽい葉をアンテナのように突きだしたイトランと、錆びの浮いた線路のそこかしこに見える毛の塊みたいな土着の草だけだ。

トラックの窓を全開にすると、夜のにおいと音は驚くほど複雑だった。コオロギの合唱、スキアシガエルの求愛の歌、犬の吠え声、池の水と肥料とクレオソートのかび臭いようなにおい。シルヴィアは深呼吸をした。空気まで土の味がする気がした。肌は紙のようにかさかさして、汗は蒸発して消えてなくなり、腕を覆うこまかなうぶ毛のあいだには湿り気ひとつ見えない。

シルヴィアはシートにもたれて目を閉じた。

マットが疲れたように息をついた。「ジェシー・モントヤの受けた量刑はたしかに軽すぎた」おだやかなそよ風が彼の頬を撫でた。「だからって、やつがアンソニー・ランドルのような死に方をしていいということにはならない。誰だってそうだ」

シルヴィアはいった。「子供のころ、夜ベッドに横になってよく思ったわ……いまこの瞬間にもどこかで悪いことをしている人がいて、わたしはそれをとめられないんだって」

月明りがなかったとしても、シルヴィアがこちらに顔を向けるのがマットにはわかっただろう。閉所恐怖症を引き起こしそうなほど狭いシートの上で巧みにからだをくねらすシルヴィアを、マットは言葉もなくただ見つめた。彼女はすてばちの激しさでパンプスをぬぎ捨て、スカートを腰までたくしあげてマットに馬乗りになった。マットが彼女のコットンのパンティーのわきに指をかけて強く引くと、生地が裂ける音がした。

シルクのブラウスごしに、ハンドルが腰のくびれにくいこんでくる。ハンドルはマットが握っていた部分があたたかかった。そのぬくもりが、シルヴィアにはうれしかった。**生きている証しだから**。彼女のくちびるが彼の口をふさぎ、指がズボンのジッパーを探りあてた。ごつごつした手が彼女の太腿を這いあがり、おなかや乳房を荒々しくまさぐる。彼女は獣じみた短い叫び声をあげてマットを迎え入れた。

# 9

日の出の直後にシャワーから出ると、シルヴィアはぽたぽた水滴をたらしながら寝室に戻った。彼女のベッドで眠っているマットを見下ろしているうちに奇妙な感覚に襲われた。たぶん早朝のミルク色の陽光が彼の顔色を青白く見せ、年齢と疲労の影を際立たせているだけなのだろう――それでも一瞬、マットが見知らぬ他人に見えた。

不安を打ち消す意味もこめて彼のくちびるにキスをすると、マットがゆっくり目をあけた。

「おはよう、寝ぼすけさん」

マットがいった。「もう一度頼む」

「おはよう?」

「キスのほうだ」

笑みがこぼれた。「ひとりにしてあげたほうがいいかしら?」

マットは寝ぼけた子供のように顔をこすり、頭をはっきりさせると、シルヴィアの裸体をゆっくりと眺めまわした。「もう遅いよ」彼は自分のおなかの方に片手を下げた。かたく張りつめた下腹部がブルーの綿シーツを押しあげているのがわかった。

シルヴィアは彼の上にまたがり、からだを入れ替えて彼の下になった。マットは彼女の首すじから髪を払って、湿った肌にくちびるを押しつけた。彼のくちびるが乳房に下がると、シルヴィアは快感の波に喜んで身をまかせた。そのせいで、マットの囁きをもう少しで聞き逃すところだった。

「子供をつくろう」

いきなり彼を押しのけ、シルヴィアはベッドの上に起きあがった。「最低」

「なにが？」マットは片ひじでからだを支えた。

彼女は目を線のように細めてマットをにらみつけた。「なんでもない」彼女の肌は赤らみ、息が弾んでいる。

シルヴィアがローブをひっつかむようにして大股で部屋を出ていくのをマットは見送った。冷蔵庫のドアがあき、ばたんと閉まる音がした。そのあとで留守番電話のメッセージを再生する低い音がしばらくつづいた。上空をジェット機が通過して、ごぉーという音が家のなかまで響いてくる。彼はため息をついてベッドに寝転がった。さっきはつい言葉が口をついて出てしまった。さらに始末が悪いのは、なぜあんなことを口走ったのか自分でもわからないことだ。

「で、あなた子供がほしいわけ？」気がつくと、戸口にシルヴィアが立っていた。

マットは裸の胸の前で腕を組んだ。「反応が少し大げさすぎやしないか」

シルヴィアは反論しかけたが――再燃した怒りはすぐに下火になった。彼女は涙をこらえてかぶりをふった。感情がさまざまに変化して、自分でもどうしていいかわからない。それでも内なる葛藤がそうさせているのだということはわかった。彼女のなかには子供を、家族を欲している自分と、仕事にのめり込んでいる自分がいた。だがもっと奥底でシルヴィアの心を苛んでいたのは――すっかり疎遠になっている母親と、アルコールとうつ病という双子の悪魔に苦しみ何年も前に行方をくらました父親の存在だった。子供をもつのをためらう最大の理由はわかっていた。自分は母親不適格な女だと思い知らされるのが怖いのだ。

胸のなかで渦巻くそれらの思いをマットに打ち明けることはできなかった。彼女はいまだに彼とのあいだに隔たりを感じていた。その距離をどう埋めればいいのかわからなかった。

シルヴィアは頭をふった。「いまの関係のなにが不満なのか、わたしにはわからない」

彼女が背を向けてその場を立ち去るまで、マットは無言のまま、窓から射しこむ朝の光に浮かびあがる無数のこまかいちりをただ見つめていた。シルヴィアの姿が視界から消えると、彼はベッドの上に起きあがった。急に疲れを感じた。どうやら今日は満月のころによくある一日になりそうだ。酔っ払いどもが酒場にあふれ、チンピラがはめをはずして浮かれ騒ぎ、恋人たちが包丁や野球のバットや、さらにはあからさまな言葉でたがいに傷つけ合う。シルヴィアとぼくがその先陣を切ったというところか。

マットはその日初めて、ジェシー・モントヤが行方不明だということを思いだした。ダン・チェイニーの行方もいまだ知れない。チェイニーのボイスメールに、マットは符丁を使ったメッセージを残しておいた。まったく、いまではこちらまでパラノイアになりかけている。ダンのいそうな場所をもらさないよう、メッセージには細心の注意を払った。マットはただダンと会って話がしたかった――どこか目立たないところ、たとえば営業前の〈トミーの店〉かどこかで。面と向かって話せばチェイニーの精神状態を見極めることができる。そして、古い友人が実際にFBIの隠蔽工作に関する確固たる証拠を握っているのかどうかも。しかし、いまのところダンからはなんの連絡もなかった。

ベッドから降りると呻き声がもれた。背中が痛み、右肩が張っている。服を着たら、まっさきにアドヴィルを二錠飲もう。鎮痛剤とコーヒー。チャンピオンの朝食だ。

シルヴィアはキッチンのテーブルでコーヒーを飲みながら、フロストシュガーがたっぷりかかったシナモンロールをちぎっていた。パンを口に運びながら《アルバカーキ・ジャーナル・ノース》の一面に目をとおしている。新聞の隅に、気味の悪いお面のようないたずら描きがいくつもあるのが見えた。

シルヴィアが顔をあげずにいった。「ジェシー・モントヤの失踪に関する記事が出ているわ」

マットに肩ごしにのぞかれないようにテーブルから新聞をもちあげて、声に出して読んだ。「『公衆安全局のスポークスマンは、地元の精神分析医が犯人からのものと思われるメッセージを受けとったことを明かした』」マットを見あげて大きく首をふった。「ダンとはいつ話すの？あのビデオを見てもらわないと――」

「チェイニーの所在を突きとめたら、かならず見るよ」マットは前の晩と同じしわの寄ったカーキ色のシャツとジーンズを着ていた。カウボーイブーツは磨く必要があった。髪もくしゃくしゃで、あちこちがつんと立っている。

急に見場が気になって、マットはいつになく念入りに襟を正した。「さっきのベッドでのことだけど、いってはいけないことをいったおぼえはないんだが」

「へえ。じゃ、あなたは本当に子供がほしいわけね？」

マットの指がそわそわとベルト通しを探り、ぐいと強く引いた。「あれは言葉の綾だ」

一瞬、シルヴィアの表情が悲しげに曇った。だがすぐに冷静で事務的な態度にとってかわった。「留守番電話にあなた宛のメッセージがあったわ。エリン・タリーから、彼女の訴訟について。なんだかひどくいらいらしているみたいだったけど」彼女は片眉をあげて見せた。

マットは不安げともいえる顔をした。「こんなことになったあとも、タリーは彼女の審理でぼくが証言することを望んでいるんだ」

「それで、証言するつもりなの？」

「まだ迷っている」

シルヴィアは眉根を寄せて首をふった。

マットはいった。「ぼくらがいっしょに住むことについてだが——」

「その話はまたにしましょう」

マットはシャツのポケットから車のキーをとりだした。もう帰れというわけか。勝つ見込みのない議論より、話し合いをはねつけられたことの方によけいに腹が立った。いとまを告げようとしたときにはシルヴィアはすでに背中を向けていた。マットは彼女の自宅をあとにした。

サンタフェの東では、靄がかかった夏空に甲高い蝉の鳴き声が響き渡っていた。マットは、アッパーキャニオン・ロードにあるナサニエル・ハウザー判事の自宅のベランダに立っていた。いまから一時間前、マットは公衆安全局の本部に立ち寄っていた。エリザー・ローシャ警部を説得するためだ。ニューメキシコ州警察は政治的配慮にきわめて神経質な組織である。地方裁判所判事絡みの調査をするときには通常、「上層部」に伺いを立てることになっていた。マットはいま、ツァンカウィ遺跡の近くで新たに発生した山火事が、五十キロ北西のヘメス山脈上空を赤く彩るさまを眺めていた。遠くに見える山脈には、百万年前に火山の噴火できた巨大なカルデラがある。山と市街地のあいだの空は、灰と煙のせいでかすんでいた。

最後にもう一度景色に目をやってから、マットはしぶしぶ本来の用件に戻った。「裁きの炎がやってくるとジェシー・モントヤの祖父にいったそうですね。なぜそんなことをいったんです？」

「わたしがそういったと？」

「オーガスティン・モントヤはそう記憶していました」

「わたしの記憶とは少々違うな。オーガスティンは裁判のとき、孫がしでかしたことにひどく心を痛めていた。わたしは、どんな人間もいずれは裁きを受けることになると、そういったんだよ」ハウザーは悲しげな笑みを浮かべた。彼は背丈が百八十センチ近くあり、肉づきもよかった。ぽってりした白い指でグラスを握っている。ちびちびと飲んでいるのは一見トマトジュースのようだが、おそらくブラディメアリーだろうとマットは思った。ハウザーはつづけた。「モントヤの釈放を世間がよく思っていなかったことはきみも知っているだろう。あの男は性犯罪者リストに登録された常習犯だからね」

「それに失踪人でもある」マットはぽつりといった。

ハウザーは空いた方の手を目の上にかざして陽射しをさえぎった。「ここからの景色をどう思うかね、マット?」

マットはコーヒーを飲み終え、カップを手すりにおいた。「火の手が進路を変えそうですよ」

そして、判事は話題を変えようとしている。

「そうかね?」

マットはそれにには答えず、判事がこの町に住むようになって十年になるという事実に思いを馳せた。なんとも不思議なことだが、周囲の状況にまったく気づかずに暮らしていける人々もなかにはいるのだ。夏になるとこのあたりでいつも吹く風のことにすら気づいていない。その風はたいてい太平洋沖からメキシコ、カリフォルニア南部、アリゾナ一帯に吹きだす。そしてふつうならば毎年この時期に雨をもたらす。だが今年の風は雨をいっこうに降らせぬまま、すでに風向きを変えていた。

判事はまだ遠くの山火事をじっと見つめていた。そうしていればジェシー・モントヤから話をそらすことができるとでもいうかのように。その機に乗じて、マットはハウザーのことをまじまじと見た。力強い顔立ち――高い額、鷲鼻、ぶ厚いくちびる――が、引っこんだあごのせいで貧相に見え、肉体的な疲労とは違う疲れの色が浮かんでいる。顔色も悪く、なんとなくそわそわしているように見える。ナサニエル・ハウザーはいったいどうしてしまったんだ?

「そろそろなかに戻ろうか。飲物のおかわりがほしくなった」

マットは判事のあとについてフレンチドアからなかにはいった。ハウザーと知り合ってもう何年にもなるが、自宅を訪れたことは一度もなかった。最初に感じたのは、これだけの大邸宅にしては居間が質素だな、というものだった。だが判事は、この部屋はただの書斎だと説明した。そういわれれば、三方の壁はすべて青や赤や黒の法律書が並んだ本棚で埋まっている。マットはのちに実際の居間を見たが、その広さは書斎の八倍はあった。スパニッシュコロニアル様式の教会に匹敵する大きさだった。

ハウザーはいつ、これほどの財を成したのだろう。この屋敷は、地方裁判所判事の給料で建てられるような代物ではない。

プエブロ・スタイルの屋敷のすべての壁は——内壁も外壁も——アドービれんがの二重壁になっていた。家の中心の天井は、太った男ぐらいはある長さ十メートルの太い梁で支えられている。いくつもある部屋の多くは、不気味な装飾品——壺や悪霊をかたどった木彫りの人形、仮面やパイプといったこまごました安っぽい儀式用の小物を収納するためだけにあるようだった。

「やるかね?」判事がクリスタルのデカンターをあげて見せたが、マットは首を横にふった。ハウザーはデカンターをトレーに戻し、ブラディメアリーを一口飲んだ。「モントヤはどこかの……自警団的殺人犯の第二の犠牲者だと、きみは考えているのか?」

「ええ、そうです」

「わたしはカリフォルニアとニューメキシコで二十年、弁護士をしてきた。判事の職についてからも、もう十年以上たつ。人が人を裁けるなどとおこがましいことを考えてね」ハウザーは真顔のまま、肉づきのいい腕で揃いのひじかけ椅子の一方を示した。

マットはペルシャ絨毯をはさんでハウザーとむかい合った。判事は辛口のユーモアのセンスのもちぬしだが、無口で得体の知れない人物だという評判があることも知っている。マットはハウザーの法廷で証言したことがあった。シルヴィアもだ。マットは彼女のことを……今朝の諍いのことを、頭から押しのけた。

静かな声で判事がいった。「アドービはこのところめっきり意気地がなくなってしまってね」彼の足元には黒と茶のぶちの年老いたドーベルマンが寝そべり、交差させた前肢にあごをのせていた。ぼんやりと犬の背を撫でながらハウザーはいった。「どうしようもない弱虫なんだが——それでも大切な家族の一員であることには変わりない。おい、そうだよな?」

「うちにも猫が一匹います」マットは肩をすくめた。

「わたしが死んだあと、これたちがどうなるかが心配だよ」判事は目を閉じて気持ちを集中させた。「わたしの事件要録を見てみるといい。この三年で、ベック、マルティネス、タフォーヤ、ドーラン……どれもマスコミが大騒ぎした裁判だ。それから答弁取引に執行猶予に訴訟の却下。それにもちろんジェシー・モントヤとアンソニー・ランドル、どちらもわたしの法廷をまんまとすり抜けていった」

マットは判事の表情をうかがった。口では強がっていても、その裏には漠然としたなにかがある。不安か恐れか……それとも諦めだろうか。

「『わたしはあだを返し、報いをするであろう』」ハウザーの声は囁きに近かった。

「申命記《しんめいき》ですね」

「きみは信心深いのかね？」

「手垢で汚れた欽定訳聖書で育てられましたから。最近はすっかり遠ざかってはいますが」

「どうやら世間はそのあだ討ちを望んでいるらしい」

「彼らを非難しますか？」

ハウザーはゆっくり首をふり、それからグラスの三分の一を空けた。「だが個人的な復讐は、まったくもって実用的でない」奇妙な笑みが口元に浮かんだ。

作り笑いだ、とマットは思った。笑っているのは顔の下半分だけで、それも仮面のようにすっと消えてしまった。

ハウザーはつづけた。「それに、罪を犯した人間になにをすればもっとも苦痛をあたえられるかは誰にもわからないだろう」

マットは革張りの椅子の背にもたれ、ハウザーの本心を探ろうとした。「あなたはランドルとモントヤに判決を下した」

「モントヤは、そうだ。だがランドルはまんまと逃げた。まあ、ほんの数時間のことだったがね」不意に、判事の目がきらりと光った。「まさか、わたしがひそかに自警団のメンバーになっているわけじゃないだろうね、マット？」

手にあたたかく湿ったものが触れて、マットはぎょっとした。視線を下げると、毛足の長いダックスフントがおずおずとこちらを見あげていた。

マットは犬の頭を軽く撫でてから立ちあがり、ナサニエル・ハウザーに顔を向けた。「デュポン・ホワイトという名前に聞き覚えはありますか？」

判事はごくりとつばをのみ、それから記憶をたぐるかのように眉根を寄せた。しばらくして、いった。「もちろんだとも。ラスクルーセスの大爆発……あのとき死んだ武器の密売人だ。なぜだね？」

マットは肩をすくめた。「どんな些細な手がかりでも追うのが商売なもので。ところで、今朝あなたの秘書と話をしました。エリーはここ二週間にあなた宛の脅迫状が数通届いているといっていましたが」

「エリーは少々創造力が豊かすぎるところがあってね」ハウザーはダックスフントを自分の方に手招いた。そして犬のつややかな耳をやさしく撫でた。

マットはドアに向かい、そこで足をとめた。「理由はわかりませんが、判事、あなたは嘘をついている」

判事が犬から目をあげた。そして皮肉たっぷりの表情をした。「わたしもきみも新しい仕事を探すべきかもしれないな、マット。人生は短すぎる」

「誰かに狙われているんですか?」

判事は頭をのけぞらせてげらげら笑った。マットが部屋を辞しても、まだくすくす笑っていた。

刑務所中央棟の診療所は、一九八〇年の暴動の忌まわしい記憶の跡がいまなお残る時代遅れの画一的な施設である。刑務所施設として最初に建てられた中央棟の一角を占める診療所のぶ厚い壁には、この四十年間に投獄された受刑者たちの苦痛が染みこんでいた。リノリウムの床はくすみ、囚人たちが足を引きずって歩く部分が擦り減っている。蛍光灯の明りが、ゆるんだタイルやはがれかけた漆喰をあらわにしている。斜めになった天井はワイヤーがむきだしだ。いごこちのいい雰囲気をつくろうと診療所スタッフも最善をつくしてはいたが——明るい色のポスターや受刑者がつくった工芸品を壁に飾ったり——容易ではなかった。

診療室が並んだ廊下に看護婦がひとりいた。シルヴィアは名前を告げた。

看護婦はうなずいた。ブロンドの髪をした小柄な女性で、茶目っ気のある瞳をしている。「お話はうかがっています。あなたがお見えになることについてロージー・サンチェスが精神科医のドクター・クレイに相談していましたから」

ついてくるようシルヴィアに合図すると、彼女はきびきびした足取りで階段の方へ向かった。「ベンジー・ムニョス・イ・コンチャは二階の病室に移しました、そこなら幾分静かで落ち着けますから」ひょいひょいと階段をあがりながら、切れ目なしに話す。「ずいぶんよくなったんですよ、自分がどこにいるかもわかるし、機嫌もいいですしね」

「それじゃ、ベンジーは口をきいているの？」シルヴィアは看護婦について階段をあがりきった。

「少しですけど。昨日の朝、自分から話しはじめたんです」看護婦は歩きながら、グリーンの壁に引かれた白い線を指でなぞった。「ドクター・クレイは文化的なものだと考えています」納得しかねるというようにくちびるをすぼめた。

「文化的なものって？」と、シルヴィアは尋ねた。

看護婦が申し訳なさそうな笑みを向けた。「それはドクター・クレイに直接きいてください。お待ちかねですから」彼女はそこで足をとめ、交通整理でもするかのように腕をまっすぐに伸ばした。シルヴィアはドアのあいたオフィスをのぞき込んだ。金網を張った窓のそばに男がひとり立っていた。彼がこちらをふりむいた。

刑務所に勤める心理学者や精神科医は大勢いるが、出入りも激しい。ドクター・クレイは初めて見る顔だった。

年齢は三十代というところか。痩せぎすで顔色が悪く、まじめそうな目をしていた。綿のワイシャツに――この暑さのなかスーツの上着を着ている。短く刈った髪と黒縁の眼鏡は、外見に威厳をもたせようとしてのことだろう。

シルヴィアは気持ちを引き締めた。ドクター・クレイは一見して、知識だけは豊富な頭でっかちに見えた。彼はこちらに歩いてくると片手を差しだした。指の爪が短く噛み切られている。

ここでの仕事は早くも彼の忍耐力を試したようだ。それにもちろん、刑務所で働くのは仕事というより試練に近い。

シルヴィアは微笑み、自己紹介したあとで彼の手を握った。「刺激あふれる職場へようこそ」

「どうも」彼は生えたての羽をたたむ若鳥を思わせるしぐさでクリップボードを小脇にかかえ、重たげな足取りで廊下を進みはじめた。「ベンジー・ムニョス・イ・コンチャに面会したいということでしたね」

「彼はどんな様子です？」

ドクター・クレイは控えめに咳払いした。「彼のことはかなり念入りに観察してきました」そういうと、耳を引っぱった。耳たぶが赤い――きっと絶えずなにかに腹を立てているのだろう。「文化精神病の患者を見たのは初めてですよ」

シルヴィアがはたと足をとめると、クレイがこちらに向きなおった。彼女はいった。「文化精神病？」

「ええ、まあ」彼は得意げに胸をそらした、次に曖昧な笑みを浮かべて、「ぼくは呪術師などないと思いますが、あなたはどうです？」

シルヴィアは目を丸くして首をかしげた。ドクター・クレイを怒らせるわけにはいかなかった。彼は刑務所の職員で、彼女は部外者なのだから。それに――刑務所の壁には耳がある。シルヴィアは口を閉ざした。

クレイが困惑顔をした。「勘違いしないでください、この受刑者は呪術師に呪いをかけられたと考えているんです。それも文字どおりの意味で」最後のところで声を一段高めた。

シルヴィアはじっくり考えてから答えた。「別の角度から見てみませんか？　あなたのいう文化精神病というのは、あるものの象徴となるきわめてリアルななにかに対する身体的および情緒的反応である、と」

「ええ、まあ……」

シルヴィアがまた歩きだすとクレイも足並みを揃えた。「ドクター・クレイ、あなたはすでに異常という診断を下しているようですが、わたしは同意できません。わたしにはベンジーが精神病だとは思えないんです」

「わかりました。では、ベンジーは呪術師を象徴するなにかを見たということにしましょう」

クレイの声にはいらだちがにじんでいた。

シルヴィアは励ますように微笑んだ。「ええ。それならわたしも同意見です」

廊下のつきあたりにある窓のところでふたりは足をとめた。薄汚れた網入りガラスのむこうに、刑務所の塀と監視塔がちらりと見える。シルヴィアはクレイのほうに顔を向けた。精神科医は先ほどの会話を頭のなかで思い返しているかのように眉間にしわを寄せていた。

シルヴィアはいった。「ベンジーと話したあとで、オフィスにうかがってもよろしいかしら？」

クレイはうなずいた。それからベルトにつけたキーリングを引っぱって、ベンジーの病室のドアの錠をあけた。「五分たったら看護婦に呼びにこさせますから」そして、ひとりで病室にはいっていくシルヴィアの背中を見送った。

そこは独房のようだった。シングルベッドひとつに、むきだしの壁。小さな窓からは管理部の建物が見える。部屋は古いリノリウムとクレンザーのにおいがした。油圧式のドアが静かに閉まり、錠のかかるカチッという音がした。

プラスチック製の椅子にすわるベンジー・ムニョス・イ・コンチャは実際の年齢より幼く見えた。豊かな黒髪を一本の長い三つ編みにしている。手首にも指にも装飾品はなし。Tシャツと色褪せただぶだぶのジーンズも、針金のように痩せたからだを隠すことはできなかった。

「あんたのことはおぼえてるよ」低い、おだやかな声だった。

シルヴィアはいぶかるようにまじまじと彼を見つめ、精神錯乱や抑うつ症の徴候を探した。だがシルヴィアを見る彼の瞳は抜け目なさそうに光っていた。きれいに磨かれたクルミ材のような深い色をしていた。

「あの火事のときに見た……あんた、ロージーの友達だろ」

彼女は笑みを浮かべた。「わたしはシルヴィア・ストレンジ」

「医者か」警戒するような声。

「精神分析医よ。ときどき刑務所の仕事も受けるの。この診療所のスタッフではないわ。すわってもかまわない？」ベンジーがなにもいわないので、シルヴィアはベッドの端に腰かけた。

「おれを〝マーフ〟に戻してだいじょうぶかどうか見にきたのかい？」

マーフとは軽警備棟《ミニマム・リストリクト・ファシリティ》のことだ。「わたしはあなたを戻すかどうかを決める立場にはないの」

ベンジーは肩をすくめた。

「消防士の仕事って大変なんでしょうね。山火事と闘う《ファイト》なんて」シルヴィアはいった。

ベンジーが彼女の顔をゆびさした。「それ、どうしたんだ?」

シルヴィアの指が左目の横の小さな傷にさっと伸びた。傷のことを気にしている自分に気づいて、はっとした。「昔の話よ」

「その喧嘩《ファイト》には勝ったのか?」

一瞬、別の矯正施設の部屋と、怒り狂った女性刑務官の強烈な平手打ちの記憶がよみがえった。「いいえ……そのときは勝ったと思ったけど。まだほんの十六だったから」

ベンジーの表情は、凪いだ湖面のようにおだやかだった。「うちの一族は代々火のことを知りつくしていた。いまでは火と闘えるのはおれしか残っていないけど」指で目の横のつるつるした皮膚をつついた。「あんたと同じだよ。おれの記憶喪失についてここの連中がいっていることは間違いだ。おれは狂ってなんかいない」彼はつかのま押し黙った。目を閉じ、整った顔立ちが曇ったように見えた。

「ベンジー、山のなかで男性の死体が発見されたの」

彼はうなずいた。「聞いたよ、おれはそいつが燃えているところを見たんだって。フクロウはいつも死を運んでくるんだ」

シルヴィアは待った。一部の宗教でフクロウと呪術を結びつけて考えることは知っていた。夜の肉食動物、猛禽、腕のいいハンター。彼女はスカートのポケットに手を入れて、薄いメモ帳を指で探った。

デュポン・ホワイトの最近の写真はないのだとダン・チェイニーはいっていたが、シルヴィアはいまでもビデオで見た男の顔をはっきり思い浮かべることができた——ペイントをしたあの顔が目に焼きついて離れない。彼女はベンジーの横のベッドにメモ帳と鉛筆をおいた。「あなたが見た呪術師を描いてみてくれる?」

ベンジーは心を決めかねていた。たとえ絵であっても恐ろしい力があると信じているのだろう。彼はいった。「夢のひとつで……あんたを見た。あんたが知っている誰かがじきに死ぬことになる……前の男と同じように」

シルヴィアは目を閉じてジェシー・モントヤのことを考えた。ふたたび目をあけると、ベンジーは鉛筆を手にしていた。紙の上で形になっていく単純な線画を、シルヴィアは一心に見つめた。

絵を描いているベンジーの顔を観察する。不安のせいで顔つきが一変していた。

ベンジーが急にからだを引いた。「これがやつだ。こいつがおれに呪いをかけたんだ」

シルヴィアは紙を手にとった。子供が描いたような簡単な絵だ。卵型の頭、黒く塗りつぶされた目と口、頬に走る斜めの線——ペイントをしたデュポン・ホワイトの顔だ。

ベンジーが立ちあがり、部屋のなかを行ったり来たりしはじめた。明らかに動揺し、なにかを思い悩んでいる。ついに彼はシルヴィアに顔を向けた。彼女に近づき、表情を探り——心を読む。そして、いった。「ベリオ・クルスに会わせてくれ」

その名前はシルヴィアも知っていた。コール・リンチが受刑者たちの弁護士なら、ベリオ・クルスはシャーマン、つまり精神科医であり、万病を癒す心霊治療師だった。なにより重要なのは、ベリオがベンジーと文化をともにしているところだ。スペイン人の文化でもプエブロの文化でも白人の文化でもなく……塀のなかの文化を。

「なぜベリオに会いたいの?」シルヴィアは尋ねた。そのとき、小さなノックの音がした。扉のむこうに、あの看護婦が立っていた。

ベンジーはいった。「おれの呪いを解くことができるのはベリオだけだからだ」

シルヴィアはベンジーの話を信じた。彼女は立ちあがり、うなずいた。「できるかどうかやってみるわ」

ベンジーの全身からふっと力が抜け、はにかんだような笑みを浮かべた。部屋を出ていくシルヴィアに、彼はもごもごと感謝の言葉をつぶやいた。

オフィスではクレイが待っていた。クレイはひとりではなかった。小さな目をしてちょびひげを生やした、ずんぐりした中年男性が横にいた。副所長だ。彼は紹介も待たずにいきなりどなった。

「ベンジー・ムニョス・イ・コンチャはきみの患者じゃない。正規の手続きを踏まないかぎり今後一切やつとの面会は許さない。わかったか?」

シルヴィアはくちびるを噛んでうなずいた。ひとことも口をきかなかった。ロージー・サンチェスの名前は出さなかった。

刑務所の外。ヴォルヴォの運転席で、シルヴィアは気がつくとひざにおいた携帯電話を見つめていた。彼女はマットに三度電話をかけ、そのたびにメッセージを残した。もう、いったいどこにいるのよ？　ふたたび電話をかけて、自分の留守番電話をチェックした。延々と待ったあと、ようやくマットの声がした。

「今日の午後、遺体をひとつ確認したがジェシー・モントヤのものではなかった。オールド・ラスヴェガス・ハイウェイのはずれでひき逃げされたヒッチハイカーだった。きみが知りたいんじゃないかと思って。それから、今朝のことは悪かった――あんなふうになってしまって」わたしの方こそ悪かったわ。あんなふうに怒りを爆発させたりして。数秒がすぎた。マットの伝言は終わったのだろう。そう思ったとき、また彼の声がした。「今夜は仕事で遅くなる。だから自分の部屋に帰ることにするよ」

メッセージの終了を告げるピーッという音が聞こえたが、シルヴィアはそのまま電話を握り締めていた。窓の外では灰色の雲と煙が、本来ならば青く抜けるような夏空を覆い隠してしまっている。心まで暗く沈んでいく気がした。異常気象だ。風向きまで、例年とは違ってきていた。

# 10

シルヴィアはまだ暗いうちに夢から覚めた。デジタル時計は三時十五分を示している。彼女は薄いシーツ一枚だけで寝ていた。汗で肌がじっとりして、暑くてたまらなかった。夢のなかでシルヴィアは、テリアのロッコといっしょに夕日を浴びながら自宅の裏山を登っていた。岩がごつごつした尾根に達したときには、すでに夜の帳《とばり》がおりていた。そこで場面が変わり、気がつくと二匹の大きなコヨーテが両側から彼女とロッコをはさむようにして、その黄色く光る目でじっとこちらを見つめていた。二匹のコヨーテのうちからだの大きい方がロッコに飛びかかったが、シルヴィアがそれを引き離した。大きな丸い岩のむこうに投げ飛ばしたときに手を噛まれた。てのひらから血が流れた。コヨーテが死んだかどうか見にいくと、そこにいたのはシルヴィアの父親だった。と、父親はすくっと立ちあがり、フクロウのように飛び去った。

目が覚めてからも、影のようにのしかかる恐怖感を拭い去ることができなかった。父はシルヴィアが十三歳のときに彼女の前から姿を消した。生死のほどはいまもわからない。生きていれば、六十代になっているはずだ。シルヴィアはアンソニー・ランドルの死にざまを思った。

ジェシー・モントヤが行方不明になって今日で四日目。寝ても覚めても、わたしの頭のなかは行方の知れない男たちのことでいっぱいだ。

いつものように口笛でロッコを呼んだあとで、ロッコは家にいないことを思いだした。シーツを足ではねのけて、ベッドわきの小型扇風機のスイッチを入れる。生ぬるい風が肌を撫でると、少しだけ気分がよくなった。ジェシーのことを頭からなんとか追いだすと、今度はマットのことが気になった。いまごろは猫のトムといっしょにベッドで大の字になっているはずだ。シルヴィアは寝返りを打ち、マットがふだん使っている枕をぎゅっと抱きしめた。かすかなレモンの香りに、泣きそうになった。急にベッドがせつないほど大きく、寒々しく感じられた。マットとの仲が壊れてしまったのではというめまいがするほどの恐怖と必死で戦う。まるでピースの欠けたパズルを完成させようとしているみたいだった。

四時半になると、眠るのをあきらめてエスプレッソをいれた。カップを手にテラスに出て長椅子に寝そべり、サングリ・デ・クリスト山脈のむこうから顔をのぞかせた朝日を眺めた。西の空には青白い満月がうっすらと残り、山火事が灰色の雲をピンク色に染めている。夜でもなければ朝でもない、つかのまのとき。いちばん好きな時間だ。

シルヴィアは目を閉じた。指が、つるつるしたページをかすめた。長椅子の横のテーブルにおかれた一冊の本。美術館版の『芸術と儀式と宗教』――自宅の本棚にあったものだ。ゆうべ遅くにそこにおいたときのまま、パプアニューギニアのトーテム仮面のカラー写真と、ホピ族のパチャヴの儀式で使われる戦士の母のカチーナ人形の小さい白黒写真がのったページがひらいてあった。

ページのあいだに読書用眼鏡がはさんであった。眼鏡をかけて、もう一度二枚の写真をじっくり見た。さまざまな文化で、仮面は伝統的に自己以外の存在を表わす手段として用いられてきた。仮面はそれをつけた者を動物や生き霊に変え、死者の霊を呼びだし、神のごとき超越的な能力をわけあたえることもあった。

仮面それ自体が、特定の霊魂の棲み家になることもある。仮面はまず例外なく偉大なパワーをもつと考えられていて——仮面をつける人間が心構えを怠ったり、身を守ることを忘れたりしたときには、そのパワーは危険なものになるのだ。

ほかにも印をつけたページがあった。シルヴィアはザイールの王族の男子から男子へと伝えられる成人式の仮面のページをひらいた。土着の神々のパワーと権力を譲り受けるための儀式である。

最後に、アナサジ族の岩石線画のシンプルな線を指でなぞった。岩の表面に描かれた仮面のような顔。それはほかのどの写真よりも、攻撃的で怒りに満ちたデュポン・ホワイトの顔に似ていた。

長椅子から立ちあがり背伸びをしてから家のなかに戻った。キッチンの引き出しの木のスプーンの下で、よれたマルボロが一本見つかった。たばこに火をつけ、胸いっぱいに吸いこんでから、煙を吐きだすために外に出た。空気はすでに煙のにおいがしていた。ゆうべのニュースも、サンディア山脈とヒラ国有林で延焼中の山火事と、ヘメス山脈で新たに発生した山火事の状況を特集で伝えていた。今年の夏は、文字どおり燃えるように暑い夏になりそうだ。一陣の風が吹き抜け、テラスわきに植えたギョリュウが薫った。家の裏手の電線に、灰青色のスズメが生きたオーナメントのように並んでいる。羽が一枚風に運ばれ、シルヴィアの素足のつま先をかすめた。

短くなったたばこを吸い終え、コーヒーを飲み干すと、自宅の私道の先の土の道に目をやった。さらにその先は――お隣のカリドロス家の牧場だ。この暑さで茶色く変色した牧草が、栗毛の牝馬とまだらの去勢馬の乏しい餌になっている。シルヴィアはまた父親のことを考えた。父はあのとき、どんな思いであの牧場を越えていったのだろう。いまもどこかで生きているのだろうか。それとも、すでにこの世にいないのだろうか。

亡霊、呪術師、デュポン・ホワイト。デュポンがもし生きているなら、あの仮面でどんな死霊をよみがえらせようとしているのだろう。それとも、仮面が彼を神に変えたのだろうか。

最後の患者は――長い長い一日の終わりに――約束の時間より早く現われた。ケヴィン・チェイスは、予約した時間の八分前に司法鑑定センターの待合室にやってきた。顔色が悪く、たばこのにおいがつんと鼻をついた。シルヴィアはセルフサービスのコーヒーを勧めたあとで、彼女のオフィスにくるようケヴィンに告げた。

今回の面接の目的は、前回もちあがった問題について引きつづき検討することだ。これが保護観察官のフランキー・レイズに会う前にケヴィンを評価する最後のチャンスになるだろう。

フランキーが保護観察の取り消し手続きをはじめることは、まず間違いないだろうから。

カウンセリングをはじめて二十分がすぎたころ、ケヴィンが隣の庭を臨む小さな窓の外に目をやった。彼がシャツの袖をまくりあげたとき、両手首にロープがこすれたような跡があることにシルヴィアは気づいた。

「ケヴィン、それどうしたの?」彼女は問いただした。

ケヴィンはさっと腕を組んで手首を隠した。「別に……ちょっと切っただけだよ」

「それは切り傷じゃないわ」

ケヴィンはいかにも重そうにのろのろと頭を動かし、シルヴィアの視線を避けた。

「手首を見せて」シルヴィアは静かな声でいったあと、そのいいつけに従うべきかどうかケヴィンが心を決めるのを待った。ついに彼が両腕を差しだすと、左右の手首のまわりがロープがこすれたように赤く擦りむけているのがわかった。

最初に頭に浮かんだのは性的な緊縛プレーだった。次に考えたのは例のポラロイド写真のこと。あの写真に写っていた縛られた男たち。

ケヴィンが目に涙をためてシルヴィアを見あげた。「ジャ——彼女はなにもしてない」

「ジャッキーのこと?」

「違う」ケヴィンがあえぐように大きく息を吸い、喉をごくりとさせる音がした。「そんなんじゃないんだ」頭が、できの悪いメトロノームよろしく前後に揺れる。「ちょっといらいらしてて、それで火傷したんだよ」

「それは火傷じゃないわ。あなた、自殺しようとしたの?」

「まさか!」ケヴィンはショックを受けたようだった。

ケヴィンはたしかに自己破壊的だが——自殺願望はないはずだ、とシルヴィアは思った。「誰かに縛られたの?」

「なんのために? そんなわけないだろ」

それからの十五分間、シルヴィアはなんとか真実を聞きだそうとしたが、ケヴィンの口は固く、曖昧な返事をするばかりだった。彼がオフィスを出ていくと、シルヴィアは二階の踊り場から、通りのむかいにある司法ビルの駐車場に目をこらした。金色のトヨタ・ターセルがアイドリングしている。運転席でたばこをふかしているジャッキー・マッデンがかろうじて見てとれた。

中庭からケヴィンが出てきてグリフィン・ストリートを渡るのが見えた。駆け足でターセルの助手席側にまわる。彼が乗りこんだあとも車は動かなかった。ケヴィンの後見人がたばこの煙で輪をつくりながら熱心になにか話している。少しして、彼女はシルヴィアの方を見あげた。そして疲れたようにシルヴィアに手をあげると、車のギアを入れて、ゆっくりと駐車場から出ていった。

二時間後、シルヴィアはオフィスを出た。フランキー・レイズに会うために数ブロック離れた保護観察所まで車を走らせながら、彼女はケヴィン・チェイスのことを考えた。七週間に及ぶカウンセリングを終え、シルヴィアはケヴィンについて自己愛が強く社会生活に順応できない境界性人格障害との診断を下していた。他人を裏で操作することに長け、自分の問題を周囲のせいにして、依存できる相手を必死で追い求め、ジェットコースターのように感情の起伏が激しい。

ケヴィンとジャッキー・マッデンは、一種の〝近親相姦〟的肉体関係に陥っているのだろうか。それとも、ケヴィンはわたしに間違った鑑定をさせようとしてあんなことをした？　シルヴィアが保護観察所のフランキー・レイズのデスクの前にすわったときには、ケヴィンの保護観察取り消しの手続きはすでにはじまっていた。

彼女の患者が刑務所に入れられるのは時間の問題だった。

夕方早くまでにツァンカウィの山火事は三百エーカーを焼きつくし、ロスアラモスとバンドリア国有記念物のあいだにあるツァンカウィ遺跡に危険なほど迫っていた。二日前の火災発生以来、消防隊員たちは鎮火に向けて着実に足がかりをつかんでいた。しかしながら、マットがいるハイウェイ四号線の待避所からはあちこちで散発的に火の手があがるのが見えた。彼はカプリスを降りて路肩に近づいた。足元は切り立った崖になっている。ギャンブル・オークやチャミーソや矮性のビャクシンが岩場に張りつくように生えていた。このあたりの自生植物たちは、いまのところ炎の神の怒りに触れてはいない。だがそこから六十メートル下の動植物は、そこまで運がよくなかった。炎の通り道は、真紅のクレージーキルトのようだった。

小石が転がるような音がして、マットは、五メートルと離れていない斜面に若鹿のおぼろげな姿を認めてはっとした。鹿は崖をよじ登り、カプリスの前に立った。雌鹿だ。鼻孔をふくらませて鼻を鳴らし、目が光っている。荒い息遣いが聞こえた。強烈な麝香のにおいがする。マットは心臓がどきどきした。野生動物と遭遇するといつもそうなるのだ。

ヘッドライトが雌鹿の脾腹をかすめ、一台の車がハイウェイのカーブを曲がってきた。驚いた鹿が駆けだし、ブレーキの鋭い音につづいてどすんという鈍い音がした。マットは顔をしかめ車道に急いだが、鹿はすでに別の斜面を駆けあがっているところだった。

リンカーンがゆっくりと車道をはずれて彼のカプリスの横にとまるのを、マットはじっと目で追った。リンカーンのドアがあき、ブーツをはいた足につづいてダン・チェイニー特別捜査官が降り立った。くちびるのあいだからたばこがぶら下がっている。チェイニーは痩せて頬もこけ——そのあまりの変わりように、マットはあやうく旧友の顔を見誤るところだった。チェイニーが電話でこの人里離れた待ち合わせ場所を指定してきたのだ。

「いったいいままでどこにいたんだ？　この一週間、探しまわったんだぞ」友を思う気持ちが怒りになって口をついた。

「あちこち転々としてた」チェイニーはたばこのパックを差しだした。マットが動かずにいると、チェイニーはしわくちゃのパックをシャツのポケットに突っこんだ。

「おまえと連絡がつかないから、最終手段でラスクルーセスの支局に電話したんだぞ、ダン。信頼できる人間にね。彼の話だと、支局担当特別捜査官《SAC》も局の心理学者もおまえの居場所を知りたがっているそうだ。カウンセリングをすっぽかしたそうじゃないか。無断欠勤なんてどうかしてるぞ」

「ああ、そうさ、どうせおれは頭がおかしいんだ」チェイニーの声はざらついていた。彼は茶封筒をマットに放った。彼がたばこの煙を吸いこむと、先端が鮮やかなオレンジ色に輝いた。あとに残った煙は薄幕の霧のようにふわりと消えた。

　チェイニーはつづけた。「おれの方にも信頼できる友人はいるんだ」口から煙がたなびいた。「それはラスクルーセスで——あの爆発現場で見つかった遺体の検屍報告書だ」

たばこを地面に落とし、ブーツの踵でもみ消した。「デュポン・ホワイトのDNAと合致する遺体は見つかっていない」彼は早くも新しいたばこを口にくわえて火をつけた。そして肺に煙を入れたまま、いった。「やつが生きているという証拠だ」

　マットは封筒をあけ、ホッチキスでとじた二通の報告書をとりだした。州の犯罪研究所とFBIそれぞれの報告書だ。ベルトに下げた懐中電灯をつけ、コピーに目をとおす。その間チェイニーは待避所の端まで歩いていってツァンカウィの山火事を眺めていた。

「どう思う……おまえなら自分で自分に燃焼促進剤をかけるか？」チェイニーはいい、マットが不服そうな声をもらすとさらにつづけた。「今日の《ニューメキシカン》紙を見たか？　ラスクルーセスの大爆発に関するFBIの調査についての一段の短い記事だ」平板でかたい声になった。「連中は自分たちのへまをごまかそうとしているんだ。ルビーリッジやウェーコのときと同じように」

　マットは読んでいた報告書を下におろした。「連中とは誰のことだ？　支局担当特別捜査官？

FBI長官？　司法長官？　いいかんげんにしろよ、ダン」

チェイニーが歪んだ笑みを浮かべた。白い歯にマットの懐中電灯の明りが反射する。「とりあえず大統領はそのリストから除外してもいいと思うがね」

マットはいらだちを抑えようとした。そして友人がさらなる情報を明かしてくれるのを待った。

チェイニーは小石を拾い、手のなかで転がしてから崖の下に放った。「デュポンはFBIお抱えの情報提供者だったんだ。おれがシルヴィアに見せたビデオのことは聞いただろ。局はあのビデオを――それにあのポラロイドも――ラスクルーセス事件の数ヵ月前に入手していた。つまり、局のなかにデュポン・ホワイトが連続殺人犯だということを知っていた人間がいたってことだ。やつがどれほど卑劣な男かをね」

「だがFBIはデュポンを逮捕しなかった」

「それはやつが卑劣すぎたか――もしくは、利用価値がありすぎたからだろう」チェイニーの瞳が不気味に光った。「デュポンがなにかデカイ情報を売ろうとしていたとしたら……」

「情報というのは？」

「そこまではわからない。だがデュポンがサンタフェにきたのはそのためだと思う」

マットはかぶりをふった。「全国犯罪情報センターのデータベースで調べたが、デュポンの名前が出てくるのは麻薬所持で二回、それに州外での武器密売で数回だけで――殺人や暴行はひとつもなかった。ムショ送りになったのは、デュポンの相棒のコール・リンチのほうだ」

チェイニーが、ばかにしたように鼻を鳴らした。「いったいどっちの話を信じるんだ、マット？ デュポンは人殺しでタレコミ屋だった――そして、やつをこれ以上生かしておけないと考えた人物がいた。そこで彼らはラスクルーセスでデュポンに罠を仕掛けた。ついにやつを始末することにしたわけだ。ところが、彼らはしくじった。おれにはわかる。なにしろその場にいたんだからな」

チェイニーはいきなりマットが手にしている報告書をぴしゃりと叩いた。「最後の部分を読んでみろ」

マットはページをめくり、懐中電灯をかざして読みはじめた。「犯罪現場から採取したＤＮＡサンプルは、ニーナ・アルコン・ヴァルディーズ特別捜査官、フランク・ティーハウス特別捜査官、ロニー・リー・ハッチ、ジェイ・デニス・ハッチの対照サンプルと一致した」

「ハッチ兄弟は、デュポンから武器を買うことになっていた相手だ」チェイニーはいった。

「デュポンが倉庫内にいたという証拠もないわけか」マットは懐中電灯を消した。

「いや、あのクソ野郎はたしかにいた」チェイニーは嘲るように鼻を鳴らした。「やつが倉庫にはいるところを全員が確認した。そのあと、爆発の寸前にやつが倉庫から走り去るのをおれは見たんだ。あのケツの穴野郎は、おれの弾を一発くらっているはずだ」

マットは旧友の顔をまじまじと見た。「それをすべて報告したのか？」

「ストレスを理由に病気休暇をとらされたよ」

チェイニーのリンカーンはカプリスに鼻先をくっつけるようにして停めてあった。チェイニーは車のドアをあけ、立ったまま空を見あげた。「今日の午後シルヴィアと話したよ。連絡先を教えようと思って電話したんだが――最近はおまえと連絡をつけるほうがむずかしいらしいじゃないか」

マットは、微妙な領域に立ち入るなというように首をふった。昨日の口論のあと、二、三日シルヴィアとは会わずにおこうと決めたのだ。

特別捜査官は肩をすくめ、それから車に乗りこんだ。「シルヴィアの話だと、おまえはモントヤがいずれ死体で発見されると考えているらしいな。まあ、間違いなくそうなるよ」チェイニーはくっくと笑った。陽気さの感じられない不気味な笑い声だった。

薄闇のなか、マットに見えたのはチェイニーの彫りの深いシルエットだけだった。彼はごくりとつばをのみ、山火事の方に目をやった。空がそこだけ明るかった。だいだい色と茜色に輝いている。美しかった。まがいものの美しさだ。遠目には魅力的だが、近づけば命を落とすことになる。マットはそのまま黙っていた。

チェイニーはリンカーンのギアをバックに入れたが、足はブレーキにおいていた。「おれの話を信じる気になったかどうか、それだけ教えてくれ」

「ああ」マットは静かにいった。そして友人の顔を見た。「信じるよ」

チェイニーの声には、ありのままの思いのすべてがこもっていた。「ニーナが死んだとき、なんだか急に自分が大きくなった気がした。彼女に対する責任の分だけからだが大きくなった気がしたんだ。彼女の笑い声を、彼女の思いを、彼女の人生を引き継いでやりたいと思った。なのにいまは、自分がちっぽけに思える。からだにぽっかり穴があいているんだ。そして、その穴は日増しに大きくなっていく」

マットはチェイニーのすすり泣きを聞いた気がした。

チェイニーはつづけた。「ニーナはおれのすべてだった……人生そのものだった。ロレインと別れて、ニーナと結婚するべきだったんだ。彼女と結婚して、子供をつくって……」彼は片手で顔をこすった。「マット、おまえとは長いつきあいだ。いろいろなことをともにくぐり抜けてきた仲だ。シルヴィアを傷つけるようなまねはするな。行ないを改めたほうがいいぞ」そういうとギアを乱暴にドライブに入れ、リンカーンは前のめりになりながら待避所から出ていった。

マットはそのまましばらく崖の際に立っていた。口のなかに灰の苦い味がした。山火事はすさまじい勢いで燃え広がっていた。

彼はチェイニーのことに注意を戻した。あれは頭がおかしくなった男のたわごとだろうか？もはやそうは思えなかった。マットは茶封筒を握り締めた。考えが変わったのはこの報告書のせいばかりではなかった——チェイニー本人がそうさせたのだ。

考えれば考えるほどチェイニーの話には信憑性があるように思えてくるが——同時に危うさも感じた。悲しみのあまり、やつは冷静な判断力を失いつつある。チェイニーはトラブルを求めている、マットにはそれがわかった。そして——それが現実のものになるだろうことも。

シルヴィアがここにいてこの密会に立ち会ってくれていたら、と思わずにはいられなかった。マットは彼女の判断力を、プロとしての意見を信用していた。彼女の直感を信じていた。それでなくても沈んでいた気持ちが、さらに落ちこんだ。

なぜシルヴィアにエリン・タリーのことを打ち明けられなかったのだろう。彼女との情事はつかのまのもので、彼がシルヴィアと出会う数ヵ月前に終わったはずだった。それなのに、いまでも愛しているとエリンはいう。シルヴィアに打ち明けられなかったのは、おそらくなにもかもを恥じていたからだ。この三月に危うく焼けぼっくいに火がつきそうになったことを。そして、ごくわずかとはいえいまだにエリンに惹かれている自分を。

マットは、アグア・アスル通りにある黄褐色の化粧漆喰の家の前の街灯の下にカプリスを停めた。狭く短いこの通りは、サンタフェ南の郊外に新しくできた迷路のような住宅地の一部である。どの家にもポーチとガレージと猫の額ほどの庭と植木がある。通りの少し先では、子供たちがまだ遊んでいた。かすかに聞こえる楽しげな笑い声が、夜のしじまを破った。

マットは長いこと六十七番地の家を見つめていた。窓にはカーテンが引かれ、芝はところどころが茶色く変色し、色褪せた青い玄関へつづく敷石の道には雑草がはびこっている。雑草は最近のものだろう。四ヵ月前、この庭は非の打ちどころがないほどに手入れが行き届いていたから。

いったい何度ここでこうしていたことだろう。ふたりのつかのまの関係がつづいていたあいだはほぼ毎晩。そして、この三月にもう一度。これは一種の儀式だった。車のなかでひとり、ポーチの明りが点くのを待つのが。

その明りがいま点いた。コンクリート敷きの玄関と羽根板でできたくたびれたフラワーポットを、鮮やかな黄色の光が満たした。

すでに終わったことなのだ。それなのになぜ、エリンのことをシルヴィアに話さなかったのだろう。

マットは庭を横切り、両腕をからだのわきに垂らしたままドアステップの上に立った。ほぼ同時にエリン・タリーがドアをあけた。彼女は緊張しているように見えた。怒っているようでもあった。そして、ひどく幼い感じがした。「だいじょうぶかい?」マットはきいた。エリンが蔑むような目でにらんだ。マットがひるむと、エリンは彼がなかにはいれるように一歩下がった。そのわずかな隙間を通るにはからだを斜めにしなければならなかったが、マットの動きはぎこちなかった。彼女の香りがした。ほのかなバラの香りだ。

手を伸ばして彼女の顔に触れようとしたが、エリンはさっと身を引いた。「よして」彼女はテリークロスのバスローブの胸元をきつく握り締めた。「そんなことをするためにきたわけじゃないはずよ」

マットはいたたまれない思いであたりを見まわし、ベージュ色の居間と黄色いキッチンの方にちらりと目をやった。背中にエリンの視線を感じた。

「誰もいないわ、もしそれを気にしているのなら」エリンはいった。彼女の手がマットのシャツの袖をかすめ、一瞬感情が顔に出たが、それが憎しみなのか悲しみなのかマットにはわからなかった。だがそれをたしかめる間をエリンはあたえてはくれなかった。

「コーヒーでもどう？」彼女はすでにキッチンに向かっていた。

マットはかぶりをふった。「気を遣わなくていい」

エリンは聞いていなかった。さもなければ、なにかしていないといられなかったのかもしれない。食器棚をあけてきれいなマグカップを見つけるとそれにコーヒーを注いで、自分のカップにもおかわりをついだ。

マットはコーヒーを受けとった。すわりたくはなかったが、しかたなくプラスチックの白い椅子の端に浅く腰かけた。狭くて四角いキッチンはプレハブ式で、サンタフェの東にあるアドービれんがのどっしりしたキッチンとはまるで違った。化粧漆喰の壁は、サンディア山脈に沈む夕日の写真と、信じられないほど完璧な形をしたハバネロペッパーのポスターが貼ってある以外はむきだしのまま。カウンターの半分はオーブントースターが占領していた。残りの半分にはミキサーと水切り用の皿立てが並んでいる。流しは汚れた食器であふれていた。

エリンは顔を伏せたままコーヒーをすすっていた。バスローブはゆったりと大きめで、下にはなにも身につけていないのが見てとれた。裾が割れ、片方の内腿がちらりとのぞいた。マットは目をそらした。

エリンはマットに顔を向け、挑むようにあごを突きだした。マットはばつの悪そうな顔をしていた。彼女はいった。「なぜきたの？　わたしみたいな裏切り者に近づいたら、あなたもまずいことになるんじゃない？」

「エリン」と、マットは静かにいった。

彼女の目に涙があふれた。「ほんの数ヵ月前にはわたしのことを求めたくせに――シルヴィアがあなたとよりを戻す前は」

マットは立ちあがり彼女の方に一歩近づいたが、エリンが両手でそれを制した。「こないで」

マットは足をとめ、かぶりをふった。この場から逃げたかった……エリンにどんな言葉をかけたらいいのかわからなかった。こんな彼女は見たくなかった。だからこそ会うのを避けていたのだ。それなのにエリンはまた電話してきた――訴訟の話は、いまでは単なる口実だった。

口をひらいたとき、エリンの声は子供のように震えていた。「全部だめになったわ。キャリアも、なにもかも。みんなに非難されて平気でいられるほどわたしは強くない」マットはなにもいわなかったが、こちらを向いた彼女の目は怒りに燃えていた。

「わたしの主張は正当なものよ。わたしは昇進してしかるべきだった。あれは完全な性差別よ。公衆安全局の人間はひとり残らずそれを知っていた。なのに、あなたは味方をしてはくれなかった。わたしが必要としていたときにあなたどこにいたのよ?」怒りにからだが震え、声を限界まで張りあげた。「この臆病者!」

マットはエリンとの距離をうめて、両手で彼女の肩をつかんだ。マットの体重はエリンより三十キロは重く、彼女はわずかに抗ったがすぐに力尽きたようだった。崩れるように彼の胸に顔をうずめて泣きだした。

ひとしきり泣いて涙があらかた乾くと、マットは彼女をテーブルの前にすわらせて新しいコーヒーを入れてやった。コーヒーを半分飲み終えたところで、エリンはようやく口がきけるようになった。

「わたしを憎んでる？」と、きいた。

「憎む？　なぜ？」

「ランドルの件を台無しにしてしまったから」

マットはしばらく黙っていた。実際、エリンがなぜ嘘をつき、あとになって仲間を裏切るようなまねをしたのか理解できなかった。延々とつづく裁判に心身ともに疲れ果ててしまったということはあるだろうが。いまの彼女は、マットが愛していると思っていた女性とは別人に見えた——そして警官のエリンとも。あれほど優秀な警官だったのに。彼はいった。「こうなったからにはどうでもいいことだよ」

エリンがふーっと長いため息をついた。また泣きだすのではないかとマットは思ったが、峠は越したようだった。

彼女はいった。「あなたの支えが必要なの」

「警察官組合が力になってくれてるじゃないか」

エリンは頭をふった。「そうやってわたしをつまはじきにするあなたたちのやり方にはもううんざりだわ」

「ほかにどうしろというんだ？」疲れた声でマットはきいた。「きみは差別を受けたといって局を告訴したんだぞ。よくやったと拍手喝采を受けるとでも思ったのか？」

「あなたはそうしてくれるものと思ってたわ」

エリンの言葉が胸に突き刺さった。その瞬間、彼女の怒りの大半は彼自身に向けられたものであることをマットは悟った。

彼はあらためてエリンの顔を見た。心身ともに疲れ果て、めちゃくちゃの精神状態にもかかわらず、彼女ははっとするほど美しかった。エリンが死んだ妻に似ていることに初めて気づいてマットはショックを受けた。メアリーはエリンほど気性の激しい女性ではなかった。だが夫か子供がついていてやらないとだめなところがあった。エリンにもそんな頼りなげなところがある。ときどき迷子の子供のように見えることがあるのだ。放っておけないと思わせるそんな脆さはシルヴィアにはないものだった。しかもエリンは彼を求めていた——別れてからもずっとそういいつづけていた。

そしてそのたびに、それには応えられないとマットはきっぱりいい切った。だがこの三月にしばらくひとりになりたいとシルヴィアから告げられたとき、もう一度やりなおせないかとエリンが熱心にいってきたのだ。最後に彼女と会ったときのことを思い返すと恥ずかしさがこみあげた。シルヴィアに拒絶されたような気がして、またしてもぼくはエリンを傷つけてしまった。自責の念にかられ、ますますいたたまれない気分になった。マットはこっそり腕時計に目をやった。

「あなたが大変な思いをして訪ねてきてくれたのはわかるわ」エリンがいった。泣いたせいで顔が赤く光っている。まるで顔をごしごし洗いすぎたかのようだった。彼女は笑おうとしたが、あまりうまくいかなかった。「ありがとう」

マットは席を立ち、すまないといおうとした。エリンのいうとおりだ。ぼくは彼女の問題に巻きこまれたくなくて彼女を見捨てた。

エリンは首を横にふり、マットのくちびるにそっと指をあてた。「帰る前にひとつだけ教えて……ランドルの件でなにか手がかりはあった？」彼女の表情が不意に歪んだ。あとずさり、両手で顔を覆う。「わたし、大変なことをしてしまった。もしやりなおせるなら――」落ち着こうと、ごくりとつばをのむ。「でもやりなおすことなどできやしない。それに、たいした問題じゃないのかもしれないわね――結局、ランドルはレイプの罪から逃れられなかったわけだし」

エリンの目はぎらぎらしていた。「いまもあなたを愛しているわ、マット」

「エリン、よせ――」

「それがわたしの正直な気持ちよ」

# 11

シルヴィアはロージー、ベンジー、ベリオ・クルスのあとについて、蛇腹形鉄条網がめぐらされた金属製のトンネルの下を通りすぎた。四人は第三監房棟と体育館と非常門と死刑囚棟のあいだの中庭にいた。塀で厳重に囲まれたこの中庭で、満月の深夜零時に癒しの儀式をおこなうことを刑務所長が許可することなどありえないとシルヴィアは思った。監視塔の看守がいまにも銃で撃ってくるのではないかと彼女は半ば覚悟した。看守がこちらを監視しているのは間違いないのだから。

月明りがベリオ・クルスの、黒魔術の効力を解くために呼ばれた檻のなかのシャーマンの鷹を思わせる容貌をくっきりと照らしだした。クルスはスペイン語のクランデロ、つまりあらゆる病を癒す万能の治療師というより、むしろかけられた黒魔術を解く祈祷師《アルブラリオ》だった。クルスはネイティブ・アメリカンと南太平洋の島と、白人とスペイン人それぞれの文化をとりいれてそのやり方をあみだした。もしベンジーを「癒す」ことができる人間がいるとすれば、それはベリオだった。というのも、ベリオはなにより刑務所内で生き延びる能力を、知覚力と観察力と、ごまかしと攻勢的作戦《パワープレー》の腕を磨いていたからである。

ベリオ・クルスは五十年の人生のうち三十五年を塀のなかですごしていた。現在は北棟で持凶器強盗と第一級謀殺に対する終身刑に服している。

クルスは長身で痩せており、まるで強い力でからだを引っぱって余分な肉を限界まで削ぎ落としたかのようだった。筋肉質の腕と胸には、黒い色が褪せたタトゥーがのたくっている。手は大きく、指は長くほっそりしていたが、関節炎のせいで関節が腫れてクルミのようになっていた。

顔はニキビの跡があばたになり、色が変わっている。両端が下に曲がった口ひげが薄いくちびるの上に垂れていた。彼の目にシルヴィアはすぐに気づいた。瞳は黒に近い色で――黒目の下に白目が見える三白眼だった。冷たいパワーをシルヴィアは感じた。

不意にクルスが立ちどまり、ベンジーの方に向きなおった。「ここだ」

祈祷師はあらかじめ場所を選んであった。重警備棟を背にして、死刑囚棟とスチームバス――ネイティブ・アメリカンの受刑者たちが清めの儀式のために建てた小屋――が左右にくる位置。儀式にふさわしいと思えるのは、ヒマラヤスギでできたスチームバスだけだ。だがクルスは外で儀式をおこなうことを強く求めた。邪悪なエネルギーは戸外に放つ必要があるからといって。そして警備がどこより厳重なのがここ、刑務所内でもっとも狂暴な受刑者たちを収容する第三監房棟の中庭だった。正式な許可はとってあるとロージーはいっていたが、シルヴィアは信じていなかった。

ロージーの手が腕にかかるのを感じた。「はじまるわよ」ベンジーの方に顔を向けたとたん、夜のしじまを切り裂いて遠くで叫び声があがりシルヴィアはその場に凍りついた。

叫び声は重警備棟から聞こえた。独房はコンクリートの建物の端にあって北か北東に面しているので、この儀式は受刑者からは見えないはずだ。だが刑務所の常で、彼らはなにかが起きていることを知っていた。コヨーテの群れが獲物の最初のにおいを捕えるように、彼らは動きを感じるのだ。口笛とわめき声の不協和音が、夜風に乗ってかすかに流れてくる。監房棟のなかはきっとひどい騒ぎに違いない。シルヴィアは深く息を吸った。

またしてもクルスの視線を肌に感じた。ここにくる前、クルスとベンジーは未解決の問題――この場合は黒魔術《ブルーホ・ネグロ》をかけられたこと――についての話し合い《プラティカ》を終えていた。そのときもクルスはシルヴィアのことをじっと見ていたのだ。不意にクルスの太い声が聞こえ、シルヴィアはそちらに目をやった。クルスはシャツをぬいでいた。胸を覆うタトゥーは、黒々とした翼を広げて飛ぶカラスだ。

突然、ベリオ・クルスが両腕をあげた。ヒョウのように荒々しく、それでいて優雅な動きだ。そしてよく響く低い声でラテン語のような言葉をつぶやいた。祈りの言葉だ。

ベンジー・ムニョス・イ・コンチャの口から呻き声がもれた。彼は茶色く枯れた芝生の上で背すじをぴんと伸ばし、ベリオ・クルスと向きあうようにしてすわっている。肩より長い髪は結ばずに下ろしてあった。からだを覆うぶかぶかのワークシャツとブルージーンズは、どちらも裏返しだ。受刑者というより、驚きに目を瞠った十歳の少年のようだった。

この儀式にすっかり心を奪われ低い声でなにかぶつぶついっているロージーの横で、シルヴィアは不意に襲ってきた不安をふりはらおうとした。だがベンジーとクロスから目をそらした先に見えたのは、月明りに白く照らされた死刑囚棟だった。

ジェシー・モントヤ——オーガスティン・モントヤの孫で、十六世紀のスペイン人探検家バスケス・デ・コロナドの死の遠征《ホルナダ・デル・ムエルト》に同行したモントヤ一族の六代目——は、トラックが揺れるたびに潮に洗われる貝のように左右に飛ばされ、呻き声をあげた。ジェシーは動きに逆らうのをやめて、ごろごろと転がった。痣ができようが関係ない。もうどうでもいいことだ。顔にペイントした怪物は、それだけははっきりさせていた。ジェシーは自分がじきに知ぬことを知っていた。

頭のなかで彼は十字を切った。手を縛られていなければそうしたように、ゆっくりと丁寧に。手足の感覚はとうに失せていた。血がとまって、いまごろはもうだめになっているかもしれない。よくわからないが。おれは医者じゃないし。その手のことはあてずっぽうでいうのがせいぜいだ。

ジェシーは祖父のことを考えた。おれが人を傷つけるのをやめますようにと、何時間も何日も祈っていたじいちゃん。おれがやらかしたことがじいちゃんをひどく苦しめていたことは知っていた。なのにおれはたくさん悪いことをした。さまざまな記憶がどっと押し寄せ、大きな海のように胸をいっぱいに満たした。いまジェシーは祈っていた。**もしここから生きて帰して**

**くれたら、聖母マリアさま、もう二度と女の子にひどいことはしません。**彼は泣きだした。

そして一瞬、ジェシーはその約束を守れそうな気がした。

涙がとまると、今度は恐怖と闘おうとした。だがうまくはいかなかった。マリファナかフォアローゼズの助けがないとだめだ。恐怖が全身を駆け抜けて、男らしく死ねそうにないことをジェシーは知った。

これまでも散々な人生だった。だから最後だけよくなるわけがない。本当の母親が誰かわかったらよかったのに。おばあちゃん《アブエリータ》がなつかしい。台所で湯気をあげるピントビーンズとチリの大鍋をかきまわしながらおしゃべりに興じていた女たちの声がなつかしかった。

ディオス・アユダメ——神さま、助けて。だがあたたかな腕で彼を抱きしめてくれたのは神さまではなかった。おばあちゃんだ。おばあちゃんがやさしい声で彼の名を呼んだ。**ジェシー、ぼうや。**おまえを待っているよ、おばあちゃんはそういっていた。


クルスの低い声とお香と夜気に誘われて軽い催眠状態に落ちていたことにシルヴィアは気づいた。月に灰色の薄絹のような雲がかかっていた。雲間からもれる光に、影が濃くなっている。時間の感覚を失いながらも、シルヴィアは異様なほど頭が冴えていた。その相反する感覚は、十代のころにドラッグでハイになったときのことを思いださせた。初めてLSDを試したのは十六歳のとき。うっとりするほどすてきで危険なトリップだった。

目がなにかの動きを捕えた。ベリオ・クルスがなにか白いものでベンジーのからだをこすっている。卵だ。まじないの言葉がかすかに聞こえ、クルスが最後に卵を投げると、卵は死刑囚棟のコンクリートの壁にあたってこなごなに割れた。

薄雲が切れて、不意に青白い光が中庭に降り注いだ。シルヴィアは吐き気をおぼえた。肌の裏がざわざわと熱くなり、視界がぼやけて月が黒い液体のなかに浮かぶ水っぽい球体になる。彼女は手を伸ばしてロージーの腕に触れた。吐き気がおさまった。

クルスが木炭かペーストのようなもので、ベンジーの高い頬骨とあごと首に手荒に何本ものすじを引きはじめた。それが終わると、祈祷師はベンジーのむきだしの前腕を両手でつかんで頭を下げた。

そして、ベンジーのひじの近くのやわらかな肌を吸いはじめた。

その姿は、鹿の肉を食いちぎる狼のようにシルヴィアには見えた。

クルスに肌を吸われるうちに、ベンジーは次第に痛みを感じはじめたようだった。かたい地面の上でのたうちまわっている。突然「助けて！」と悲鳴をあげた。

それに答えるように、第三監房棟から叫び声が響き渡った。

それでもベリオ・クルスはベンジーの腕に食らいついて放さなかった。

パネルトラックは、ロスアラモスから数キロしか離れていない荒れた林道にとまった。道の両側は、侵入者を阻むようにポンデローサ松が厚い壁をつくっている。古木——森の長老たち——は、高さが八メートルにも達していた。もっとも年少の若木たちは身を寄せ合い、陽射しを求めてねじれ、絡まっていた。

運転席側のドアがあいたが、細くたなびくたばこの煙以外にトラックから出てくるものはなかった。数分後、ゆるやかな森の静けさをオートバイのエンジン音が破った。音は次第に大きくなり、一台のホンダが爆音を轟かせながら姿を見せた。木の枝がバイカーの腕やももをかすめる。タイヤで無数の松葉を押しつぶしパウダーのようにこまかな砂を撒きあげながら、バイクはトラックの横でとまった。バイカーはホンダを降りてゆっくりとヘルメットをはずした。ケヴィン・チェイスは湿った髪を手でかきあげて森を見あげた。

森は生き生きと息づき、林道の方に迫ってくるように見えた。覆いかぶさるような黒い森に押しつぶされるのを待つかのようにケヴィンは目を閉じた。森の声が聞こえる気がした。**今夜のおまえにはパワーがある。**

やがて彼はトラックのうしろにまわり、両開きのドアをあけた。奥まった片隅でジェシー・モントヤが病気の赤ん坊のようにからだを丸めているのが見えた。全裸で手足を縛られた男を無視して、ケヴィンはデニムシャツをぬいだ。おれにはやらなきゃならないことがある。

道具箱をひらくと、絵の具の小瓶が揃っていた。瓶のひとつをとってふたをあけ、親指で錆色のペーストをすくう。両手のひとさし指を使って、頬と額と首に血の色のすじを念入りに塗りつけた。トラックの左パネルのフックに水筒がかけてあった。それを手に、トラックのわきにしゃがんだ。足のあいだの地面を手でこそげ、できた穴に水を注ぐ。そして土と水を混ぜたものを胸と両腕と顔にこすりつけた。

それが終わると、バイクに覆いかぶさるようにしてミラーをのぞき込んだ。先住民に似た血まみれの悪魔が見返してきた。上出来だ。これならキラーも満足してくれるだろう。

ジェシー・モントヤをトラックから引きずりおろそうとしてケヴィンはぎょっとした。モントヤはまだ意識があった。懇願するような声がかすかに聞こえる。その声が、ケヴィンを不安にさせた。

モントヤのからだを引きずりながら林道をはずれ、クモの糸のように細い月光をたどって森のなかを進んだ。足元には茶色く枯れた松葉と朽ち落ちた木々が厚く積もり、クッションのようにやわらかい。モントヤが重くて、なかなか先に進めなかった。からだが火照り、汗が流れて、やっとの思いでひらけた場所に出たときにはすっかり頭に血がのぼっていた。モントヤのからだを放りだすと、呻き声が返ってきた。

「くそったれのレイプ野郎め」ケヴィンはモントヤの首につばを吐いた。それから踵を返して、きた道を戻った。あらかじめ燃焼促進剤を入れてある赤いガソリン缶を運ぶ仕事がまだ残っている。

ケヴィンが林道に戻ったちょうどそのとき、全身にペイントをほどこしたキラーがトラックから降り立った。顔と胸は赤茶色と黒に塗られている。フクロウの仮面が恐ろしい。グロテスクな猛禽の顔を、魅せられたようにケヴィンは見つめた。

キラーがペイントした腕の片方を前に伸ばすと、指のあいだからぱっと炎が現われた。まるで手品のようだ。

キラーがビデオカメラをもっていることにもケヴィンは気づいた。赤いライトが点滅している。

　ガソリン缶を抱えたケヴィンが先に立ち、キラーがカメラを手にあとにつづく。キラーは赤いライトを点滅させながら森のなかをゆっくりと進み、モントヤのところにつくころにはひとりだけの死の儀式に胸を波打たせていた。汗にまみれ、きたるべき処刑の瞬間への期待に胸をふくらませて、キラーはさらに深いトランス状態にはいっていった。

　赤いライトを見ているうちに、ケヴィンは鼓動が速くなるのがわかった。ガソリン缶をもちあげ、シンナーと灯油を混ぜたものをジェシー・モントヤのからだにふりかける。そのきついにおいにゾクゾクするほど興奮した。灯油の臭気に思わずむせそうになる。ケヴィンはあの爆発を、ぱっと燃えあがった炎をおぼえていた。

　だが今回はキラーの怒りを覚悟でやってみよう。今回の獲物はおれが殺すのだ。怖がってなんかいないということを示さなければ。この前のときみたいに吐いたりしないということを。

　ケヴィンはレイプ犯を見下ろした。ジェシーは——咳きこみながら早口でなにかいっていた——目をそらしてまぶたを閉じた。手足を縛ったテープに燃焼促進剤が染みこみ、裸身がぬらぬらと光っている。

　ケヴィンは、キラーがこちらに近づいてくるのを視界の隅にとらえた。カメラはこのおれに向けられている。考えるより先にからだが動いていた。落ち着いたふりを装ってカメラに近づき、ズボンのポケットからブックマッチをとりだす。なにも感じないことに自分でも驚きながらゆっくりとマッチを一本擦って全体に火をつけ、小さな炎を宙に放った。炎が地面に落ちていく。スローモーションのようにゆっくりと。だが実際は一瞬のことだった。ジェシー・モントヤが悲鳴をあげ、ボンという音とともに彼のからだが火の玉と化した。炎が飢えた獣のように肌と大地を舐め、こぼれた可燃物にがつがつと食らいつく。

ケヴィンは爆風に吹き飛ばされ、驚きと突然のパニックに悲鳴をあげた。だがその悲鳴はキラーの怒りの一撃を受けて唐突にやんだ——側頭部をブーツで蹴りあげられたのだ。

ベンジー・ムニョス・イ・コンチャは強烈な痛みを感じ、その瞬間ベリオ・クルスの黒い輪郭が目の前で溶けてなくなった。火傷しそうなほど空気が熱い。悲鳴をあげたとたんからだがふっと宙に浮き、気がつくとベンジーは死刑囚棟の上を漂っていた。下に目をやると、ベリオ・クルスとロージー・サンチェスとシルヴィア・ストレンジの姿が見えた。三人は地面の上の小さな黒いもののまわりに集まっていた。

ベンジーは自分が別の誰かになったことを知った。見知らぬ男だ。死にかけている。

死は永遠につづく苦しみ、教会で教えられた火の海地獄のようなものだろうと、彼は一瞬そう思った。だがすぐに恐怖は薄れ、においも音も感覚もなくなって、彼は空を飛んでいた。道路の上空をすべるように進み、深緑色の貯水池を越え、サングリ・デ・クリスト山脈の最初のなだらかな上り坂にさしかかる。西の方角に町の明りが、まるでなにかの生き物のようにちらちらと光っている。光のひとつひとつがあまりにまぶしく美しいので、目をそらさないといけないほどだ。北に目をやるとロッキー山脈が、まるで巨獣のねじ曲がった背骨のように伸びていた。このまま永遠に飛んでいたいと思ったが、空が燃えていた。炎は上空三十メートルにまで達し、空気は薄く、味もない。遠くで火花が散るのが見え、ベンジーはそちらに近づいた。手足の筋肉がもはやいうことを聞かない。ふと横に目をやると、一羽のフクロウが並んで飛んでいるのが見えた。翼には火がつき、羽ばたきがスローモーションのように見える。フクロウがこちらを向いた。その目はベリオ・クルスの目だった。

フクロウの翼が空気を切るしゅっしゅっという重い音がする。嘴は鋭く、黒い。フクロウは翼を大きく広げ、嘴をかっとひらいて、追い越しざまにベンジーの腕の肉を引き裂いた。

ベンジーは悲鳴をあげた。灰色の翼が弧を描いてまわっているのが眼下にちらりと見える——ふたりの呪術師が死んだキツネをとりあっているのだ。いいや、キツネじゃない……人間だ。そして、そのからだは燃えていた。

急にこれ以上飛んでいられなくなって、ベンジーは地上に向かって落ちはじめた。ぐんぐん加速して、顔から地面に激突した。

ケヴィンはズボンを炎から引きはがし、ごろごろと転がった。頬から脳天に痛みが駆け抜ける。木の幹にぶつかり、悪態をついた。ふらつく頭でなんとか地面にひざをつき、よろよろと立ちあがる。灯油の煙と焼けた肉のものすごい異臭が襲ってきた。吐き気がこみあげ、彼はその場でげえげえ吐いた。

落ち着くと、からだに異常がないかどうかをたしかめた。手がぶるぶる震え、顔がべっとり濡れているのはどうやら血を流しているらしい。死ぬほど痛んだ。キラーに思いきり蹴られて気を失ったのだ。

あたりを見渡して状況をつかもうとした。ジェシー・モントヤのからだはまだ燃えていて――胸が悪くなるようなにおいだ――またしても吐きそうになった。だがモントヤはまず間違いなく死んでいるだろう。ケヴィンは近くの木立に広がりはじめた炎の方に目を向けた。火の動きは速く、容赦がない。木々の枝を駆けあがり、松葉や乾いた木の葉の上で跳ねまわっている。

彼は位置関係をつかもうとした――林道はどっちだ? つまずきながら逆方向に十メートルほど進み、そこではたと足をとめて踵を返した。木から木へとひたすら突き進む。林道に出るまでにかなりかかった。

トラックは消えていた。そして彼のバイクも。**いや、待てよ、バイクはあそこにある。**暗がりのなかで金属がきらりと光った。頭もすでにはっきりして、バイクのところへ向かう足取りもほとんどいつもどおりに戻っていた。ケヴィンはホンダにまたがった。キーをひねり、スターターボタンを押してスロットルをまわす。バイクが息を吹き返した。

そのとき、ミラーにヘッドライトの光が映った。まばゆい光に一瞬目がくらんだ。幹線道路からこちらに向かってくる。キラーが戻ってきてくれたのだ。ケヴィンは片足でバランスをとってバイクの向きを変えるとトラックに向かって加速した。アドレナリンが全身を駆けめぐる。

だがすぐにパニックに変わった。あれはパネルトラックじゃない。荷台のかわりに金属製のタンクを積んだピックアップ・トラック。役所の車だ。林野部だ。

男の大声が聞こえた。黒い金属のようなものがきらりと光った。**拳銃か？**

だがそれは銃ではなかった。照射灯が——光のなかにケヴィンをとらえた。

ケヴィンはスロットルを全開にしてスピードをあげた。ホンダ750は未舗装のでこぼこ道を全速力で飛ばし、林野部の家畜脱出防止溝の上を越えて、ハイウェイ四号線のアスファルトをとらえた。ケヴィンはそのままバイクを駆った。風が肌を刺し、頭が冴えてくる。山並みがあっというまに遠ざかり、スピードとアドレナリンと——ゾクゾクするほどのスリルで路面がぼやけた。

ピックアップが追ってくるが距離は縮まらない。それどころか、どんどん引き離している。

**やったぞ、おれは人を殺したんだ。**彼はスピードをあげた。百キロ。百二十。百四十。

両腿にバイクの純粋なパワーを感じた。遠くにサンタフェの灯が見えた。暗い谷間でちらちらと輝いている。

曲がり角に近づくと、速度を八十キロにまで落とした。遠くでサイレンの音がする。やつらが追っているのはこのおれだ、そう思うと興奮した。**おれは重要人物なんだ。**警察はおそらくバリケードで道を封鎖しているだろう。そして、このおれを待っている。キラーではなく、このおれを。

できるだけからだを前に倒してバイクと一体になった。しなやかで大胆な走り。からだを斜めにしてカーブを曲がる。風が顔の傷に突き刺さった。ロスアラモスの灯が見えてきた。手を伸ばせば触れられそうだ。別の光も見えた。どんどん近づいてくる。ビデオカメラのライトのように赤く点滅しているが、もう少し大きい。警察だ。通りをこちらに向かってくる。彼はヘッドライトに向かって一直線に突き進んだ。

ベリオ・クルスはベンジーの腕から濡れた口をはがした。クルスは白い歯のあいだに細長い金属片をくわえていた。ロージーがはっと息をのんだ。シルヴィアも息を詰めた。クルスはあの物騒なものを口のなかに隠していたに違いない、シルヴィアはまずそう思った。次に考えたのは、これでベンジーは救われたということだった。彼の服は汗でじっとり濡れて、髪は頭に張りつき、目は充血している。それでも口元には力ない笑みが浮かび、肌には赤味が差していた。彼は生まれ変わったのだ。

突然、シルヴィアはふらついた。耐え難いほどにからだが熱い。

ロージーはシルヴィアの喉元に手をあてて囁いた。「あんた、ものすごく熱いわよ」彼女はシルヴィアの肩に両手をかけた。ベリオ・クルスがふたりの方に歩いてきた。

シルヴィアは友人の手を乱暴に払った。「なんともないわ」

クルスはシルヴィアの一メートル手前で足をとめた。そして、その三白眼で彼女をじっと見た。白目が黄ばみ、充血している。彼は歯のあいだから金属片をとって、針のように手にもった。

そして、いった。「この邪悪なエネルギーは、この呪術師は……あんたにも悪さをしている」

ふたりは面と向かったまま、一歩も動かなかった。どれくらいそうしていただろう、気がつくとシルヴィアはクルスの呼吸に合わせて息をしていた。

「わたしはあなたの患者じゃないわ、ベリオ」彼女は小声でそういった。

突然、甲高い音が静けさを破った。クルスは瞬きひとつしなかったが、シルヴィアは飛びあがり、心臓がとまりそうになった。それが自分のポケットベルの音だと気づくまでに数秒かかった。ほっと息をついてクルスから離れると、デジタル表示の小さな数字に目をやった。終わりの三桁だけが見てとれた。マットの番号だ。

そのとき、手になにかが押しつけられるのを感じた。ロージーの携帯電話のひんやりした感触が指に伝わってきた。ロージーは肩をすくめた。「刑務所の敷地内ではかならず携帯することになってるのよ」

マットは二度目の呼び出し音で電話に出た。彼はいった。「ぼくの口からきみに知らせたいと思って。ジェシー・モントヤが見つかった。やつも火をつけられていた、ランドルと同じだ」

オーガスティン・モントヤの日に焼けた顔がシルヴィアの脳裏をよぎり、彼の声が聞こえた。ビエネ・ラス・リャマス・デ・フイシオ。彼は正しかった。裁きの炎がやってきたのだ。

マットがいった。「警察がバイクに乗った容疑者の行方を追っている。容疑者は逃走したが、ナンバープレートから身元が割れた。シルヴィア、犯人はデュポン・ホワイトじゃない。ケヴィン・チェイスだ」

# 12

〈カフェ・エスカレラ〉は金曜のランチタイムの客でたちまちいっぱいになったが、バーカウンターにふたつだけ席が空いていた。シルヴィアとアルバート・コーヴ医師が背の高いスツールに腰かけると、バーテンダーがふたりの前にランチのメニューをおいた。

ダウンタウンのこのレストランは、まさにシンプルエレガンスの見本のような店だ。天井には細長い白のキャンバス地が何枚も渡され、ゆるやかに波打つ雲のようなドレープを描いている。小さな傘がついた電球はカーニバルのライトのようだ。フロアそのものは、十年前まで〈シアーズ〉デパートとして使われていた古い建物の一部だった。

コーヴはミックスサラダを選んだ。シルヴィアは、エスカレラ名物の山盛りのフライドポテトを添えたステーキサンドイッチを注文した。

料理がくるまでのあいだ、シルヴィアは酸っぱいレモネードをすすりながらまっすぐ前を向き、バーの奥の壁に飾られた横長の鏡を見つめていた。真っ白なテーブルとかわいらしいライト、フロアの反対側のバルコニーに面した窓からの眺めのすべてを鏡のなかに見ることができた。そのとき、鏡に映ったひとりの女性に目を惹かれた。ブルネットの髪に、吸いこまれそうな黒い切れ長の瞳をしたほっそりした女性。自分の姿だと気づくまでに数秒かかった。

アイスティーにスプーン一杯分の砂糖をいれながら、コーヴは横目でシルヴィアを見た。「じつは、検事総長のオフィスから電話があった。それに保護観察所からもね。どちらもわれわれがケヴィン・チェイスになんらかの〝危険な徴候〟を認めていたかどうかを知りたがっているんだが？」コーヴは低く抑えた声でいった。

「アルバート、ここだけの話だけど、危険な徴候なら常に認めているわよ」シルヴィアは怒ったように囁いた。「たいていは取り越し苦労に終わるけど、それでも徴候を無視するようなことは絶対にしない。昨日、フランキー・レイズはケヴィンの保護観察取り消し手続きをはじめることに同意したわ。でも手続きに時間がかかることはあなたも知ってるでしょう」彼女は話しながらストローをねじっていたが、今度はその端に結び目をつくりはじめた。

コーヴは片手であごを支えた。彼は慎重に言葉を選んだ。「きみの患者が人をふたり殺して逃走しているんだぞ。そんなそっけないいい方はないんじゃないか」

シルヴィアはもどかしげに首を横にふった。「いいわ、ケヴィンは境界性人格障害よ。変わり者で、つねに受け身の奇妙な人間関係しか築けない」くしゃくしゃになったストローが手からすべってバーの床に落ちた。「でもケヴィンが今回の殺人事件に関わっているとしても、ひとりでやったとは思えないの。単独で連続殺人を犯すほどの攻撃的衝動は彼にはないもの」

「ゆうべ林野部の職員二名が、ケヴィン・チェイスの特徴と一致する男がモントヤの殺害現場から逃走するのを目撃している。彼らは機転を利かせてバイクのナンバーを控えた」

バーテンダーが、新しいストローをシルヴィアのグラスの横においた。

「そこにケヴィンがいなかったとはいっていないわ。ひとりではなかっただろうといっているの」シルヴィアは眉間にしわを寄せた。「ケヴィンは勇気があることを証明する必要があった。そこをデュポン・ホワイトのような人間につけ込まれたのかもしれない」彼女は無意識のうちに頭のなかで事実をよりわけ、評価しつづけ、ポーカーの手札のように守っていた。心理学はむずかしい学問ではない。彼女は患者がかかえる問題やストレスの要因、周期や動機づけを理解しようと全力を尽くす。全力で将来の行動を予見しようとする。その上で、ひとりの人間の人生を左右するかもしれない判断を下すのだ。それでもときにはさんざんな結果に終わることもある。

今回のように。自分が診ていた患者が残忍な殺人に手を染めたかと思うと、シルヴィアは気分が悪くなった。

アルバート・コーヴに手をそっと叩かれ、彼女ははっとわれに返った。彼はいった。「ふりむくなよ、マーティー・コナーがこっちへくる」

シルヴィアは目の前の鏡を見据えたまま声を落とした。「おべっか使いのマーティー？　人のことならなんでも知ってる、州知事の金庫番のマーティー？」

「お行儀よくするんだぞ」

シルヴィアはふりむき、すんでのところで片手を差しだしてマーティーの行方をさえぎった。

そして「こんにちは、マーティー」といった。実際には鳥肌が立つほど嫌っていたのだが。

金庫番はふたりの精神分析医のあいだに自分のビールをおいた。そしてシルヴィアの手を握った。シルヴィアは平静を装いながら——手を引き抜いた。マーティーは長めの髪の頭頂部がピンク色に禿げあがった、痩せこけた男だ。

彼はバーテンダーに手ぶりでビールのおかわりを頼んだ。「アンカースティームの生《なま》だ。最高だぞ。まだ試してないなら、ぜひ飲んでみるといい」金庫番がカウボーイブーツの踵にシルバーの拍車をつけていることにシルヴィアは気づいた。拍車がかちかちと鳴った。ズボンの裾には折り返しがあり、中央の折り目は紙が切れるほどに鋭い。

シルヴィアがマーティーにいまにも嫌味をいいそうなのを察して、コーヴは座をとりなした。そして、彼が肩をぽんと叩くと金庫番はふりかえり、握手をするべく反射的に片手を差しだした。そして、そのちんまりした顔に心配そうな表情を浮かべた。

マーティーは眉間にしわを寄せた。「契約の更新がこれからだとは、運が悪いのひとことだな」ずずっと音をさせてビールの泡をすすった。「時期が悪すぎるからね。わたしならそのケヴィンなんとかって男の件を超特急で処理するがね」そしてこの世にマーティー・〝金庫番〟・コナーがひとりしかいないことを嘆くかのようにため息をついた。

シルヴィアはのろのろとレモネードをすすった。どっと気分が落ちこんだ。司法鑑定センターと州政府との契約は二年ごとに更新することになっていて、そのための実績審査はすでにはじまっていた。契約を更新できるかどうかの結論は夏の終わりまでには出る予定になっている。

アルバートにとってこの契約がどれほど大切か、シルヴィアは知っていた。彼にはこの契約がすべてなのだ。シルヴィアにしてもそれは同じだった。

金庫番はペイズリー柄のネクタイにビールをこぼした。「友人のよしみで教えるがね――」声をひそめ、くちびるを動かさずにいった。「わたしから聞いたということは内緒にしてほしいんだが、きみらの契約が暗礁に乗りあげそうなのを嗅ぎつけてバート・ウエブスターがいよいよ動きだしたぞ」肩をすくめて、陰険そうな目を細めた。

シルヴィアは顔をしかめた。バート・ウエブスターは濃紺のスーツに水玉模様のネクタイというでたちの、自慢屋のスノッブだ。彼もまた精神科医として多くの精神鑑定を手がけていて、要請があればアルバカーキのオフィスからどこへでも出かけていく。バート・ウエブスターは非常に有能な鑑定人だった。

シルヴィアはいった。「バート・ウエブスターはレンジローヴァーに乗ったサメよ」

金庫番がにやりとした。「ところがそのサメが州知事のかみさんととても懇意でね。彼女がこの〝魅惑の地〟ニューメキシコの精神的健康のために熱心に活動していることは誰もが知るところだ。彼女の生きがい《レゾンデートル》といってもいい」マーティーの口から発せられると「レーズンドゥーター」と聞こえた。

シルヴィアは腹が立ち、意地悪な気分になっていた。なんとしてもマーティーをからかってやりたかった。彼が州のすべての機関に届く触手をもったタコだとしても、だ。マーティーは州知事の義理の兄で――前回の選挙戦で深夜の密約を交わした人物でもあった。シルヴィアはにっこり笑って、いった。「彼女の干しブドウ《レーズン》?」

「フランス語だ」金庫番が大声でわめいた。

シルヴィアはまじめな顔でうなずくと、さらにいった。「つまりバート・ウエブスターはわたしたちとの契約を破棄するよう州に圧力をかけているわけね?」

サンドイッチとサラダが運ばれてくると、シルヴィアはフライドポテトにさっと手を伸ばしてケチャップの皿にどっぷりつけた。彼女はセンターのもっとも新しいメンバーで最年少者でもあった。つまりいちばん解雇しやすい人材というわけだ。しかも、彼女はいま世間の注目を集めている。悪い意味で。彼女はセンターの弱点であり、マーティー・コナーはそれを知っていた。

金庫番は短い指をシルヴィアに向け、〝とんだへまをやらかしたな〟というような顔をした。「バート・ウエブスターは、犯罪者の再犯の可能性を七十五パーセントの確率で予見できるといっている」

コーヴがあきれたように片手をふった。「ウエブスターは数値をごまかしているか、さもなければ水晶玉でももっているんだろう。ありえない数字だよ」

金庫番は肩をすくめ、シルヴィアのフライドポテトに手を伸ばした。シルヴィアはその手をぴしゃりと叩いてやりたかったが、ここで癇癪を起こすのは賢明ではないとわかっていた。マーティーは怪しげで気まぐれな政界の実力者であり、シルヴィアの息の根をとめることなどわけなかった。さらに悪いことに、州政府との契約に関するかぎり、彼はアルバート・コーヴを破滅させることもできるのだ。バート・ウエブスターが州知事の妻を手中に収めているとしたら、マーティー・コナーは州知事本人をその手に握っていた。シルヴィアはマーティーから顔をそむけ、小さく「ランベ・ロスカ」とつぶやいた。

その悪態が聞こえていたとしてもマーティーはただ笑みを浮かべ、またしてもフライドポテトをくちびるのあいだに押しこんだ。「できるだけのことはするつもりだよ、アルバート。きみにはなにかと世話になっているからね」暗色の瞳がきらりと光った。彼はシルヴィアに顔を寄せ、ビールとフライドポテトのすえたにおいのする息で囁いた。「今回の事件がかたづくまではきみを使わないという弁護士の名前を、この場で数人はあげられる。クライアントが〝人殺しのドクター〟を怖がっているらしい」

マーティーはさらに顔を近づけた。「マルコム・トリースマンは最高の精神分析医だった。きみは彼のあとを継ごうとしているようだが、どうやらきみの手にはあまる仕事らしいな」

マーティーのあてこすりにシルヴィアは返す言葉を失った。トリースマンは彼女の仕事仲間で、指導者で、愛人で——九ヵ月前にガンで亡くなった。

からだを起こすと、マーティーは口元をゆるめた。「まあ、せいぜいテレビや新聞に顔を出して印象をよくするんだな、お嬢さん」そういって、シルヴィアに片目をつぶった。「それから、その合間にどこかで礼儀作法を教わったらどうだね？」

マーティー・コナーがレストランの方に歩いていくと、アルバート・コーヴはシルヴィアの両肩に手をおいて彼女の顔をまじまじと見た。「ランベ・ロスカってどういう意味？」

シルヴィアは肩をすくめた。「ごますり屋、おべっか使い、ご機嫌とり。お好きなのをどうぞ」

コーヴは顔色ひとつ変えなかったが、少しして必死で笑いをこらえていた。

鏡のなかに、フロアの反対側のテーブルで会話に興じるマーティーの姿が映っている。シルヴィアはいった。「もったいぶったいやな男。あんなやつ、ポレンタを喉に詰まらせればいいのよ」指で紙ナプキンをくしゃくしゃにして、しまいには丸めた。

彼女はいった。「わたしがいなくなれば、センターへの風あたりも少しは弱まるかしら」

コーヴは無言のまま、なにかを考えるように片眉をあげた。

「やだ、辞めるって意味じゃないわよ」シルヴィアはかぶりをふり、とりわけ長いフライドポテトをゆっくり食べ終えた。それからバーテンダーに手をあげた。「レモネードのおかわりをもらえる？　それからアブソルートを少しだけ加えて」彼女は同僚の悲痛な表情に気づいた。「かたいこといわないでよ、アルバート」腕時計にちらりと目をやった。「もう午後よ」

コーヴは手をふって彼女のいいわけを切り捨てた。「自分がいたらセンターに迷惑がかかると気にしているのかい？」

シルヴィアはコーヴの言葉をさえぎった。「だから、辞めないっていってるでしょ」彼女はバーテンダーから飲物を受けとった。ごくごくと飲んだあとでつづけた。「そうじゃなくて、あなたに知っておいてほしいことがあるの。じつはね、二、三日カリフォルニアに行ってこようと思うの。ケヴィン・チェイスはたぶん二件の殺人容疑で逮捕、起訴されるでしょう。でも彼ひとりの犯行でないことはわたしが知ってる。もしデュポン・ホワイトが生きていて、彼が今回の事件にケヴィンを引きこんだのだとしたら、デュポンについてもっと知る必要があるわ。古い友人のレオ・カレーラスがアタスカデロ州立病院に勤めているの。ヴァイオレット・ミラーに会わせてもらえるよう、すでに承諾はとってあるわ」

「デュポン・ホワイトの精神異常の恋人のことか？」コーヴは薄茶色のかたい髪を手で撫でつけ、丸い目をさらに丸くして黙りこんだ。シルヴィアは彼女が飼っているテリアのロッコによく似ている、そう思うことがたびたびあった。どちらも意志がかたく、冷静で、頑固だ。

「彼女がなにか話してくれると、本気でそう思っているのか？」彼は眉根を寄せた。

　シルヴィアはスツールの上でコーヴの方に向きなおった。「たぶん、デュポンが彼の信奉者に及ぼす影響力みたいなものは見せてくれるんじゃないかしら。とにかく、行ってみないことにはなにもわからないわ。チェイニー、デュポン、二件の殺人、ケヴィン・チェイス——なにもかもが気になってしかたないのよ。それに、このままだとわたしの信用が失われてしまう」

「しかし、シルヴィア——」

「ねえ、まるでなにかの伝染病にかかったような気分なのよ。なにがどうなっているのか知るまでは、この病気は治らない」彼女はコーヴから顔をそむけた。

　この半時間でレストランの客もまばらになり、バーに残っているのはふたりだけだった。淡々とした口調のまま、コーヴはいった。「シルヴィア、きみはとても優秀な鑑定人だ。そう思わなければ、そもそもセンターの一員になってほしいと頼んだりはしなかった」コーヴの瞳が一瞬きらりと光った。「大変な一年だったろうが、きみはなんとか乗り切った。いや、乗り切るどころか、非常によくやってくれた」そういうと、今度は笑みを浮かべた。「きみは若い、だが可能性を秘めている」

シルヴィアは目を丸くした。「どうも」

「カリフォルニアに行く必要があるなら――行くといい。だがセンターには残ってほしい」

シルヴィアはコーヴの頬にキスをした。「ありがとう」彼女はウオッカ入りレモネードの残りをわきへ押しやった。コーヴが勘定をすませるあいだに、シルヴィアはカウンターにぽつんとおいてあったたばこのパックをすばやく懐に入れた。そのあとで、鏡に映るレストランの客たちの様子をこっそりうかがった。どうやら彼女がたばこをくすねるところを見た者はいないようだ。

彼女は片手であごを支えて、マーティー・〝金庫番〟・コナーの方に目をやった。彼はレストランの反対側で手ぶりをまじえて話し、笑い声をあげ、友人たちとのランチの席を大いに盛りあげていた。

シルヴィアのかたわらに高そうなスーツを着たもじゃもじゃ頭の痩せた男性が立った。「たばこを見ませんでしたか？　ここにおいたと――」

シルヴィアは首を横にふり、やさしく気遣うような顔をした。「たばこはからだによくないわ。やめたほうがいいですよ。なんならいいカウンセラーを紹介しますけど」

昼食後、アルバート・コーヴは州の精神衛生局局長とのミーティングのためにペラ・ビルに行く予定があった。シルヴィアはレストランの前で彼と別れて、装身具や工芸品を売るプエブロインディアンの露店が並ぶパレス・アヴェニューを歩いていった。考える時間ができたことがうれしかった。アスファルトに響くヒールの音が彼女のいらだちを表わしていた。マーティーの安っぽい駆け引きはうんざりだった。〝バート・ウエブスターは、犯罪者の再犯の可能性を七十五パーセントの確率で予見できるといっている〟。頭の隅でうるさい声がした。**なぜわたしはケヴィンのことを見抜けなかったのだろう。**

歩きながら、首すじから髪の毛を払った。大きく枝を張った樹齢百年の楡の木が、わずかながらも心地よい陰をつくってくれている。暑気が町をすっぽりと覆い、完全に居座っていた。町には活気がなくなり、人々のいらだちも増すばかりだ。煙と暑さで頭がおかしくなりそうだった。

角を曲がってグラント・アヴェニューにはいったところで見覚えのある顔が目に留まった。さらに近づくと、エリン・タリーだとわかった。

「いまあなたのオフィスに寄ったところなんです。でもお留守だったので」タリーは緊張した面持ちで、早口でまくしたてた。

シルヴィアはすばやく頭をめぐらした。次のクライアントがくるまでにまだ三十分はある。

「昼食から戻ったところなの。オフィスへどうぞ、死ぬほどまずいコーヒーをごちそうするわ。ハイオクタンの澱みたいにどろっとしたやつを」

エリンは微笑んだ。あまりうまくいかなかったが、ほんの一瞬くちびるの端があがった。「それより、少し歩きません?」

そういうと、下を向いたままさっさと歩きだした。グラント・アヴェニューを少し行ったところで彼女はシルヴィアの腕をつかむと、第一長老派教会の両開きの木の扉の方へ引っぱっていった。とまどいながらも興味を惹かれて、シルヴィアはおとなしくついていった。

教会の内部は淡い色の光と影に満ちていた。シルヴィアはサングラスをはずして暗闇に目が慣れるのを待った。教会のなかにはいるのは何年ぶりだろう。最初に目を惹かれたのは、三方の壁を飾るひかえめなステンドグラスの窓だった。羊の群れのかたわらに立つ羊飼い。からだを寄せ合うようにして両手を胸の前で握り締めた女たち。祈っているのだ、途方に暮れて。孤独。苦悩。悲しみ。彼女たちの慎み深い顔はそのすべてを物語っていた。

エリンはすでにベンチにすわっていたが、シルヴィアはその場から動かなかった。彼女は祭壇を見ていた。祭壇は木と大理石でできていた。シンプルな造りなのに、驚くほどの力強さが感じられる。その祭壇は見る者の視線を上に引きあげて、目が実際に十字架をとらえる前に十字架の存在を感じさせるように設計されていた。巧妙な手品のように見る者の目と心をだまして、神は目に見えなくてもそこにいるのだと思わせるように。その狙いは成功していたが、同時にシルヴィアを落ち着かない気分にさせた。

彼女は黒味を帯びたひんやりしたベンチに腰を下ろした。隣からエリンの息遣いが聞こえてくる。「ここの礼拝に出ているの?」シルヴィアは尋ねた。

「いいえ」

「マットが、あなたはもう公衆安全局にいないといっていたけど。つらかったでしょうね」シルヴィアは、エリンの顔が見えるようにからだをうしろにずらした。ひとけのない教会で彼女とこうして並んですわっているのは奇妙な気分だった。シルヴィアは隣にいる女性に共感をおぼえながらも、どこか油断ならないものも感じていた。

エリンが小さく笑った。「つらかったかですって？　夢が煙と消えてしまったんですよ」彼女は喉をごくりと動かした。

シルヴィアはエリンの顔に浮かんだすてばちな表情が気になった。「今度のことについて誰かとじっくり話し合っている？」

エリンは奥歯を噛み締めた。「話し合ってもむだだわ」長い沈黙のあとでこうつづけた。「やっぱりいえない」

「エリン、いったいなんの話？　ランドルの事件のこと、それとも性差別訴訟のこと？」

「どちらでもないわ」エリンのグリーンの虹彩の奥の瞳はひらいていた。くちびるの両端の口紅がはげている。

「それじゃ、なんなの？」シルヴィアはちらりと腕時計に目をやった。

「自分の口から直接あなたに伝えたかったんです、もう終わったことだって」

「終わったってなにが？」シルヴィアはかぶりをふった。エリンの謎めいた言動にとまどい、いらだっていた。

エリンの一方の目尻にじわりと涙が浮かび、まつげに一粒張りついた。「マットとわたしのことです」

エリンは明らかにシルヴィアからなにか言葉が返ってくるものと思っていたようだったが、それが得られないとわかるとさらにいった。「別れを切りだしたのはマットの方だって、あなたに伝えておこうと思ったんです。わたしはまだ彼を愛してる――嘘はつけません」

シルヴィアは信じられない思いでエリンを見つめた――このひと、まるでマットと関係をもったような口をきく。不意にシルヴィアの自信が揺らいだ。マットは本当にエリンと寝たのだろうか？　考えただけで気分が悪くなった。

エリンはそんな彼女をじっと見つめていた。「わたし、てっきりあなたも知っているものだとばかり」

シルヴィアはエリンの視線を受けとめ、そのまま見据えた。「いいえ、そうじゃないはずよ。そんな話をするためにわざわざ訪ねてきたわけじゃないはずだわ」彼女は席を立ち、エリン・タリーから離れた。「どういうつもりか知らないけど、完全に頭がおかしくなる前に専門家に相談することをお勧めするわ」

教会の外へ踏みだすと、まぶしい陽射しに目がくらんだ。シルヴィアは毒づき、サングラスをかけた。ホームレスの男性が駆け寄ってきたが、彼女は冷たく首をふった。

ぼうっとしたまま通りを渡り、〈司法鑑定センター〉のオフィスへの階段をあがった。

休暇をとっていた受付係のマージョリーが前日から出てきていた。彼女は笑顔でシルヴィアに封筒を差しだした。「チェイニーさんがこれをあなたに渡してほしいって」そういったあとで心配そうに目を細めた。「あなた、だいじょうぶ？」

シルヴィアは封筒に目を落としてかぶりをふった。白い封を破ってあける。なかにはカリフォルニアの地図の六×六インチの切り抜きがはいっていた。ルート十四号線のパームデールの南、デュポン・ホワイトが子供のころに夏をすごした牧場があるあたりに丸をつけてある。ダン・チェイニーは三×五のファイルカードにロクサーヌ・ホワイトの電話番号と、サンタバーバラにほど近いモンテシートの住所を記していた。ロクサーヌ・ホワイトはデュポン・ホワイトの母親だ。

「マージョリー、わたしへの電話はつながないで」シルヴィアは自分のオフィスのドアに近づいた。「それから、明朝のカリフォルニア行きの飛行機を予約してちょうだい」

マージョリーの眉がつりあがり、厚く下ろした前髪の奥に消えた。「カリフォルニアのどこ？」

「サンタバーバラ」

「了解。ああ、そうだ、ロージー・サンチェスから電話があったわ。重要な話のようだったわよ」

オフィスにはいると、シルヴィアは椅子にどさりと腰を下ろして目を閉じた。エリン・タリーとあんな話をしたあとでは、なにから手をつければいいのかわからなかった。マットのオフィスに電話すると、女性の声が彼は出ていると告げた。伝言があればうかがいますが？

**ええ、彼に伝えて。あなたの恋人があなたがエリン・タリーと寝たのかどうか、それとも彼**

女の頭がおかしいのか、あるいはその両方なのかを知りたがっているって。

「いいの。自宅の方にかけてみるわ」

シルヴィアはマットのトレーラーに電話した。誰も出なかった。

マージョリーは土曜の午前九時五分のデルタ航空に席を見つけてくれた。

その日最後の患者が帰るとシルヴィアはサンタバーバラのレオ・カレーラス医師のオフィスに電話して、十八時間以内に会う旨を確認した。

そのあとでマットの番号にかけると、今度は本人が出た。

「よう。まだ仕事が終わらないのかと思っていたところだよ。映画でも見にいくかい？」

声に混じって水の流れる音と、皿かグラスがかちんと鳴る音がした。シルヴィアの全身にいきなり痛みが走った。彼女はいった。「悪いけど無理だわ。明日の朝いちばんの飛行機に乗らないといけないの」

「どこへ行くんだ？」

「サンタバーバラよ」

マットが黙った。水音も、皿があたる音もしない。きっと流しの前に立ちすくみ、あごと肩のあいだに受話器をはさんだまま遠い目をしているのだろう。うしろでトムがミャーと鳴いた。

少しして、シルヴィアはいった。「デュポン・ホワイトのことを少し調べてみようと思うの。アタスカデロ州立病院に入院しているデュポンの恋人とも話すつもり。デュポンの母親ともね。牧場にも行きたいと思ってる。わかるでしょう……」

マットがさえぎった。「いや、わからないね。ケヴィン・チェイスに共犯がいたのかどうかもわからない。きみの直感は尊重する。だがそれは警察の仕事だ。きみは精神分析医なんだぞ」

淡々とした口調だったが、シルヴィアはそこにいらだちと心痛を聞きとった。

「明後日には戻るわ」彼女はふーっと息を吸った。

そして、自分でも嫌気がさすような声でついにいった。「ところで、今日ばったりエリン・タリーに会ったわ」ところでですって？

「彼女、なにかいっていた？」

シルヴィアはごくりとつばをのみこんだ。「ずいぶんつらい思いをしているみたいだったわ」

会話が途切れ、しばらく息遣いだけが聞こえたあとでマットの声がした。「シルヴィア、ふたりで何日か休暇をとるべきだと思うんだ、きちんと話をしないと――」

「話なら戻ってからにして。今日は疲れたわ。大変な一日だったの」マットがとても遠くに感じられた。地理的な隔たりとは違う深い溝が、ふたりのあいだに横たわっていた。

カリフォルニアにもっていく書類をまとめながら、シルヴィアは、せめて数時間はデュポン・ホワイトやケヴィン・チェイスや――それにマットのことも考えないことにした。かわりに自宅に戻って、気持ちを落ち着けてから荷造りをしよう。ビデオを観るのもいいかもしれない。『深夜の告白』か『過去を逃れて』か。そのあとで早めにベッドにはいるのだ。いまはただ、ぐっすり眠りたかった。

真夜中。シルヴィアはハーブティーをいれ、ほとんど口をつけないまま流しに空けた。冷凍室にアブソルートが半分残っている。冷蔵室にはソーダとレモン。ハイボールに氷をふたつ落とし、グラスを手にテラスに出た。

明りはつけなかった。テラスの長椅子のところから、広い夜空の裾のあたりに山火事の炎の色がにじんでいるのがかすかに見える。アドービれんがでできたこの家は百年以上前のものだ。何年も前にシルヴィアの父が手を入れたことはあったが、上品でシンプルな外観は昔のままだった。

ハイボールをぐっと空けたとき、家の裏手の尾根にのこぎり歯のような稲妻が走った。空気は甘く、雨の気配がしたが、雷雲は成層圏のかなたにあって雨は降ったとしても地上まで達することはなかった。空を見ながら火事の危険性について考えているうちに、からだがむずむずしてきた。家のなかに戻り、寝室へ行って〈カフェ・エスカレラ〉からもち帰ったたばこをとりだす。たばこは、いちばん上の引き出しの下着の奥に隠してあった。パックから一本抜きとり、残りはキッチンの引き出しに移してテラスに戻った。

シルヴィアが本格的にたばこを吸うようになって、もう六年になる。マルコムが告知を受けたのをきっかけにまた吸いはじめたのだ。愛人がガンだからってそんなことをするのはばかげてる、とマルコムはいった。彼が死んでからはときどきしか吸わない。ストレスを感じたときにしか。

このことは誰も知らない。ロージーも。マットでさえも。こっそりたばこを吸ったあとは、いつも念入りに手を洗い、歯を磨いた。

じつをいえば、彼女はこの秘密が気に入っていた。秘密をもつのが昔から好きだったのだ。なにかを隠したり、こっそり監視することが。秘密がどんなふうに根づき、ねじ曲がりながら育って、遅かれ早かれ白日の下にさらされることもわかっていた。それでも、秘密をもつことで生まれる緊張感をシルヴィアは楽しんでいた。

テラスに戻る途中、青い陶器の鉢のなかにマッチがあるのを見つけた。外に出て灰がかすかにまじる空気を吸いこんでから、音をたてて長椅子に腰を下ろした。むきだしの足に鳥肌が立った。箱入りのマッチを擦り、数秒間じっと火を見つめる。炎のもつ激しさを痛感した。こんな小さな化学反応が、ほんの一瞬ですべてを焼きつくす巨大な怪物に変わるなんて。

たばこの先に火を近づけて息を吸いこみ、手をふってマッチを消した。煙が肺に滲みた。ふたつの黒い雲が逃げ場を失い、からだのなかから出られずにいるところを想像する。これ以上我慢できなくなると、シルヴィアは煙を吐きだした。


電話の音で、シルヴィアは波立つ眠りの海から引きずりあげられた。意識がはっきりする前に、手が電話に伸びる。午前四時三十八分、自宅のベッドのなか。まったくもう。きっとサンディエゴに住む母親がかけてきたのだ。

「ドクター・ストレンジ？　こちらは留守番電話サービスのアルバータです。こんな早くに申しわけありませんが、彼が自殺でもしそうな感じなので」

「誰が自殺しそうですって?」シルヴィアは急いでベッドのそばのキャンプ用カンテラをつけ、テーブルから鉛筆とメモ帳をとった。最初に考えたのはケヴィン・チェイスのことだった。アルバータはつづけた。「それが、名前をいおうとしなくて——ドラッグかなにかをやっているのかもしれません、ひどくぴりぴりしていますから。本人はトリースマン先生の患者だったといっています……まずかったでしょうか?」

シルヴィアは内心ひるんだ。マルコム・トリースマンは遺言書のなかで、彼のすべての患者のファイルをシルヴィアに託していたのだ。「いいえ、あなたの判断は正しかったわ。彼と話すわ、アルバータ」

ジーという音がして電話が切り替わった。だがいつまで待ってもなにも聞こえず、シルヴィアは電話が切れてしまったのではないかと思った。そのとき、ようやく声がした。「ドクター・ストレンジ?」

息を切らした少年のような声。明らかに興奮している。

「ええ、シルヴィア・ストレンジです。どなたかしら?」

「すいません——こんなに早くに電話したりして。でもほかにどうすればいいかわからなくて。トリースマン先生がいつもいってたから——それでおれ、とうとう——」彼はいきなり言葉を切った。しばらくのあいだ、荒い息遣いだけが聞こえた。

シルヴィアはやさしい声で切りだした。「いくつか質問に答えてもらえるかしら?」

「すごく疲れてて——」またしても言葉が途切れた。「でもなんとかやってみます……」

「そうね、やってみましょう」シルヴィアは安心させるような低い声を保ち、相手の口調のどんな変化も聞き逃さないように耳を澄ませた。「この電話はどこからかけているの?」

「モーテルから」

「どこのモーテル?」一瞬の間。「誰かといっしょなの?」

「ひとりです。それで、電話したほうがいいと思って……」

安心させるように、シルヴィアは彼の言葉をなぞった。「電話してよかったのよ」

「……また頭が変になったら」

彼は極度に緊張し、いらだち、怯えてはいるが、いうことにはすじが通っている、とシルヴィアは思った。なにより心配なのは、芝居がかった話し方だった。ドラッグ、アルコール、双極性障害の躁状態、桁はずれに大きい気分の揺れ——どの場合でもああいった口調になる。自傷行為の可能性ということでいえば、すべてが警戒信号だ。これらのうち少なくともひとつは電話のむこうにいる人物にあてはまるだろう、とシルヴィアは考えた。

「知りたいんだけど、あなた薬かなにか飲んだ?」

「いいえ……でも、手首を切らないといけないんだ」

患者が自傷行為をにおわせたときには、それをまじめに受けとめて——それからリスクを見極めるのがセラピストの役割だ。だが電話の相手が見ず知らずの人間となれば、シルヴィアには参考にできる経歴も、心理テストの結果も、一対一の面接もないことになる。となると、薄暗い裏通りで容疑者と向かい合った警官と同じやり方でことにあたらなくては。相手が武器を所持しているという前提で動くのだ。「自分を傷つけるようなことをなにかした？」

「解き放つ必要があるんだ。空気が――彼らを焼きつくす火がいる」

「誰を？　誰を焼かなきゃいけないの？」沈黙が流れ、神経がぴりぴりした。

と、彼がいった。「おれが誰かわからないんだね？　会ったことがあるのに」

シルヴィアの呼吸がとまった。

「おれたちからなにを学んでるんだ、ストレンジ先生？　おれたちのなかに――頭のイカレた連中のなかになにが見える？」

冷水がからだに染みこむように、ようやくシルヴィアは理解した。わたしはデュポン・ホワイトと話しているのだ。胸の鼓動が速くなる。彼女は努めて落ち着いた声を出した。「デュポンなの？　あなたはいま、ひとりでいないほうがいいと思う。あなたを助けたいの」

彼は小さく笑った。「やっとおれが誰かわかったわけだ。うれしいよ。だがおれは誰の助けもいらない。あんたの助けもだ、ストレンジ先生」

カチッという音のあと、耳障りな発信音が聞こえた。

# 13

サンタフェの中心街から十二、三キロ南では、ベンジー・ムニョス・イ・コンチャが軽警備棟監房棟Aの外の運動場を行ったり来たりしていた。土曜の朝の空気は生ぬるかった。日の出からはまだ二時間しかたっていない。だがすでにきびしい暑さになりそうな予感がした。

ベンジーは、屋根のない観覧席の裏のからからに乾いた狭い一角を歩きまわっていた。中央のコートでは、受刑者ふたりによる一対一のバスケットボールの試合が進行中で、激しいドリブル合戦をくりひろげていた。相手を煽り、励ます声が飛び交い、褐色の肌が汗で光っていた。観覧席では受刑者たちが数人、またはひとりですわり、たばこを吸ったり話をしたりしていた。

自動車泥棒。ベンジーがここにいるのはそのせいだ。たしかに車は盗んだ――それは認める。だが警察がいっているような自動車窃盗団のメンバーなどではけっしてない。それにいくら軽警備棟といえども、初犯であっても、服役にはかわりがなかった。刑期の残りは一年と八ヵ月と四日……模範囚として減刑されれば話は別だが。

歩くたびに足元から砂埃が立った。ロージー・サンチェス捜査官の姿はどこにも見えない。

彼女に話したいことがあるのに。

クラクションが鳴った。刑務所のまわりにめぐらされた塀のそばを、周辺パトロールの車両が轍や雑草を越えて弾むようにして走っていく。これだけ離れていると、刑務官の頭は豆粒ほどにしか見えなかった。

あの塀のむこうには自由があるのだ。

ベンジーはじっとしていられなかった。じっとしていたらからだの内側から火がついて、跡形もなく燃えつきてしまうことはわかっていた。ここから出なくては。悪いことが起きる予感がするのだ。自分自身にではなく、ロージーの友人のシルヴィア・ストレンジの身に。

気持ちを静めるために目をつぶり、それから彼は心を解き放った。彼の心はフェンスの金網の目をすり抜け、T字型の警戒境界線を越え、空き地をすべるように通りすぎて、もう一度、今度は上部に蛇腹型鉄条網をめぐらした板塀のあいだをくぐった。

手がかりを、答えを見つけなくては。

彼はいまや青白いエネルギーの球となり、猛烈な勢いで空を飛んでいた。州兵の部隊本部を通りすぎ――週末の練習兵が支線道路をジョギングしていた――四車線のI‐二十五号線を渡る。競馬場の上空に差しかかると、その日最初のレースがまさにはじまろうとしていた。いまゲートがあいた！ ベンジーはしかし、馬券を買いに寄ることはなかった。白い靴下をはいたような肢をした若い牝馬、十五倍のオッズがつけられた〈ラン・イン・ハー・ストッキングズ〉が勝つことは知っていたのだが。

北に進路をとり、気流に乗ってカハ・デル・リオ高原の空高く舞いあがり、バンドリア国有記念物を下に見て、ヘメス山脈上空の激しい気流をつかまえる。右手にはバエグランデ渓谷が大きく口をあけている。左手にはダークキャニオン大火が残した爪痕が見えた。ベンジーはこの土地を、この大地を知っていた——生まれ育った場所だからだ。

あの日、人が燃えているのを目撃した尾根の上空を、ベンジーは旋回した。もし殺人犯が人間なら、林道を車できたのだろう。ハイウェイ四号線から車でわずか十分、死体を捨てるにはいい場所だ。ベンジーでもここを選ぶだろう。犯人はこのあたりの地理に明るい……だがいまでは、焼け焦げて煙が立ち昇る草原以外なにも残っていなかった。

ベンジーは標高三千百九メートルのセログランデの山頂にあるカルデラの真上を横切り、冬にはスキー客でにぎわうパハリト山を越えた。眼下に、サンイルデフォンソ・プエブロの村が見えてきた。それからポホアケ、ナンベ、リオ・エン・メディオ川。

リトルテスケに近づいたとき、肌が焼けるような熱さの兆しを感じた。

火事だ。

だが煙も炎も見えない。あるのは過去の大火のなごりの灰だけだ。見渡すかぎり一面が灰で覆われている。山の頂きまでずっと。

そのとき邪悪な力がベンジーの魂に手を伸ばし、ベンジーはサンタフェ貯水池の上空高くに舞いあがった。心臓が喉元までせりあがっても、そのまま上昇しつづける。と、眼下の灰が動きだすのが見えた。あちこちで渦を巻き、うごめきながら、新たな形をとっていく。人の形。

死体だ。

ベンジーが死体の真上にきたとき、死体がいきなりむくっと起きあがった。そしてベンジーの方に顔を向けた。女性だということはわかっていた。シルヴィア・ストレンジだった。

ボーイング737機は目に見えない乱気流のなかにはいって横すべりしたが、四千六百メートル下の海面は青いガラスのようになめらかで静かだった。機長は機体を大きくバンクさせ、最初は右に、次に左に針路を修正した。シルヴィアは胃が引っくり返りそうになり、指の関節が白くなるほど手をきつく握り締めた。

カリフォルニアへの旅は、その日の早朝五時半からはじまっていた。デュポン・ホワイトからの電話はシルヴィアを心底怯えさせ、同時に行動に駆り立てた。車でアルバカーキに向かいながら、シルヴィアは携帯電話でマットと連絡をとろうとした。空港からももう一度電話した。それでも連絡がつかないと、マットはエリン・タリーといっしょなのだろうかと考えた。

ため息をつくと、シルヴィアは前の座席から飛行機電話をはずした。両ひじをからだのわきにくっつけるように注意する。飛行機は満席で、彼女はシートからはみだしそうな巨体の〝窓側氏〟と、飛行機の揺れをものともせずに、いまはニューメキシコ料理を盛大にかき込んでいる〝通路側氏〟のあいだにはさまれていた。タマーリ、エンチラーダ、グリーンチリに、蜂蜜をかけたソパイピーヤ。

機内の楽しいひととき、というわけだ。

これまでのところシルヴィアは隣から飛んでくる前掛け一杯分のチリをなんとかよけていたが、あえて危険を冒す気はなかった。彼女はそろそろと電話カードを差しこみ、マットのオフィスの番号を押した。飛行機のエンジン音がうるさくて、呼び出し音がほとんど聞こえない。

だからマットの声が聞こえたときには、ぎょっとした。

「シルヴィア？　いまどこだ？」

「サンタバーバラ上空の雲のあいだから出たところよ」シルヴィアは受話器を耳に押しあてた。ミスター・窓側がこちらをにらみつけている。彼女はシートの上でからだを前に倒した。電話のむこうで小さく「そろそろ時間だ、マット」と、聞き慣れない声がした。

「なにごと？」と、シルヴィアは尋ねた。

「写真による面通しだ……林野部の職員がツァンカウィ山火事の放火犯の顔を見たらしい」

「じきに着陸だからあまり長く話せないの。ゆうべデュポン・ホワイトから自宅に電話があったわ」マットの驚きが伝わってきた。

「やつは名乗ったのか？」

「ええ」エンジン音が大きくなった。シルヴィアは目を閉じ、耳に神経を集中した。

「――の声を録音した？」

「いいえ。聞いて、月曜には戻る――」

「ちょっと待っててくれ」

「だめよ――」だがマットはすでに電話口にいなかった。シルヴィアは、二千キロ東のサンタフェの話し声やドアがバタンと閉まる音、電話の鳴る音が聞こえる気がした。だが実際には、自分の頭のなかの声さえまともに聞こえなかった。彼女は通路側にからだをずらし、すんでのところでスプーン一杯分のチーズとチリをよけた。

閉所恐怖症に襲われ、額に汗が浮かんだ。頭を下げると、ミスター・窓側の太腿が小刻みに揺れているのが目にはいった。

気がつくと、マットがまた話していた。「――きみの家を調べさせる――じゅうぶん用心してくれ――くそっ、ちょっと待った」しばらくして、マットが電話口に戻った。

シルヴィアはいった。「あとでまた話しましょう」

「シルヴィア、こっちへ戻ってこい」

「ほんの数日のことよ。じゃあね」オフ・ボタンを押して電話を切ると、受話器を元に戻した。

シートベルト着用の黄緑色のサインがぱっとついた。

「みなさま、当機はまもなくゴーレタサンタバーバラ空港に向けて着陸体勢にはいります……」

シルヴィアは一瞬、ベンジー・ムニョス・イ・コンチャのことを考えた。彼の経歴に、その魂と予知視に、いまも興味をそそられていた。霊能者として大金を稼いでいるあるクライアントについてのマルコム・トリースマンとの議論のことを思いだした。マルコムはその男性患者のことを「情報に裏づけられた直感力」と評した。ベンジーもそうなのだろうか？　シルヴィアは肩をすくめた――ベリオ・クルスのまじないが効けばいいのだが。737機がまたもバンクし、シルヴィアはごくりとつばをのむと飛行機の反対側の窓の方に頭をめぐらして外を見た。

空はすじ雲の白いベールで覆われている。主翼が少し下がると、雲が切れて椰子の木にふちどられた砂浜が見えた。まるで楽園の絵はがきのような風景だ。椰子の葉がそよとも動いていないところを見ると、この新世界に海風はほとんど吹いていないらしい。

滑走路に飛行機の車輪がつくと、シルヴィアはふーっと息を吐いた。彼女は六番目に飛行機を降りた。趣のあるスペイン風の空港ビルにはいったとたん、レオ・カレーラスの姿が目に飛びこんできた。

レオは通路のまんなかに立っていた。日に焼けたなめらかな肌が、鋭い光を放つ深い茶色の瞳と白く輝く歯を際立たせている。背が高くすらりとして、麻のスーツのポケットに手を入れた姿はいかにもくつろいで見えた。彼女の古い友人に女性たちがちらちらと熱い視線を送っていることにシルヴィアは気づいた。最後にレオを見たのは五年前だが、そのときにくらべると体重は数キロ落ちて、左のこめかみの際に混じる銀色のすじの方は増えたようだ。ワイヤー縁の眼鏡も新たに加わったもののひとつだ。法廷で証言するとき、あの眼鏡は間違いなく役に立つだろう。眼鏡をかけた専門家は、陪審員に「知的な」印象をあたえるから。

レオはシルヴィアに近づくと、頬にキスをして満面の笑みを浮かべた。「この五年、何度頭を下げても会いにきてくれなかったきみがこうしてここにいるなんて、いまだに信じられないよ」

今度はシルヴィアが笑みを浮かべる番だった。彼女はレオのジャケットの袖をつねり、頭をふった。「行きましょう、きれいな空気が吸いたいわ」

レオがガラスのドアを押しあけたときシルヴィアが最初に感じたのは、ショウノウの香りがするやわらかな潮風だった。次に感じたのは、毛穴まで染みこみそうなほど湿気の多い、じめじめした暑さ。ニューメキシコでは、乾いた高地のまばゆい陽射しが視覚を研ぎ澄ます。だがこの海辺の町は触覚と臭覚を最初に刺激した。

シルヴィアの茶色い虹彩の奥に散る金色のかけらがわずかに色を増した。彼女はいった。「ついにきたわよ、レオ」

レオのブルーグリーンのレクサスは駐車禁止区域の路肩に停めてあった。シルヴィアは両方の眉を引きあげたが、レオは笑っただけだった。リモコンで警報装置を解除して、ドアのロックをはずす。レクサスから悲しげなあいさつが返ってくると、レオは助手席側のドアをあけてシルヴィアに片手を差しだした。

シートに収まると、シルヴィアはその長い脚をそろそろと伸ばした。車内は、おろしたてのレザーとビャクダンのむせ返るようなにおいがした。どこもかしこもぴかぴかで、シルヴィアはくたびれて埃まみれの自分のヴォルヴォのことを考えて苦笑した。グレーのレザー張りの内装に指を走らせたが、わずかな汚れひとつついてこなかった。バケットシートのあいだのボックスのなかに、親指大の木彫りの十字架がはいっているのに気づいた。レオの母親が敬虔なカトリック教徒であるのは知っているが、レオ自身は筋金入りの不信心者だったはずなのに。

レオはシルヴィアのバッグをトランクにいれてから運転席にすべり込んだ。レクサスの横に警備の車がとまり、制服姿のドライバーが路肩から離れるよう手で合図した。レクサスのエンジンがうなり、レオは空港前の車の流れに合流した。

警備車両からじゅうぶん離れるまで待ってから、シルヴィアは十字架を手にとった。十字架は数珠玉のネックレスの先に下がっていた。くるみ色の小さな玉はどれもすべすべして、とても美しかった。かすかにビャクダンの香りがした。

「心を入れ替えたってわけ、レオ?」驚いたことに、レオからはまじめな返事が返ってきた。

「病院でとんでもなくひどい一日をすごしたあとは、信仰が慰めになることもあるんだ」

シルヴィアは友人の顔をまじまじと見た。レオ・カレーラス博士は著書も多く、人間の略奪的攻撃性に関する最新書は心理生物学と社会学のデータを融合した画期的なテキストと見なされていた。レオの説は、簡単にいえば、現代社会そのものが社会病質者《ソシオパス》を生みだしているというものである。母と子の結びつきの欠如と、イメージに取り憑かれたマスコミ依存の歪んだ社会形態によって、不安感が強く他人に共感できない人間がつくられる。

つまり、われわれ人間はこの手で怪物を育てているわけだ。

レオはいった。「何本か電話をかけておいた。アタスカデロ州立病院と、デュポン・ホワイトの恋人で精神障害犯罪者のヴァイオレット・ミラーは、午後の日程にはいっているよ」彼はちらりと腕時計に目をやった。

シルヴィアが焦《じ》れたように息を吐きだした。

レオが笑った。「せっかち・ストレンジはあいかわらずだな。がっかりさせて申し訳ありませんが、これからお客さまを本日の観光にお連れいたしますので」

シルヴィアは態度を改めたようだった。

「それでいい」レオは右車線に車を入れた。「どこへ行きたい？」

「わたしのつま先が海を恋しがっているんだけど」

「では、きみのつま先のご要望にお応えするとしますか」

　ふたりは椰子の木陰でモッツァレラチーズとトマトとバジルのサンドイッチを食べながら、どこまでもつづく白い砂浜に打ち寄せる波を眺めた。シルヴィアはスエードのパンプスをレクサスにおいてきていた。レオが用意してくれたブランケットの端から足を出して、つま先をやわらかな砂のなかに入れる。〝ルート66〟のロゴ入りのキャップが陽射しをさえぎってくれていた。近くで日光浴を楽しむ人たちの方から漂ってくる日焼けローションのココナッツの香りをシルヴィアは楽しんだ。サンドイッチと大きなピクルス二本を食べ終えると、ブランケットに寝ころんで両手を頭の上に伸ばした。どうやらそのまま眠ってしまったらしい、くすぐったさを感じて彼女ははっとした。目をあけると、レオが彼女の腕の内側にさらさらと砂を落としていた。

　彼は微笑み、こまかな砂粒を払った。「一時四十五分に病院に行く約束になってるから」

　シルヴィアは腕時計に目をやった。十一時十五分。

「なにか話したいことがあるんじゃないかと思って」レオがいった。

　ビジネスの時間だ。シルヴィアは起きなおった。自分でも驚くほど心もからだもリラックスして、眠くてたまらなかった。彼女はレオが渡してくれたミネラルウォーターのボトルをありがたく受けとり、喉を鳴らして飲んだ。

それから、鼻の先までずり落ちたサングラスを元の位置に押しあげた。「車のなかにファイルがあるわ。あなたが見たいんじゃないかと思ってもってきたの。ぜひあなたの考えを聞かせてほしいの。わたしにはもうなにがなんだかわからなくて。FBI捜査官のダン・チェイニーのことは話した……」レオが片目をつぶるのを見てシルヴィアの声が途切れた。彼は首をふった。レオは両ひじをうしろについてからだをそらした。「心配ごとがあるなら、ここにいる友達に打ち明けたら？」

頭上で、偵察飛行中のカモメが一羽、急降下した。シルヴィアは両手でひざを抱えた。「ある患者の鑑定を誤ってしまって、その人物がいま二件の殺人容疑で指名手配になっているのよ」

「それだけ？」

「それと、マットが浮気をしているかもしれないの」

シルヴィアはこの一週間半に起きたことを、ことこまかにレオに話した。ランドルの裁判のこと、ケヴィン・チェイスのこと、そしてエリン・タリーとの奇妙な邂逅について。考えをまとめながら途切れ途切れに話すシルヴィアの横で、レオはただ黙っていた。彼女が話し終えても、彼はすぐには答えなかった。すらりと長い彼の指のあいだからこぼれ落ちる砂を、シルヴィアはじっと見ていた。

しばらくして、レオが口をひらいた。「ひとつアドヴァイスをしようか。マットとのことが原因できみはバランスを崩している。彼と話し合うんだ、シルヴィア。サンタフェに戻ったら、真実を見つけだすんだよ」

重度の精神病患者と精神障害犯罪者を収容するアタスカデロ州立病院は、ハイウェイ一〇一号線から数キロのところにあった。三階建てのずんぐりした本館は、有刺鉄線をめぐらせた三メートルの壁に囲まれていた。壁の内側に見えるベージュ色の建物は端の方が黒ずんでいる。灰色にくすんだ小さな窓が目のように見えた。窓ガラスには汚れがこびりついていたが、格子状にワイヤーがはいっているのは見てとれた。

警備小屋から制服警官が出てきて、正面ゲートを通るレオのレクサスに手をふった。駐車場に車を停めたあと、ふたりは砂利道とアスファルトを横切って受付のある救急病棟に向かった。なかにはいると、別の警官が会釈した。

「こんにちは、カレーラス先生」

レオはすでに写真つきのＩＤカードを胸につけていた。レオが受付の女性に声をかけると、彼女はシルヴィア用にまっ赤な臨時許可証を出してくれた。高いところにある窓から射しこむ陽射しに、受付係の赤褐色の髪の上を舞うちりがきらきら光った。その現実離れした光景に魅せられて、シルヴィアはくるくると舞うちりの粒を見つめながら襟元に許可証を留めた。

「急がないと遅刻だ」レオがいった。

ぞっとするほど狭いエレベーターで三階にあがった。建物のなかは中央の廊下から迷路のように通路が伸びていて、レオが先に立って金属製の防護扉を抜け、いくつもの治療室と娯楽室の横を通りすぎた。

病院支給の緑の服を着た患者たちが廊下をうろつき、娯楽室にたむろしていた。ひとりの青年が、精神分裂病患者に特有の言葉のサラダ——動詞や名詞をさいの目やみじん切りにしてまぜあわせたもの——をぶつぶつとつぶやきながら、濁った目でシルヴィアを見た。肌に黄疸が出たがりがりに痩せた女性が交通整理をしていた。

レオはようやく、クローゼットとほとんど変わらない大きさの防音装置をほどこした部屋にシルヴィアを通した。彼女は三つある椅子のひとつに腰かけて、色つきガラスに顔を向けた。レオがインターコムに向かって、いった。「やあ、マーク。少し見物させてもらっていいかな?」

隣の部屋にいるピンク色の頬をした若い医師が、ガラスの方に陽気に手をふった。スピーカーから彼の声がした。「あなたが変態だってことは前から知ってましたよ、レオ」

「あれはマーク・チズムだ。彼はこの半年、暴力的な女性犯罪者の研究に携わっている。ぼくらがこの面接を見学することを快く了解してくれた。あとで彼とも話ができることになっているから」

シルヴィアが鉛筆とメモ帳をとりだしたとき、治療室のドアがあいた。看護助手が女性患者を部屋に通し、そのまま立ち去った。

レオがいった。「ドクター・ストレンジ、ヴァイオレット・ミラーを紹介するよ」

ヴァイオレットは二十歳そこそこだろう、とシルヴィアは思った。華奢で、顔色も悪く、青い瞳ばかりが目立っている。べとついたもつれ髪と、顔に刻まれた苦悩と緊張の面持ちを別にすれば、ファッションモデルといってもとおりそうだった。

ヴァイオレットの両手はおなかの前で、パッド入りの拘束器具でしっかり固定されていた。いまの彼女は、この状況に身を任せているように見えた。

「投薬はしていない、鎮静剤もふくめてね」レオがいった。「彼女がここにきて約六週間になる。器質性障害の可能性はないと、われわれはいまでも考えている。入院してから何度か暴れている」

ガラスのむこう側からはこちらの姿も見えなければ声も聞こえないにも拘らず、ふたりの医師は声をひそめて話した。

「重度の精神分裂病？」と、シルヴィアはきいた。

レオはかぶりをふった。「重度の解離障害を伴う境界性人格障害だと、ぼくは考えている。どうやら彼女は二年以上、恋人とふたりで儀式的殺人をおこなってきたらしい。少なくとも、彼女はそういっている。彼女が実際に犠牲者に暴行を加えたとは思わないが、きみが話してくれたようなビデオは撮ったことがあるといっている」

「このことについてFBIはなんといっているの？」シルヴィアは尋ねた。

「なにも。彼らはこの件について話すことを拒んでいる」レオは眉をひそめた。「ほんの数ヵ月前までヴァイオレットは高機能境界性人格障害だった。病状が急激に悪化している」

シルヴィアはゆっくりうなずいた。「レオ、わたしの意見をいわせてもらえば――ヴァイオレットの犯罪歴における最大のストレス要因は、デュポンが死んだとされていることだと思う。

彼女は支配的なパートナーの死を処理できずにいる。そのパートナーが殺人者ならなおさらだわ」

レオが両眉をあげた。「きみのいうとおりだと思う。例のラスクルーセスの大惨事の直後にFBIが彼女を尋問しようとしたら――彼女は極度に興奮したよ」

「興奮すると彼女はどうなるの?」

「ヴァイオレットがここに移されたのは、郡刑務所にいるときに看守の心臓を踏みにじろうとしたからだ。**文字どおりの意味でね**」

ヴァイオレット・ミラーの天使のような顔立ちにシルヴィアは魅せられた。この女性の美しさと彼女がおかれている状況はひどく対照的だった。シルヴィアはガラスのむこうを見つめたまま尋ねた。「相手にひどいけがを負わせたの?」

「ほかの看守がとめにはいった」

シルヴィアがほっとしたのもつかの間、レオはこうつけ足した。

「だがしくじった。看守は死んだよ」

スピーカーから切れ切れに聞こえるヴァイオレットの声には苦悩ととまどいが感じられた。彼女はチズム医師を相手にぶつぶついっていたが、二言三言しゃべったところで思考が途切れ、彼女にしかわからない方向に話がずれていった。

シルヴィアはレオを見た。「なぜ拘束を?」

「あれをはずしたら、自分の目をえぐりだそうとするからだ」

**おれたちからなにを学んでるんだ、ストレンジ先生？　おれたちのなかになにが見える？**

レオはいった。「マーク・チズムは先週の金曜にも彼女を面接しようとしたんだが、彼女の症状がたちまち悪化してしまってね。中止せざるをえなかったんだ」

ガラスのむこう側では、チズムがおだやかな声で話していた。「ヴァイオレット、きみが苦しんでいるのはよくわかるよ——なにしろ、きみの一部が死んでしまったんだからね」患者と医師は長方形のテーブルをはさんで向かい合っていた。

シルヴィアはヴァイオレット・ミラーの発病前の機能について尋ねようとしたが、その言葉は声にならなかった。

ヴァイオレットが、リズムをとるように頭を上下にふりながらしゃべりだしたからだ。「彼はあたしの人殺《キラー》しだった、あたしのキラーだった、あたしのキラー、あたしのキラー、あたしのキラー」彼女は目を閉じ、ぶるぶる震えだした。

シルヴィアはぞくぞくするような恐怖を——強力な体内麻薬アドレナリンの最初の一滴を感じた。彼女は額の汗を拭った。

チズムはやさしい声でさらにつづけた。「ぼくが知りたいことのひとつは、きみがいまここでしていることとキラーとの関係なんだ。ひとつ考えられるのは、キラーはきみの悪の部分で、きみは彼の善の部分だということだ」

チズムの言葉に対するヴァイオレットの最初の反応は、すわったままで奇妙な木靴ダンスでもするように両足を踏み鳴らすことだった。そのあまりの激しさに、からだや顔までがぐらぐら揺れている。

頭をのけぞらせ、口を大きな傷口のようにぱっくりあけて、ヴァイオレット・ミラーはすさまじい金切り声で切れ目なしに叫んだ。喉の筋肉が張り詰めて、ロープのようなすじが立っているのが見える。ブルーの瞳が飛びだし、悲鳴はさらに高くなってガラスも割れそうな勢いだ。

ヴァイオレットが椅子から立ちあがるのと同時にレオ・カレーラスは観察室のドアの方に飛んでいった。ヴァイオレットがその場でジャンプして両足で椅子の上に飛び乗るのを、シルヴィアはぞっとする思いで見つめた。両手を使えなくても、ヴァイオレットはしっかりバランスを保っている。からだを前に投げだすようにして、今度はテーブルに飛び乗る。怒りが彼女に力をあたえていた。

レオは「ここにいてくれ」といい残して部屋を飛びだすと、廊下を急いだ。

レオが治療室にはいったらどうなるかを見届けようとシルヴィアはその場で待った。看護助手が近くにいない場合はレオに力を貸さなければならないことはわかっていたが、それでもマーク・チズムとヴァイオレット・ミラーから目を離したくなかった。

ヴァイオレットがチズムに飛びかかり、チズムがうしろによろめいた。彼女がまるで激しい旋回舞をおこなうイスラムの修行者のように頭をふりまわして胸に頭突きをくらわすと、チズムは床に倒れた。倒れたドクターにふたたび襲いかかろうと彼女が身構えたとき、レオが部屋に飛びこんできた。

レオが押さえつけるより速くヴァイオレットは両脚をさっと前に突きだし、靴の踵でレオの股間を蹴りつけた。レオは痛みにからだをふたつに折りながらも、なんとかベルトにつけた非常ボタンを押した。シルヴィアはスタッフの到着を待つつもりはなかった。観察室から廊下に飛びだし、治療室の閉じられたドアに急ぐ。

アドレナリンが全身を駆けめぐるのを感じながらドアを押しあけ、治療室に足を踏み入れる。ドアは彼女の背後で音をたてて閉まった。風通しの悪い部屋はむっとするほど暑く、小便と消毒薬のにおいがした。気がつくと、シルヴィアはヴァイオレット・ミラーに面と向かっていた。ヴァイオレットは顔を紅潮させ、ぐっしょり汗をかいて、目をギラギラさせていた。シルヴィアが様子をうかがっていると、彼女はなんとか視線を定めようとした。目を見ひらき、ぎゅっとつぶって、ようやくシルヴィアに焦点が合った。

その瞬間、シルヴィアの全身から血の気が引いた。彼女はいま、怒りに正気を失った女性の鬱積した憤怒と向かい合っていた。まるで狂犬に追い詰められたような気分だった。恐怖のせいか、些細なことがやけに気になる。ヴァイオレットの頭についた血。部屋に漂うアーモンドのにおい。引っくり返ったテーブルのうしろから聞こえる低い呻き声。

シルヴィアは両手を差しだし、なだめるようなしぐさをした。落ち着いたおだやかな声が出たことに自分でも驚いた。「あなたを助けにきたのよ、ヴァイオレット。もうなんの心配もいらないわ」

頭を動かさなくても、シルヴィアにはレオが背後で立ちあがったのがわかった。ヴァイオレットもそれに気づいたらしい。威嚇するようになった。

「少し下がっていてくれない、レオ？」シルヴィアはなだめるようにいった。「こっちはだいじょうぶだから。マークはどんな様子？」レイがうしろに下がる気配がした。

患者やその生活史についての満足な知識もないままに、感情の引火点を巧みに避けて通らなくてはならないとは。シルヴィアは全エネルギーをヴァイオレット・ミラーに向けながらも、百二十センチ四方ほどのヴァイオレットの縄張りには一切近づかなかった。レオがうしろに下がると、ヴァイオレットはその挑むような姿勢をわずかにゆるめた。と、彼女の全身からみるみる力が抜けていった。その変化はあまりに劇的だった。ブルーの瞳が生気を失い、呼吸がゆっくりになって、筋肉までだらんとたるんだように見えた。

苦しげなつぶやきには苦悶と恐怖がにじんでいた。「あたしにはある、ほしいの、必要なのよ、あいつらがあたしになにをしたかわからないの？　あたしは感じる、ねえ、あなたには必要ないの？　やつらはあたしの腕を切り落とした、あたしの腕を切り落として、心を切りとって引き裂いてズタズタにした――」息もつかずに長々とまくしたてたあとで、不意にヴァイオレットは黙った。と、表情に変化が現われ、正気に返った。彼女はシルヴィアに微笑んだ。「もうだいじょうぶです、あなたはたしか……」

だが、すぐにまたまともなヴァイオレットは消え失せた。まるでドアをあけて出ていってしまったかのように。

こうした変化を至近距離で目にするのは、さすがにショックだった。

シルヴィアは意識的に自分の呼吸を、ヴァイオレットの常態の呼吸と不規則な呼吸の中間あたりに調整した。ヴァイオレットの目をまともに見ないようにしながら、ただ延々と言葉で彼女をなだめつづけた。

ヴァイオレットのからだが、病院スタッフの到着を知らせてきた。彼女がはっとからだをこわばらせたとたん、治療室のドアがあいた。

シルヴィアはうしろを見ないで、いった。「ちょっと待っていてくれるとありがたいんだけど」

男性の落ち着いた声が返ってきた。「邪魔をするつもりはありませんよ」

「よかった」シルヴィアはいった。

「よかった」ヴァイオレットがまねをした。シルヴィアの顔をじっと見て、それからけらけら笑った。「デュポンはあたしの人殺しだった、彼はあたしのキラーだった、彼はあたしのキラーだった――」どこまでもそれのくりかえし。ヴァイオレットの言葉の意味を、シルヴィアはこう推測した。デュポンは、ヴァイオレットの心の闇の担い手だったのだ。彼女のなかの殺意をおぼえるほどの怒りを彼女のかわりに行動に移すことで、デュポンはある意味で彼女の怒りを静めていたのだ。ところが、デュポンは死んだと知らされたことでヴァイオレットの怒りは行き場を失い、その激しさゆえに内側から彼女を蝕《むしば》みはじめた。

シルヴィアは安心させるようにぽつりといった。「彼はあなたのキラーだった」

ヴァイオレットの声がぴたりとやみ、ごくりとつばをのみこんだあとでシルヴィアの方に顔を向けた。「あなたのことは知ってるわ——人殺しのドクターよね」

それは奇妙な瞬間だった。その一瞬に——世界が一変した。シルヴィアはいった。「そうよ、ヴァイオレット。わたしがその医者よ」

「彼があなたをよこしたの？」

「デュポンのこと？」

ヴァイオレットはせつなそうな表情をした。「彼はあいつらを——政府を——憎んでた、医者のことも憎んでた、彼のことを〝頭のイカレた殺人者〟って呼ぶから。彼は憎むことをあたしに教えてくれた」彼女は途方に暮れたように首をふり、その口から囁きがもれた。「助けて」まぶたが下がり、半分眠ったようになった。彼女は二度と口をひらかなかった。

レオはマーク・チズムに手を貸して、やっとのことで治療室の外に出た。その五分後、ヴァイオレットはおとなしく鎮静剤の投与を受けた。看護婦と看護助手が彼女を病室に連れていった。別の看護助手が、震えながらも落ち着きを取り戻したマーク・チズムの手当てをした。レオはシルヴィアに寄り添われ、足をひきずりながら病院をあとにした。

サンタバーバラに戻る車内で、レオはCDプレーヤーでエリック・クラプトンをかけて安全運転に徹した。サン・ルイス・オビスポ。サンタマリア。ゴレタ。なつかしい風景がユーカリとキョウチクトウの並木といっしょに現われては消える。銀色に輝く太平洋に、夕日が女性のようにしとやかに沈もうとしていた。

ヴァイオレットとの緊張の対面を終え、シルヴィアは矛盾する思いをいだいていた。ヴァイオレットとの戦いに勝利を収めたことにはほっとしていたし、いまだに興奮醒めやらぬ状態でもある。だが同時に、ひどく気が滅入ってもいた。

**あなたのことは知ってるわ。人殺しのドクターよね。**デュポンもヴァイオレットも、「犯罪者の専門家」をいい表わすのにまったく同じ独特の表現を使った。そして今日、ヴァイオレットは助けを求めた。

もしかしたら——あの暗号めいたメッセージといい、ポラロイド写真といい、いたずら電話といい——そう、もしかしたらデュポン・ホワイトもついに人殺しのドクターに助けを求めてきたのかもしれない。

レオが音楽のボリュームを下げた。「町に戻ったら夕食をおごるよ。ホテルはどこ?」

「ビルトモアよ」

「いい選択だな」

「夕食はわたしにおごらせて。アタスカデロ州立病院を訪ねることができたのは、なにもかもあなたのおかげなんだし」

「ぼくの方こそ、きみにひとつ借りができた」彼はやわらかなレザーシートの上で尻をもぞもぞさせた。

「怒り狂った女ほど怖いものはない、とよくいうじゃない——蔑まれていようといまいとね」

レオは手でそっと股間をたしかめた。「まったくだな」

〈サンタバーバラ・ビルトモア〉は、オアシスの中央にそびえ立つスペイン風のお城のようだった。色つきのフラッドライトがアカシヤやゴムの木、アボガドやハイビスカスや巨大なヒラウチワサボテンを明るく照らしだしている。深紅と白のブーゲンビリアは、まるで地上に咲く花火のようだ。シルヴィアの泊まるバンガローは、本館から三十メートルほど離れたところに椰子の木に囲まれるようにしてひっそりと立っていた。

レオとシルヴィアはパティオでカクテルをゆっくり楽しんでからレストランで食事をした。レストランのひかえめな優雅さは、一九二〇年代の後期に建てられたこのホテルのすべてにいえることだった。薄紅色とクリーム色とクルミ色の淡い色調が、マホガニーの重厚な調度品を際立たせている。レストラン内で唯一鮮やかな色を誇っているのは、見事にいけられた生花だけだ。

十時をとうにすぎたころにレストランを出ると、ふたりはホテルのプライベートビーチへとつづく手入れの行き届いた石畳をそぞろ歩いた。

夜の海は、砕ける波がさらに白く泡立って見えた。食事と飲み物ですっかりふんわりした気分になっていたシルヴィアは、波の轟きに心を奪われた。サンダルをぬいで裸足になると、打ち寄せる波が足首をつかんで濡れた砂の奥に引きずりこもうとする感触を味わった。

浜の方から声が流れてきた。誰かがこちらに歩いてくるようだ。そろそろ場所を変えよう。シルヴィアは北の方へ波打ち際を歩きだした。レオが少し遅れてついてくる。やがて彼が横に並んだ。

「ヴァイオレットのいる部屋にはいったとき、なにを感じた？」レオはいって、シルヴィアが答えないとさらにつづけた。「初めてひどく凶暴な患者と向かい合ったときのことはいまでもおぼえているよ。そういう機会はその後も何度かあったが、そのたびに自分という人間がはっきりわかる。自分の弱さのようなものが表に出てくるんだ」

シルヴィアの声は大きくはなかったが、波の音のなかでもはっきり聞こえた。「純粋に破壊的なエネルギーを目撃している気分だった。心底震えあがったわ」

シルヴィアはレオの視線を肌に感じた。「マーク・チズムはこの先ヴァイオレットの治療をどう進めるつもりかしら？」

「きみならどうする？」

シルヴィアは顔にかかったひとすじの髪を払った。「わたしなら、次回は女性に面接をさせるわ」

「もしかしたら、彼女はきみに担当してもらうべきなのかもしれないな」レオはふと足をとめ、浜に打ち寄せられた細くて長い木の枝を拾いあげた。「明日の夕食は先約がはいってる？　ぜひ会わせたい人がいるんだけど」

「あなたのことをよく知らなければ口説かれているのかと思うところよ、レオ」シルヴィアは両手を腰にあてた。「夕方までにはからだが空くと思うわ」

「よかった。町なかの店にしよう。マーク・チズムも呼ぶつもりだ。それにほかにも何人かきみに会わせたい人がいる」

「いいわ」だがシルヴィアの頭はすでに明日の予定のことでいっぱいだった。デュポン・ホワイトが子供時代をすごした家と、彼の養父の大牧場を訪ねるのだ。

レオの次の言葉が彼女を現実に引き戻した。「ぼくは仕事のオファーをしているんだよ、シルヴィア。こっちへ移ってぼくの仕事を手伝ってほしいんだ。返事はいまでなくていい。二週間後に電話するから、そのときに〝イエス〟か〝ノー〟かを教えてくれ」

彼は拾った小枝で、かたく湿った砂に数字を書いた。その数字を見て、シルヴィアの口からため息がもれた。サンタフェでもらっている金額の二倍以上だ。

レオは長いことシルヴィアの顔を見つめていた。そしてようやくいった。「きみにとっても悪くない話だと思う」

彼はバンガローのドアの前まで彼女を送ると、おずおずと頬にキスをした。

「おやすみなさい、レオ。それから、すてきな夜をありがとう」

レオの表情は真剣そのもので、その目はシルヴィアの皮膚の下まで見透かしているかのようだった。最後に、彼はわずかに頬をゆるめた。

レオの細い影が木立のあいだに消えるのを見送ると、シルヴィアは部屋にはいってドアを閉めた。

筋肉がほぐれるまで、ゆっくりと熱いシャワーを浴びた。それから全身に保湿クリームをたっぷり塗りこんで、裸のまま清潔なシーツのあいだにもぐり込んだ。

眠気と闘いながら電話を引き寄せ、サンタフェの留守番電話サービスにかけた。ロージー・サンチェスが二度電話してきていた。マットからのメッセージはない。シルヴィアは彼のトレーラーにかけてみた。誰も出ない。次に自宅の番号をまわした。留守番電話に切り替わると、リモート操作でメッセージを聞くための暗証番号を押した。デジタルの声が、新しいメッセージが九十六件あると告げた——あと三件で録音がいっぱいになる数だ。

当惑しながら、再生ボタンを押した。カチッ、ツー。次の電話も無言で切れた。その次も同じ。

恐怖心がふくれあがるのを感じながら、シルヴィアは「カチッ」と「ツー」の果てしないコーラスを聞いていた。回数もじきにわからなくなった。そのとき、初めて泣き声が聞こえた。誰かが泣いている。女性？ それとも少年だろうか？ カチッ。

再生されるたびに、泣き声がヒステリックに高くなる。カチッ。カチッ。カチッ。

ようやく最後の再生が終わると、シルヴィアはベッドの上で凍りついた。茫然と、ただ受話器を握り締めていた。

# 14

午前六時、シルヴィアはひどい頭痛と、昨夜の電話のメッセージがもたらした不安のなごりとともに目覚めた。あの電話をかけてきたのがデュポン・ホワイトか——彼にきわめて近い誰かだとしたら、認めたくはないがキラーの行動圏はサンタフェの外にまで広がっていることになる。自分の居場所をデュポンは正確につかんでいるのではないかという思いを、シルヴィアは拭い去ることができなかった。

こわばったからだでベッドを降りた。昨夜はほとんど眠れなかった。意識が、よく知った道すじをどこまでもたどりつづけたからだ。デュポンは天罰を装って、拷問と殺人への血に飢えた欲求を満たしているのだ。彼の妄想の中心は性犯罪者を生贄《いけにえ》として殺すことであり——裁判でじゅうぶんな正義がなされなかったと彼が判断したときに、みずからの手で即座に制裁を加えることだ。だがこの手の妄想は、制裁の欲求を満たすだけではすまなくなる。毒物や熱病のような破壊力で、感染者の魂をも焼きつくしてしまう。

シルヴィアはため息をついて額に濡れタオルをあてた。ある点で、犠牲者はつねに殺害者を映す鏡だ。だとすると、デュポン・ホワイト自身が犠牲者だったということになる。そして、誰かを犠牲者にしたいという衝動が性犯罪者殺害に結びついた。

床から天井までの大きな窓に引かれたグリーンのストライプ柄のカーテンをあけると、薄霧のむこうにぼんやりと木々の輪郭が見えた。彼女の記憶のなかにあるカリフォルニア南部の典型的な一日は、まばゆい光ではなくこの白い霧ではじまる。霧を見るといつも、そのおぼろげな視界の先になにかが潜んでいるという気分にさせられた。その強烈な陽射しであらゆるものを暴きだすニューメキシコの無情な太陽とはまるで違う。

電話を二本かける用事があった。最初の一本はロージーの自宅で、〝ただいま留守にしております〟と告げるレイ・サンチェスの声を聞いたとたんホームシックになった。シルヴィアは短いメッセージを残した。「わたしよ。いま町を出ているの。明日には戻るわ。みんなの顔が見たくてたまらない」

それは本心だった。孤独で寂しくて、けれど心のどこかではいろいろな責任や人間関係から解放されてほっとしていた。それに、ここカリフォルニアでやらなければいけないことがまだ残っている。

バンガローのドアの外に、コーヒーを入れた大ぶりのポットといろいろなペーストリーをのせた銀のトレーが布ナプキンをかけておいてあった。コーヒーをカップに注ぎ、あたたかいレーズン・スコーンにジャムをたっぷり塗ると、デュポン・ホワイトのファイルをひらいた。書類のいちばん上には、ダン・チェイニーが送ってよこした封筒があった。シルヴィアはカリフォルニアの地図をひらき、モンテシートから〈デビルズ・デン牧場〉までの二百キロほどの道すじを指でたどった。知っている道だとわかると、今度は電話をとりあげてモンテシートに住むロクサーヌ・ホワイトの番号にかけた。

この地域のことは、十七年前に母親といっしょにカリフォルニア南部に暮らしていたころから知っていた。モンテシートはサンタバーバラの南東に位置する町である。いまよりずっと贅沢な時代からつづく大きなお屋敷が、緑に連なる何エーカーもの丘陵を所有している。凝った装飾をほどこした石造りの豪邸のみごとな庭園の先には、乗馬用のパドックと、鋼鉄とガラスを使ったポストモダニズム的な離れまであった。

呼び出し音が十回以上鳴っても誰も出ないと、シルヴィアは電話を切った。

封筒の端にいちごジャムがぽとりと落ち、指でそれをすくってスコーンの最後のひとかけにのせた。ロクサーヌ・ホワイトはカミノスエルテ十三番地に住んでいた。カミノスエルテ――幸運通りだ。


ゲートわきの小屋に守衛の姿はなく、緊急用電話は新品そのもので、金属製のゲートはあいていた。カミノスエルテから私道にはいり、環状に走るれんが敷きの道路を八百メートルほど行くと、デュポン・ホワイトがかつて住んでいた家の手彫りの彫刻もみごとなオーク材の両開きの扉が見えてきた。シルヴィアはレンタカーのトーラスを黒のランボルギーニディアブロVTの横に停めた。ナンバープレートは「VIP‐1」。トーラスのドアをロックする手間は省いた。

　三階建ての屋敷は、黄色とブルーに塗られたスペインの農場風だった。正面の大きさから判断して、建物全体の面積は千五百平方メートル以上はあるようだ。二階にはぐるりと開廊がめぐらされ、砂岩を使った広いバルコニーを尖った椰子の葉が撫でている。三階の高窓は要塞を思わせた。屋敷の東の角にはスペイン風の鐘楼があり、ユーカリと椰子の木を見下ろしている。鐘楼の先には、グリーンと白のキャンバス地の日よけのあるテニスコートがあった。霧もいくらか晴れてきていたが、あたりはいまも白いベールに包まれていた。

　この風景のなかにデュポン・ホワイトをあてはめるのはむずかしかった。モンテシートは特権階級が暮らす場所で、彼らが手を染める犯罪は計画的で独創性に欠ける金銭がらみのものだ――犠牲者の性器を切り落としたあとで生きたまま焼き殺すほどの激しい怒りとは無縁だった。

　シルヴィアは石の階段をあがって赤い化粧漆喰の玄関に立つと、どっしりした扉を叩いた。少しして、扉がわずかにひらいた。隙間から、磨きあげられたタイルの床がちらりと見えた。それに、女性の顔も。

　女性は期待するような顔でにっこりした。疑いや警戒の色は微塵もない。それどころか、シルヴィアを見て喜んでいるようにさえ見えた。「結局やってきたのね」低い、歌うような声。彼女はドアを大きくあけた。

「はい、やってきました」なにがなんだかわからないまま、シルヴィアはもごもごと答えた。

女性の年齢は四十から五十のあいだだろう。ブルーのオーバーオールと赤いセーターの下のからだは小さく、緑色のターバンで頭を覆っていた。手袋をした左手に泥のついたタオルを握っている。

「わたしはジリーよ」

声に混じる不安げな響きと、うつろでどんよりした茶色の瞳と、おだやかな顔つきから、ジリーはうつ病か、もしかしたら痴呆症を患っているのかもしれない、とシルヴィアは思った。精神医学的なもの、それとも器質性の痴呆だろうか？　アルツハイマーかパーキンソン病か、それとも原因は病理学的なもの？

シルヴィアは笑みを浮かべた。「シルヴィアです。お会いできてうれしいです」

ジリーが首をかしげた。「わたしね、もうわたしじゃないの」

シルヴィアはうなずいた。ジリーはこのちょっとした情報をオウムのようにくりかえしたが、そのときそれに対抗するかのように別の声がした。どこか遠くの部屋から聞こえてくるのだろう、くぐもったかすかな声だったが、低くしわがれた男性の声とそれよりわずかに高い女性の声だとシルヴィアは思った。

彼女は天井の高い控えの間にはいった。タペストリーをかけた長椅子の両わきには、オレンジ色の大輪の花をつけたジンジャープラントの鉢植えが飾ってある。ターコイズブルーのタイルの床はきれいに磨かれ、きらきら輝いていた。

ジリーが好奇心いっぱいの目を見ひらいた。「あなた、ロクサーヌのお友達？　ロクサーヌはわたしの妹なの」

「いいえ、じつは彼女の息子のデュポン・ホワイトのことでお話があってきたんです」

「デュポンは死んだわ、ロクサーヌのところにはいまお友達がみえているの」ジリーは長椅子の上に慎重にタオルをおくと、ぱんぱんと手をはたいて手袋についた庭土をタイルの床に落とした。「ちょっと失礼するわね。すぐ戻りますから」そういうとシルヴィアに背を向けて、十メートルほど先にある三つの馬蹄型アーチのうちいちばん大きなアーチのむこうに消えた。ゴム底の靴がタイルにあたる音が響き、やがて聞こえなくなった。

途方もなく大きな居間にはいるには、二本の巨大な象牙でつくられた門をくぐらなければならなかった。それぞれの象牙の根元はどっしりした真鍮の基盤にはめ込まれていて、ボルトで床に固定してある。門の下の床には、シマウマの毛皮がケープのように敷いてあった。縞模様の毛皮の上をシルヴィアはつま先立ちで歩いた。

丸天井の下の白い壁には狩猟の記念品として、ヌー一頭、アフリカライオン二頭、ケープクロスイギュウ一頭のあたまが飾ってあった。シルヴィアは悲しげな威厳をたたえた二頭のライオンに近づき、あいだに飾られた大きな油絵に目をやった。それは、シンプルなフォーマルドレスに身を包んだ凛とした女性の肖像画だった。ブルーの瞳にブロンドの髪。やわらかに波打つ髪が、肩にふわりとかかっている。卵型の繊細な顔立ち。だが見る者の視線を惹きつけて放さないのは、彼女の目だ。大きくてやわらかな色をたたえたその瞳は希望に満ちあふれていた。

シルヴィアは絵に顔を近づけて、小さな金属プレートに刻まれた名前を読んだ。ロクサーヌ・グラッドストーン・ホワイト。

もしもこの肖像画どおりなら、デュポンの母親は非常に美しい女性だ。

肖像画の前を離れ、博物館にでもありそうな淡青色の大きな中国の壷の前を通りすぎる。ペルシャ絨毯に、フランス皇帝風の椅子。

居間のむこう端にあるドアがバタンと大きな音をたてた。

シルヴィアは音をたどって長い廊下に出た。そこで立ちどまり、引き返そうとしたとき、金切り声が聞こえた。「わたしをばかだと思っているの?」

つづいて、なだめるような低い声。

靴音がしたかと思うと、廊下の先でドアが――今度も大きな音をたてて――閉まった。

シルヴィアは、しんとなった廊下に立ちつくした。そのとき誰かに袖を引っぱられ、シルヴィアは悲鳴をのみこんだ。ふりかえると、ジリーが一枚のスナップ写真を手に立っていた。色褪せた写真のなかで、三人の子供がカメラに向かって誇らしげにポーズをとっている。全員が仮装して、顔には仮面をつけていた。

写真の裏に、誰かの文字で「一九八七年、ハロウィーン」とある。

シルヴィアは、バットマンのマントとマスクをつけて気をつけの姿勢で立っている八歳か九歳の少年をゆびさした。「デュポンですか?」

ジリーの茶色の瞳が一瞬鋭くなり、すぐにまたやわらいだ。「そうよ。その衣装をとても自慢していたわ」

三人のなかでいちばん背の高い少年をジリーが小指で示した。合成皮革のズボンに白い帽子をかぶったカウボーイだ。「そして、これがコール。この写真は牧場で撮ったの」

「コール・リンチ?」カウンセラーだ。

「ええ。フラーのところの坊や」

フラー・リンチがここ三十年、〈デビルズ・デン牧場〉の管理人をしていたことはシルヴィアも知っていた。どうやらいまでも牧場の管理を任されているらしい。シルヴィアはふたたび写真に目を戻した。子供たちの背後にカリフォルニアの高地砂漠の荒涼とした風景が広がっていることに気がついた。

「これは誰です?」シルヴィアは、男の子たちにはさまれるようにして立っている、グリーンホーネットに扮したいちばん小さい子供をゆびさした。

ジリーが写真をとりあげ、オーバーオールのポケットにしまった。彼女の表情がさっと変わるのを見て、シルヴィアは驚いた。目に涙があふれ、くちびるがわなないている。

「三人はとても仲がよかったのよ」囁くようにジリーはいった。「でもわたしのおちびちゃんは出ていってしまった」彼女は写真をしまったポケットを両手でこすった。まるで、なにかにけりをつけるかのように。それから首を何度もふりながらフレンチドアに近づいた。

つまり、あの少女はデュポン・ホワイトのいとこというわけだ。

車寄せを臨むガラス戸の前でシルヴィアはジリーと並んだ。霧は完全に晴れて、目の前には幾重にも連なる丘がどこまでも広がり、その先に高くそびえるサンタ・イネス山脈の尖った頂までが見通せた。視線を屋敷の近くに戻すと、テニスコートと青い水をたたえたプールがはっきり見えた。ランボルギーニの横に停めた彼女のトーラスまで見える。

「ロクサーヌがいるわ」ジリーが窓の外をゆびさした。

屋敷の角をまわってふたりの人物が姿を現わすのが見えた。ロクサーヌ・ホワイトは男性を従えていた。この距離からでも、デュポンの母親が丸々と太っているのがわかった。ブロンドの髪はきれいにセットされ、身なりもよかったが――居間で見た肖像画とは似ても似つかなかった。

隣にいる男性は長身で血色がよく、髪は白髪まじりのブロンド。黒の革ジャケットにリーヴァイスというでたちだ。大股で歩くその足取りは傲慢な感じがした。

「あれがロクサーヌのお友達」ジリーがいった。「わたしは好きじゃないけど」錠をはずし、ドアを押しあけた。

ロクサーヌ・ホワイトが男性の腕に触れようと手を伸ばすのが見えたが、男性はさっとからだを反転させ、両手で彼女の肩をつかんで激しく揺さぶった。

ジリーが悲鳴をあげ、ロクサーヌと男性が同時にこちらに目を向けた。シルヴィアは急いでドアから離れたが間に合わなかった。

「ジリー!」ロクサーヌ・ホワイトの声が響き渡る。「そこにいるのは誰なの?」

「あら」とジリー。

シルヴィアは急いで部屋を出ると玄関に引き返した。ロクサーヌ・ホワイトに会うのにこんなに手間取るはずではなかったのに。これ以上ぐずぐずしないほうがいい。

玄関のドアをあけて石段を降りかけたところで長身の男性が階段を駆けあがってきた。ふたりは危うく衝突しそうになった。

車寄せから、ロクサーヌ・ホワイトが大声でいった。「あなた、どなた?」

「ここはわたしに任せろ」と、男性がいった。

時間稼ぎのためにシルヴィアは彼に片手を差しだした。「シルヴィア・ストレンジです」

男性はいらだちを隠そうともしなかった。「なんの用だ?」けんか腰の口調でいう。「不法侵入だぞ」

こんな礼儀知らずの傲慢男に虫けらのように扱われるつもりはない。シルヴィアは一歩も引かずに、いった。「ミセス・ホワイトにお話があってきました」今度はデュポンの母親に向かって、「あなたのお姉さんがノックに応えてくれて、あなたの手が空くまで話し相手になってくださったんです」

「ゲートをどうやって――」

「ゲートならあいているじゃないの、ガレット」ロクサーヌ・ホワイトは彼を軽くいなすと、シルヴィアの前に立った。そして「リポーターの方?」と、用心深い目できいた。

「精神分析医です」シルヴィアはロクサーヌ・ホワイトの顔をまじまじと見た。目の前の女性は肖像画とは別人だった。ブロンドに染めた髪はぱさぱさに乾き、ヘアスプレーでかっちりかためている。化粧も厚く、赤みが強すぎた。目はどんよりして、痛々しいほどに落ちくぼんでいる。時間と環境はロクサーヌ・ホワイトにやさしくなかったようだ。

「精神分析医？　ジリーのことでいらしたの？」

シルヴィアはあごをふった。「デュポンのことで」

「あなたたち、息子の遺体を返してくれるといったじゃないの」ロクサーヌは不安げに目を見ひらいた。「いったいどうなっているの？　いつになったらあの子を返してくれるの？」

ロクサーヌ・ホワイトはわたしのことをＦＢＩの精神分析医だと思っている。シルヴィアは本当のことを告げるべきかどうか悩んだ。

「ロクサーヌ、その女になにもいうんじゃない」

「黙っていてちょうだい、ガレット」ロクサーヌ・ホワイトは、つい先ほど彼女のからだを激しく揺さぶった男のことを怖い顔でにらみつけた。「あっちへ行って」

男の顔にさっと血がのぼり、猛烈な勢いでいった。「わたしはどこにも行かないぞ」

ロクサーヌ・ホワイトは肩をすくめた。「どうぞご勝手に」彼女はシルヴィアの腕をとった。「わたしはこのお嬢さんと話があるから」

ガレットと呼ばれた男がシルヴィアのもう一方の腕をぐいとつかみ、シルヴィアがそれをふりはらうとそのはずみでロクサーヌがよろけた。シルヴィアは彼女のからだを支えた。

「彼女から手を放せ」男はシルヴィアをどなりつけた。「身分証明書を見せてもらおうか」

ロクサーヌ・ホワイトの薄青の瞳が怒りにぎらぎら光った。顔につけたおしろいが浮き、小じわが目につく。「紹介するわ。こちらは、かの有名なガレット・エリントン」吐き捨てるようにいうと、シルヴィアの腕をつかんで彼女の顔をまともに見た。「もし本当の答えを知りたいなら、彼の話を聞くといいわ」

この男性が誰か、シルヴィアはようやく思いだした。ガレット・エリントン大佐。右翼で、元海兵隊員で、ヴェトナム戦争の退役軍人。最近では、合衆国大統領になるために数百万ドルかけて短いが非常に効果的に宣伝をしたことでも知られている。選挙では惨敗を帰したものの、その過激な思想を支持する人間は驚くほど多かった。

しかしながら、シルヴィアは嫌悪感をおぼえただけだった。

ロクサーヌ・ホワイトが突然、シルヴィアの腕を放した。ぎくしゃくした動きで革のローファーの片方をぬぎ、ガレット・エリントンに投げつけた。ローファーはさっと頭をひっこめたシルヴィアの肩先をかすめて、エリントンの耳にあたった。

「いやなやつ」ロクサーヌはつぶやいた。挑むような目でガレット・エリントンをにらみつけたまま、シルヴィアに向かっていった。「FBIはもう一度フラー・リンチのところへ行って、彼の話を聞くべきだわ」

エリントンのからだがこわばるのがわかった。

「ロクサーヌ?」ジリーが玄関先に現われた。「彼、あなたにひどいことをしているの?」

ロクサーヌ・ホワイトが呻くのが聞こえた。おろおろしている姉の方に目をやったロクサーヌの顔は、急に十歳老けこんだように見えた。

ガレット・エリントンがジリーに指図した。「家のなかに戻っていろ。あんたには関係のないことだ」

ジリーが泣きだした。

それを見るとロクサーヌ・ホワイトはエリントンに突進し、ストッキングの足で蹴飛ばした。

「わたしの姉にそんな口をきかないで！」金切り声でいった。

シルヴィアはロクサーヌを引き離そうとした。怒りにわれを忘れてロクサーヌがけがをしてはいけないと思ったのだ。

突然、ガレット・エリントンがどなった。「いいかげんにしろ！」

ロクサーヌのからだからへなへなと力が抜けていった。両腕がだらりとからだのわきに下りる。すすり泣きがもれ、手で目を押さえた。

エリントンの声は低く、張り詰めていた。「なぜジリーを動転させるようなことをするんだ？そんなことをしたらどうなるかわかっているはずだ」そういうと彼は踵を返し、つかつかとシルヴィアに近づいた。「いますぐここから出ていけ」

「ロクサーヌ――」シルヴィアはいった。

ロクサーヌ・ホワイトは震える手を差しだした。彼女の声は、消え入るように弱々しかった。

「いいえ……なにもお話することはないわ」

「彼に脅されているんですか？」シルヴィアは尋ねた。「助けがいりますか？」

ロクサーヌはよろよろとステップをのぼりきった。彼女はかぶりをふった。化粧に涙のすじができている。彼女の目は真っ赤だった。

「わたしはシルヴィア・ストレンジ。ビルトモアに滞在していますから」

「さっさと車に乗るんだ。さあ！」ガレット・エリントンの目は敵意に燃えていた。シルヴィアはトーラスの方に足を向けた。ロクサーヌががっくりと肩を落とすのが目にはいった。

デュポンの母親が声をかけた。「あなたのような専門家と何人も話をしたわ。でも誰ひとり、わたしの息子がなぜ道を誤ったのか説明できる人はいなかった」それだけいうと、彼女はスペイン風の邸宅のなかに姿を消した。

それから二十分後、国道一〇一号線でプンタゴルタをすぎたところで、シルヴィアはトーラスのうしろに州警察の車がついてくるのに気づいた。ベントゥーラに着いたときもパトロールカーはまだうしろにいた。シルヴィアは制限速度を守り、慎重に運転した。ルート一二六号線にはいっても、三十二キロ先のフィルモアでもあいかわらずついてくるパトカーを見て、シルヴィアは、警察はこの車に用事があるのだと気づいた。案の定、その数分後に背後で赤いライトが点滅しはじめた。

スピーカーから男性の野太い声が響き渡った。「道の片側に車を寄せて、エンジンを切って、車のなかにいるように」

シルヴィアはぶつぶつ文句をいいながらトーラスを砂利敷きの路肩に寄せてエンジンを切った。サイドミラーに、ミラーレンズのサングラスの位置をなおしている警官の姿が映ったが、彼はいっこうに車から出てこようとしなかった。通りは交通量が多く、横を通りすぎる車が起こす風がトーラスを揺さぶった。エンジンを切っているためにエアコンが使えず、車内はあっというまに耐え難い暑さになった。シルヴィアは運転席側の窓を下ろした。腕時計に目をやると、停止命令を受けてからすでに四分以上がたっていた。だが警官はあいかわらず車のなかだ。

シルヴィアはシートにもたれてバックミラーを見つめた。ようやく事情がのみ込めてきた。マーガレット・エリントンは影響力もコネもある実力者だ。あごで使える警官をひとりやふたり抱きこんでいてもおかしくない。

警官は口元に無線のマイクをあてている。パトロールカーの屋根の上では、不安をかき立てるように赤いライトが点滅していた。

シルヴィアはふたたび腕時計に目をやった。六分経過。あけた窓から、警察無線の雑音混じりの音がかすかに聞こえる。いまごろは州警察のコンピューターが、レンタカー会社のコンピューターファイルからわたしの名前をはじきだしているだろう。その気になればあの警官は、わたしのビザカードの支払いが遅れていることまで探りだすはずだ。わたしがFBIの人間でないことはすぐに知られてしまうだろう。折りたたんだ地図で顔をあおぎながら、シルヴィアはコンピューター・テクノロジー時代を呪った。

十二分がすぎるころには、トーラスのなかにいるのが苦痛になってきた。だが警官の指示に逆らおうものなら大変なことになるのはわかっていた。そのときスピーカーから新たな指示を出す声が響き、シルヴィアは飛びあがった。

「運転免許証を出して、手を見えるところにおいて、そのまま車内にいるように」

シルヴィアが革の財布から免許証を出そうとしていると、警官が車から出てきた。屈強なからだをして——サイドミラーで見ると巨体に思えた——不機嫌そうな顔をしている。腰のピストルに片手をおいて、トーラスのあいた窓から離れて立った。

シルヴィアが免許証を差しだすと、警官はそれをひったくるようにしてパトカーのなかに消えた。

「なんなのよ、もう」シルヴィアはハンドルをきつく握り締めた。これは心理戦になりそうだ。

さらに十一分がすぎるころ、警官はようやく彼女の免許証を窓ごしに投げてよこした。そしてロボットのような正確さで帽子に軽くさわり、「安全運転を、奥さん」といった。

シルヴィアはトーラスのエンジンをかけて、アクセルを軽く踏みこんだ。エンジンのうなり声が、耳に心地よかった。

違う……これは被害妄想なんかじゃない。ガレット・エリントンはあからさまにわたしに監視をつけたのだ。でなければカリフォルニアの警官が、レンタカーで制限速度を守っている女に嫌がらせをするのが好きなのか。

彼女はギアをファーストに入れた。

警官は自分の車に戻って、シルヴィアのトーラスが車の流れに合流するのをじっと見ていた。

二十四キロほど走ってもシルヴィアの手の震えはとまらず、パームデールの東、約四十八キロのところにある〈デビルズ・デン牧場〉につうじる砂利敷きの側道が見えてきて——警官がそこでパトカーをとめても——まだ完全には緊張が解けなかった。

地形がしだいに緑の丘から乾いた平原に変わっていく。風も強くなり、つむじ風がちりを巻きあげながら道を横切っていった。シルヴィアはカリフォルニアの地図をトーラスの助手席に広げて、金属を溶接してつくったアーチ型の門をくぐった。家畜脱出防止溝をガタガタと越え、「牧場売ります」と書かれたみすぼらしい看板の横を通りすぎる。目につくものは雑木ばかりで、道も悪く、牧場の建物に着くまでの六キロがひどく長く感じられた。そしてついに三本のオークの木が、ばさばさと揺れる標識のようにぬっと現われた。木の下に、ずんぐりした建物がいじけたように立っている。バックミラーに目をやると、トーラスのうしろに砂埃の長い尾ができているのが見えた。カリフォルニアはニューメキシコと同じくらい乾いていた――内陸部の干ばつは必至だろう。

オークが影を落とす空き地に車を入れ、白くて小さい住居の正面に停めた。四、五十メートル先に、赤い色がすっかり褪せた大きな納屋が見える。空き地の反対側には、最初の家よりはるかに大きく四方八方に広がったランチハウスがあった。ほかにもさまざまな建物が敷地のあちこちに点在していた。だが人や動物の姿はどこにもなかった。シルヴィアは車を降りると、片手で陽射しをさえぎって生き物の姿を探した。

すぐに見つかった。一匹の大きなブルドッグが、納屋の角をまわって走ってくる。犬は大きな頭を低く下げ、よだれを風になびかせながら、シルヴィアめがけて突進した。

シルヴィアが転がるようにして車に戻り、音をたててドアを閉めた瞬間、ブルドッグがドアに体当たりした。ドスン、とすごい音がした。次にガリガリといやな音をさせて、ボンネットによじのぼった。そしてフロントガラスごしに激しく吠え立て、大量のよだれでガラスを汚した。

「ブーマー、その車から降りるんだ！」

トーラスに石がぶつかってドアにはね返り、シルヴィアは縮みあがった。ブーマーはキャンと鳴いてレンタカーのボンネットから飛び降りた。そしてこそこそと納屋の方に逃げていった。シルヴィアがほっと息をつこうとしたとき、犬の飼い主が見えた。

年齢は五十半ば。痩せているが屈強なからだをして、歯はほとんどなく、干し草用の熊手を器用に扱っていた。

シルヴィアは微笑もうとした。

「もう出てきてでーじょぶだ」彼はいった。

シルヴィアは平凡であか抜けない男をじろじろと見た。カウボーイのなれの果て、というところか。だが彼のかぎ鼻を見たとたん、コール・リンチの――カウンセラーの顔が頭に浮かんだ。この男性が、コールの父親で〈デビルズ・デン牧場〉の管理人のフラー・リンチに違いない。急にコールのアイヴィーリーグ風のしゃべり方が、じつにばかげた鼻につくものに思えた。

シルヴィアはゆっくり車を降り、自己紹介したあとでいった。「ロクサーヌ・ホワイトから、あなたがここを案内してくれると聞いてきました」

フラー・リンチの目が細くなった。「なんでおれが？」

「ここ、売りに出ているんでしょ？」

フラー・リンチは地面につばを吐き、砂埃がさっと舞いあがった。「ああ、だが今日は日が悪い」彼は背を向けかけた。

シルヴィアはもう一度、今度はぞんざいな口調でやってみた。「先週、刑務所にあなたの息子を訪ねたのよ。コールは法律書の図書館で働いていて、すごく元気そうだった。しゃべり方まで弁護士みたいに立派だったわ」

フラーがその情報をじっくり吟味するあいだ長い沈黙が流れた。どんな答えが出たかは、彼の表情の変化を見ればわかった。とうとう彼はいった。「それに、コールはたいていの人間よりずっと正直だ」目元が少しだけやわらいだ。「なぜせがれに会いにいったんだ?」

「わたしは医者で、デュポン・ホワイトについてちょっと調べているの」

フラーのくちびるの端があがり、嘲るような笑みが浮かんだ。彼は肩をすくめた。「ひとりで勝手に見てまわってくれ。なにも見つからねえと思うがね。母屋には錠を下ろしてあるし」フラーがランチハウスの方にあごをしゃくり、シルヴィアは彼の視線を追った。彼女の視線は空に吸い寄せられた。紺青の空には慰み程度の薄雲があるだけだった。太陽が空気中の水分を一滴残らず干あがらせてしまったのだ。地平線までつづく青空を背景にしたランチハウスは、映画のセットで使う正面だけの家のように見えた。

シルヴィアは、滑翔するノスリか鷹を目で追った。鳥はゆっくり旋回しながら強い上昇気流に乗って空高く舞いあがり、そこから一気に急降下する。ここが、デュポン・ホワイトと彼のいとこが子供時代に夏をすごした場所。

そんなシルヴィアをフラーはじっと見ていた。「ＦＢＩが母屋を隅から隅まで調べたあとでドアに南京錠をかけてった。まあ、その目でたしかめりゃいいさ」目をすがめ、その嘴のような鼻をふふんと鳴らしてシルヴィアを見下ろすと、背を向けて歩き去った。そして肩ごしにいった。「足元に気をつけろ。足場が悪くなってっから」

シルヴィアはフラー・リンチが納屋の奥に消えるまで待っていたが、それでもひとりになれなかった。子供がふたり、姿を見せたのだ。ふたりは「かくれんぼ」をしていた。甲高い声が、乾いた空に響き渡る。彼女はしばらく子供たちを見ていたが、やがて向きを変えてランチハウスの方へ歩きだした。

玄関先のコンクリートの階段はひび割れ、雑草がはびこっていたが、まだなんとか残っていた。シルヴィアは慎重にのぼっていった。玄関は無傷だったが、誰かが――おそらくＦＢＩの局員だろう――頑丈な掛け金と南京錠をかけていた。

家の裏手にまわってみた。裏口には錠が下りていたが、地下室の入口はあいていた。地下への階段は見たところなんの問題もなさそうだったので、シルヴィアは暗がりのなかへ下りていった。

地下室は大きく、地上部分と同じく不規則に広がっていた。天井にはパイプが走っている。隅の方には蜘蛛の巣が張っていた。床には干からびた枯葉が厚く積もっている。足元をネズミがさっと横切ったような気がした。

中央に伸びる廊下の左右には小部屋がいくつもあった。そのうちのひとつ、墓穴と同じくらい暗くて狭い部屋に足を踏み入れた。懐中電灯をもってくればよかった。暗闇に目が慣れるまで数分、ようやく闇が形をとりはじめた。ベンチとスツールに、なべかま類——いや違う、あれはトレーだ。わたしがいるのは、この家の暗室だ。

地上から子供の声がかすかに流れてきた。声は低くなり高くなって悲しげに響いた。暗闇のなかで聞くその音はいかにも無気味で、シルヴィアはおぼつかない足取りで廊下を戻ると急いで階段をあがった。一秒でも早く外に出たかった。

外では、雲がベールのように太陽を覆い、地上にくっきりした影を描いていた。シルヴィアは足元に注意しながらランチハウスの正面に戻った。大きな一枚ガラスの見晴らし窓のところへくると、汚れたガラスを透かしてなかをのぞいた。そこは天井の低い細長い部屋で、ギャラリーかなにかのようだった。松材の合板と赤い革で統一されて、とても男性的な感じがする。壁には、狩りで射とめた動物の首。いいえ、あれは仮面だ。シルヴィアは指につばをつけて窓の汚れを丸く拭った。やっぱりだ、あれはメキシコや南アメリカによくある彩色した木彫りの仮面。

われを忘れて目の前の光景に見入っていると、空き地の反対側で物音がした。ふりむくと、納屋の戸口にフラー・リンチが立っていた。露骨にこちらをじろじろ見ている。シルヴィアは負けじとしばらくにらみ返していたが、フラーは目をそらすどころか、シルヴィアがそちらに近づいていってもまばたきひとつしなかった。

フラー・リンチはシルヴィアの車のところで待っていた。麦わらを一本口にくわえて、くちゃくちゃ噛んでいる。

シルヴィアは彼の目をまともに見据えた。「あなたのいうとおり……見るべきものはなかったわ」

フラーは重々しくうなずいた。満足げな顔。まるまる太ったカナリアのようだわ、とシルヴィアは思った。納屋に住む気の毒な年寄り猫を飲みこんだあのカナリアと同じで、フラーは隠しごとがへただ。あれもしていない、これもしていない、とすべてを否定したところで、すぐにボロがでてしまう。しょせんは落ちぶれた農民なのだ。

「デュポンや彼の養父といっしょにここに遊びにきていた女の子はどうなったの？」シルヴィアは尋ねた。

「女の子なんざ知らねーな」フラー・リンチはいった。

「ほんとに？　その子があなたの息子やデュポンといっしょに写っている写真をいまさっき見てきたばかりなのよ。一九七八年のハロウィーンに、この牧場で撮ったものだということだったけど」

「えー、なんだ、そんな女の子は記憶にねえよ」

シルヴィアはうなずいた。だがわきを向いて目をぎょろりと動かした。思ったとおりだ――フラー・リンチはやっぱり嘘をつくのがへただ。「それで、この牧場は誰が使っていたの？」

「デュポンがときどき潜伏場所にしてた」

「あなたの息子のコールとふたりで銃の密売をしていたときに？」

「ふたりが憲法修正第二条を実践していたときに、だ」息子のことが自慢でならないという口ぶりだった。フラーは探るようにシルヴィアを見た。「あんたがほんとにデュポンのことを調べてるんなら、こんなことはどれも知ってるはずだがね」

「それより前はどう？　デュポンが子供のころは？」

「デュポンの養父のローランド・ホワイトさんや、あの人の紳士のご友人がたがきてたな」

「紳士のご友人？　デュポンや彼のいとこがここにいるときに？」

「あんたの質問にはもうじゅうぶん答えたはずだ」そういうと、フラー・リンチは背を向けて歩き去った。

フラーが納屋のなかに戻ると、シルヴィアはトーラスのドアをあけて運転席に乗りこんだ。キーをまわしてエンジンをかける。そのとき、ちらりとなにかが見えた。窓に目をやると、ブルーの大きな瞳がこちらを見ていた。缶蹴りをして遊んでいた子供だ。

「これ、あんたの車？」七、八歳の女の子だった。細い腰をつきだして、胡散臭そうな顔で立っている。

トーラスのうしろから別の子供が顔を出した。男の子で、少女よりひとつかふたつ年長のようだ。「おれの父ちゃんは弁護士なんだぞ」

女の子がぺちゃんこの胸の前で腕を組んだ。「そうよ、ニューメキシコにいるんだから」

では、この子たちはカウンセラーの子供なのだ。

「きちがい病院のなかでなにしてたんだよ？」男の子がきいた。

シルヴィアは親しげな笑みを浮かべた。「きちがい病院?」

「あそこ、ユーレイが出るのよ」女の子はそういって缶を蹴飛ばした。「あんたはもうユーレイにとりつかれてるんだから」

「そうだよ、とりつかれてるんだ」男の子がくりかえす。

少年は埃っぽい地面になにかを吐きだすと、あごについたつばを拭った。「あそこにはいった人間は呪われるんだ……あんたがはいってくのを、おれたちちゃんと見たんだから」

シルヴィアはふたりの子供をまじまじと見た。暮れかけの陽光がふたりを小さな悪魔に——恐ろしい子供たちに見せていた。だがそう見えるのは光のせいではなく、彼女自身の気分がそうさせているのだということはわかっていた。

デビルズ・デン牧場を出て三分後、例の警官がまたトーラスのあとをつけはじめた。しかも、今度はまうしろにぴたりとつけている。シルヴィアはオートドライブの速度を時速百二キロに設定して、バックミラーは見ないようにした。ベントゥーラで警官はパトカーを路肩に寄せ、シルヴィアはそこからサンタバーバラまで、見たところ尾行されることもなく帰りついた。

ビルトモア・ホテルを見てこれほどうれしく思ったのは初めてだった。バンガローやホテルの豪華さに救われる気がした。今日という日からつかのま解放されて、別世界にはいり込んだ気がした。レオとマーク・チズム、それに彼らの同僚たちとの夕食のための支度をする時間はたっぷりある。そして明朝八時には、アルバカーキ行きの機上の人となっているはずだ。

ホテルのボイスメールにロクサーヌ・ホワイトからのメッセージがはいっていた。デュポンの母親は、鎮静剤とアルコールの影響下にある女性のように呂律がまわっていなかった。この電話をかけるにはそういったものに頼らざるをえなかったのだろう。メッセージは短く、辛辣だった。

**「もしちょっとしたお楽しみをお望みなら、ネイサン・ハウザーに紳士クラブについて尋ねることね」**

暗闇のなかでどれくらいこうしているのか、ナサニエル・ハウザー判事にはもうわからなかった。そのあいだに三回電話がかかってきたが、そのたびにそのまま放っておくと、耳障りな音はやがてやんだ。デスクからクリスタルのデカンターをもちあげてわずかに残った酒をグラスに注ぐだけのことにひどく苦労した。このごろはいつもこんな調子だ――ひとりで前後不覚になるほど酒を飲み、気絶するように眠りにつく。

彼は書斎にいて、かたわらには臆病者のアドービが寝そべっていた。あたたかい毛に指でそっと触れると、ドーベルマンがくんくんと甘えた声を出した。

電話がまた鳴りだした。今回は受話器をとって、耳を傾けた。

「ネイサンか？　わたしだ」

その不満げな声には聞き覚えがあった。「やあ、ガレット」

彼の不用心な答えに沈黙が返ってきた。ハウザーはその静寂を楽しんだ。ガレット・エリントンがちりになって風に吹き飛ばされるところを想像する。そうなれば、どんなに心安らぐことか。

ハウザーはため息をついた。ガレット・エリントンなどたいした問題ではない。

エリントンの声がした。「シルヴィア・ストレンジという女を知っているか？　その女がこちらであれこれ嗅ぎまわっている……牧場まで見にいった」

ハウザー判事は低くうなると、酒を一口すすった。「ああ、彼女なら知っている」

ハウザーの嫌悪の情が電話口から伝わってきて、エリントンは思わず噛みついた。「フラー・リンチのことはあんたがうまく処理するはずじゃなかったのか。それなのにやつは今度はロクサーヌに電話してきて、彼女はかなり参っている。感づきはじめているんだよ。任せておけといったのはあんただぞ」

「ああ」

「連中のいいなりになるなんてまっぴらだ！　虫けらどもが！」

ハウザーはガレットのうろたえぶりを楽しんでいた。

「だから最初からおれはおれのやり方でやりたかったんだ。それなのに、あんたに任せたらこのざまだ。おい、ちゃんと片をつけてくれるんだろうな」

判事は顔をしかめ、気を静めるために深呼吸した。夕闇迫る空に町の灯がともりだすのがフレンチドアのむこうに見えた。

彼は目をつぶり、押し殺した声でいった。「こちらでいまなにが起きているか、きみはわかっていないようだな、ガレット」

「なにが起きているかくらいわかって――」

「黙れ」ハウザーはどなりつけた。アドービが悲しげに鳴き、判事はなだめるようにドーベルマンの頭を軽く撫でた。「二度とここには電話をしてこないでほしい。ことを荒立てるな。この件はわたしに任せて、きみは一切手出しをするんじゃない。わたしはそのために今日まで報酬を受けとってきた――秘密を守るためにな」

「しくじったらあんたも無事ではいられないことを忘れるなよ」

闇のなかで判事は微笑んだ。自分自身の運命がどうなろうと、もう少しも気にならないことがわかって晴れやかな気分だった。最後に無理やり言葉を絞りだした。「おぼえておくよ」

# 15

月曜の朝、サンタフェのモーテルで、ケヴィン・チェイスはテレビのなかでひょこひょこ動いている頭に44マグナムで狙いをつけた。『奥さまは魔女』のサマンサが鼻をうごめかせ、夫のダーリンがパグ犬のように顔をくしゃっとさせる。ケヴィンはリヴォルヴァーのステンレス製の引き金を指でやさしく愛撫しながらダーリンの頭が吹き飛ぶところを想像したが、弾丸が発射されるほど指に力をこめるようなまねはしなかった。てゆーか、おれはそんなまぬけじゃない。

ケーブルテレビの画面がコマーシャルに切り替わると、ケヴィンはベッドに寝転がって天井の照明器具にリヴォルヴァーを向けた。「ダキューン、ダキューン、ダキューン!」さっき鼻から吸いこんだ覚醒剤《メタンフエタミン》が効いてきて最高にいい気分だ。

どうしてキラーはあんなに物知りなんだろう。ケヴィンはふとそう思った。キラーは天才だ、選ばれし者なのだ。キラーには使命がある。神かなにかのように。そりゃ、ときにはひどくばったり怒りを爆発させることもあるが、そこにはかならず理由があるのだ。この世のすべてには理由があることをケヴィンは知っていた。

キラーからもらった拳銃で、コーンフレークのコマーシャルに出ている少女に狙いをつけた。少女は鏡のなかの自分ににっこりして、水泳でもやるみたいに尻を左右に揺すっている。

「ダキューン、ダキューン」

ベッドから跳ね起きると、モーテルの部屋のなかを行ったり来たりしはじめた。この三日間で百回はこうしている。歩いたところの絨毯が擦り減って、道ができてもおかしくないくらいだ。そのうち鼻歌が出た。調子はずれだが——自分でつくった特別な曲だ。歩きながら44マグナムをもった右手をパレードで敬礼するようにさっと掲げ、左手の親指をしゃぶった。

キラーのことが頭から離れなかった。ふたりは出会ったその日に意気投合して、テキーラを飲み交わした。人生や死について何時間も語り合い、最大の犯罪は幼い子供をレイプしたり殺したりした犯罪者が罪を逃れることだと話した。ニュージャージーやアイダホやテキサスの道理のわかった連中がどんなふうに正義をおこなったか。なぜ政府が堕落し、警察や裁判所が腐敗したのか。信じられるのは自分自身とパートナーだけ。自分が自分の神になるのだ。

最初の殺しのずっと前から、ふたりは強い絆で結ばれていた。


**わたしをキラーと呼べ。**

**わたしの意志に身を委ねろ。**

**わたしの規律を心得よ。**

**わたしのあとにつづけ。**

ランドルを殺すことで、ふたりは血の契りを交わしたのだ。

キラーの話のすべてが理解できたとはいわない。それでも、ケヴィンの覚えは早かった。もしかしたらもう、自分ひとりでもデカイことができるようになっているのかもしれない。もっとも、完璧な仕事をするまではキラーは認めてくれないだろうが。

くちびるのあいだからため息がもれた。このおれは優れた人間なのだということを証明したい。おれにだって使命を果たすことくらいできるのだと世間のやつらに見せつけてやりたい。キラーが誇りに思ってくれるように。おれならできる。そうだ、絶対にやってやる！「ダキューン」どうやるかについてはいい考えがあった。「ダキューン！」

ケヴィンはその計画についてちょっとのあいだ考えた。ゾクゾクするような期待と――別のなにかが、背すじを駆けあがった。それが不安だとはケヴィンはけっして認めなかった。しゃぶっている親指が、せわしげに動く。

やがて、笑みが浮かんだ。いいぞ……てゆーか、これなら絶対にうまくいく。

マットは法執行アカデミーの外の駐車場に車を停めた。車から出ると、金属製の旗ざおの方からピシッ、ピシッという鋭い音が聞こえてきた。頭上に目をやると、州旗と国旗が熱い風にはためいていた。

「マット」

ハコヤナギの木の陰に立つ彼女を見る前から、エリンの声だとわかった。下ろした髪は乱れていたが、身なりは清潔だった。最後に顔を合わせたときとくらべるとずっと元気そうに見える。マットは誰かに見られていないかどうかあたりをうかがった。停職中の彼女がここにいるのを見られたらまずいからだ。それから熱いアスファルトの上を大股で歩いていった。そばに行くと、エリンの目が澄んでいるのがわかった。

マットは声を落とした。「ここでなにをしているんだ?」

「あなたを待ってたの」

「なにをばかな——」

エリンが顔をしかめた。「いいから聞いて。ランドル殺害に関して、ある情報をつかんだのよ」彼女は喉でも痛いかのようにつばをのみ、乾いたくちびるを舐めた。「わたしの知人のひとりが、今夜なにか動きがありそうだといってきたの。新たな誘拐が起こるって」

マットは眉根を寄せた。エリンのいう「知人」とはタレコミ屋のことだ。彼女はつねにたくさんのタレコミ屋を抱えていた——悪人連中がエリンのことは信頼するのだ。だがそれも当然だった。マットの知るかぎり、エリンは情報提供者の名前を絶対に明かしたことがない。

「どういうことだ?」彼はきいた。

「マニー・ダンをおぼえてる?」

「数ヵ月前に出所した小児性愛者だ」

「そう。知人の話だと、マニーはずっと児童ポルノを手に入れようとしていて、今夜それを買うらしいのよ」

「売り手は誰だ?」

「ケヴィン・チェイスとその仲間よ」エリンはかぶりをふった。「マニーは自分が次のターゲットだと気づいていないわ。第三のターゲットだとはね」

「受け渡しの場所は?」

「ラバホダのサービスエリアの男子トイレ」

妥当な選択だった。ここ数年で数回、このサービスエリアで殺人事件が発生していることはマットも知っていた。渡りの労働者や町のチンピラ、のぞき魔や大型トレーラーのドライバーたちが、生活に困っている子供たちのからだを金で買おうと頻繁に出入りする場所だからだ。

「情報源は?」マットは尋ねた。

エリンはうんざりしたように顔をそむけた。「よしてよ、マット。ここまで出かけてきたことだけでも感謝してほしいわね」彼女はマットに背を向け、自分の車の方に歩きかけた。

マットは片手でそっと彼女をひきとめた。「エリン、知らせてくれたことには礼をいう。だが情報源を知る必要があることはきみも知っているはずだ」

「それをいうなら、わたしがその情報源を守らなくてはいけないことも知っているでしょう。たしかにつらい目にはあったけど、これしきのことで警官を辞める気はわたしにはないの」エリンは肩をすくめた。「あとはあなたの好きにして。わたしにはもうどうでもいいことだから」

刑務医のドクター・クレイのオフィスの外のかたいベンチの上で、ベンジー・ムニョス・

イ・コンチャは尻をもぞもぞさせた。彼のいるところから、受刑者たちのうつろな顔が見えた。金網入りのガラスのむこうから、じっとこちらを見つめている。彼らはみな錠のかかる狭い診察室のなかで、医療スタッフがくるのを待っているのだ。当番の医療助手の姿が見えた。ベンジーは、親切なこの看護婦のことが好きだった。だがここにきたのは彼女に会うためではない。じつをいえば、こんなところにいる暇はないのだ。事態は一刻を争うのだから。

廊下の十メートルほど先で、受刑者がひとり小さな窓に片頬を押しつけて呻いていた。ガラスにべったりくっつけた頬のひげや、濁った目の下の黒い隈まで見える。だがベンジーはほとんど気づいていなかった。ロージー・サンチェスのことを考えていたからだ。刑務所のどこにも彼女の姿がないのはなぜだろう? もしもロージーが見つからなかったら——。それ以外にシルヴィア・ストレンジにメッセージを伝える方法は思いつかなかった。電話も三度かけてみたがシルヴィアはいつも留守で、留守番電話もうまく機能していないようだった。

廊下の向かい側のドアがあいた。ドクター・クレイが顔をのぞかせた。手にもったクリップボードに目を落とす。「ベンジー・コンチャ?」

「ムニョス・イ・コンチャ」ベンジーはぼそっといった。

「またなにか問題があるということだが?」ドクター・クレイはいかめしい顔つきでいった。

「問題はないよ」ベンジーは首を横にふった。

ドクター・クレイが驚いたように眉をあげた。「そんなところに突っ立っていないで、なかにはいりなさい」

「ここでいい」ベンジーはいった。

「いいから、さっさとはいるんだ！」

ベンジーはしぶしぶドクターのオフィスの敷居をまたいだ。薄汚れた部屋で壁の色はくすみ、床のタイルも色褪せて、シーズンごとに入れ替わるぱっとしない医師たちにはぴったりだった。

ベンジーは両手をうしろにまわしてそわそわと指を動かした。「先生に会いにきたわけじゃないだ。ロージー・サンチェスに用事があって。でもどこにもいないから」

「今朝、彼女のオフィスの前で醜態を演じたそうじゃないか」ドクター・クレイはいった。「拘束されたと聞いたぞ」

「彼女と話したかっただけなんだ。彼女はどこです？」

「話があるならぼくにしたらどうだ？」

ベンジーはくちびるを引き結び、首をふった。

「またなにか〝見た〟のか？」答えが返ってこないと、ドクター・クレイは腹立たしげに大きく息を吐いた。ほんの三日前、ロージー・サンチェスは彼を激しく非難した。子犬を生んだばかりの雌犬よろしく噛みついたのだ。そしてベンジーは、どうやら彼女の大のお気に入りの子犬らしい。

刑務所主任捜査官の辛辣な言葉を思いだしてクレイはからだをこわばらせた。無学な傲慢男――彼女はクレイにそういった。そして、文化的な配慮がないと彼を非難したのだ。彼はただ、ベンジーに精神分裂病の鎮静剤《ソラジン》を少量処方したらどうかといっただけなのに。まったく頭にくる。この受刑者はただの精神病で、予知能力者なんかじゃない。

知らず知らずのうちにクレイは顔をしかめていた。どちらかといえば、彼は文化的なことに気を遣いすぎるたちだった……ポーランド人の祖母とフランス人の母親をもてば当然だろう。くそっ、ぼくだって苦労を味わってきたんだぞ！

彼は教師のような厳しいが理解のある表情をしようとした。「ベンジー、すまないが、ミズ・サンチェスがどこにいったかをきみに教えるわけにはいかないんだ」

「彼女は昨日もここにいなかった」

「伝言があるならぼくから彼女に伝えよう。それでどうだ、ベンジー？」

ベンジーはゆっくりとかぶりをふった。それから、ふと心に浮かんだことをそのまま口にした。「ミズ・サンチェスはもうここで働いていないんだ」

ドクター・クレイは目を丸くした。ベンジーのいうとおりだった……だが彼がそれを知りうるはずはないのだ。

ベンジーはドアの方にあとずさりした。この医者も、彼をロージー・サンチェスに近づけないための計画に一枚噛んでいるのだ。だがそんなことをしてもむだだ。かならずロージーを見つけてみせる。そして、彼女の友人の精神分析医に——シルヴィア・ストレンジに危険が迫っていることを伝えるのだ。

シルヴィアはアルバカーキ国際空港からサンタフェ郊外の自宅まで車を走らせた。しっかりした地面に降り立ったときはほっとした。帰りの飛行機がひどく揺れたのだ。夏の暑い時期はいつもそうなる。飛行機を頻繁に利用するシルヴィアも、あの揺れには閉口した。考えなければいけないことが山ほどあるときにはなおさらだ。

サンタバーバラでの四十八時間は、なにからなにまで現実離れしていた。なかでも、ガレット・エリントンとの思いがけない出会いと、紳士クラブとナサニエル・ハウザー判事に関するロクサーヌ・ホワイトからのメッセージ。答えを探しにいったはずなのに、疑問がさらに増えてしまった。

それらの疑問についてマットとじっくり話し合いたかったが——その前に片づけなければならない個人的な問題がある。

マットのオフィスによろうかとも考えたが、結局やめておいた。エリン・タリーの申し立てについて当事者から事情を聞く前に、もう少し気持ちの整理をする時間がほしかった。それに、州警察の本部でタリーの名前をもちだすわけにもいかないし。

昼までには二十エーカーある自宅の敷地の端に着いて、わが家に帰ってきたというつもながらの安堵感を味わった。郵便受けから道のむこう側まで広がるサイカチの木の甘い実をカラスたちが独り占めしていた。頭上からこちらを見下すようにカーカーと大きな声で鳴いている。ブラックベリーのような目が肌に突き刺さり、漆黒の羽根はもやを透かしてもつややかに光って見えた。今朝の《アルバカーキ・ジャーナル》の一面は、空港の売店ですでに見ていた。近くの山脈で新たに二ヵ所、小規模の森林火災が発生したらしい。さわやかな海風を味わったあとでは、乾いた暑さがやけに厳しく、異質なものに感じられた。三日分の郵便物をとりだそうと金属製の郵便受けのふたをあけると、薄く積もった灰が舞った。新聞の上に郵便物を重ねて私道までの残りの百メートルを走ると、シルヴィアはヴォルヴォから降りた。

家の前ではライラックが萎れ、アンズの木についた実も黒ずんでいた。シルヴィアは屋根つきの玄関ポーチに荷物をおくと、二本の木のあいだにホースとスプリンクラーをもっていった。根っこが水を求めてあえいでいる。水道の蛇口をあけると、素足にはいた靴に水がかかった。子供のころの暑い夏の日の記憶がよみがえり、思わず笑みが浮かんだ。彼女の父親はホース使いの達人だった。父が水をなわ跳びのなわのようにふりまわすと、幼い娘は歓声をあげながらジャンプした。全身ずぶ濡れになったけれど、ものすごく楽しかった。

玄関の錠をあけてなかにはいった。家のなかはすえたにおいがして、寝室にバッグをおくとすぐに窓をあけはなした。次にきりりと冷えたビールのキャップをあけ、母親がよこした絵はがきに目をとおした。灰色がかったブルーの海のまんなかに巨大な氷山が浮かんでいる。母はアラスカ旅行の最新情報を、短いがユーモラスな文章で綴っていた。

オレオクッキーにピーナツバターを塗りながら、留守番電話の点滅するライトをじっと見る。ええい、放っておけ。シルヴィアはクッキーを口に押しこんだ。もっと急を要する用事がほかにあるじゃない。ひと息入れて、夢から現実に戻って、やっかいな庭に水をやらなくては。けれど、なによりもまずたばこが吸いたかった。

Tシャツとショートパンツになって裸足で家のわきの庭にいると、私道に車がはいってくる音がした。シルヴィアはホースを下において、急いで家の方に向かった。だがカプリスのルーフに気づくと、はたと足をとめた。濡れた髪を両手で顔から払いのける。あご先には泥がつき、シャツはホースの水でびしょびしょだ。彼女は薄手の白いTシャツを絞った。ゆっくりくつろいで気持ちが落ち着くまで、マットがあと一、二時間待っていてくれたらよかったのに。でなければ、せめて陽気で楽しい気分になれるまで。シルヴィアはテラスにおいたビールに手を伸ばして中身を飲み干すと、門のところでマットを出迎えた。

マットはシルヴィアに笑いかけ、両手をズボンのポケットに入れたまま頬に軽くキスをした。彼女を抱きしめるか、それともどなりつけるか——ふたつの衝動が激しくせめぎ合い、ようやく達した妥協案がそれだったのだ。マットは怒っていた。その怒りはこの何週間かでどんどんふくらんで、しまいには胸をコンクリートで固められたような気分になった。苦しくて、ときどき息ができなくなる。いまもそうだ。息苦しさを感じるのは感情を押し殺しているからだ、心の奥底にため込んでいるからだとわかっていた。しかし、頭ではわかっていてもだめだった。怒りを吐きだそうとするとかならず怒りにのみ込まれてしまうのだ。

マットはコヨーテよけのたわんだフェンスによりかかった。気詰まりな沈黙のあとで、「サンタバーバラはどうだった？」ときいた。

「妙だったわ」エリン・タリーのことをマットにきくのだという決心がぐらついた。彼女はホースをとりあげ、ノズルを上に向けて水を飲んだ。それから花壇の方に水を向けて話しだした——ものすごい勢いで。

「サンタバーバラは妙なことばかりだった。デュポンの母親のロクサーヌはガレット・エリントンと――あのガレット・エリントンよ――なんらかの関わり合いをもっている。〈デビルズ・デン牧場〉にも行ってみたわ、デュポンにはいとこがいて、それは女の子で、ふたりは夏をその牧場ですごした――ローランド・ホワイトの友人たちもそう。フラー・リンチは彼らのことをローランドの〝紳士のご友人がた〟と呼んでいて、それからロクサーヌ・ホワイトが、ハウザー判事がその紳士たちと関係があるというメッセージを残して――」

「おいおい、早口すぎるよ。もうちょっとゆっくり頼む」マットは彼女の手からホースをとると、コスモスの花壇のなかに下ろした。水が、せっぱ詰まったような音をたてた。「ナサニエル・ハウザーがデュポン・ホワイトの家族と関わっているだって?」

「だからそういったでしょ」不意にシルヴィアは頭をかしげてため息をついた。手のひらを外に向けて両手を前に伸ばし、マットから離れる。「やっぱりだめ。このままじゃ頭が変になる」

「なにが?」

「あなたエリン・タリーと寝たの?」

マットがぽかんと口をあけ、いったん閉じてまたあけた。彼の声は消え入りそうだった。「ああ」

「なんてこと」シルヴィアは頭をふった。それから慎重にホースをとりあげて、マットに水を浴びせた。氷のように冷たい水が顔と胸にかかると、彼はびっくりして飛びあがった。数秒後、シルヴィアはホースを地面に落とした。

マットは笑うべきか怒るべきかわからなかった。「シルヴィア、きみと知り合う前の話だ」

「彼女はあなたの娘といってもおかしくない年齢じゃないの」シルヴィアはごくりと喉を鳴らすと、背を向けてギョリュウの横を通りすぎた。

マットは彼女のあとを追った。草むらから埃っぽいにおいが立ちのぼる。「つきあったのはほんの数ヵ月だ。彼女はぼくを愛しているといったが……ぼくはそんなふうには思えなかった」

シルヴィアが足をとめてふりかえり、怒りに燃えた目で穴があくほど彼を見つめた。声に疑いが混じる。「それだけ？　それで全部？」

マットの答えはわずかに遅すぎた。「ほぼ。九分どおりは」

「ふざけないで！　はっきり答えて！」彼女は花壇の上で足を踏み鳴らし、淡い色のコスモスの花を踏みつぶした。

マットは覚悟を決めた。「この三月にまたふたりで会った」

シルヴィアは家の横を通って、テラスの木の階段に荒々しく腰を下ろした。マットは彼女のそばに近づき、手すりに寄りかかった。彼女の頬に涙が落ちるのが見えたような気がした。

シルヴィアの声はとても幼く、怯えているようにさえ響いた。「それは、わたしがあなたとの関係についてひとりで考える時間がほしいといったあとのこと？」

「ああ」

沈黙のあとでシルヴィアはいった。「お願いだから、これ以上わたしからいわせないで」

マットは恥じ入ったようだった。「ふたりで何度か飲みに行った――それから食事も」

「セックスしたの?」

マットの顔に血がのぼった。「よしてくれ」

「いいわ」シルヴィアは苦しんでいるように見えた。庭のカラスたちも不満の声をあげている。木の枝で、フェンスの支柱で、電信柱で、大声でやかましく不平を鳴らしている。いとこのカササギの一家も討論に加わった。

その不協和音も、シルヴィアの耳にはほとんど届かなかった。「彼女とまた寝たの?」

「いいや」

「寝たいと思った?」

「ぼくが欲しいのはきみだ。きみを愛してる」

シルヴィアはほうっと息をついた。「なぜそうなったときに話してくれなかったの?」

「話そうとしたんだ……でもきみとの仲が元に戻ったら……。それに、話さないといけないようなことは本当になにもなかったんだよ」不安のあまり、マットの額には深いしわが刻まれていた。

シルヴィアはため息をもらした。マットをじっと見つめ、彼を失っていたかもしれないのだという事実に思いを馳せる。それからマットが彼女を愛しているという事実にも。その言葉がどんなにうれしかったかも。

彼女はゆっくり立ちあがり、ホースの方に歩いていった。水はまだ出ていて、歩道に水たまりができている。シルヴィアはノズルを自分の方に向けた。冷たい水が喉元や胸に針のように突き刺さる。目を閉じて、まぶたのまわりをふちどる金色のまつげを太陽が焦がすくらいに顔をあおむけた。肩にマットの手がかかるのがわかった。最初はその手をふりはらおうかと思った。だが結局からだをひねって彼のあご先に頬を押しつけた。ひげ剃りあとがちくちくした。

「愛してる」マットがそう囁くのが、ほとばしる水の音に混じってかすかに聞こえた。

シルヴィアはシャツの襟の上からマットの肌に歯を立てた。彼がはっとからだをこわばらせ、両手で彼女の乳房を包みこんだ。シルヴィアの舌が彼の口をさぐりあて、くちびるのあいだに分け入った。そのあいだもホースからは水が吹きだし、ふたりのからだを濡らしている。

シルヴィアが空気を求めてからだを引いた。「冷たくて凍りそう」

マットは乳房に触れていた手を彼女のおなかに下ろし、太腿へ這わせた。そして彼女の脚のあいだに指を一本差し入れた。シルヴィアは呻きながら彼を押しのけ、その手にホースを握らせた。「これをどこかへやって」怒ったような声でいった。

それからマットの前にひざをつき、濡れたズボンのジッパーを下ろして下着ごと足首まで引きおろした。彼のからだはかたく張り詰め、シルヴィアの顔の方までそりかえり、彼女はそれを口にふくんだ。マットのからだがぐらりと揺れたが、すぐに彼女の肩に片手をついて支えた。もう一方の手にもったホースからは、いまもまだ水が流れている。

マットがはっと息をのみ、ホースが手から落ちた。彼女は彼を喉の奥深くまでふくんで歯を立てた。

マットをリラックスさせたくて、彼のお尻を指でそっと愛撫する。彼のからだから次第に力が抜けていき、彼女の口が刻むリズムに身を任せた。そして最後には、彼女にすべてを委ねた。

熱いシャワーをゆっくり浴びたあと、ふたりはキッチンで一本のビールをわけ合った。マットの筋肉はゼリーのようになっていた。彼はカウンターにもたれ、鮮やかなブルーのボウルにポテトチップスをあけている恋人の姿を眺めた。

「そんなに口さびしいなら、たばこでも吸ったらどうだ?」彼はいった。

シルヴィアの眉がつりあがり、彼女はポテトチップスを口のなかに放りこんだ。やがて肩をすくめると、食器棚の引き出しをあけてスプーンの奥から少々くたびれたたばこを一本とりだした。料理用のマッチで火をつけて煙を深く吸いこむと、彼の顔に向かって吐きだした。「わたしがたばこを吸うと知っていて、どうしていままでなにもいわなかったの?」

「きみの方から告白してくれるんじゃないかと思ってね」マットは短く笑った。「これでぼくもたばこをやることに気が咎めているふりをしなくてすむよ」

「どうぞご自由に」シルヴィアは笑いながら首をふった。

マットは奇妙な表情を浮かべてシルヴィアを見つめた。ぼくはこの女性のことをどれだけ知っているのだろう? 彼女はほかにどんな秘密を隠している?

シルヴィアの指がカウンターをトントン叩いた。「ケヴィンのことでなにかわかった?」声にいらだちがにじんでいる。「いつ姿を現わすか気が気じゃなくて」

彼女にどこまで話すべきかマットは迷った。「小児性愛者のマニー・ダンをおぼえてるかい?」

シルヴィアはうなずき、その顔がさっと青ざめた。「まさか、彼も死んだというんじゃないでしょうね？」

「死んでないよ、いまのところは。だがケヴィンとやつの共犯者がマニー・ダンを罠にはめて今夜誘拐するという情報をわれわれはつかんだ」

シルヴィアが目を見ひらいた。「どこで？」思わず足が前に出た。からだに緊張が走る。「わたしも行くわ」

マットは首をふった。「現場は完全に包囲する。それでやつらが現われるのを待つ。絶対に逃げられないよ」

「このことをダン・チェイニーは知っているの？」

「ああ」

シルヴィアはいらだたしげに身をのりだした。「すべてがすんだらすぐに電話をくれる？」

「約束する」マットは彼女の肩に腕をまわした。「ロージーのところへ行っていてくれると安心なんだが」

シルヴィアは口元まで出かかった抗議の言葉をふたたびのみ込んだ。彼女はうなずいた。

「ケヴィンたちを逮捕したらすぐに電話するから」

シルヴィアは流しでたばこの火をもみ消した。「気をつけてね」

シルヴィアは門のところまでマットを送った。テラスの端で彼女は足をとめ、家の裏手の空にのこぎりの歯のような稜線を描く山並みを見あげた。マットの方へ向きなおったとき、彼女の表情はやわらいでいた。

シルヴィアはランニングシューズをはいて、いつものコースにジョギングに出かけた。からだを動かすには気温が高すぎたが、エネルギーがあり余っていてふつうなら四十分かかるところを二十分で走りきった。未舗装の土の道を抜けて、裏山の低い方の尾根までのぼり、そこから折り返して家に戻った。

裏口からなかにはいったとたん電話が鳴りだした。シルヴィアは頭をふった。前かがみになって息をついでいると、カチッという音がして留守番電話に切り替わった。ヴォリュームは下げてあった。このメッセージも、そのほかのいろいろなことも無視できたらどんなにいいか。流しへ行ってコップに水を注ぎ、それからしぶしぶ電話に手を伸ばしてヴォリュームをあげた。切羽詰まったようなレイの声が聞こえた。「……だから、戻ったらすぐに電話を――」

シルヴィアはあわてて受話器をとりあげた。「レイ、なにかあったの?」

「シルヴィア、ここ数日ずっときみを探していたんだぞ。ロージーがくびになった」

「なんですって?　嘘でしょう?」シルヴィアはコップを流しの端においた。コップが落ちてこなごなに砕け、床に水とガラスの破片が飛び散った。彼女ははっと飛びのき、その惨状を茫然と見つめた。「いつのこと?」

「金曜にゴンザレス室長から聞かされたらしい。刑務所長は自分と同じ白人野郎《グリンゴ》をロージーの後釜に据えようとしている。ロジータはきみに電話をしていたと思ったけど」

「ええ。でもわたしカリフォルニアに出かけていたのよ、レイ」シルヴィアはくちびるを噛んだ。「ああ、こんなひどい話はないわ。ロージーと話せるかしら?」

「いまはここにいないんだ。〈荒野のキリスト修道院〉に行くといって昨日出かけた」

「ひとりで?」

「ぼくも行くといったが断られた」レイが悲痛な声を出した。「彼女の仕事についてぼくがどう思っているかを考えれば無理もないけど」

レイがロージーに刑務所の仕事を辞めさせたがっていたことはシルヴィアも知っていた。彼から見たら妻の解雇はあながち悪い話でもないのだ。だがシルヴィアは、刑務所主任捜査官の仕事がロージーにとってどんなに大切かも知っていた。ロージーは刑務所主任捜査官の先駆けで——職務に必要な犯罪学や捜査手順を率先して学んできたのだ。それなのに、スーツを着た男性優位主義者の青二才にその地位を奪われようとしているなんて。

シルヴィアはいった。「修道院に行ってくる。十分後には出られると思うわ」

レイは弱々しく異議を唱えたが、その声には安堵の響きがあった。「ロージーがどんなにきみを必要としているか、ぼくにはわかるんだよ」

# 16

〈荒野のキリスト修道院〉は、林野部の道路が通る息をのむほど深い渓谷のはずれにある。そこではベネディクト会の修道士たちが旅行者に部屋と食事を提供し、かわりにわずかばかりの心づけを受けとっている。礼拝堂の横には墓標のない空っぽの墓が口をあけていて、見る者に死について考えさせるようすがとなっていた。二年前にそこを訪れたとき、シルヴィアは実際にその深い墓穴をのぞきこんでドキドキしたのをおぼえていた。

サンタフェ・オペラを通りすぎて二八五号線を北に向かいながら、シルヴィアは、まるで冒険にのりだすような気分でいることに気づいた。幼いころに両親と行ったキャンプ旅行の記憶が心を刺激して、急がなくてはという思いがスリルをさらに高めるのだろう。シルヴィアは一刻も早くロージーのそばに行きたかった。修道院までは車で二時間半だから、うまくいけば暗くなる前につけるだろう。

キャメルロックをすぎてテスケ・プエブロの居留地を抜けると、風景はポホアケ・プエブロの大小の渓谷へと変わり、ロスバランコスと呼ばれるこの粘土質の渓谷も、道路の西側にある緑のオアシス、クヤムンゲ谷にいきなりとってかわられた。さらにその西のヘメス山脈の上空には、雷雲がもくもくと頭をもたげていた。シルヴィアは声を出さずに雨乞いをした。ジョージア・オキーフが愛したアビキューの北へと車を走らせた。この画家は一九三〇年代にこの地を訪れ、そのまま晩年をこの村ですごした。オキーフの絵筆とパレットは――オレンジとピンクと黄土色の絵の具を混ぜ合わせて――アビキューの砂岩の崖の形と色合いと、その劇的なまでの移り変わりをみごとにとらえていた。

ケヴィン・チェイスは口笛を吹きながら、鼻にぽつんとできたニキビを指でさわった。ポホアケを縦断する直線道路でヴォルヴォを見失わないようにするのは簡単だった。道路は込んでいたが、ピックアップ・トラックやSUV《スポーツ・ユーティリティ・ヴィークル》や車高を低くした車のなかで、彼女のブルーのセダンはひときわ目立った。

彼は白のニッサンのハンドルを両手で握り、尻の下のシートはスプリングが悲鳴をあげるほど深く沈みこんでいる。これではまるで植木鉢に押しこまれた大木だ――入れ物が小さすぎて根を下ろせない。彼の頭は盗んだ車の屋根に触れていた。左の肩は運転席側のドアにくっついている。

口笛がやみ、手がハンドルを離れて、ニッサンがふらふらと隣の車線にはいった。

耳をつんざくようなクラクションの音にケヴィンはわれに返った。左レーンを追い越していった車にちらりと目をやり、誰かに見られていないかどうかをたしかめる。誰もこちらに注意を払っていないようだとわかると、親指を口にくわえて前方に視線を向けた。ブルーのヴォルヴォは半マイルほど先の坂道をのぼりきったところだった。

シルヴィア・ストレンジのことは前から気に入らなかった。彼女は頭がよく――しゃくだけどそれは認める――あたかもこちらを気遣っているかのようにふるまった。だがあの偉そうな態度とちんぷんかんぷんな専門用語には我慢がならなかった。**あなたを残して死んだことで、ご両親に腹を立てているのではないかと思ったことはない、ケヴィン？**

てゆーか、それじゃまるで死んじまった人間に腹を立てたりできるみたいじゃないか。

親指をしきりにしゃぶっているうちに目がどんよりしてきた。ケヴィンは自分のこの癖に気づいていなかった。自己反省というやっかいなことを避けてきたからだ。だから当然、裁判所命令のカウンセリングがいやでたまらなかった。カウンセリングは大切だ、とキラーはいつもいっていた。だがケヴィンは、口にこそ出さなかったが、キラーの意見に反対だった。

理由がわかったからって、いったいどんな意味があるんだ？

シルヴィアがアビキューの〈ボーズの店〉――ガソリンと食料品と農具類を扱う道路ぎわの雑貨店――の前に車を停めたのは、八時近い時間だった。大きなハコヤナギの木の下は涼しく、気温も二十七度とさわやかだ。無鉛ガソリンを満タンにしたあとで、オレオクッキーと冷えたコークの六缶パックを買った。アビキューの村を出る前に、シルヴィアは周囲にぐるりと目をやった。アルファルファ畑とチャマ川、遠くには三畳紀の赤い地層とジュラ紀の砂岩の崖が見える。心が癒される光景だった。

そこからの三十二キロ、八四号線を走る車の数はまばらだった。ゴースト・ランチに向かう分岐点で、ディーゼルエンジンの黒い排気ガスを吐きだしている観光バスを一台追い越した。その先は、ヤギやトマトを運ぶ地元の農家や牧場のトラックや、スピードボートを引いてアビキュー貯水池に向かう日帰りの旅行者の車をわずかに見かけただけだ。

シルヴィアが修道院を訪れたのは二年前の夏だ。林道十五号の標識は見えなかったが、〝チャマ川渓谷自然保護区〟と書かれたグリーンと白の真新しい看板があった。ハンドルを切ってわき道にはいるとすぐに、家畜脱出防止用の桟を渡した溝でタイヤががたがたと音をたてた。以前この道を通ったときに〝ここから先頼れるのは自分だけだ〟と思った記憶が鮮明によみがえる。

道は深い轍ができてからからに乾いていたが、ざあっと一雨くれば数分でぬかるんでタイヤがすべって走れなくなりそうだった。ヴォルヴォはハコヤナギの天蓋の下を走っていった。大木が道に長い影を落としている。このあたりでは八時半になるまで空はまだ明るいものの、深い渓谷が驚くほど光をさえぎってしまっていた。シルヴィアは腕時計に目をやった。残照もせいぜいあと十分というところだろう。

ヴォルヴォは荒れた道を走るのには向いていなかった。シルヴィアは速度計の針を四十キロあたりに保ちながらオレオの袋をあけて、ひとつかみ分のクッキーをとりだした。クッキーを食べ終えるとコークのプルトップをあけ、冷たいソーダを一気に喉に流しこむ。

十キロほど走ったところで、道を間違えたのだろうかと思いはじめた。もうずいぶん長いこと走っている。何時間も、何年も走りつづけている気がした。渓谷はそれ自体がひとつの世界で、周囲に果てしなく広がる自然は絶えず成長している。そしてこの際限のない広がりが、大自然に挑もうとする人間の距離感を狂わせる。八キロ先に見えるメサ（頂上が平らで周囲に急な崖をもつ台形地形。米国南西部、メキシコの乾燥地域によく見られる）が、実際には八十キロ離れていたりするのだ。自然のもつ圧倒的な力を甘く見ると命を落とすことになる。道に迷い、二度と戻ってこれなくなる。

カーラジオに雑音が混じりはじめた。道の右手では渓谷の巨大な砂岩の壁が徐々に高さを増して、百二十メートル以上にまで達している。切り立った岩肌にしがみつくようにして松の木が生えていた。左手に目をやるとチャマ川の茶色く濁った水がごうごうと流れ、十万年前の昔からそうしてきたように谷を深く削っていた。この川はいまでは保護区に指定されていて、カヤックやラフティングを楽しむ人々のための発着場も先ごろできていた。

川も道もひっそりして見えた。残照の最後のひとすじがデッドマンピークとカプリン・メサのむこうに消えていくのを、シルヴィアはフロントガラスごしに見つめた。西側の山々の先にあるのはヒカリーヤ・アパッチインディアンの居留地と、化石をふくむ乾いた平らな岩床と

——完璧なまでの静寂。

不意に、ヴォルヴォのバックミラーにヘッドライトが白く光った。どうやら道連れができたらしい。

車が徐々に近づいてくると、シルヴィアはヘッドライトの光があたらないようにミラーの角

度を調節した。車はシルヴィアのあとを追うようにカーブを曲がり、そこでいったん視界から消えて、荒波にもまれる船のようにふたたび姿を現わした。そしていきなりヴォルヴォのまうしろにつけた。

道幅が広くなったところでその車がうしろから追い越していくと、シルヴィアはほっと息をついた。小石がヴォルヴォのフロントガラスにあたり、目の高さのところに小さなひびがはいった。

その石はてのひらにしっくり収まり、マット・イングランドはそれを頭上の工業用ライトめがけて投げつけた。カツンという金属音がしたあとで、石は有刺鉄線のフェンスのむこうに落ちた。マットは足元から別の石をとりあげた。重さをたしかめ、狙いをつけて、アンダースローでカーブを投げる。その一瞬だけ、マクナマラ・ハイ・ホーネッツの先発ピッチャーになりきって。ガラスが割れるぱりんという小気味よい音のあと、マットの顔が闇のなかに消えた。刑事のわりにはいい球だ。

マットは公衆安全局の監視用ヴァンから少し離れたところにいた。サービスエリア南の坂の上のここからは、サンタフェ観光案内所《ウエルカム・センター》にやってくるすべての車両と――その乗客に目を光らせることができた。先刻、私服警官一名がサービスエリア全体を見まわって、ターゲットがまだ現われていないことを確認していた。いつもと同じ張り込みの風景だ……。

ケヴィン・チェイスに関する今回の情報は賭けてみるだけの価値があるとエリザー・ローシ

ヤ警部を説得するのに何時間もかかった。情報源についてはマットは嘘をついた。エリン・タリーのタレコミ屋からの情報だと知ったら警部はいい顔をしないだろう。ランドルの裁判であれだけ痛い目にあったのだから当然だ。

マニー・ダンの白いビュイックを視界にとらえ、マットは暗がりに身を潜めた。ビュイックはサービスエリアのトイレの真正面の、ひとつだけついている工業用ライトの下でとまった。マットはかぶりをふった。やれやれ。マニーのやつ、まさにこちらの思うつぼじゃないか。

I-二十五のサービスエリアは、ラ・バハダ台地の北側にある。頂上から麓の砂漠まで三百メートル下るこの坂道《バハダ》は、ニューメキシコの北と南をわける非公式の境界線となっていた。アルバカーキから北へ向かう車は上り坂を一時間のぼってラ・バハダの頂上にたどりつくと、眼下にサンタフェの町がまるで子供のおもちゃのようにちらばって見える。

マニー・ダンはビュイックからその巨体をのっそり出すと、乱暴にドアを閉めた。両手をポケットに突っこみ、目を伏せて、千鳥足でゆっくりと歩いていく。だが男子トイレに向かうマニーがあたりのすべてに目を配っていることをマットは知っていた。マットと彼のチームはケヴィン・チェイスが現われるまで待つつもりでいた。やつが怖じ気づいて計画をとりやめないかぎり、かならず逮捕してみせる。ついでに猥褻ビデオを買ったかどでマニーのこともしょっぴいてやる。

トイレから痩せこけた男が出てきて、コンクリートの通路のところでマニーとすれ違った。綿のシャツの下でマニーの肩甲骨に力がはいるのがわかったが、痩せた男は無言でそのまま歩き去った。

マットは腕時計をチェックした。午後八時八分。もういつ取引がおこなわれてもおかしくない。それとも、今夜はなしか。

さらりとした夜風が肌に心地いい——じめじめした暑さも小休止というところだろうか。マットのいるところからはロスアラモスの灯が、燐光を発する生物のように瞬いているのが見えた。

いまから一時間以上前に、マットは遠くに見える町の灯に背を向けて、徒歩で台地を南に向かった。有刺鉄線の下をくぐり、空き缶や空き瓶など人間が残していったゴミをよけて、地面から露出した大きな岩の横を通りすぎる。ようやく州間道路の方をふりかえったときには、車の流れは小さく見える光の点と遠いざわめきになっていた。

歩いているうちに気持ちが落ち着いてきた。そこの地形が、場所の雰囲気が彼を惹きつけ心を和ませた。マットはオクラホマのことを思いだした。八百メートルほど先にアンテロープがいて、コヨーテが地面についた彼の大きな足跡をじっと見ている。自分でも思いがけないことに、マットは妻の面影を思い起こしていた。メアリーの魂がもしも地上のどこかにいるとしたらきっとここに、この広々した場所が気に入ってここにいるだろう。マットはまだ妻のことが忘れられなかった。これだけ時間がたったいまもメアリーを失った寂しさは癒えなかった。

台地の向こう端についたときには、おだやかといってもいい気持ちになっていた。この先は切り立った崖で、引いてゆく波のように下へ落ちていっている。まるで地球全体を眺めているような気分がした。

視界に動きをとらえ、マットはそれらの思いをただちに頭から追いやった。女子トイレから、女の子がスキップをしながら出てきた。母親らしき女性が駐車場から大声で少女を呼んでいる。

マットは肩ごしにうしろに目をやった。公衆安全局の監視用ヴァンは、ピクニック・テーブルが並ぶ一角の十五メートルほど後方の、ハイウェイ点検用車両のあいだに停まっている。ヴァンとは無線で連絡ができるようになっていた。

彼はトイレに目を戻した。午後八時三十七分。トイレのなかにいるのはマニーひとりだ。

マットは細い弧を描いて口の端からたばこの汁を吐きだした。舌で噛みたばこの塊を歯と歯茎のあいだに戻す。シルヴィアが彼の前でたばこを吸ったということは、彼ももうこの悪癖についてうしろめたい思いをする必要はないわけだ。

駐車場にもう一台、車がはいってきた。ジープだ。子供がふたり飛びだして……すぐに女性がつづいた。子供たちはピクニック・エリアの芝生の方に駆けていった。女性があとを追いながら、いらだった声で呼び戻している。

三十秒後、ジープの横に一台のグレーのトラックが停まった。低いエンジン音がやんでも、人が出てくる気配はない。トラックの窓は黒の色つきガラスで、なかをうかがうことはできなかった。マットは一瞬、黒いガラスのむこうでたばこの火が赤く光るのを見た気がした。

胃が締めつけられた。神経がぴりぴりする。計画では、ケヴィン・チェイスがトイレのなかでマニー・ダンと合流するまで待つことになっている。

だがもし今夜ケヴィンがやってこなかったら？　張り込みの九十五パーセントはむだに終わる。長時間退屈な思いをした挙げ句、残るのは疲労と足腰の痛みだけ。不意にたまらなく酒がほしくなった。テキーラとライムと塩のさわやかな刺激を舌に感じられそうな気がしたとき――マットのからだに緊張が走った。

色つきガラスの黒っぽいヴァンが、マニーのビュイックから離れた場所に停まった。ヘッドライトはついていない。ナンバープレートはニューメキシコのものだ。カーラジオから流れる曲は――ブルース・スプリングスティーン。

車のドアがバタンと閉まり足音が聞こえると、マットは監視用ヴァンの方に目をやった。誰もが息を潜めている。ターゲットを怯えさせるようなものはなにもない。

男は助手席側にまわり、車の前を通ってトイレに向かった。マットは目を細め、夜の闇を透かした。安全灯のまわりで蛾が羽音をたてている。ぎらつく明りと暗さの差が大きすぎて、目がうまく利かない。

身長一七八センチ、体重七十七キロ。目深にかぶったカウボーイハットの下の髪は襟足に届くほど長い。そして男はまっすぐに――女子トイレにはいっていった。

女なのか？

二秒後、同じ人物が女子トイレから出てきて男性用にはいった。ひどく恥ずかしそうにあたふたと。

マットは口が渇くのを感じた。なにもかもが、どうも気に入らない。そのとき、男子トイレの高窓に目が引き寄せられた。いつ明りが消えたんだ？

　とりわけ深い轍の上でヴォルヴォが激しく揺れると、シルヴィアは顔をしかめた。窓はあけてあって、ギョリュウと魚と砂漠の花のにおいが車内に充満している。真夏のいまごろは川の水位は低いものだが、それでも小さな滝へ流れ落ちる水音が聞こえた。道はチャマ川の自然の流れに沿うように、右に左にと蛇行している。

　思いはいつしかマットへと移っていた。カウチの上で彼の腕に抱かれて、古いモノクロ映画を観ていられたらどんなにいいか。キャロル・ロンバートかジーン・ハーローが出ているやつを。夕闇が濃くなるこれくらいの時間になるとよくこんな感傷的な気分になることに不意に気づいて、シルヴィアははっとした。カーブを曲がると、川沿いの待避所に停まっている車のヘッドライトが見えた。平行する二本の光のすじが十五メートルほど先まで伸びて、木や岩や地面を水平に切りとっている。その光は心強いどころか、かえって渓谷の荒涼さを際立たせていた。

次のカーブを曲がると光は見えなくなり、あたりはまた薄闇に包まれた。

　気がつくと、鼻歌を歌いはじめていた。スペインのラブソング、『ぼくの心《ミ・コラソン》』だ。シルヴィアが五歳か六歳のときに母親のボニーが歌ってくれた歌だ。ボニーはから元気を出して明るくふるまうときに、いつもこの歌を口ずさんだ。シルヴィアは左目の横の小さな傷跡に手をやり、わずかに盛りあがった古傷を指でなぞった。

ため息をつき、ギアを低速に入れ替えて、道路にごろごろしている岩をよけるためにスピードを落とした。小規模な崖くずれのあとだ。車くらいの大きさの岩が落ちてくることもあるらしい。そんなときはエスパニョーラかアビキューからショベルカーと作業員が派遣されて、撤去作業が完了するまで道路は通行止めになる。

そのとき道をふさぐように一台の車が停まっているのに気づき、シルヴィアは衝突を避けようと急ブレーキをかけた。

うしろのバンパーにジャッキが立てかけてあるのがヘッドライトの光のなかに浮かびあがった。ドライバーの姿はなく……ヴォルヴォで横を通り抜けるだけのスペースもなさそうだ。

誰の車だろう？　ハイカーか、カヤックをやりにきた人か、それとも修道院に向かう巡礼者の車だろうか？　シルヴィアはギアをバックに入れて、うしろに下がろうとした。車をよける別のルートがあるかもしれない。そのときヴォルヴォのヘッドライトが車を照らし、シルヴィアはどのタイヤもパンクしていないことに気がついた。

とたんに警戒心が首をもたげ、彼女はヴォルヴォのウインドウを巻きあげた。閉所恐怖症になりそうなほど窮屈で蒸し暑い車内に、エンジンのアイドリング音だけが響く。シルヴィアは少しだけ車をバックさせ、また少し前に出て、もう一度うしろに下がった。と、不意に後輪がなにかに乗りあげてからまわりした。彼女はヴォルヴォに神経を集中した。だが車は前にもうしろにも動こうとしない。

運転席側のドアの横に、突然ぬっと人影が現われた。男だ。男がドアハンドルに手をかけるのを見て、シルヴィアはアクセルを踏みこんだ。エンジンがむせぶような音をたてたが、ヴォルヴォは頑として動こうとしない。

がつんという鈍い音がして、タイヤレバーがウインドウにふりおろされた。シルヴィアは首をすくめ、イグニッション・キーを引き抜いたが、キーは指のあいだをすり抜けて床に落ちてしまった。反射的にグローブボックスに手を伸ばしたところで、銃はそこにないことを思いだした。書類や地図をかきまわし、なにか武器になりそうなものはないか探す。手が、柄の長い金属製の缶切りをつかんだ。

二度目の衝撃で、ウインドウは内側にめりこんだ。タイヤレバーがガラスを突き破り――レバーを握るぼってりした手が見えた。シルヴィアが缶切りでこぶしに切りつけると、男は悲鳴をあげた。彼女は急いで運転席側のドアから離れ、助手席に移った。

暴漢はなにかいっていたが、その内容は支離滅裂だった。どこかで聞いたことのある声だ。シルヴィアは恐怖に震えながらもそう思った。この男がぶつぶつと意味不明のことを口走っている原因を頭のなかで整理する。酒に酔っている？　ドラッグでハイになっている？　なにかに激怒している？　精神病？　それともそのすべてだろうか？　どちらにしても、気が休まるようなものではない。

がしゃん！

タイヤレバーがふたたび窓を突き破り、ガラスのこまかな破片が車内に降り注いだ。シルヴィアは助手席側のドアハンドルをぐいと引き、肩でドアを押しあけた。転がるようにして車の外に出ると、すぐに立ちあがり走りだした。男が追ってくるのがわかった。懸命に走りながらも、つまずいて転んだらと思うとぞっとした。考える余裕もなく、ただやみくもに崖の方へ向かった。だがすぐに、たいていの岩壁は標高にして五、六メートルも行けばその先はとても登れないということに思い至った。

かろうじてわかる険しい道すじを一歩ずつたしかめながら前に進む。足を速めながら、どうかこの道が途中でなくなったり、もっと悪いことに行き止まりにぶつかったりせずに崖の上までつづいていますようにと祈った。肩ごしにふりかえったが、あとを追ってくる人影は見えなかった。もうそんなに男を引き離したのだろうか？　それとも、彼は別のルートをたどっているのか？

シルヴィアは息をひそめ、耳を澄ました。激しい川の流れがはるか遠くに思える。それに文明社会も。左足の甲に痛みが走った。ナシの木のとがった棘が革靴に突き刺さっている。抜こうとすると、太い棘が今度は親指の腹を刺した。

静かすぎる。本能の命じるままにさらに三十メートルほど全力で走り、そこで力つきて空気を求めてあえいだ。ふたたび足をとめたとき、岩が転がるような音がかすかに聞こえた。音がしたのはうしろ、それとも頭上から？　シルヴィアは、崖の斜面にしがみつくように根を張るキャミーソの茂みのうしろに隠れた。かたい枝がむきだしの腕や首をひっかく。つんとする香気にむせそうになった。彼女は呼吸を整えた。ぜいぜいと荒い息をしていては、どこにいるかすぐにばれてしまう。

なにか黒いものが頭上をさっと横切った。コウモリ？　フクロウ？　そのときまるで魔法のように、周囲のものがゆっくりと形をとりはじめた。ごつごつした岩、ラビットブラッシュ、ウチワサボテン。物陰からいまにも暴漢が飛びだしてくるのではないかと目を凝らす。枯れ木が、両腕を伸ばした人間のように見える。見あげるほど大きな松の木、地面に伏したようなネズの茂み、幽霊のようなウチワサボテン。そのとき黒っぽい人の輪郭が見えた。六メートルほど離れたところで、立ち木のようにじっとしている。

シルヴィアはその場に凍りついた――男はわたしを探しているのだ。息詰まるような数分がすぎ、男の視線が彼女をとらえたのがわかった。

シルヴィアは突然駆けだし、崖の斜面をよじ登った。手近にある灌木の茂みを両手でつかんで手がかりにする。時間の感覚が失せて、まるで恐ろしい夢でも見ているような感じがした。彼女は懸命に崖の斜面を走った。息を切らせながら。手足の筋肉が悲鳴をあげている。それなのに、その場で駆け足をしているだけでちっとも前に進んでいないような焦りを感じた。

「とまれ！」走りながら男が叫んだ。

ケヴィン・チェイスだ。いまやっと誰の声かわかった。シルヴィアは切り立った崖をなおも登っていったが、ついに巨大な岩が行く手をふさいだ。この岩を越えていかないかぎり先へは進めない。恐怖が足元から這いあがり、喉を絞めつける。もうだめだ。缶切りも、途中でどこかに落としてしまった。

あらゆることが、同時に目に飛びこんできた。夜空にきらめく無数の星。渓谷の奥へと流れていく川。崖の上で立ちつくす彼女自身の姿。そして、どんどん近づいてくるケヴィン・チェイス。アドレナリンの奔流が全身を駆けめぐり、シルヴィアは急に激しい怒りをおぼえて戦闘態勢にはいった。

身をかがめ、足元の石を手で探る。こぶし大の石をいくつか指でたしかめたあとで、人間の頭ほどもある大きな石を両手でつかんだ。

漆黒の闇のなかでも、こちらに歩いてくる——もう走ってはいなかった——標的の姿を十メートルほど先にとらえることができた。荒い息をしながら切れ目なしに話している声も聞こえた。卑猥な言葉さえふつうのトーンで話しているのが、やけに無気味だった。

チェイスがもう三メートルほど近づいたとき、シルヴィアは彼に向かってどなった。「ケヴィン、このくそったれ。いったいなんのつもりよ?」

シルヴィアに名前を呼ばれたことに驚いたのか、それとも自分の精神分析医だった人物の話を聞こうとしたのか——もしかしたら原始的な武器が見えたのかもしれない。とにかく、彼は足をとめた。

シルヴィアは震えていた。からだの内側からわき起こる震えで全身がわなないている。もしかしたら、ばかなことはやめてとケヴィンを説得できるかも——。

いいえ、かまうもんか! あんなやつ、頭を叩き割ってやる!

ケヴィンが一歩前に出た。そしてもう一歩。ふたりのあいだの距離は六メートル。シルヴィアは石をつかみ、彼に見えるように頭上にもちあげた。

数秒がすぎたが、ふたりはまるで絵のように動かなかった。どこかでコヨーテの群れが一斉に鳴きはじめた。胸が締めつけられるような悲しげな声。それが不意に、獲物を殺しに出かける合図に変わった。

ケヴィン・チェイスが狂ったようにタイヤレバーをふりまわし、松の枝があたりに飛び散った。彼は大声でわめきながらシルヴィアめがけて突進した。「この国は腐ってる——人を殺してもなんの罰も受けない、キラーのいうとおりだ——正義もなにもないんだ——いまこそ——真の裁きがどんなものか見せてやる——」

ケヴィンが残りの数メートルをよじ登ってくるのを見てシルヴィアのなかでなにかが、激しく危険な感情が目を覚ました。タイヤレバーをもったケヴィンの手が足元一メートルのところまで迫ったとき、シルヴィアは満身の力をこめて石を叩きつけた。

# 17

男子トイレがまっ暗になったというのにマニー・ダンはまだなかにいる。

コンクリートの建物の外の黄色い明りに、蛾がかぼそいからだでぶつかっていく。掲示板のガラスの奥では色褪せたオリエンテーションマップが、どこから来てどこへ行くのかを観光客に教えている。サービスエリアはしんとしていた。

マットは無線に小声で「ちょっと見てくる」と囁いたあとで、足音を忍ばせて観光案内所とトイレの方へ近づいていった。監視用ヴァンの横を通りすぎながら、いざというときに備えてコルトの台尻に指で触れた。

暗く沈んだ男子トイレに全神経を集中したとき、出入り口にマニー・ダンが現われた。ぎらぎらした蛍光灯の光のなかに突然彼の姿が浮かびあがった。顔はやつれ、がっしりした肩も力なく落ちている。マニーは夜の闇に目を細めた。暗さに目が慣れるまで少しかかった。

マニーの背後で人影がさっと動いた。第二の人物は帽子を目深にかぶっていた。顔は見えない。

マットは監視用ヴァンの方を見やり、親指をあげて合図した。**いまだ！**

マットが前方に駆けだすと同時に監視用ヴァンからひとりの警官が飛びだした。警官はトイレ北側の茂みからターゲットに近づいた。三十秒とかからずに、彼らはターゲットふたりを地面にねじ伏せた。マニーはじっとしていたが、もうひとりのほうは市民権の侵害だと大声でわめいた。ケヴィン・チェイスではなかった。

そのとき、トイレの裏手から誰かの叫び声が聞こえた。マットは建物の陰に身を隠した。

「警察だ！　両手を頭の上において出てきなさい！」

不意に、あたりがしんとなった。聞こえるのはハイウェイを走る車の音と、頭上でこうこうと輝く電灯がたてるジジッという音だけ。

やがて建物の横からティーンエイジャーの少年がよろけるようにして姿を見せた。すぐうしろに大きな影が控えている。ダン・チェイニー特別捜査官だ。

「おまえの目的はこいつじゃないよな？」チェイニーがいった。

マットは首をふった。「ここでなにをしているんだ、ダン？」いきなり向きを変えると、女子トイレに行こうとしていた少女と衝突しそうになった。少女は胡散臭そうな目でマットをにらんだ。彼は手をふって彼女を行かせた。ほかのことで頭がいっぱいで、警官だと説明する余裕はなかった。

チェイニーが鼻を鳴らした。「おまえと同じだよ。ケヴィン・チェイスに手錠をかけにきたんだ。おたがいむだ骨を折ったようだがね」

石はケヴィンの左腕にあたり、ひざが砕けた。足がもつれて山肌を転がり落ち、ネズの木の切り株にしこたま頭をぶつけた。まぶたの裏で火花が散った。起きあがろうとしたが、あまりの脚の痛みに仰向けに倒れて呻き声をもらした。

ようやく視界がはっきりすると、六メートルほど上方でシルヴィアが獲物を狙う猛禽のように身をかがめているのがかすかに見えた。彼は呻き、腕を伸ばして手がかりを探したが、地面が崩れはじめるとそのまますずるずると落ちていった。

乾いた表土が崩れるざざっという音とともにケヴィンが崖をすべり落ちていくのを、シルヴィアは勝ち誇った表情で冷ややかに見ていた。やがてケヴィンは視界から消え、崖のなかほどからうなったりわめいたりする声がかすかに聞こえてきた。ひどいけがでもしたのだろうか？ シルヴィアは次の攻撃に備えて身構えた。石や岩が転がる音が次第に消えていった。あたりに静けさが戻った。コヨーテの群れさえ、鳴りを潜めている。

シルヴィアは自然がつくった袋小路からためらいがちに一歩踏みだした。ひざががくがくして、なかなか前に進んでくれない。崖をくだる道は周囲から丸見えで、いつ不意打ちをくわされるかしれなかった。あんな原始的な武器でも、ケヴィン・チェイスにそれなりのダメージをあたえてくれていればいいのだが。彼女は途中で道をはずれ、下に見える自分たちの車から離れるように崖を斜めに横切った。

すぐ近くでいましがた、スカンクが例の分泌液を放ったらしい。鼻が曲がるような悪臭が漂うなか、シルヴィアは崖をくだりつづけた。

道路ぎわまで下りてくると、遠くにおぼろげに二台の車が見えた。彼女のキーは車の近くに落ちているはず。ケヴィン・チェイスもあのあたりにいてくれますように。そう祈りながら、シルヴィアは修道院を目指して悪路を西に向かって歩きだした。

あたりは夜のざわめきで満ちていた。コオロギやフクロウ、キツネの鳴き声。そして、そこにはつねにごうごうと流れる黒い川があった。シルヴィアに驚いた夜行性の齧歯類が巣穴から飛びだして下生えのあいだをささっと横切り、シルヴィアは肝をつぶした。ケヴィンの姿はなく、声も聞こえなかったが、その存在をひしひしと感じた。

修道院までは歩いて五、六キロというところだろう。急げば一時間以内にたどり着ける距離だ。月がちょうど山頂にかかっていた。月明かりはうれしいが、そのぶんケヴィンからも目につきやすくなる。道路には近づかないようにして川沿いを歩くことにした。

自然は想像以上にシルヴィアにつらくあたった。小さな黒い虫がむきだしの腕や顔に襲いかかり、赤いあとを残して、掻きたいのをこらえるのに苦労した。ラビットブラッシュの茂みで脚を引っかき、バッファローグラスにつまずき、一度など地リスの巣穴らしきものに足をとられて転んだこともあった。このままでは足首をくじくかひざをねじると思い、しかたなく道路ぎわを歩くことにした。

カーブにさしかかったとき車のエンジン音が低く聞こえ、シルヴィアは急いで木の陰に隠れた。心臓が喉元までせりあがったが、いくら待っても車は現われなかった。しばらくして、またそろそろと歩きだした。路肩を歩いているときがいちばん安心した。手足を動かしながらも、頭は別の生き物のように活動していた。

小枝が折れる音に、シルヴィアははっとわれに返った。たちまち自分の息遣いまでを痛いほどに意識する。左手の川の方、ギョリュウの木立のなかでなにかが動いている。シルヴィアはその場に凍りついた。空気が急にひやりとして、からだに震えが走る。そのとき藪のあいだから大きな動物が頭をぬっと突きだしてこちらを見つめ、シルヴィアは悲鳴をあげた。

牛……もう、ただの牛じゃないの。安堵のあまり、シルヴィアは牛の首に抱きつきたくなった。

彼女は道路の中央に出て、ゆっくりと、だがしっかりした足取りで走りだした。三キロほど走ったところで足をとめ、ひと息ついたあとで空を見あげた。天の川、北斗七星、金星——まるで空全体が爆発でも起こしたかのように、きらめく光の粒が散らばっていた。角を曲がると、地上にぽつんと小さな光が見えた。修道院の明りであることを祈った。

夕べの祈りのあとで礼拝堂の戸締まりをするのがブラザー・アショクの日課だった。生まれ故郷のインド、ボンベイではこの時間明るく輝いているはずの太陽も、ガラスのむこうに見える墨色の空ではひとすじの残照をとどめるのみだ。この修道院でブラザー・アショクがなにより気に入っているのがこの空だった。窓の外に目をやれば、そこにはいつも空があった。

礼拝堂の扉はあいていて、断続的にキャンキャンと鳴き声が聞こえていた。コヨーテの群れが奏でる軽快で複雑なシンフォニーだ。床を掃く手をとめ、ブラザー・アショクは礼拝堂の中央で目を閉じた。コヨーテとの距離は五十メートルもないだろう。数時間前、残飯を外に出しておいたのだ。野生の動物に餌をやるのはよくないと、ブラザー・ザビエルから注意を受けてはいたのだが。それでも仕事の手が空いたときなど、ブラザー・アショクはコヨーテを追って何時間も山のなかを歩きまわった。

ため息をついて目をあけると幽霊がいた。いや、生きた人間——女性が戸口に立っていた。薄明かりの下でも女性の目がぎらぎらして、髪も服も乱れ、ぜいぜいと荒い息をしているのがわかった。だが口をひらいたとき、その声は落ち着いていた。

「少し前に人を殺そうとしました」彼女はいい、自分で自分の言葉が信じられないように黒っぽい瞳を丸くした。そしてかぶりをふった。「違う——むこうがわたしを殺そうとしたんです」

ブラザー・アショクは手にした箒を床からわずかにあげた。そして野生の動物に話しかけるかのように、やさしくいった。「こういう場合、ふつうはどうするものなんでしょうね?」

「警察に連絡するんじゃないかしら?」彼女は体重を一方の脚からもう一方へ移し、ドア枠によりかかってからだの片側を支えた。

「警察というと?」ブラザー・アショクは尋ね、彼女が震えているのを見てそばによって手を差し伸べた。

「エスパニョーラ署かしら? 州警察の。それと、わたしの友人がこちらにいるはずなんです。

ロージー・サンチェスというんですけど」おだやかな声だった。だが彼女の目は瞳がひらき、オリーブ色の肌は赤く火照っていた。突然、言葉があふれだした。「なんてこと、彼を殺したいと思った、でも彼がわたしを殺そうとして。どうすることもできなかった、彼は知り合いで、わたしの患者で——」

修道士は彼女の手を強く握ってうなずいた。「まずはあなたのお友達を探して、そのあとで無線電話で連絡しましょう。エスパニョーラ警察でよかったですね？」

「いいえ……サンタフェ署のマット・イングランド刑事をお願いします」

黒いベルベットのスポンジがくすんだ色の絵の具を吸いこむように、空がじわじわと白みだした。星も、遠くで誰かがキャンドルの炎を吹き消したように見えなくなった。修道院の足元をチャマ川が、まるでレースでも楽しむように中州のあいだを縫っていく。祈りを唱える修道士たちの澄んだおだやかな声がシルヴィアのいる土手の方まで流れてきて、気持ちが落ち着いていくのがわかる。彼女は川むこうの牧草地に目をやった。夜明け前の淡い光のなかにうっすら浮かびあがったバッファローグラスと黄色いヒナギクに見とれた。

からだこそ動いていなかったが、シルヴィアのすべては川の流れと同調しているようだった。息を吸い、吐くごとに、心のバランスがとれてゆく。頭をからっぽにして川とひとつになる、その安らぎだけを感じた。

どれくらいそうしていただろう、シルヴィアは音のない水底から浮かびあがり、頭をふって、現実に戻った。静けさをあとに残して。

ヴァイオレットのことが……カリフォルニアの病院の、壁にクッションを張った部屋にいる彼女のことが頭に浮んだ。

**あなたのことは知ってるわ——人殺しのドクターよね。**

シルヴィアは他人のもっとも過激で凶暴な感情を受け入れることを生業としてきた。満足をあたえてくれる仕事ではあったが、問題も多かった。この仕事が彼女自身の闇をさらに深めていると思ったこともある。

背後に人の気配を感じると同時にロージーの声がした。「シルヴィー？」

シルヴィアの顔に笑みが浮かんだが、うしろは見ずに牧草地の方に目をやった。「ゆうべは自分で自分にぞっとしたわ」

「彼はあんたを殺そうとしたのよ」ロージーは友人のかたわらに腰を下ろした。ロージーの顔はさまざまな表情をたたえ、夕焼け空のように絶えず、だが微妙に色を変えた。修道士たちが無線電話と格闘して——かなりてこずったすえになんとかマットに電話がつながったのは、いまから六時間ほど前のことだ。州警察は林道でシルヴィアのヴォルヴォを発見した。しかし、ケヴィン・チェイスや彼の車の手がかりはなにひとつ見つからなかった。いまもってケヴィンは逃走中である。

シルヴィアは一見、事態にうまく対処しているように見えたが——じつは昨晩は一睡もできず、アドレナリンによる興奮もいまだ醒めずにいた。ロージーは、苦悩する心は見ればわかった。

シルヴィアは友人を見あげた。「あなたの力になりたくてここにきたの。わたしもいつもそうしてもらったから――わたしが必要としているときにいつもそばにいてくれたから」

「わかってる」ロージーはシルヴィアの手をとって、そっと力をこめた。「そういいながら面倒を起こすのが、いかにもあんたらしいけどね」

東の空に曙光が射すころ、ふたりの女性はようやく腰をあげた。岩の多い土手を下りて、川べりに立った。空気はひんやりしていたが、靴と靴下をぬいで慎重に岸辺においた。氷のように冷たい水に足が触れたとたん背中に電気が走ったようになったが、その感覚をシルヴィアは楽しんだ。彼女は川のなかのつるつるした石を渡っていった。一度足をすべらせて川底のとがった枝で足を切ったが、傷は浅く、冷たい水のせいで痛みも感じなかった。ロージーは先に対岸に着くと、ごつごつした土手に立って友人に片手を差しのべた。

ふたりはやわらかい場所を選んで腰を下ろした。しばらくして、ロージーがいった。「実際にくびになりそうだと聞いたときは、法に訴えるなんて悠長なことといわずに刑務所長のタマをむしりとってやろうかと思ったわ」

「そうすれば、彼も少しは考えたでしょうね」シルヴィアはぼそりといった。

「次に所長の家に行こうと思った。外で待ち伏せして、なにか……ひどいことをしてやろうって。それがなにかはわからなかったけど。怒りがあたしを彼に結びつけているような感じだった。軽蔑しきっている男に親しみをおぼえたほどよ」ロージーは頭をふり、「変な話よね」といったあとでため息をついた。「女の怒りって男のそれよりずっと恐ろしいと思わない？」

長い沈黙のあとで、シルヴィアはいった。「井戸のなかをのぞき込むようなものだと思うわ……底なしで……どこまでも延々と落ちていく」目が輝きを失い、どんよりと死んだようになった。瞬きをすると、光が戻った。

ロージーはひざを抱えた。「ここにきてからいろいろ考えたの。女は自分の力やそれに付随するもろもろのことをどう処理すればいいのかわからないのよ。それで破壊的な力をもてあましているんだわ」彼女はため息をもらした。「あたしたち女は、たぶん犠牲者の役まわりのほうがずっと楽なのよ。そっちのほうはかなり練習を積んでいるから」

シルヴィアは頭をめぐらしてロージーを見た。

「グノーシス派の聖典のなかでイエスがなんといってるか知ってる？」ロージーがきいた。

「そんなものいつ読んだの？」

ロージーが苦笑いした。「自分の信仰心を疑う日々がつづくとね、あれこれ本を読むようになるのよ。たとえ異端の書であってもね」

「それで、イエスはなんていってるの？」

「あなたの内にあるものを表に出せば、表に出したものがあなたを救うであろう。内にあるものを表に出さなければ、表に出さなかったものがあなたを滅ぼすであろう」

八時前にふたりは修道院を発った。多少の誤差はあっても、十時半までにはサンタフェに着く予定だった。夫の四輪駆動のピックアップに乗ったロージーが前を走った。シルヴィアが、指紋採取のための灰色の粉がついたままのヴォルヴォであとにつづいた。幹線道路に近づくにつれて、チャマ川にラフティングをやりにきた人たちのヴァンとすれ違うようになった。すでに川に出ているゴムボートもいくつかあって、白波を受けて大きく弾み揺れながら流れを下っていた。ボートの上の顔はどれも日に焼け、生き生きとして、真剣そのものだ。だがなにより目を奪われたのは、まばゆい陽射しを浴びた渓谷の荘厳なまでの美しさだった。

# 18

十一時少し前に、ロージー・サンチェスは自宅の私道に車を停めた。居間にはいっていくと、夫のレイと息子のトマスがカウチに並んですわっていた。どちらもロージーの帰宅に気づいていない。ふたりしてテレビに釘づけになっている。

ロージーはテレビに目をやった。オレンジ色の髪をつんつんに逆立て、顔を白と紫に塗った巨人が、頭に羽根飾りをつけて腰布を巻いた、巨人よりはいくらか小柄なミルクチョコレート色の肌の男にパンチを浴びせている。どちらもただのウドの大木ではなく、れっきとしたプロレスリング界の住人だ。

巨人が対戦相手の顔をマットに叩きつけ、それをしおにレイがちらりと目をあげた。その顔がぱっと輝き、レイはロージーに近づいて彼女のからだに腕をまわした。それから彼女をカウチのところへ連れていって、彼女にとってなにより大事なふたりの男性のあいだにすわらせた。

トマスが片方の腕を母親の肩にまわし、レイは「それで、どうしてた？　シルヴィアはだいじょうぶかい？」ときいた。

その日の朝、ロージーはアビキューの〈ボーズの店〉から、これから帰るとレイに電話をいれていた。そしていま、自分もシルヴィアも元気そのものだといって夫を安心させた。

レイはその大きな手でロージーの腿をぎゅっと握った。道路局の仕事は一日休みをとっていた。妻のことが心配で、仕事どころではなかったのだ。

ロージーはあくびをした。シルヴィアが襲われたことと自分自身の心配ごとに加えて昨夜は一睡もしなかったのでくたくただった。カウチに沈みこむと、眠気となんともいえない幸福感に包まれた。たとえ職場を奪われても、あたしには守ってくれる家族がいる。

テレビでは、腰布のレスラーが巨人に飛び蹴りをしようとしていた。彼のからだが宙を飛び、頭の羽根飾りが馬の尻尾のようにしなる。と、最後の瞬間に巨人が身をかわして、腰布レスラーはロープに激突した。レイとトマスが声を揃えて呻いた。

レイは腰をあげ、ロージーの腕をとって立たせた。「なにか昼食をつくるよ」

「朝食よ」ロージーはにっこりうなずくと、夫についてキッチンへ向かった。手慣れた様子で食事の用意をするレイをロージーは見つめた。コーヒーポットを火にかけ、フライパンを温めながら卵を割ってかきまわす。といた卵をフライパンに流し入れようとしたとき、ロージーがそれをとめた。

「寝室へ行きましょうよ」

レイが目を丸くした。「いまかい？」

「いいじゃないの。平日の昼間にふたりでのんびりするなんて……めったにできることじゃないんだし」

「だらだらするってわけか?」レイはロージーに手を引かれるようにして夫婦の寝室に向かった。ドアを閉めても、テレビの音が小さく聞こえてくる。ロージーは花柄のカーテンを引き、少しだけ隙間をあけて陽射しが細く部屋に射しこむようにした。それから、やわらかな枕にもたれてベッドに長々と寝そべる夫の横に並んだ。

「レイモンド、あたしがいまの仕事をどんなに好きかは知ってるわよね」

「もちろん」彼はロージーの頬を指でなぞってため息をついた。「だがときには諦めも肝心だよ」声が囁くように小さくなる。「きみはもう刑務所では働けないんだ。そろそろ事実を直視するべきじゃないかな」

ロージーはやわらかなシーツから身を起こした。妻が仕事を辞めることを望んでいるレイを責めることはできなかった。刑務所の仕事につきものの不規則な生活や気苦労やストレスを、レイは長年耐えてきたのだ。彼の忍耐強さと愛情には感謝の言葉もない。刑務所主任捜査官への復職を要求しようという彼女の決心にも、最終的には賛成してくれるだろう。たとえ本心では逆のことを望んでいたとしても。そして、いざ裁判となったらシルヴィアがつねにそばで支えてくれることもわかっていた。

「必要なら法廷にもちこむつもりよ。シルヴィアがファニータ・マルティネスに話をしてくれることになってるわ」

レイは用心深くかぶりをふった。マルティネスはやり手と評判の弁護士で――じつのところ、相手側弁護士の睾丸をひねりつぶすとまでいわれている。レイはいった。「訴訟に弁護士に政治的陰謀——いつまでも子供じゃいられないってわけか」

ロージーはあご先に手をやった。オリーブ色の肌にサクランボ色の爪が映えてきらきら光っている。「あなたはこれを中年の危機だと思ってるの？　あたしが仕事に戻りたいというのは、まだそんな年じゃないってことを証明するためだと？」

「きみは実際そんな年なんだよ、べっぴん《ボニータ》さん。ぼくだって同じだ。そろそろ危険な仕事は若い連中に任せようじゃないか」レイはしわの寄ったシーツをもどかしそうにトントン叩いた。

ロージーは片手でレイの口をふさいだ。「トマスは若いわ。あなたは、息子と変わらない年の子供にあたしの仕事をやらせたいの？」彼女は息子の名前のまんなかにアクセントをおく。トマスという名は、スペイン語だけを話し白人社会を頑として受け入れようとしない彼女の祖父からもらった、一粒の「悩みの数珠」（まさぐって緊張をほぐしたり、気持ちを落ち着かせたりするためにもち歩く数珠）だった。「あたしは、この年齢と経験があたしの強みだと思う。あたしには三つ揃いのスーツを着たどこかの坊やにはまねのできない専門知識があるの。どんな有名大学を出ていようと関係ないわ」怒りで一瞬目がつりあがり、頬が上気した。

レイはロージーのからだに腕をまわしてそっと引き寄せ、きつく抱きしめた。狂おしいほどの愛しさで胸が痛んだ。ここに、ぼくが無条件に愛する女性がいる。

レイはすなおな気持ちを彼女の耳元で囁いた。

ロージーは彼のくちびるにくちびるを寄せた。わずかに射しこむミルク色の光のなかで、ふたりはどこより心安らぐたがいの腕のなかに落ちていった。

マットは公衆安全局地階の廊下で、コンピューターのキーボードが奏でるカタカタという音を聞いていた。いちばん手前の部屋をのぞくと、三人の女性がコンピューターのモニターの前にすわっているのが見えた。全国犯罪情報センターのシステムに、最近起きた犯罪や逮捕者のデータを入力しているのだ。

あたかも気配を感じたかのようにジャッキー・マッデンがふりかえりマットを見た。彼女はいつもと同じに見えた——身だしなみがよく、じつにきちんとしている。そばかすの浮いた青白い顔を上気させ、白茶けたブロンドの髪が赤ん坊の巻き毛のように顔をふちどっている。彼女は、殺人と——それについ先日暴行の容疑が加わった指名手配中の男の後見人のようには見えなかった。マットはジャッキーに軽くうなずき、彼女のデスクに近づいた。彼女はあわてた様子もなくコンピューター画面に視線を戻し、白いキーの上に指を走らせた。

マットはマッデンの肩に軽く触れた。ほかのオペレーターと同じく、彼女もヘッドホンをつけていたからだ。「ジャッキー？」そう声をかけた。

彼女の指が動きをとめた。顔をあげずにヘッドホンをはずす。彼女の声は、やむことのないキーの音に消されてほとんど聞こえなかった。「シルヴィアはだいじょうぶですか？」

オペレーターのひとり——長い黒髪を三つ編みにした小柄な女性——が、興味ありげに仕事から顔をあげた。

マットはいった。「彼女なら心配ない。それより、どこかで少し話せないかな?」

ジャッキー・マッデンは席を立ち、マットについてひとけのない廊下に出た。両腕をぎこちなくからだのわきに垂らし、苦しげな表情が顔をよぎる。マットは、職員たちがコーヒーをいれる給湯室に彼女を案内した。

彼は抑えた声でいった。「出てくるのが遅くなればなるほど状況は不利になる。やつはどこだ、ジャッキー?」

「知りません。ジェシー・モントヤの死体が発見されて以来、ケヴィンとは話していないんです……」声が尻すぼみになった。彼女はけっしてマットを見ようとしなかった。

「やつの友達を知らないか? ケヴィンは誰とつるんでた?」

「テリー・オスーナにもいいましたけど、本当に知らないんです」いらだたしげに頭をふった。

「ケヴィンはそんなに人づきあいのいいほうじゃなかったし。ポホアケに住んでいる人とときどき遊びに出かけるくらいで。でも名前までは知りません。女性だとは思いますけど」

テリー・オスーナ刑事がジャッキー・マッデンに話を聞いたときマットはその場にいなかったが、状況はオスーナから聞いていた。ケヴィンの友人に関して、ジャッキー・マッデンはなにも知らないといっていたはずだ。それなのにここにきて急に、ひとりの人物とその所在を口にした。

「なぜ女性だと思うんだ?」彼はきいた。

「ケヴィンはその人のことをわたしに隠そうとしていたから、なんとなくそうじゃないかって」

「ケヴィンとその女性のあいだに肉体関係があったということか?」ジェシー・モントヤが殺された直後にシルヴィアはこういっていた。ケヴィン・チェイスが手首の擦り傷を隠そうとした、と。

「どうして警察は同じことを何度もきくの? お願いだからわたしを放っておいて!」ジャッキー・マッデンの目から涙がこぼれた。彼女が涙を拭ったとき、あの髪を三つ編みにした同僚が給湯室の前を通って廊下の先に消えた。

ジャッキーが肩をこわばらせた。「ケヴィンはきっとわたしのところに戻ってくる……すべてはちょっとした誤解なんだって……。誤解に決まってるわ。だって、ケヴィンに人殺しなんてできるはずない」すすり泣きがもれた。

マットは廊下を歩きながら、ジャッキー・マッデンはなぜケヴィン・チェイスの後見人などになったのだろうと思った。ケヴィンは誰の肩にも重すぎる荷物だ。寄る辺のない若い女性ならなおさらだ。いや、だからこそなのかもしれない。ケヴィンがジャッキーの家族なのだ。

廊下の角を曲がると、女子トイレの出入り口からすっと腕が伸びて小さな手がおずおずと彼の肩を叩いた。三つ編みのオペレーターだ。

彼女の声は小さく、聞きとるには頭を低くしなければならなかった。「じつはわたし、ケヴィン・チェイスがあの人たちを殺したいと思う理由に心当たりがあるんです」

マットは先を促すようにうなずいた。

「彼が殺すのはレイプ犯でしょ」最後の言葉を口にしたあとで、さもいやそうに口をすぼめた。

「ここだけの話なんだけど……ジャッキーはレイプされたことがあるらしいの……二年くらい前にね。警察に被害届けは出さなかったけど、ケヴィンはそれを知ってたのよ」彼女はあごをあげてマットを見た。

「レイプされたと、ジャッキー・マッデンがそういったのか？」

小柄な女性はばつの悪そうな顔をした。「それは……本人に直接いわれたわけじゃないんだけど、前に一度彼女が電話でケヴィンに話しているのを聞いちゃって。わたしから聞いたってことは内緒よ、いいわね？」

公衆安全局のあるビルを出ながら、マットは、この新たな情報を洗うにはどこから手をつけるべきか考えた。だがその前に、やらなければならないことがある。

セリロス・ロードを走り、〈ヴィラ・リンダ・モール〉を通りすぎてロデオ・ロードにはいる。赤信号にことごとくつかまったわりには、エリン・タリーの自宅まで数分しかかからなかった。

「ついに良心の呵責に耐えられなくなったわけ？」エリン・タリーは戸口に立って腕を組み、マットに歪んだ笑みを投げた。だが彼の顔に浮かぶ怒りの表情に気づくと、笑みがすっと消えた。すかさずきいた。「なにかあったの？」

「それはこっちの台詞だ」マットは彼女を押しのけるようにして家のなかにはいった。居間を横切り、廊下に出る。バスルームのドアを片手で乱暴に押しあけた。狭い浴室は汚れひとつなく、シャワーを浴びたばかりなのか熱気がこもっていた。

エリンが追いかけてきて、マットにくってかかった。「いったい誰を探しているのよ、マット？　あいにくここにいるのはわたしだけよ」

マットはそのまま廊下のつきあたりにある寝室へ向かった。寝室はひどいありさまだった。ベッドは乱れ、服が散乱している。

エリンは彼の腕をつかみ、戸口から引き離した。叩きつけるようにしてドアを閉めて、その前に立ちはだかる。「わたしが別の男をどこかに隠しているとでも思うの？」

「そんなことは、もうどうでもいいことだ」

エリンは腰に両手をあてた。「わたしは誰とでもすぐ寝るような女じゃないのよ、マット」

マットはいらだたしげに首をふった。「きみのゲームにつきあっている暇はない。おれをはめたのか？」

マットがなんの話をしているのか、エリンは不意に理解した。彼女の表情がやわらいだ。「マニー・ダンの張り込みで、なにかまずいことが起きたのね」

マットは廊下のまんなかで仁王立ちになった。「エリン、あの情報の出どころを知る必要があるんだ」そのあとにつづいた静寂のなかで、安物のクーラーのブーンという低い音だけが聞こえた。

エリンは心を決めた。「キキ・ムーアよ、〈コック・ン・ブル〉の」

マットは驚きを隠さなかった。キキ。アンソニー・ランドル誘拐殺人のことで先週話を聞いたバーテンダーだ。彼女はポホアケに住んでいる。ジャッキー・マッデンもほんの三十分前に、ケヴィンはポホアケの女性と関係をもっているかもしれないといっていた。

マットはぶっきらぼうにエリンにうなずき、背を向けかけた。だがエリンがそれをとめた。

「それだけ？　それだけでもう行くわけ？」

マットは腕時計に目をやった。十時四十分だ。「コック・ン・ブルに行ってくる」

「わたしの話が嘘だと思うの？」

「わからない」マットはこの家にきて初めてエリンの顔をまともに見た。彼女は薄茶色の髪をうしろに流してトルコ石のバレッタで留めていた。顔色はまだ悪かったが頬に薄く紅をさし、くちびるにもうっすらと色をのせている。彼女はスイカズラのにおいがした。ジーンズは洗いたてで、綿のシャツにはアイロンがかかっている。マットはふと、エリンのことをほとんど知らないことに気づいた。つきあっていたころでさえ、そうだった。

彼の心を読んだようにエリンがいった。「わたしを信じることができないのね」

マットは答えなかった。次に口をひらいたとき、彼女の声は聞きとれないほどに小さかった。

「でもそれはあなたの間違いだわ」

マットは急に自分に自信がもてなくなった。なぜエリンを責めないとならない？　もしかしたら、ケヴィン・チェイスがわれわれ全員をはめたのかもしれないじゃないか。タレコミ屋が嘘をついたということだって考えられる。

マットはふっとなにかが消えていくのを感じた。だが怒りを――彼女を責める気持ちを、完全に拭い去ることはできなかった。

エリンが彼のわきをすり抜けて玄関へ行き、ドアをあけた。マットがドアの外に出ても、彼女は口を閉ざしたままだった。

陽射しがまともに目にはいり、マットは一瞬目がくらんだ。そのとき、エリンのはっきりした声が聞こえた。「もう一度と、ここにはこないで」

そう告げると、彼女は静かにドアを閉めた。


十一時少し前にセンターのドアをあけたとたん、シルヴィアは間違いを犯したことを知った。やっぱり修道院からまっすぐ家に戻るべきだった。

受付係のマージョリーが、ブレスレットをした腕を狂ったようにふっている。受話器を耳にあて、送話口を手で覆って小声でいった。「あなたの患者だと思うんだけど、名前をいわないのよ。ひどく取り乱してるわ。回線の一番よ」

シルヴィアは自分のオフィスにはいって電話をとった。「シルヴィア・ストレンジです」

「ドクター・ストレンジ、本当にすいません……」

「どなたかしら?」いい終わる前にドアのところへ飛んでいき、マージョリーを手招いた。それからデスクに戻り、紙と鉛筆を見つけて椅子にすわった。

「薬を飲みました」

「なんの薬を飲んだの?」落ち着いたおだやかな声を出すようにしながら、シルヴィアはメモ用紙に走り書きをした。マージョリーはそのメモに目を落とした。〝マットに連絡して、デュポン・ホワイトから電話がはいったと伝えて!〟

「聞いてますか、先生？　先生はおれのことを気にかけている、そうですよね？　先生はいまでも人殺しのドクターで……」

「ええ、聞いてるわ」シルヴィアはいった。マージョリーが部屋を飛びだしていった。「薬をどれくらい飲んだの？」

「おれが誰かわかるんですね？」

「デュポンね」

「キラーと呼んでください」声が、囁くように小さくなった。「こんなふうに話をするのはこれが最後だと思いますよ、ドクター・ストレンジ」

「いまどこにいるの？」デュポンがなにを企んでいるかは知らないが、大量の薬を飲んでいないことだけはたしかだ。

「セリロス……モーテル……鳥の名前の」

シルヴィアはセリロス・ロードにあるモーテルの名前を思いだそうとした。デスクの下から電話帳を引っぱりだしてモーテルのページをめくる。「サンダーバード・モーテル？」

「いや……」

マージョリーが戻ってきて、受話器をふりながら親指をあげた。シルヴィアはうなずき、電話をつづけた。「ロードランナー？」

「ああ……」キラーの声が遠くなる。

「部屋番号は？」

「七」

オフィスの外で、マージョリーが小声でその情報をマットに伝えていた。

「すぐに行くわ。救急隊をやるから――」

カチッという音がして、電話は切れた。


セリロス・ロードにあるロードランナー・モーテルから南に百メートルのところにマットのカプリスと州警察の車が停まっていた。二台の無人の車両が目にはいるとシルヴィアは車線を横切って、近くの中古車置き場にヴォルヴォを乗り入れた。音をたてて車のドアを閉め、大股でモーテルに向かう。なにが待ち受けているのかはわからない――特別機動隊《SWAT》チームか、新たな性犯罪者の死体か、警察によるバリケードか。それでも、シルヴィアの足はとまらなかった。

モーテルの側面をまわり、駐車場のまんなかに救急車が見えたとき、彼女は初めて歩みをゆるめた。七号室から救急隊員がひとり出てきた。二十代前半の青年で、緊急対応チームのユニホームを着ている。

シルヴィアに気づくと、救急隊員は首を横にふった。「誰もいませんでした」

シルヴィアは隊員のわきをすり抜けて七号室にはいった。あやうくマットにぶつかりそうになった。

「われわれが到着したとき部屋のドアはあいていた。ほかの部屋もすべて確認したが、どこもからだ。自殺の形跡もない」

シルヴィアは気持ちを集中しようとした。警戒ホルモンのアドレナリンはいまもとまらず、怒りがこみあげた。デュポンのマインドゲームにつきあわされるのは、もううんざりだった。

戸口から救急隊員が顔をのぞかせた。「まだ待機していた方がいいですかね?」

シルヴィアは隊員の顔をぽかんと見つめた。マットが、「もう少し頼む」といった。

救急隊員は肩をすくめ、離れていった。シルヴィアは汚れた窓のほうに目をやった。雑草がはびこる乾いた空き地と、「売地」の立て看板が見えた。〝三十六エーカー(工業地区)。あなたの夢を形にします――パーク&パーク不動産〟

ロードランナー・モーテルは、セリロス・ロードの南端で三十年以上営業しているもっとも古いモーテルらしく、独特の怪しげな雰囲気をもっていた。馬蹄型の建物の南側は空き地に接していた。空き地の先では誰かが中古車置き場をはじめようとしたらしく、いまもぽつぽつとレッカー車がおいてある。シルヴィアのヴォルヴォも見えた。ポンコツ車のなかにしっくり収まっていた。

北側はモーテルの事務所が邪魔でよく見えなかったが、〈スー・アンのカット&パーマ〉と〈アンディーのビール屋〉と靴修理屋がはいったさびれたショッピングモールがあるのを、シルヴィアは知っていた。

あけたままのドアの外で、救急隊員がたばこに火をつけていた。その先に目をやると、事務所からテリー・オスーナ刑事が出てきて、駐車場をこちらに歩いてくるのが見えた。

オスーナは部屋の前で足をとめ、シルヴィアに軽くうなずいた。オスーナの薄手のジャケットの下のふくらみは、コルト四五だ。「事務所には誰もいなかったわ、マシュー。昼食中と書いた貼り紙がしてあった」

「いつだって昼食中なんだろうさ。ここは肥溜めだよ」マットがいった。

シルヴィアはマットとテリー・オスーナから部屋の内部に注意を戻した。寝室とバスルームだけの狭くてむさくるしい部屋だった。部屋中にたばこのにおいが染みついている。窓の下の壁際にニス塗りの机が据えてある。机の上には聖書が出したままになっていた。部屋の一方の隅には、白いペンキ塗りのドレッサーが、太った人間のように押しこめられていた。ドレッサーの上にはテレビがのっている。バスルームとクローゼットは、その横の壁のむこうだ。

部屋の反対側にあるくたびれたダブルベッドは整っていた。房飾りがついたグリーンのベッドカバーもぴんとしている。ヘッドボードの上には、変わった形のサワロサボテンとミチバシリ《ロードランナー》の色褪せた複製画が額に入れて飾ってあった。背景に描かれている黒っぽい山は、おそらくツーソンのはずれにあるスーパースティション山脈だろう。ベッドの片側に小ぶりのテーブルと電気スタンドが、反対側には椅子がおいてあった。ペンキを塗った床の大部分は、端切れ布を集めてつくった二枚のラッグラグの下に隠れていた。

シルヴィアはバスルームの方に歩いていって戸口に立った。磁器製の小さな流しは汚かった。蛇口からぽたぽたと水が落ちている。

シャワーカーテンが引いてあって、シルヴィアは不意にカーテンのうしろに誰か隠れているのではないかという不安に駆られた。

ビニールのカーテンの端をつかんでさっとあけた。シャワーの下には誰もいなかった。化粧戸棚のなかには、ガラスのコップと携帯用の箱入りアスピリンとニキビ薬のチューブがあるだけだ。便器は一方に傾いでいた。

転落の一途をたどり人生のどん底に落ちようとする人間のためにあつらえたような、この陰気で代わり映えのしない場所にいるのが急に耐えられなくなって、シルヴィアはよろめくようにして外に出た。

先ほどの救急隊員が、ちょうどテリー・オスーナのうしろに近づいたところだった。「そろそろ署に戻りたいのですが、まだなにかありますか?」

「いいえ、戻ってもらってかまわないわ」オスーナ刑事はいい、隊員といっしょに部屋を出ていった。マットもあとにつづいた。

オレンジ色と白の救急車がゆっくりと視界から消えていくのを、マットとテリー・オスーナは身じろぎもせず見送った。モーテルの屋根の上では、まっ黒い積乱雲が太陽に覆いかぶさっていた。ぎざぎざした銀色の稲妻が雲を裂き、数秒後に遠雷が聞こえた。干ばつと暑さつづきのなかでの稲妻は、森林地帯にとって大きな脅威となる。消えていく雷鳴を聞きながら、マットはなんともいえない胸騒ぎを感じた。

シルヴィアも同じ胸騒ぎを感じていた。**デュポンはたしかにこの部屋にいた。**

そして、わたしは彼の招きでここにいる。

彼女がくるのを待って飛びかかってくる怪物はいなかった。

それでも、あのニキビ治療薬は絶対にケヴィン・チェイスのものだ。シルヴィアはちらりと外に目をやった。テリー・オスーナとマットのむこうに見える空に、ちょうど稲妻が走った。さまざまな思いが頭のなかを駆けめぐる。デュポンはなぜこんな手のこんだまねをしてわたしをこのモーテルにおびき寄せたのだろう？　わたしを殺したかったからではないだろう――そうしたいなら、これまでにいくらでもチャンスはあったはずだ。仮にこの部屋がデュポン・ホワイトがつくった実物大のパズルだとしたら、すべてのものが重要だ。

彼女の視線が部屋をざっと見渡し、聖書の上で留まった。聖書は並みはずれて大きかった。テーブルに近づいてよく見ると、それは聖書ではなかった。黒い表紙をひらき、最初のページに目を落とした。そこには黄ばんで脆くなった古い新聞の切り抜きがはいっていた。

それは、私刑執行人デュポン・ホワイトのスクラップブックだった。記事の見出しに目が留まった。〝焼死体発見〟〝性犯罪者殺される〟〝身元不明の黒焦げ死体見つかる〟〝仮面の自警団、仮釈放中の小児性愛者を襲撃〟

シルヴィアは爪の先を使ってページをめくった。切り抜きはまだまだあった――アンソニー・ランドルとジェシー・モントヤ殺害に関するものだ。

スクラップブックの最後の六ページにシルヴィアは不意打ちをくらった。そこには光沢仕上げのカラー写真がはいっていた。最初の二ページは男の子の写真だった。全裸で、かしこまって立っている。撮影者はその姿を執拗なくらい几帳面にフィルムに収めていた。両手を両わきにたらした姿勢で、前、うしろ、右、左。

写真の下に、タイプで打ったようなかっちりした文字で小さく「D．W．六歳」とある。

次の四ページは、金髪の少女の写真だった。最初の数枚は、少年と同じように裸で気をつけをした写真だった。写真の下の文字は「J．G．五歳」と読める。

次の写真では、少女は両腕を頭のうえにあげていた。「J．G．七歳」

最後の写真では少女は目隠しをさせられて、テープと縄で縛られていた。左右対称で、異常なほどきれいで手のこんだ縛り方。「J．G．十歳」

少女がいやいややらされているのは見ればわかった。この写真は筋金入りの小児性愛者が撮ったものだ。この少年はデュポン・ホワイトだ、とシルヴィアは思った。そしてJ．G．は、デュポンの行方知れずのいとこに違いない。

誰かに腕をさわられて、シルヴィアはぎょっとした。かたわらにマットがいて、険しい顔で写真を見つめていた。

シルヴィアはマットを部屋に残して駐車場に出た。霧のようにこまかい雨粒が頬にあたったような気がした。雷につづいて風も出てきて、木々の枝がしなっている。彼女はヴォルヴォを停めた場所に向かって歩きだした。マットとテリー・オスーナは鑑識の到着をモーテルで待つということだった。

角を曲がり、セリロス・ロードに沿って早足で歩いた。誰かがクラクションを鳴らし、シルヴィアは顔をあげた。道路はひどい渋滞で、のろのろとしか進んでいなかった。

シルヴィアは、風に飛ばされてアスファルトの上を舞うビニール袋をよけた。ヴォルヴォのわきに立ち、ドアをあける。その車に気づいたのはそのときだ。

車は、十メートルほど離れたところにあるひとけのないトレーラーハウスの横に停まっていた。ケヴィン・チェイスが修道院への道をふさぐのに使ったのと同じ車のように見える。なかに誰か乗っている。男性だ。頭と肩が見えた。

シルヴィアの背すじを恐怖が駆け抜けた。

車のなかにいるのはケヴィンだろうか？　それともデュポン？

道路の方に走りだそうとして、そこでいきなりとまった。**なにしてるの。歩きなさい、歩いてマットを連れてくるのよ。**

だがシルヴィアは動かなかった。車を、なかの男を、じっと見据える。彼の視線を肌に感じた。

セリロス・ロードを時速二十四キロで進んでいくドライバーたちの顔もシルヴィアの目にははいらなかった。彼女はゆっくりと問題の車の方に歩きだした。あと六メートル、四メートル、二メートル。車のなかの男はぴくりとも動かない。

いまでは男の姿がはっきり見えた。シルヴィアはウインドウに顔を近づけた。

彼女はデュポン・ホワイトの目をまっすぐにのぞき込んだ。彼が瞬きひとつせずに見つめ返す。

顔にはペイントがしてあった。デュポンは笑っていた。彼は死んでいた。

# 19

検屍局は、アルバカーキのニューメキシコ大学の北キャンパスにある。マットは、三階建てのコンクリートの建物の前にある来客用の駐車スペースにカプリスを停めた。サイドブレーキを引く前に、シルヴィアはもう車を降りていた。照明がともった駐車場を歩いていく彼女のあとを追いながら、マットは周囲に目をやった。アルバカーキのスカイラインは薄墨を落としたような茜色に染まっていた。午後八時三十分。だが空気はまだ暑くよどんでいる。

しかしそんな暑さにも、マットのほっとした気分がそがれることはなかった。デュポン・ホワイトは死んだ。彼の死体はいまから四時間前にアルバカーキへ搬送されていた。これで残りはあとひとり――ケヴィン・チェイスだけだ。ケヴィンにデュポンのような凶悪殺人犯を始末できたとは驚きだった。考えていたより度胸がある男らしい。だとしても、じきにつかまえてみせる。

駐車場には、長い革ひもにつないだちっちゃな犬を散歩させている学生がひとりいるだけだった。子犬は植え込みから消火栓、自転車置き場へとちょこまかと走り、そのたびに敬礼するようにうしろ肢をあげておしっこをした。

ガラスの扉を押しあけたところで、シルヴィアは一瞬ためらった。検屍局を訪れるのはこれが初めてで、どちらへ行けばいいのかわからなかったのだ。

マットが先に立ってロビーを抜けると、短い廊下の先に研究室がずらりと並んでいた。彼は「関係者以外立ち入り禁止」と書かれた観音開きのドアをあけて、シルヴィアを先に通した。

その部屋は広くひんやりとして、強力な換気装置が整っているにもかかわらず化学薬品のにおいと腐臭を消すことはできなかった。シルヴィアは、移動ベッドにのせた遺体の重量をはかる大型のフロアスケールをよけた。

到着した最新の遺体をいれておく巨大な冷蔵設備の前を通りすぎた。白衣を着た青年が冷蔵室のぶ厚い扉をあけた。フロンのにおいがして、札のついたつま先と脚がちらりと見えた。

ふたりは中央解剖室にはいった。そこは、たとえが悪いが、業務用キッチンに似ていた。光沢を放つ加圧器と磨きあげられたカウンターが一方の壁ぎわに並んでいる。解剖用シンクは浴槽くらいの大きさだ。部屋の中央にはステンレスの解剖台が三台。そのうちの一台に遺体がのっていた。シルヴィアは遺体をあまりじろじろ見ないようにした。死者のプライバシーを侵してしまう気がしたからだ。

マットは病理助手と短く言葉を交わし、デュポン・ホワイトの遺体は、水死体や腐乱死体——つまり腐敗がかなり進んでいたり損傷の激しい死体の解剖をおこなう隣の個室に運ばれたと教えられた。

前面がガラス張りのその部屋に、生きている人間の姿はなかった。天井はダクトに占領され、床にはゴム製のマットが敷き詰めてある。解剖台のまわりは水はけのよさを第一に考えた造りになっていた。

シルヴィアはガラスごしにキラーの黒ずんだ死体を見つめた。死んでいるとはいえ、ペイントしたその顔はビデオで見たあの男の顔だった。高い額、がっしりした鷲鼻、残忍そうな大きな口。細くて茶色い髪は肩につくほど長い。血の気の失せた肌は黄色っぽく、黒い体毛で覆われている。筋肉質のたくましいからだだ。それでも細長い解剖台のせいで小さく見えるのか、デュポンは思っていたほど大きな男ではなかった。自作のビデオに登場する、あの尊大な神のような人物とは似ても似つかなかった。

この男はサディストだった。アンソニー・ランドルに情けの一発を撃ちこんだのが誰であれ、それはデュポン・ホワイトではない。

シルヴィアはガラスに映った自分の顔に目を留めた。冷ややかな瞳は怒りに燃え、口元には嘲りの笑みが浮かんでいる。自分の姿に、復讐にかこつけて拷問や殺人をくりかえした男に対する嫌悪感をむきだしにしたその表情に、シルヴィアはぎょっとした。

水の流れる音に、彼女はわれに返った。すぐうしろで外科用器具がカチャカチャと鳴り、のこぎりが低くうなる音がしていた。ふりかえる前に、マットの声が聞こえた。

彼は検屍局長のリー・ビゲイと話していた。ビゲイは引き締まったからだに大きな手をした女性で、太く突きでた眉の下の目は用心深い色をたたえている。マットとは十年以上のつきあいで、友人だと思ってもいたが——いまの彼女は彼の顔を見てもあまりうれしそうではなかった。ふだんはおだやかな顔はこわばり、声も低く抑えていたが、そのからだは手を伸ばせば触れられそうなほどエネルギーにあふれていた。

「検屍はやらないことになったわ」

マットが、信じられないというように頭をふった。「なぜだ?」

「少なくとも、ここではやらない。FBIがじきにやってくるわ」

シルヴィアは観察用のガラス窓から離れた。「デュポン・ホワイトの遺体をFBIに引き渡すということ?」

リー・ビゲイはきびきびとうなずいた。「そうよ」

マットはこの情報について考えているようだった。彼の表情に表われたわずかな変化をシルヴィアは見逃さなかった。彼はリーの腕をそっとつかむと、デュポン・ホワイトが見える窓の方へ連れていった。「話してくれ、リー」

リー・ビゲイは目を細めてマットを見あげた。「まだなにかいえるような段階じゃないことはあなたも知ってるでしょう。遺体が運びこまれてから数時間しかたっていないんだから」少しためらったあとでつづけた。「この遺体はあなたがいっていた男に間違いないわ。ほかならぬあなたの頼みだから、大至急、自動指紋認識システム《AFIS》で指紋を照合したのよ。ふつうならこんな短時間ではとてもできないことなんだから」

マットはビゲイに謝意を示した。「きみにひとつ借りができたな。それで死亡推定時刻は?」

やれやれというように首をふり、ため息をついたあとで、ビゲイは両手を腰にあてた。「ある程度の幅は教えてあげられる。この男はラスクルーセスの倉庫爆発に、あの大爆発にかかわっていたわけだから、二ヵ月前は生きていたことになるわね」

マットが焦れたように手をふった。「たしかに。今度はぼくの知らないことを教えてくれ」

リー・ビゲイは小指で耳を引っぱり、ポーカーフェイスでいった。「少なくとも死後二週間はたっているわ。もしかしたらそれ以上かもしれない」

「二週間?」あまりのことに、マットとシルヴィアは言葉を失った。

マットがいった。「だが遺体はまったく――」

「腐敗していないわ」シルヴィアがあとをひきとった。

「そうね。死体を冷凍したことはないけれど、計量したら彼は約八十キロだった。時間/重量比を考えると、骨までコチコチに凍らせるのに一週間。解凍するのにも同じくらいの時間がかかるはずよ。この遺体は一個の大きなアイスキューブなの。外側は解凍されて、皮膚には弾力があるけど――臓器はまだ凍ってるわ」

マットはリーをまじまじと見た。「だとすると、デュポンはアンソニー・ランドルもジェシー・モントヤも殺していないということか?」

「それに、トレーラーでわたしを襲うこともできない」シルヴィアはくるりと向きを変え、ガラスに顔を押しつけてデュポン・ホワイトの遺体をあらためて見なおした。「このサイズのものをいったいどこで凍らせるの?」

「鹿肉を運びだしたあとの食肉用冷凍庫というところかしら。狭い場所に押しこまれたことを示す傷跡や赤みが見られるから」

マットが検屍官にきいた。「死因はなんだ?」

ビゲイがしかめっ面をした。「あくまでも推測だけど、左肩の銃創だと思う。ただし、即死ではないわね」

「撃たれてから死ぬまでにどれくらい時間がかかる?」

ビゲイは肩をすくめた。「ここからは見えないけど、傷の周囲の皮膚がはがれ落ちているの。そこが腫れて黒ずんでいる。感染症ね。敗血症か。ガス壊疽か。つまりクロストリジウム感染ね」

マットがもどかしそうに頭をかしげた。倉庫でデュポン・ホワイトに銃弾を一発ぶち込んだといい切ったチェイニーのことを考えた。「壊疽で死ぬとしたら数日か? それとも数週間?」

ビゲイは熟考するように眉根を寄せた。「七日ね」

シルヴィアは検屍官に質問をぶつけた。「それだけの傷を負ってラスクルーセスからサンタフェまで車を運転することは可能かしら?」

ビゲイは表情を変えずに、事実や可能性を考え合わせたうえでゆっくり答えた。「不可能ではないわね。ただその質問に答えるにはもっと情報がないと。だけどその情報はわたしの手にはいらない。FBIのおかげでね」

部屋の反対側にあるドアが音をたて、大きな靴音が響いた。FBI捜査官がきたものと思い、シルヴィアとマットとリー・ビゲイは一斉に顔をあげた。

彼らが目にしたのは意外な人物だった。

ダン・チェイニーはＦＢＩ本部から駆けつけたようには見えなかった。彼の顔を見て、シルヴィアは思わず息をのんだ。なんとか自制しようと努めているとはいえ、蛍光灯の下で見る彼の肌は土気色だった。それでも髪には櫛を入れ、ひげもきれいに剃ってあった。

チェイニーはマットに近づいた。「死体はどこだ？」

マットは片手でチェイニーの肩をつかんだ。「ダン、ＦＢＩの捜査官がこっちへ向かってる。もう時間が――」

チェイニーはマットの手をふりほどき、引き寄せられるようにして特別解剖室のガラス窓に近づいた。そしてなかにデュポン・ホワイトの遺体があるのを見ると、さっと向きを変えて解剖室のドアに向かった。

彼をとめようとリー・ビゲイが足を踏みだしたが、チェイニーの動きはすばやかった。ドアを押しあけ、むっとする異臭と入れ替えに解剖室のなかにはいった。

三人もあとにつづいた。リー・ビゲイとマットはチェイニーが遺体を傷つけないようにするために。シルヴィアはチェイニーの反応を見るために。

閉所恐怖症になりそうなほど狭い解剖室のなかで、ダン・チェイニーは何ヵ月も執拗に追いつづけた男に面と向かった。彼は宿敵を見下ろした。口をひらいた彼の声はうつろだった。「やつだ」デュポンの肩の銃創に目をやる。「弾が命中したのは知っていた。おれがこいつを殺した

「ああ、そうだ、ダン。おまえが仕留めたんだ」マットはいった。

チェイニーはうなずき、それから踵を返して、はいってきたときと同じくらい唐突に出ていった。

チェイニーを追って解剖室を出たシルヴィアは、大型冷蔵室の前で足をとめた彼にぶつかった。

冷蔵室の巨大な扉のあいだから、女性の病理助手が移動ベッドを押して出てきた。遺体のつま先は紫色をしていた。足の親指につけた白い番号札がひらひらしている。病理助手は仕事場に見慣れない人物がふたりいるのを見て驚いた顔をした。

「ダン、お願い」シルヴィアはチェイニーのたくましい腕をつかんだ。そして出口の方に何歩か引っぱっていった。ＦＢＩ捜査官がいまにも現われるかもしれない。ダン・チェイニーが彼らと鉢合わせしたらどうなるかわかったものではなかった。そのままですむとは到底思えない。きっと一悶着起こるはずだ。そうなったら、わずかに残ったチェイニーの自制心も吹き飛んでしまうかもしれない。シルヴィアは、チェイニーが命を落とすことになるのではないかという不安に駆られた。

「聞いて、ダン。いますぐここを出るのよ」

チェイニーが彼女の方に向きなおった。目に涙がにじんでいた。彼はあえぐように息を吸い、それから顔を伏せた。

マットがかたわらに立つのをシルヴィアが感じたちょうどそのとき、廊下に靴音が響いた。そのあとのことは、すべてが同時に起こった。マットが扉のあいた冷蔵室のなかにチェイニーを押しこみ、「関係者以外立ち入り禁止」と書かれた両開きのドアから黒っぽいスーツを着たふたりの男がもったいぶった足どりで姿を現わし、シルヴィアが片手を差しだす。

「検屍局長がお待ちかねです」彼女はまじめくさった顔で広い部屋の反対側をゆびさした。

二名のFBI捜査官はいささか面食らったようだったが、やがてひとりが「失礼だがあなたは?」ときいた。

「ドクター・ストレンジです」

捜査官たちは部屋のむこうにいるリー・ビゲイの方に歩いていった。

シルヴィアはすかさずマットに合図して、ふたりはダン・チェイニーを連れて——まるで囚人を連行するかのように両側からはさんで——両開きのドアから外に出た。

建物の外、夜の帳《とばり》のなかで、マットが怒りを爆発させた。「どういうつもりだ、ダン。危うく逮捕されるところだったんだぞ!　いったいなにを考えているんだ?」

チェイニーは身をよじるようにしてふたりから離れ、くるりとこちらに向きなおった。そしてシルヴィアの手に封筒を押しつけた。「ナサニエル・ハウザーは一九七〇年から八五年までローランド・ホワイトの弁護士をしていた。ホワイトがデュポンを養子にする際の書類を作成したのも彼だ。それにガレット・エリントンともつきあいがある」じりじりとうしろに下がりながらチェイニーはつづけた。「紳士クラブのメンバーの名前はいまだに厳重に守られていて近づけない。だがひとつだけわかったことがある。〈デビルズ・デン牧場〉は彼らの社交場だった——酒、ドラッグ、売春婦、なんでもありのね」

マットが建物の方にさっと頭をめぐらした。「ダン、そろそろ行ったほうがいい。連中がじきに出てくる」

シルヴィアは封筒を手に、チェイニーに詰め寄った。「デュポンのいとこはどうなったの？」

なおもうしろに下がりながらチェイニーはうなずいた。「ジェイン・グラッドストーン。一九八九年までの足取りはつかめたよ。十八歳になったこの年、彼女はフェニックスの私立病院に送られている。正式な要請状を出さないかぎり病院側は彼女のカルテを開示しないだろうが、執拗に自殺未遂をくりかえす彼女を見かねた家族の依頼で一年近く入院させられていた、ということだけはわかった。退院後の消息は不明だ。死んだか、行方を暗ましたか、それとも別人になったか」

チェイニーはいまでは走りだしていた。彼は肩ごしにふりかえった。「できればこの手でデュポンのげす野郎を殺してやりたかった。だが、ちくしょう、おれはやつに勝った。とにかくやつに勝ったんだ」

「キラーは女よ」マティーニのグラスをあげて、シルヴィアはウオツカの残りをそっとまわした。

アルバート・コーヴはウエイトレスにおかわりを持ってくるよう合図した。彼と彼の同居人のカルロス・ヒローンは、〈エル・ファロル〉の奥のテーブルをとってくれていた。三十年前、この歴史あるアドービれんがの建物は、荒っぽい連中が出入りする賭け玉突き場だった。その前はおそらくサンタフェ川沿いの田園地帯に点在する小規模牧場のひとつだったのだろう。

カルロスがシルヴィアの方に身をのりだして眉根を寄せた。「誰が女だって?」

シルヴィアは左横に顔をまわした。「どう思う、マット? デュポンは死んでいて、わたしたちが追っているキラーは女である」言葉が少し怪しかった。

検屍局を出たあと、マットはサンタフェに車を走らせた。〈エル・ファロル〉でコーヴとカルロスと一杯やるためだ。シルヴィアはやけに興奮していたが、マットは疲れ果てていた。アルコールとカクテルのつけ合わせ《ガーニッシュ》とたばこの煙のすえたにおいが鼻孔を刺激した。細長い店内は暗く、風通しが悪かった。壁の壁画は数年前に描かれたものだ。アドービれんが造りのどっしりした建物は、一世紀の時を経てたわみ、傾いていた。ふだんのマットは〈エル・ファロル〉のこの怪しげな雰囲気が気に入っていたが、今夜は気が滅入るだけだった。

彼はシルヴィアの腕に手をおいた。「少しペースを落としたほうがいいんじゃないか、それ――」といって、マティーニの方にあごをしゃくった。

「どうしてよ? 今夜は運転手役を買ってでてくれる人がいるからへーきよね」彼女はマットの手をふりほどき、カルロスとコーヴににっこりした。「ほんと、あなたたちに会えてうれしいわ。この二十四時間はとても現実とは思えないことの連続だったから」

「ぼくらもきみに会えてうれしいよ」カルロスはいい、左手を伸ばして彼女の肩をやさしくもんだ。「がちがちに凝ってるじゃないか」

「それにおなかもぺこぺこ」ウエイトレスが大皿に盛ったおつまみを運んでくるとシルヴィアは顔をあげた。赤トウガラシにヤギのチーズ、チキンとガーリックのグリル、それにベビーポテトのローストのリーキ添え。

ウエイターがよく冷えたウオツカ・マティーニのおかわりをシルヴィアの前におくと、彼女は口のなかでもごもごと「どうも」といった。

マットは横を向いたが、コーヴはその目をとらえていぶかるように首をかしげた。そして抑えた声でいった。「シルヴィアはストレスを発散しているんだ――無理もないよ。きみも少し肩の力を抜いたほうがいいんじゃないかな」

マットは肩をすくめ、テカテ・ビールの栓をあけた。

四人は食べはじめた。シルヴィアは赤トウガラシとチーズを選んだ。料理をおなかに詰めこみながら、昔の〈エル・ファロル〉――賭け玉突き場よりはずっと最近だが――で子供のころに食べた夕食のことを思いだしていた。ここは、彼女の父親お気に入りの店のひとつだった。ときには酒に酔った客がけんかをすることもあったのだが。母親は〈ザ・パレス〉のようなもっとおしゃれなレストランを好んだ。

カルロスがテーブルに両ひじをついた。「ポラロイド写真殺人事件」のことは知っていた。新聞には載らないようなこまかなことまでアルバートが話して聞かせるからだ。カルロスはまた重症のスリラー中毒で――身の毛のよだつような話に目がなかったから、ついつい興奮して声がうわずった。「ランドルとモントヤを殺したのがデュポンでないとすると、やったのはケヴィン・チェイスということになるよね？」

マットは椅子の背にもたれて腕を組んだ。

「ケヴィンのことはどうでもいいの」シルヴィアは残ったマティーニを飲み干し、新しいグラスに口をつけた。「でもデュポンは死んでいたわけだから、殺したのは彼じゃない……彼に近い誰か……その誰かがデュポンのパワーと使命を引き継いだのよ」

「その人物に心当たりはあるの？」カルロスがきいた。

シルヴィアはオリーブを口に放りこんだ。「ジェイン・グラッドストーン」

マットが首をふった。「いいかげんにしろよ、シルヴィア。もうたくさんだ」

カルロスがきょとんとした顔をした。「ジェイン・グラッドストーンって？」

シルヴィアは挑むような目でマットをにらんだ。「ジェイン・グラッドストーンはデュポン・ホワイトの行方不明のいとこよ」

アルバート・コーヴが眼鏡をはずして小鼻をもんだ。「それがきみのいう女殺人者か？」

「デュポン・ホワイトは自己顕示欲の強い、復讐者・破壊者コンプレックスだった。犠牲者を殺すところをビデオに収めたのもそのせいよ。この世から性犯罪者を抹殺するのが彼の使命だった。彼はまたFBIの情報提供者でもあった。つまり、人殺しをするたびにFBIの顔に泥を塗っていたってわけ」

シルヴィアはマティーニのグラスをもつ手に力をこめた。「ラスクルーセスで傷を負ったあと、デュポンは六百四十キロも車を運転してサンタフェに戻った――やり残したことを終わらせるために」

「やり残したこと?」コーヴが目を細めた。

「ひとつは、ナサニエル・ハウザーね」

「もうよせよ、シルヴィア」マットが頭をふった。

カルロスがトウガラシを口に放りこみながらいった。「判事が自宅のフリーザーのなかに死体を押しこんでいるところなんて想像できないけどな」

「シーッ、カルロス」コーヴがいった。

シルヴィアは手に負えない子供のようだった。「でもデュポンの本当の目的は、いとこのジェイン・グラッドストーンを見つけることだった。結局、彼が誰よりよく知っているのは彼女だったから。ふたりは家族病理を共有し、トラウマとなるような体験を共有し――どちらも同じ虐待を受けていた」

マットはロードランナー・モーテルに残されていたふたりの子供の写真のことを考えた。デュポン・ホワイトとジェイン・グラッドストーンは同じ虐待を受けていただけではない。その虐待は何年もつづいたのだ。あの写真は町の写真屋で現像されたものではなかった。そしてシルヴィアは〈デビルズ・デン牧場〉で暗室を見つけた――。

シルヴィアの声が彼の思考をさえぎった。「ジェイン・グラッドストーンは一九八九年か九〇年に精神病院を退院して……新しい身分を手に入れた。彼女はおそらく強迫傾向があって、そのために外見上は機能的に見えるはずよ」

「高機能でさえあるかもしれない」コーヴが口をはさんだ。

シルヴィアはテーブルを指でこつこつ叩いた。「でも内面は破綻している」

「そんな彼女の前にデュポン・ホワイトが現われた」コーヴがうなずく。

カルロスがヒューと口笛を吹いた。「なんだか『X‐ファイル』みたいだな。エイリアンが次々と人間のからだに乗り移っていくんだ」ビールを飲むと、上くちびるに泡のひげがついた。

「あんまりぞっとしないよね」

コーヴはカルロスにウインクした。「きみのそういう変わったところがぼくは好きなんだ」

シルヴィアは皿の上に残ったパシージャチリを指でいじっていた。髪はもつれて化粧っけもなく、「だったら、どうしてジェイン・グラッドストーンじゃだめなの?」と尋ねたときの彼女は、まるでティーンエイジャーのようだった。

コーヴはマッシュルームをかじった。「女性であることは最大の隠れみのである」

シルヴィアは伸びをした。ウオツカが筋肉をほぐしていくのがわかる。そればかりか——酔いもかなりまわってきた。彼女はマットをにらみつけた。「警官なら誰でも、女も男と同じくらい攻撃的だって知ってるはずでしょ」

マットはビールをひと口飲んだ。「それでも女性は性犯罪者を焼き殺してまわったりはしない——もっともそれが最近のはやりというなら話は別だが」

コーヴは指を組み、両手のひとさし指をテーブルの向かいにいるシルヴィアの方に向けた。

「子供のころに虐待を受けた男性に一般的に見られることは?」

「みずからが虐待加害者になる。自分を苦しめた人間と同類になる」シルヴィアはいらだたしげにうなずいた。「そして子供のころに虐待を受けた女性は、一般的に成人後も虐待被害者になることが多い。自分の子供を虐待するようになり、自虐的になる。いわれなくてもわかってるわ、アルバート。そういう被害者なら数えきれないほど診てきたもの。彼女たちはみんな同じ目をしている——車のヘッドライトに驚いた鹿のような目をね」

「ぼくがいいたいのはそれだよ。女性は被害者であって加害者にはならない」

シルヴィアはグリーンオリーブを口のなかに入れた。「アイリーン・ウォルノスは? 彼女は六人の男性を殺害したわ」

カルロスがいった。「ついに男女平等になったってわけだ」

シルヴィアは急に自信がなくなった。マティーニに口をつけたちょうどそのときコーヴがきいた。「ケヴィンの後見人の——ジャッキー・マッデンということはないかな?」

マットは声を落とした。「たしかに彼女がケヴィンを匿《かく》まっている可能性はある」彼は、今日の午前中にジャッキー・マッデンから教えられた話と彼女自身に関する噂についてつかのま考えた。今回の事件にシルヴィアが個人的に関わっているということもあって、マットはこれまですべての情報を彼女に伝えてきた。ケヴィンの後見人がレイプ被害にあっていたかもしれないということはまだ話していなかったが、かえってよかったと思った。シルヴィアは酔っているし——すでにしゃべりすぎている。ジャッキー・マッデンの話をするには場所もタイミングも適当でないだろう。

ウエイターがテーブルに三杯目のおかわりをおき、料理の皿を下げはじめた。シルヴィアのグラスにはウオツカがまだ残っていたが、彼女は新しいマティーニに手を伸ばした。ウエイターがテーブルから離れると、彼女はグリーンオリーブをかじった。

カルロスが口をひらいた。「犯人は女かもしれないけど、でもシルヴィア、きみをモーテルに呼び寄せたのは男だよ」

カクテルグラスの脚にかけた指がすべり、ウオツカが少しテーブルにこぼれた。「男みたいに聞こえたってだけよ。声なんていくらでも変えられるわ」

テーブルに気詰まりな沈黙が流れた。しばらくしてマットがいった。「シルヴィア、このジェイン・グラッドストーン犯人説にはちょっと無理があるよ。カルロスがいったように『X－ファイル』のばかげた超常現象みたいじゃないか。このジェインという女性がデュポン・ホワイトになったというのか？」

「ジェインはデュポン・ホワイトになったわけじゃない。復讐の神になったのよ。でもそれはうまくいかなかった——だから彼女はモーテルにあの写真を残し、デュポンの死体を人殺しのドクターに残した」シルヴィアは怒ったように手をふった。テーブルからカクテルグラスが飛んで、漆喰の壁にあたってこなごなになった。

いきなりシルヴィアは立ちあがった。「外の空気を吸ってくる」椅子を倒しながらよろけるようにしてテーブルを離れ、足早に出口に向かった。

店の外で、ほうっと息をついた。三杯のマティーニで顔が赤く火照っている。からだが震えるほどたばこが吸いたかった。シルヴィアは夜のざわめきとにおいに包まれたキャニオン・ロードを歩きだした。すらりとした女性のような楡の木がさらさらと葉音をたてている。川の方から風に乗ってかび臭いような草のにおいが流れてくる。木の看板に〈から騒ぎ〉と謳ったこぢんまりしたレストランから、拍手と笑い声がかすかにもれてきた。

顔にかかる髪をなまあたたかい風が払い、シルヴィアは涙が頬を伝うのを感じてはっとした。さまざまな映像が脳裏をかすめる。まんじりともできない夜に頭に浮かぶいくつもの顔——死者の顔。殺人者の顔。被害者の顔。加害者の顔。フローラ・エスクデロ、アンソニー・ランドル、ジェシー・モントヤ、デュポン・ホワイト。彼らの顔が頭から離れない。

シルヴィアは囁くようにいった。「だめ、もうできない」

ひとつの影がふたつになり、道路わきで恋人たちが腕に腕を絡めていた。そばを通りすぎるとき、ふたりの視線を感じた。

シルヴィアは足を速め、ほとんど駆けだしそうになった。ジェインはいい子でデュポンは悪い子だった。白と黒。光と影。まったくの正反対。けっして交わることはなかった。デュポンが死ぬまでは。だが彼の死によって心的なブラックホールが生まれて、ジェインはそのなかに吸いこまれた。おそらく彼女自身の生活にも強烈なストレスとなるなにかがあったのだろう——彼女を崖っぷちに追いやるようななにかが。法と秩序はすでに彼女を見捨てていたのだ。だからこそ彼女はデュポンの使命を引き継いだ。

腕に指がまわされるのを感じてシルヴィアは悲鳴をあげた。さっとふりむくと、そこにはマットの顔があった。

「こんなところでなにをしてる?」彼がいった。

「ここから逃げるの」

「酔ってるんだな」

「じゃ、逮捕すれば」彼女はマットの手をふりほどいた。疲れて、気分が悪かった。ばかなことをいっているのはわかっていた。頭がずきずきと痛んだ。彼女は両手首を差しだした。「ほら、あなたの仕事に協力してあげる。さっさと手錠をかけたらどう?」

マットは笑おうとしたが、声が喉にひっかかった。

シルヴィアはとりとめもなく話しつづけた。「問題なのは、なにがどうなっているのかわたしは知らなきゃいけないってこと……ずっとそうだった、理解して、評価するために、ありとあらゆるおぞましいもののなかにはいり込まないとならなかった、このままだと気がふれてしまう」

マットは焦れたように首をふった。「もうわかったから——」

「誰がアンソニー・ランドルとジェシー・モントヤを殺したか知ってるわ」

「ああ、ジェイン・グラッドストーンだろ。それはさっき聞いたよ」

「エリン・タリーよ」

マットは殴られでもしたように、さっとからだを引いた。

シルヴィアは片手を差し伸べた。「いいから聞いて。そう考えればつじつまが合うわ。ジェイン・グラッドストーンはエリン・タリーよ。年齢も合ってる。エリンは警察官で――暴力に身をさらしてきた。州警察には怒りを抑えるために彼女が必要としていた構造があった、彼女がそれに逆らうまでは――」

とんでもなく早口になっているのは自分でもわかっていた。アルコールのせいで足がふらつき、頭がぼうっとした。マットは狂人を見るような目でただ見つめている。

シルヴィアは彼の反応にたじろぎ、傷ついた。「どうして黙っているの?」

「考えているんだ」

彼女は肩をそびやかし、しわの寄ったシャツを手でならした。「なにを?」

マットはため息をついた。「どこまできみに話すべきか迷っているんだ」

シルヴィアはからだをこわばらせた。胸が痛んだ。マットは悲しそうな目をしていた。月明りの下でも、はっきりわかった。

とても静かな声で、マットはゆっくりと話しだした。「エリンのことはきみの考え違いだ。彼女はたしかに問題を抱えている……だがそれはきみが考えているようなものじゃない」彼はそこで口をつぐみ、犬を連れた男性が通りすぎるのを待った。

しばらくして、つづけた。「これはここだけの話にしてほしい。じつはエリンは一年ほど前から医者にかかっているんだ。アルバカーキの精神科医に」

シルヴィアは思わず尋ねた。「誰が彼女を診てるの?」

「バート・ウエブスターだ」マットはくちびるを噛んだ。なにがなんでもエリンを殺人犯に仕立てあげようとするシルヴィアを見るのはつらかった。

「なんてこと……」シルヴィアは下を向いて呻いた。バート・ウエブスターのことは好きではなかったが、非常に優秀だということは知っていた。最高の精神科医のひとりとして高い評価を受けている人物だ。

マットは静かに告げた。「犯人は女性かもしれないが、エリン・タリーでないことはたしかだよ」


キラーがケヴィンを仰向けにして腹の上に馬乗りになった。彼女の爪が肌にくい込んでくる。彼女の顔にはあの笑みが浮かんでいる。ケヴィンは顔をそむけた。

「おまえが手伝ってくれないなら、ほかの誰かを探さないといけないねえ」耳元で彼女が囁く。

ケヴィンは黙っていた。てゆーか、おれだって口を閉じていることはできるんだ。

「おまえの面倒をみてやったのは、このわたしだったよねえ、ケヴィン?」声が険しくなり、脅すようなその口調にケビンのからだに震えが走る。「こっちを見るんだよ!」

ケヴィンは見た。そして、消え入るような声で「はい」と答えた。

「おまえは人殺しだ。ふたりも殺してしまった」

「違う、あれは――」

「きっと死刑になるだろうねえ」彼女に平手で頬を打たれ、ケヴィンは悲鳴をあげた。「それもこれもお前がいうことを聞かないからだよ。おまえは最初からわたしを信用していなかった。心からわたしに身を委ねることがなかった」

魅入られたように彼女の顔を見つめたまま、ケヴィンの親指がゆっくりとくちびるのあいだにすべり込んだ。修道院へつづく林道でのあの大失態のあと、彼女は彼が戻ってくるのを許した——ただし、二度と命令に逆らわないという条件つきで。

だからケヴィンはそうした。命令どおりに、物いわぬ乗客を乗せた車をモーテルの近くにおいてきた。だがそれではまだだめだったらしい。

彼女が彼の口元にくちびるを近づけて囁いた。「それでいいのよ、ぼうや」

長くはない彼女の腕の筋肉が盛りあがった。中肉中背の女性だったが、筋肉質の引き締まったからだをしていた。

「悪い子」あやすようにいった。「いけない子」彼の胸を愛撫する。「どうしてキラーにいわれたとおりにしないの、ぼうや？」爪先で乳首をそっとひっかいた。「ケヴィンはいい子だったはずでしょう」

親指をしゃぶるケヴィンのまぶたが下がりはじめた。半ば閉じたまぶたの下から白目がのぞいている。

そのとき彼女が腰をあげ、ケヴィンははっと目を見ひらいた。

「やめて——」彼は叫んだ。

「やめて。それから？」

「やめて、痛くしないで」

「やめて、痛くしないで。それから？」

「やめて、痛くしないで、キラー」

「やめて、痛くしないで、キラー。それから？」

「やめて、痛くしないで、キラー、お願いです」

ゆっくりとまわる甘い毒のような声で、彼女が囁く。「本当は痛くしてほしいんだろう、ケヴィン？　おまえはわたしにいじめられるのが好きなんだよ」彼女は片手を伸ばし、ソファー横のテーブルからダクトテープをとった。銀色のテープをケヴィンの手首にきつく巻く。一回、二回、三回。

「さあ、男になる時間だよ」

# 20

サンタフェ司法ビルのなかの少年保護観察所の前で、マットはなかから出てきたナサニエル・ハウザー判事と危うくぶつかりそうになった。

「どこを見ている――」

「すいません、判事」

「イングランド刑事」ハウザー判事の眉間に刻まれたしわがふっと消えた。その大きな手でマットの手をしっかりと握ったあとで、表情を曇らせた。「シルヴィアがケヴィン・チェイスに襲われたそうだが。もうだいじょうぶなのかね?」彼は保護観察所にはいろうとする長身の女性のためにわきへ寄った。

マットはうなずいた。ふたりの男性は、ハウザーの執務室と裁判所の正面入り口の方に向かって長い廊下を歩きはじめた。建物内はようやく目覚めはじめたところで、廷吏も弁護士も事務官もみな眠そうな顔をしていた。

「タホーヤ判事の法廷で証言するためにきたのかね?」と、ハウザーがきいた。

「じつはあなたに話があってきました」

判事はマットをしばし見つめたあとでうなずいた。「そうか。八時四十五分に最初の裁判がはいっているんだがね」腕の時計にちらりと目をやった。「十五分だけやろう」

ふたりはハウザーの執務室の秘書室にはいった。秘書のエリー・ゴメスはいぶかしげな笑みでふたりを迎えると、ピンク色のメモ用紙の束を手でぽんぽんと叩いた。

「電話はおつなぎしないようにしますわ、判事」

「助かるよ、エリー」ハウザーは彼女のデスクの前を通って執務室につうじるドアに向かった。マットはあとにつづいた。

執務室はそう広くなく、壁は法律書がぎっしり詰まった本棚で埋めつくされ、大きなクルミ材のデスクの上はきれいに片づいていた。明るい色のブーゲンビリアとロベリアが部屋に彩りを添えている。デスクわきの台の上には、みごとな細工をほどこした美しい地球儀がおいてあった。

マットはつかのま判事を見つめた。強盗や暴行、さらには死刑に値するような殺人事件の検察側証人として、マットはこれまでに数え切れないほどナサニエル・ハウザーの法廷に出廷していた。

黄ばんだような判事の顔色が……目の下の隈が、彼は気に入らなかった。明るい色の瞳にも生気のきらめきが見られない。

執務室のドアがあいてエリーが部屋にはいってきた。彼女は無言のままハウザーをじっと見つめた。判事はため息をついてうなずいた。「いいんだ、エリー。自分で処理するから」

エリーは退き、静かにドアを閉めた。

「エリーはわたしにあまり愉快じゃない手紙を受けとったことを認めさせたいんだよ」

マットは目の前の男をじっと見た。話自体にはそれほど驚かなかったが、判事がそれを打ち明けたことには驚いた。「その脅迫状――」

「手紙だ」

「――その手紙の存在を、ぼくが自宅にうかがったときに否定したのはなぜです？」

「そうするのがいちばんいいと思ったからだ」

「誰にとってです？　あなたは警察の捜査を妨害したんですよ」マットは片手を差しだした。

「その手紙を見せてもらえますか？」

「破棄してしまった」

「ネイサン、どうして……」マットはかぶりをふった。何度か深く息を吸ったあとでジャケットのポケットから四枚の写真をとりだし、判事のデスクにおいた。シルヴィアがロードランナー・モーテルで見つけた光沢仕上げの写真――おとなたちの慰み者にされたいたいけなふたりの子供、デュポン・ホワイトとジェイン・グラッドストーンの写真だ。

その写真に目を落とすと、ナサニエル・ハウザーの口からため息がもれた。判事の顔に浮かんだ表情は、マットには安堵のように思えた。

「これをどこで手に入れたんだね？」ハウザーは静かな声で尋ね、ジェイン・グラッドストーンの写真の方に指を伸ばした。

「セリロス・ロードのモーテルで。おそらくデュポン・ホワイトがサンタフェにもってきたんでしょう」ハウザーから抗議の声があがるものと身構えたが、なんの反応も返ってこなかった。マットはつづけた。「昨日、同ホテルの近くでデュポンの死体が発見されました」

判事は革張りの椅子にどさりと腰を下ろした。片手を伸ばし、地球儀をまわす。カラフルな球体が、かすかな音をたてながらゆっくり回転した。

そのとき初めて、マットはデスクのわきに大きな犬が寝そべっているのに気がついた。判事が飼っているドーベルマンのアドービだ。老犬はよろよろと起きあがろうとした。ハウザーはなだめるように手を伸ばした。主人に撫でられると老犬はクーンと小さく鳴いて、クッションにまた身を沈めた。

マットは、判事の向かいの幅広の木の椅子に腰かけた。ブーツをはいた足をもう一方のひざにのせ、両手を腿におく。「カリフォルニアでローランド・ホワイトの弁護士をしていたそうですね」

判事は血管の浮きでた手でアドービのつややかな背中を撫でた。顔を歪め、自嘲するような笑みを浮かべた。「わたしは、あの一家の秘密を守る番人だった」

「紳士クラブのことを話してください」

ハウザーはうなずいたが、その顔にはなんの表情も浮かんでいなかった。そして、長い長い物語の途中だったかのように話しはじめた。「ローランド・ホワイトは妻のことを一度も愛したことはなかった。彼とは不釣合いの身分の低い女性だったからね。彼女と結婚したのは都合がよかったからだ。彼女の幼い息子のデュポンと……そしてジェインに近づくのにね」

「この目的のために？」マットは写真を示した。

「そうだ」

小児性愛者の男性が子供に近づくためにその母親と結婚するのは珍しいことではないというのはマットも知っていた。もっともたちの悪い小児性愛者は、慎重できわめて忍耐強い捕食者であることが多い。目をつけた獲物を手に入れるためなら、いくらでも待つことができるのだ。

ハウザーはつづけた。「わたしは長年、あの牧場でなにがおこなわれているのかまったく知らなかったのだよ」デスクの横でドーベルマンが小さな声で寝言をいった。判事は老犬を見下ろし、それから目を閉じた。「責任逃れでいっているわけではないんだ。自分には罪はないというつもりもない。ただ事実を述べているだけだ」

「子供たちはレイプされていたんですか？」

「あの子たちは利用されて……」つらそうにつばをのみ込んだ。「ああ、性的ないたずらをされていたと思う」

「ローランド・ホワイトに？」

「そうだ」

マットはわずかに身をのりだした。「ほかの男たちにも？」

判事は両手の指先を合わせた。「紳士クラブのメンバーは権力もコネもある金満家だった。十数人はいたと思う。みなそれぞれに乱行に及んでいた。だがローランド・ホワイトと同じ性的嗜好のもちぬしは、わたしの知るかぎりほかにひとりしかいない」

「ガレット・エリントン?」

判事の眉が、しわが刻まれた額の方まで引きあがった。彼はゆっくりうなずいた。

マットは木の椅子の上で尻をもぞもぞさせて咳払いした。判事はいま右翼の大統領候補が小児性愛者だと暗に認めたのだ。興奮を感じながらも、マットはさらなる空白部分がある気がした。欠けたパズルのピースがもうひとつ。歯の抜けたあとをついつい舌でさわってしまうように、その部分が無性に気になった。

「これほど長いあいだ、誰にも真相を知られることはなかったんですか? クラブのメンバーに圧力をかけようとした人間はいなかったんですか?」

ハウザーが無意識のうちに見せたボディ・ランゲージが答えを告げていた。ハウザーは右利きで、その右手の指がぴくぴくと二度引きつった。まるで〝さあ、こっちへこい〟と手招きするように。

どちらも無言のまま数秒が流れ、やがてマットが核心をついた。「フラー・リンチと息子のコールが初めてゆすりをかけてきたのはいつのことです?」

「二ヵ月前。ラスクルーセスの大爆発でデュポンが死んだと報じられてすぐのことだ。だが最初のターゲットはわたしではなかった」

「ガレット・エリントン?」

判事はゆっくりうなずいた。

「カウンセラーはなにをネタにゆすったんです?」

「これらの写真のコピーをもっていたんだろう。フラーは牧場の暗室のことを知っていたし……あそこでなにが起きているかもとうの昔に見当をつけていたのだと思う。実際に脅しをかけてきたのはカウンセラーだったが」

「彼らはなぜこれほど長く待ったんでしょう?」

ナサニエル・ハウザーは眉根を寄せた。「コールとフラーは昔からデュポンのことを恐れていた。自分たちが私利私欲に走ったらデュポンになにをされるかわからないと思ったのだろう」ハウザーはぜいぜいと息を吸った。額には玉の汗が浮かんでいる。顔色も、いまでは不健康な赤味を帯びていた。「成長したデュポンは偏執狂の殺人者になってしまった。彼は家族の秘密を金に替えることを嫌った。彼には別に考えていることがあった」

「というと?」

「真の裁きだ」

悲しみに打ちひしがれたようなハウザーの声にマットはショックを受けた。彼はいった。「デュポン・ホワイトは死んだんですよ、ネイサン」

「ああ、知っているとも」判事はうなずき、皮肉っぽくつづけた。「デュポンの死によって、コール・リンチと父親は誰に気兼ねすることもなく新たな収入源を追究することができるようになった」判事はアドービのやわらかな耳を撫でた。「だがデュポンは生前、ガレット・エリントンに関するある情報をＦＢＩに渡そうと考えていたんだ」

「エリントンをこれらの写真と結びつける証拠をデュポンはもっていたんですか？」

「わたしが渡したんだよ。デュポンがラスクルーセスに向かう直前にわたしに会いにきたときにね。エリントンの関与を裏づける決定的な写真が一枚あったんだ。だがラスクルーセスでデュポンが死んだと聞いて、これですべて終わったと思った」刑事の探るような視線にハウザーは首を左右にふった。「あれ以来デュポンから連絡はないよ」

マットはついに怒りを爆発させた。「ぼくが自宅に訪ねたときになぜ話してくれなかったんですか？　なぜ脅迫状を処分したりしたんです？　なにか手を打とうとは思わなかったんですか？」彼はからだをうしろに引いてナサニエル・ハウザーの顔に浮んだ表情を読もうとした。判事はぐったりとして、絶望に打ちひしがれているように見えた。それでもマットは追及の手をゆるめなかった。「ジェイン・グラッドストーンのことを話してください」

ナサニエル・ハウザーはいまや完全に心を閉ざしていた。目がうつろになり、口を真一文字に閉じている。彼はいった。「それはできない。なぜならジェイン・グラッドストーンなる人物はいないからだ。彼女はもう存在していない」

「そんないい逃れが通用するとでも思っているんですか」マットは一歩も引かぬというようにかぶりをふった。

ハウザーはいった。「すまないが、そろそろ法廷に行かないと」

「あなたは彼らの悪事を十五年間もひた隠しにしてきた。それがいまあなたのまわりで音をたてて崩れようとしているんですよ」

判事は笑みを浮かべた。その声はおだやかだった。「わたしは罪のない子供たちが受けたダメージを払拭しようとした。おぞましい倒錯行為を、病を消し去ろうと努めた……だがそれは新たな病の発症を促したにすぎなかった。すべてのものはあらかじめ定められたコースをたどるようにできているんだ。運命というものはやはりあるのだよ」

シルヴィアはシーツを頭の上まで引きあげて呻いた。二日酔いのうえに寝すぎてしまった。まったくなにをしているんだか。眠ってすっきりするどころか、これ以上ないほど疲れている。頭痛がして節々が痛かった。口のなかがいやな味がした。熱っぽいような気さえする。彼女はマットのベッドで寝返りを打ち、そのまま目を閉じてじっとしていた。

まだぼうっとしている頭で前日のことを思いだそうとした。昨日の夜は——マットとアルバートとカルロスと〈エル・ファロル〉でお酒を飲んだ。そして、醜態をさらしたのだ。

マットはいまごろハウザー判事と話をしているはずだ。シルヴィアはふたたび寝返りを打つと両腕をあげて伸びをした。指先がヘッドボードに触れた。

あの写真を見てナサニエル・ハウザーはどんな反応をするだろう。ショックを受けることはないはずだ……彼が写真の存在を知っていたことはまず間違いないのだから。ハウザーがいかなる虐待にも関与していないこともまた間違いない。彼の罪は、口を閉ざしたこと。

ベッドの上に起きあがり、目をこすった。マットとテリー・オスーナはたぶんもう一度ジャッキー・マッデンに事情をきくことになるだろう。彼女はいまのところケヴィン・チェイスにつながるもっとも有力な手がかりだから。それはそうと、マットはチェイニーともなにかするといっていなかったかしら？　ああもう、頭のなかに霞がかかっているみたい。ぼうっとして、なかなか考えがまとまらない。シルヴィアはようやく思いだした。そうだ、マットとチェイニーはマニー・ダンに関する偽の情報を流したタレコミ屋を調べに行くといっていたんだわ。

ベッドから無理やり起きだし、キッチンへ行って濃いコーヒーをいれた。猫のトムがやってきて、しわがれ声で朝食をねだった。シルヴィアはマットが間違えて買ってきた〈愛犬元気〉の缶をあけてやった。トムは気にしていないようだった。

大きなカップに二杯のコーヒーとちょっぴりのCNNニュースで、シルヴィアの脳みそは勝手に動きだした。そして、あれこれとめまぐるしく回転しはじめた。ついにじっとしていられなくなって、シルヴィアは行動に出た。

今日はカウンセリングの予約ははいっていないから、起きてからずっと気になっていたあることについて調べる時間はたっぷりあった。シャワーは省くことにした。顔を洗って歯を磨き、マットのブリーフを拝借する。ブリーフは脚のあいだでもたついたが、少なくとも清潔だった。リーヴァイスに足をとおし、ぶかぶかのマットのコットンシャツを着た。シルヴィアのブラウスは、ケヴィンに襲われたときにだめにしてしまっていた。

携帯電話のスイッチを入れ、アルバカーキの番号案内にかける。六十秒後には、バート・ウエブスターのオフィスの番号を押していた。

呼び出し音が五回、六回と鳴るのを聞きながらシルヴィアはくちびるを噛んだ。マーティー・〝金庫番〟・コナーが〈カフェ・エスカレラ〉でバート・ウエブスターの名前を口にしたのは、わずか六日前のことだ。ウエブスターは州と司法鑑定センターの契約に圧力をかけている。ウエブスターは変人だが、暴力行為を確実に予見することができた。全米心理学協会の会長でもあり、著書も多く、全国の法廷で証言していた。

シルヴィアは彼にききたいことがあった。わずかばかりの情報がほしかった。

ようやく南米訛りの女性が電話に出た。

シルヴィアは名前を告げ、バート・ウエブスターと話したい旨を伝えた。

「申しわけありませんが、ドクター・ウエブスターはただいま手が離せません」

「患者さんがいるのかしら？」

女性はその質問に気分を害したようだった。「お答えできません」

シルヴィアは嘘をついた。「彼はこの電話を待っているはずなんだけど」

短い沈黙が流れたが、女性は電話を切りはしなかった。どうすべきか考えているらしい。結局、しぶしぶ折れた。「お待ちください」

シルヴィアはマットのカウチの背に頭をもたせかけた。数分がすぎた。おなかの上にトムが飛び乗ってきて、肌に爪を立てた。あなたって女の扱いがうまいのね、猫ちゃん。そう思ったとき、横柄な声が聞こえた。

「シルヴィア・ストレンジ。いったいどういうことだ？」

「バート、前置きは省くわ。じつはある人物があなたの患者でないかどうかを知りたいの」専門的な不文律も社会的な慣習も無視していることはわかっていた。これはしてはいけないことだ。セラピストには守秘義務があり、生命が脅かされる状況でないかぎり患者に関する情報は一切——氏名をふくめて——明かしてはならないことになっている。

バート・ウエブスターは咳払いをした。「シルヴィア、わたしの患者から——それが誰かは知らないが——書面による許しが得られれば、そのときは喜んできみの質問に答えさせてもらうよ」

「それを承知のうえで頼んでるの。これは緊急事態なのよ」

ウエブスターはため息をついた。「どうせケヴィン・チェイスに関係することだろう。あの件では同情を禁じえないがね、シルヴィア、だが経験の浅い精神分析医は一度や二度は司法鑑定で痛い目にあうものだよ」

「患者の名前はエリン・タリー。あなたの治療を受けたことがある？」

「シルヴィア、頼むよ、そういった情報は教えるわけにはいかないんだ」

シルヴィアは早口ではっきりと自分の携帯電話の番号を告げた。「答えが『ノー』なら、電話でひとことそういってくれるだけでいいから」

シルヴィアは電話を切った。トムが彼女のひざから飛び降りて、怒ったような足取りで部屋を出ていった。

タイニー・タピアの作業班認識票には——オールド・ラスヴェガス・ハイウェイのゴミ拾いに出かける七名のほかの受刑者たちと同じく——ラミネート加工されたカラー写真がついていた。刑務官訓練所を出たばかりのスザンナ・ディロン刑務官は、まだ二度しか作業班を監督したことがなかった。それにひきかえアベル・ディーツ刑務官はすべてを心得ていた。彼の懐には四十ドルの臨時収入がはいっていて——分割払いでもっともらえる約束になっていた。勤勉な受刑者にちょっとした便宜をはかってやるのを、ディーツはどんなときも厭わなかった。

いつもはベテラン刑務官二名が作業班を連れていくのだが——この日は例外だった。ディロン刑務官はタピア受刑者になんの違和感も感じなかった。だがもっと注意を払っていれば、タピアがずっとハンサムになり、十歳ほど若返って、背丈もゆうに十五センチは高くなったことに気づいたはずだ。

作業班のほかのメンバーと護送車に乗りこむあいだも、ベンジー・ムニョス・イ・コンチャはずっと顔を伏せていた。支給品は熊手、ビニールのゴミ袋、オレンジ色の安全ベストと最小限のものだけだ。ベンジーは護送車のうしろの席にすわった。誰も彼と目を合わそうとはしない——みなタイニー・タピアの新しい風貌と関わり合いたくないからだ。だが密告しようとする者もいなかった。

二名の刑務官は護送車の前部に乗り、目的地に着くまでの二十分間、週に八十時間の労働と安い給料のことをずっとこぼしていた。ベンジーは気の毒に思ったが、彼にはほかに考えなければいけないことがあった。

ディロン刑務官が道路の片側にヴァンを停めると、受刑者たちはゴミ袋を手に車を降りてとぼとぼと歩きだした。ふたり一組にわかれてゴミを拾うよう指示が出ていた。いっぱいになったゴミ袋は口をしっかり縛っておいておくと、あとで収集車がとりにくることになっていた。ベンジーと相棒は北東の道端で作業にあたった。

気温三十二度のなか、歩いては集め、さまざまなゴミを袋に入れた。片方だけの靴、赤ん坊のTシャツ、使用済みのおむつ、ビールやソーダのアルミニウム缶、包み紙、なんとトースターまでが袋のなかに収まった。相棒とふたりで集めたビニール三袋分のゴミをベンジーは誇らしく思った。

ディロン刑務官が車に残り、ディーツ刑務官は〝道路清掃中〟と書かれたボードをサンドイッチマンのように肩にかけて歩いてまわった。傍らを絶えず車の流れが音をたてて通りすぎていく。ディーツ刑務官はタイニー・タピアの横を通りかかったが、ちらりと見ることもしなかった。

手を動かしながらも、ベンジーの目は四方八方に向けられていた。電線にとまった灰色の老《ろう》鷹《おう》。目が届く一・六キロ四方は彼の天下だ。道路を駆けてくる三匹の野良犬。ブルーの斑点があるいちばんからだの大きい猟犬が鼻づらをあげて風のにおいをかいだ。群れの長、四つ肢の道案内は、従者たちを危険から守っているのだ。はたしてハイウェイとアロヨ・オンド・ロードの交差点に出ると、猟犬は東に向きを変えて道路から離れ、広い涸《アロヨ》れ谷を走りだした。涸れ谷の先には、数分おきに稲妻が光る青黒い空を埋めるように山稜が伸びている。分水嶺。ベンジーが目指す場所だ。

目的地をはっきり視界にとらえるやいなや、彼は斑点のある猟犬のあとにつづいた。ニューメキシコの人間は何世紀ものあいだ、こうやって田野を越えて旅してきたのだ。裸足で、馬やラバの背にのって――砂の涸れ谷は自然がつくった道だった。

ベンジーは走りだした。人が見たら妙な走り方だと思ったはずだ。自分を抱くように両腕をからだにまわし、あごを引いて、そして両目は――帽子のひさしに隠れて見えないが――ほとんど閉じたままだ。彼はそうやって旅をした。水脈を探る奇妙な占い師のように広い涸れ谷を横切り、小高い丘を越え、確実な足場を見つけながら。

そうやって走りつづけた。しばらくして、帽子をうしろ前にかぶりなおした。アドレナリンがどっと噴きだし――めまいがして頭がくらくらした。

最初に見えた人家の前を通りすぎるときには、からだを低くして涸れ谷から出ないようにした。大きな白い馬にのったふたりのブロンド女性とすれちがったが、どちらも噂話に夢中で彼の方を見ようともしなかった。犬を相手に駆けっこをしている子供たちも、ただ手をふっただけだった。

太陽はすでに西の空に半ば傾き、ベンジーは、作業員がひとり足りないことはとうにわかっているだろうと考えた。だがサイレンの音もしなければ、しじまを破る警報も聞こえない。彼ベンジー・ムニョス・イ・コンチャは軽警備棟に住む無害な受刑者のひとりにすぎない。彼ごときのためにショットガンを構えて道路を封鎖するようなことはまずないだろう。とはいえ当局は彼の勝手な行動を喜んではいないだろうが。

ベンジーは目を見開いてあたりを見まわした。このまま行けばじきにサングリ・デ・クリスト山脈の麓のサンタフェ貯水池に出る。彼は消防士だ——それも最高の。炎との闘いが迫っている。たとえ彼以外は誰も火の手に気づいていないとしても。

## 21

二八五号線を北へ向かいポホアケからゴールド・カシーノの町をすぎたあたりで、マットのバックミラーにチェイニーのリンカーンが映った。

チェイニーの肩口から頭が見え、彼は友人に小さく敬礼してよこした。マットは手をふってそれに応えると、アクセルを踏みこんで大型のトラクタートレーラーを追い抜きにかかった。家畜のにおいがぷんとして、トレーラー側面の横木に茶色や白の尻が押しつけられているのが見えた。

茶色のリンカーンは巧みなハンドルさばきでぴたりとあとをついてくる。チェイニーは一刻も早く〈コック・ン・ブル〉にたどり着きたいと気がせいていた。だが運転を楽しんでもいた——こんな気分になるのは倉庫の爆発以来初めてかもしれない。ふたりの友人はこの日の朝、〈ソフィアおばさんの店〉でコーヒーとブリトーの朝食をとりながら話をした。その席でチェイニーは明日の朝ラスクルーセスに戻ると告げた。妻にはすでに電話を入れて、支局担当特別捜査官にも所在を告げていた。

スピードを時速百三十キロまであげると、長距離トラックのドライバー向けのドライブインや簡易食堂がカプリスのサイドミラーから消えていった。ブラック・メサとプエ・クリフのむこうに、この夏初めて雷雲らしい雷雲が浮かんでいるのにマットは気づいた。むくむくふくれた黒雲が砂漠の空を支配していく。それはたまらなくいい眺めで、彼は声をあげて笑った。

突然チェイニーのリンカーンがカプリスを追い越して加速し、砂埃と砂利をまきあげながらハイウェイからわき道にはいった。

「くそっ」マットは右車線を確認し、家畜を運ぶトレーラーの前を横切ってチェイニーのあとにつづいた。雨のことを考えていたせいで、ハイウェイと並行して走る支線道路におりる最後のランプをあやうく見落とすところだった。

猛スピードでドラッグストアの前を通過し、盲目の雄牛よろしくのろのろと進む年季のはいったトラクターにクラクションを鳴らした。トラクターを運転する赤銅色に日焼けしたヒスパニックの農夫は、頭を軽く下げたあとで肩をすくめた。

典型的なニューメキシコ人だ。

数秒後、マットは右に曲がって未舗装の道にはいり、次に左へ曲がって〈コック・ン・ブル〉の駐車場に車を入れた。チェイニーはすでにハコヤナギと楡の木立の下に道路と直角にリンカーンを停めていた。マットは無人のタウンカーの横にカプリスを停め、友人の姿を探した。ちくしょう、ダンのやつ、とっくに店のなからしい。

そのとき酒場のスイングドアがさっとあいてチェイニーが大股で外に出てきた。砂利敷きの駐車場をマットの方に駆けてくる。カプリスのところまでくると窓のへりに両ひじをのせて、いった。「愛しのキキは今日は非番だそうだ」

チェイニーは、木立の百メートルほど先、バーに隣接した空き地のまんなかでコンクリートブロックを下にかませたトレーラーの方にあごをしゃくった。「あれが彼女の家だ。むこうで会おう」

そういうとチェイニーは歩きだし、マットがカプリスを未舗装の道にゆっくりと出したときにはすでに駐車場を半分ほど横切っていた。

背の高い木々の横を通りすぎながら、マットはいちばん奥の楡の木にちらりと目をやった。大きなカササギが一羽、高い枝の上でダンスをしている。ほかにも白黒の仲間が五羽、どうやら真剣な家族会議の最中らしい。

ブラック・メサの上空に稲妻が走った。空気は電気を帯びてぴりぴりしている。トレーラーへとつづく轍のできた曲がりくねった土道でカプリスが弾んだ。チェイニーが軽快な足取りで空き地を歩いていくのが見えた。空き地を横切る狭くて深い涸れ谷もほとんど苦にならないようだ。トレーラーに近づくにつれて、マットは胃が締めつけられた。最後に会ったときキキは協力的だった。だが今回は、そうはいかないだろう。

トムにさよならをいってマットのトレーラーハウスから出ると、シルヴィアはドアに錠をかけた。ヴォルヴォの方に向かいかけて、ふと足をとめた。雨のにおいがする。

頭の上と南の空は晴れていたが、北に目をやると雷雲が見えた。雲はびっくりするほど大きくて力強く、からだに震えが走った。大地は乾燥して埃っぽく、豊かだった川は小川と化し、熊や鹿が餌を求めて山から下りてきていた。

そして山火事が事態をさらに悪化させている。

子供の声が聞こえたかと思うと、二台の自転車が通りを走っていった。子供たちは興奮した声でおたがいの名前を呼んでいる。遠くで車のバックファイアの音がした。ファーストフードのプラスチックのふたが突風に煽られてアスファルトの上を転がっていく。セリロス・ロードを走る車の流れが、切羽詰ったような低いエンジン音をたてて加速する。シルヴィアの腕の産毛が逆立った——空気中に大量のオゾンが発生している。

ブリーフケースを小脇にしかと抱えてヴォルヴォの方に歩きだした。バート・ウエブスターとの会話のことを思いだすといまだにむしゃくしゃした。もちろん彼から折り返し電話はなかった。シルヴィアはこれからアルバート・コーヴの顔を見にオフィスに寄って、たまった仕事を片づけるつもりだった。そのあとでラ・シエネギラの自宅に帰る。モニカ・トリースマンと息子のジャスパーが今日ロッコを返しにくることを忘れてはいなかった。ジャスパーに会えるのもうれしかったが、なによりテリアのロッコが恋しかった。

ヴォルヴォに近づきながら、車を買い換えようかとまた考えた。長年の使用と事故で、ヴォルヴォはポンコツ同然だ。サンタフェに舞い戻ったときに買った車だから、もう何年にもなる。そろそろ買い換えを真剣に考える時期かもしれない。ピックアップ・トラックなんていいんじやないかしら。

ドアのロックをはずしてブリーフケースをシートに放り、運転席に収まった。機密書類の心理テストの束をどこにしまったかど忘れして一瞬パニックになった。

イグニッションにキーを差しこんでから、ブリーフケースのなかを漁った。携帯電話をとりだし、かばんの中身をすべてシートにあけた。

ああもう、どこにあるのよ？

キーをまわすとエンジンはすぐにかかった。シルヴィアはアクセルをわずかに踏みこんだ。耳障りだがむらのないエンジン音が聞こえた。バインダーを手にとってひらいた。テストはなかにはさまっていた。シルヴィアはほっと胸を撫でおろすと、ギアを入れてバックでヴォルヴォを出した。そのとき電話が鳴った。

ブレーキを踏み、すばやく電話をつかむ。バート・ウエブスター医師はひとことだけいって電話をきった。

エリン・タリーはマットに嘘をついていた。彼女は精神科の治療など受けていない。

シルヴィアはギアをファーストに入れ、サラザール小学校の校門に向けてアクセルを踏みこんだ。そのとき、それが目にはいった——ワイパーとフロントガラスのあいだにポラロイドのカラー写真がはさまっている。写っているのは男性で、どことなく見覚えがあった。ブレーキを踏んで叩きつけるようにしてギアをニュートラルに戻すと、シルヴィアは車の外に出た。

指紋や証拠の汚染のことも考えずにそのまま写真をつかみ、薄いインクで殴り書きされた文字を見下ろす。〝人殺しのドクターへ、三人目。写真のなかにはいるのはどんな気分?〟

ポラロイドを表に返す前から、なにを目にすることになるかは直感的にわかっていた。マット・イングランドがカメラに向かって笑っていた。背後の壁は赤と緑の風船で飾られている。公衆安全局のクリスマスパーティだ。

写真にはもうひとり写っていた。マットのうしろに立っているのは、エリン・タリー。

急いでヴォルヴォの運転席に戻り、携帯電話をつかんで、そらでおぼえている番号を押した。マットのポケットベルの番号だ。

マットはキキのトレーラーの横にカプリスを停めた。車を降りたときポケットベルがぶるぶる震えだしてメッセージが届いたことを告げた。スクロールする数字のデジタル表示に目を落としたちょうどそのとき、トレーラーの戸がさっとあいた。キキが、玄関前の金属製のステップに立った。

マットはいった。「マニー・ダンのことを話してもらおうか」

「誰それ?」キキはかぶりをふり、ぽかんとした顔をした。「やっぱりね、戻ってきてくれると思ってたの。ええと、また会えてうれしいわ」

そのとき、マットはパンという音を聞いた。音の正体はすぐにわかった——銃声だ。彼は腕を伸ばしてキキをトレーラーのなかに押し戻した。それからカプリスのうしろに駆けこんで、頭を低くして銃を手にした。次の銃声が方向を知る手がかりになった。南西の方角から一発—

――こちらに向かっているダン・チェイニーのまうしろだ。

空き地にチェイニーの姿はなかった。すでにどこかに身を潜めているのだろう――そんなことができればの話だが。空き地は平坦で、隠れられるような場所はどこにもない。

また銃声が響き、マットのいるところから四、五メートル左の地面に弾がめり込むのが見えた。それとほぼ同時にダン・チェイニーの頭の先が地面からのぞいているのが目にはいった。おそらく最初の銃声が響いたときに涸れ谷に飛びこんだのだろう。さもなければ、銃弾を受けて倒れたか。

車のうしろから出られぬまま、マットはコルト四五の照準線を下に向けた。射手の姿を探して駐車場や木立に目を凝らす。車のなかに戻れさえしたら、無線で応援を要請できるのだが。

声が聞こえ、酒場から数人の客が出てきた。マットは叫んだ。「なかに戻って！　警察を呼ぶんだ！」

# 22

シルヴィアは公衆安全局の代表電話にかけて、デスクを離れる寸前のテリー・オスーナ刑事をつかまえた。そしてポラロイド写真のこと、マットと連絡をとろうとしたがだめだったことを早口で伝えた。「マットは車でポホアケに向かっているはずなの。アンソニー・ランドルが誘拐された酒場に」

オスーナがいった。「〈コック・ン・ブル〉ね。マットはこちらで探すから心配しないで」
「エリン・タリーを見つけて」シルヴィアは単刀直入にいった。「彼女はどこに行けばマットが見つかるか知ってるわ」

オスーナは一瞬言葉を失い、それからいった。「タリーの家に誰かやるわ。ポホアケにはわたしが行く。あなたと連絡をとるにはどうしたらいい？」

シルヴィアは、ハウザー判事が制服警官にジェイン・グラッドストーン、別名エリン・タリーのことを打ち明ける可能性がどれくらいあるかを考えた。

可能性はゼロだ。やってもむだなことに時間を費やす気にはなれなかった。

彼女はいった。「これからハウザー判事に会いにいってくる。エリンのことをなにか知っているかもしれないから」

オスーナがさえぎった。「ひとりで行ってはだめ。通信指令係に十分以内に警官をひとり裁判所に行かせるようにするから」

「わたしの携帯の番号は知ってるわね。つねに電話を身につけておくようにするから」

ムーン・マウンテンの裾野を越えたところでベンジーは二度目の休憩をとった。あえぐように息を吸うと、命のかすかな息遣いが——肺に空気が流れこみ、流れでていく音が、吹きすさぶ風のなかでも聞こえる気がした。

北の空で稲妻が光り、雷雲が巨大な黒船のように空の海を渡っていく。

一秒にも満たない瞬間、ベンジーは、同じ道を裸足か革のモカシンで踏破した祖先の姿を垣間見た。彼らはプエブロからプエブロへ便りを運んだ。走ることは神聖な儀式だった。危急の場合、使者の先人たちをとめられるのは死のみだった。

ベンジーはシルヴィア・ストレンジのことを、予知視で見たあの灰でできた死体のことを考えた。なにがあろうと使命を果たさなくては。

暴風にからだが前に押しだされ、すぐにまた押し戻される。まるで砕け波のようだ。潮衝にはまったスイマーはちょうどこんな気分なのだろう。方向も方角もわからなくなり、途方に暮れて。流れに——風に身を任せてしまいたくなる。ベンジーは、完全に道に迷ってしまうのではないかという恐怖に襲われた。

目をきつくつぶり、内なる羅針を研ぎ澄ます。だが方角を知るどころか、暗くて深い穴の存在を感じただけだった。頭上でジェット機の轟音がした。音はどんどん大きくなり、苦痛をおぼえるほどに轟いて、このままだと頭が割れて脳みそを吸いとられてしまいそうだ。

両手で頭を抱えると、からだが落ちはじめた。耳のまわりで風がごうごうと音をたてる。地面に激突すると思った瞬間、彼は無理やり目をあけた。ジェット機だと思ったものは鳥だった。炎の翼をもつフクロウ。地球と同じくらい老熟した深い目をもつフクロウ。

三発目の銃弾はマットの頭をかすめ、背後で土埃をあげた。高い位置から撃ってきているらしい。そして彼――もしくは彼女――の狙いは一発ごとによくなっている。銃の種類がなんであれ、かなりのパワーだ。銃声のリズムからして、おそらくリヴォルバーだろう。

着弾ポイントから判断して、どうやら駐車場の北東の角にある金属製の大きなゴミ入れと積みあげた古タイヤのあいだあたりから撃ってきているらしい。だとすると、チェイニーは格好の標的になる。

マットはゴミ入れに狙いをつけ、引き金に指をかけた。ツーバイフォーの廃材といちばんこんもりしたチャミーソの茂みがある方へ、チェイニーが涸れ谷に沿ってじりじりと近づいていくのを視界の隅にとらえる。ＦＢＩ捜査官は地面に腹這いになっていた。おそらく物陰に飛びこむチャンスをうかがっているのだろう。

キキがトレーラーのなかから叫んだ。「いったいなにがどうなってるの?」

離れていろと警告しようとしたとき、マットはダン・チェイニーのからだが不意の衝撃にびくんとのけぞるのを見た。同時に銃声が聞こえた。

チェイニーが撃たれた。

ハイウェイの喧騒に混じってバイクのエンジン音がした。音のする方を目で追うと、狙撃犯が派手な曲乗りで駐車場から未舗装の道へ出てくるところだった。道路のくぼみにタイヤをとられ倒れかけたが、バイカーはなんとかこらえた。

ケヴィン・チェイスだ!

マットが狙いをつけ、ケヴィンが股のあいだから銃を引き抜く。距離は約十五メートル。相手の拳銃が火を噴くのがかすかに見えた。あぶない、とチェイニーに叫んだが、鋭い銃声がマットの声をかき消した。銃弾がマットの耳元をかすめた。マットは銃で応戦しながらカプリスのうしろに飛びこんだ。心臓が激しく打ち、胸を突き破りそうだ。

バイクが加速し、横すべりしながら支線道路に向かった。マットはすばやく立ちあがりチェイニーに駆け寄った。チェイニーは地べたにすわっていた。片方の手で上腕を押さえている。シャツの袖に血がにじんでいた。顔は真っ青で、息も荒い。

チェイニーはいった。「やつをつかまえろ!」

マットは、こわごわとトレーラーから出てきたキキに叫んだ。「救急車を頼む」

それから走ってカプリスに戻り、車を急反転させて猛スピードで支線道路に向かった。サイレンのスイッチを入れ、ポホアケ・マーケットとリカーストアの前を疾駆しながらコード・サーティー——応援要請、緊急——と無線連絡した。発砲事件だ。警官が負傷した。

ハイウェイと平行して北に向かう。道はすいていて、六十メートル前方のホンダのバイクがはっきり見えた。だがその先は、〈バーガーキング〉にはいる車の列がバイクの進路を阻んでいる。

ホンダは速度をあげて左車線にはいり、キャデラックと平台型のトラックを追い越した。右車線に戻るかわりに、ケヴィン・チェイスはホンダをさらに左の路肩へ寄せた。南行きのレンジローヴァーがけたたましくクラクションを鳴らした。

三秒後、カプリスの速度計の針は百四キロあたりをうろつき、マットはケヴィンが右車線を避けた理由を知った。車の流れが滞っているのだ。車高を高くした車、低くした車、ファミリータイプのステーションワゴンが数珠つなぎになっている。

何枚ものポスターが、減速の理由を告げていた。〝ビンゴ・アンド・スロット新装開店!〟

マットは小声で毒づき、乱暴にハンドルを右に切った。

だがすぐに、渋滞を回避する方法を思いついた。車のあいだを縫うようにして、〈ティオのメキシコレストラン〉の駐車場にカプリスを入れる。そこでアクセルを思い切り踏みこんで駐車場を走り抜け——プロパンガスのタンクに激突しそうになるのを間一髪のところでよけた——縁石を越え、灌漑用水路を横切って土の道に出た。バイクとの距離は、さらに二百メートルほどひらいていた。

おまわりとの距離がそう離れていないことはわかっていた。ケヴィン・チェイスは、割れたガラスやゴミや石ころが散乱する路肩に沿ってホンダを飛ばした。体重移動でバランスをとり、ブレーキを操り、下水溝を飛び越える。

彼はブタみたいに汗だくだった。塩辛い水が目を刺し、顔を伝い落ちる。それでもゾクゾクするほど興奮した。びりびりするなまあたたかい風も、目の前にいきなり現われる対向車も、おまわりの車のうるさいサイレン音も。

てゆーか、ここまでは計画どおりだ。シルヴィアのおまわりを撃ちそこなったのは痛かったが。アドレナリンが出すぎて、最初の三発は引き金を強く引きすぎてしまった——三発ともマット・イングランドにぶち込むはずだったのに。

どこかのまぬけのトラックが落としていったゴミのはいった袋をよけようと、ケヴィンはとっさに進路を変えた。と、まるで降ってわいたかのように、前方で車が一台立ち往生している。やむなくホンダをぐいと右に向けて両車線を突っ切り、ビンゴ・パレスの駐車場にはいろうとする車のあいだを縫った。車高を高くした車《ハイライダー》の前をかすめたとき、ヘルメットがクロムめっきのバンパーをこすった。耳をつんざくサイレンをかき消すほどのクラクションが聞こえた。

「ちんけ野郎が！」ハイライダーがうしろから煽ってくる。こんなときはこうするまでだ。ケヴィンはうしろのドライバーに中指を立てると、駐車中の車を縫ってジグザグに走りだした。もう少しで最後尾というとき、一台のトヨタ4ランナーが列を離れてホンダの前に出た。だから最初からうまくいくはずないと思ったんだ。うわぁぁ！　くそおぉぉぉ！

マットのカプリスはX字型のバリケードを抜けた。ビンゴ・パレスの駐車場にはいって近道をするのだ。子供たちを満載したコンバーチブルをすんでのところでよけた。七十キロ近いスピードでわきを通りすぎるカプリスに、コンバーチブルのバックシートから女の子たちが手をふった。マットには、ピンク色とグリーンと笑っている顔がちらりと見えただけだった。彼の目がホンダをとらえた。

疾走するバイクのうしろを、ばかでかいタイヤをつけたハイライダーが、駐車中の車の列を縫って走っていく。

突然、バイクが倒れた。バイクは横すべりしながらハイライダーの車体の下にもぐり、マットの視界から消えた。と思うまもなく、カプリスが駐車禁止の標識に突っこんだ。がしゃんという金属音に、マットは思わずすくみあがった。

車をバックさせて標柱から離れ、ケヴィンが転倒した地点までの短い距離を急ぐ。バイクが見えてきた。トヨタ4ランナーとハイライダーのあいだで横倒しになっている。ごついからだつきのトラック運転手がその体重にものをいわせて、逃亡犯をトラックの荷台に押しつけていた。

カプリスが横すべりしながらとまり、マットは車から飛びだした。

「警察のものだ！」

トラック運転手はそのままの姿勢でマットをにらみつけた。「このあほんだらがおれの車に傷をつけやがったんだ」

マットは拳銃を抜いて、いった。「さがっていろ」それからケビン・チェイスに近づき、うしろ手に腕をねじりあげた。ケヴィンの両手に手錠をかけ、ボディチェックをする。拳銃はなかった——おそらく道路のどこかに落ちているのだろう。

ケヴィン・チェイスは、怯えたように目を見開いてマットを見あげた。「キラーがやれっていったんだよ！」

「キラーは誰なんだ？」マットは手錠をぐいとつかんで、腕をさらにねじりあげた。

ついにケビンの口から切れ切れに言葉が発せられた。「エリン……エリン・タリー」

# 23

シルヴィアは、ハウザー判事の自宅の前、メルセデスの横にヴォルヴォを停めた。ここには前にもきたことがあった。いちばん最近は約一年前のゾゾブラの祭り――〝憂鬱の人〟を燃やす異教の伝統的行事――のパーティーのときだ。あの夜のことはよくおぼえている。同じ日の晩に、友人で仕事仲間のマルコム・トリースマンがセント・ヴィンセント病院の集中治療室に移されたからだ。ナサニエル・ハウザーはいつもシルヴィアにやさしかった。ずっと目をかけてくれていた。あの夜、高さ十五メートルの巨大な人形が燃えあがり、炎がサンタフェの空を赤く照らすさまをここのベランダから眺めながら、しばらくふたりで話をしたのをおぼえている。

車を降り、音をたててドアを閉めたところでシルヴィアは立ちすくんだ。ここでいったいなにをしているの？　判事はエリン・タリーの居場所など知らないかもしれない。なにも話してくれない可能性だってある。それに、もう手遅れってことも……。

そんな思いを打ち消すと、シルヴィアは不安げに腕時計に目をやった。そろそろ州警察から誰かきてもいいころなのに。予定変更のメッセージは通信指令係に伝えてあった。だが屋敷につうじる長い私道にはいってくる車の影は見えなかった。それにテリー・オスーナからも連絡はなかった。

シルヴィアは敷石の小道を歩いて玄関前の階段をあがった。扉をノックしたが返事はない。呼び鈴を鳴らすと、家のなかで犬が吠えるのが聞こえた。この低いバスはおそらくアドービだろう。小型犬の甲高い鳴き声がそれに混じった。

いまから十五分前、裁判所に電話をしたシルヴィアは、判事には今日審理の予定ははいっていないと秘書のエリーから告げられた。「家に戻る、と判事はおっしゃってました。このところずっと体調がよくないらしくて、ちょっと心配しているんです」

エリーの声には判事のことを案ずる気持ちがありありと現われていた。それも当然だろう。ナサニエル・ハウザーは口数こそ少なかったが、公平な人物として知られている——判事としても、ひとりの人間としても。

シルヴィアは、ベランダのある家のわきの方へ歩きだした。

「シルヴィア?」

ふりかえると、玄関先の階段に判事が立っていた。足元がふらつき、目がうつろだ。ぐあいが悪いのか、それとも酔っ払っているのだろうか?

シルヴィアはいった。「だいじょうぶですか、ネイサン?」

答えが返ってくるまでに少しかかった。「ちょっと休んでいたんだ。さあ、はいってくれ」

シルヴィアは彼のあとについて屋敷にはいった。床は土だった――といっても高級な。血のように赤い土を押し固め、光沢を放つほどに磨きあげて、アクリル樹脂で仕上げをしてある。玄関の間の先にある四つの部屋のドアはすべてあいていた。シルヴィアはアーチ型の戸口をくぐって大きな居間に足を踏み入れた。天井に太い梁を渡し、漆喰の壁もみごとなほどになめらかだ。奥の方の部屋でアドービが狂ったように吠えているのが聞こえた。

半ば引かれたカーテンの隙間から射しこむ陽光が縞模様を描いている。部屋のなかは杉の香りがした。シルヴィアは判事の向かいの背もたれの高い椅子に腰を下ろした。判事は彼女がいることを忘れてしまったかのようだった。じっと、どこか遠くを見つめている。

話をどう切りだせばいいものか。シルヴィアはそっと声をかけた。「ネイサン?」

彼の目がシルヴィアの方にさっと向けられ、一瞬ぼんやりしたあとで焦点が戻った。彼はいった。「あまり時間がないのだよ。エリンのことを知りたくてきたのだろう」

「はい」ここまでくる車のなかであらかじめ考えておいたすべての言葉を――マットのこと、ポラロイド写真のこと、エリンのこと――シルヴィアはのみ込んだ。

ハウザーはうなずき、大儀そうにまぶたをあげた。「あの子はそれはそれはいい子だった。子供というのはおしなべてかわいらしいものだが――あの子は特別だった。天使だったよ。そしてあの子とデュポンは一心同体だった……実の兄妹のようにね」

過去に思いを馳せてハウザーは顔を歪めた。夢うつつでため息をつく。「彼女をここへ連れてきたのはあの子のためになると思ったから……過去を消す手助けになると思ったからだ」

まるで過去を消すことができるかのように。シルヴィアはいった。「あなたがジェイン・グラッドストーンをここへ連れてきた?」

判事は小さくうなずいた。「わたしにはコネがあるからね……。病院から出てきたあの子のためにわたしは新しい生活を用意した。エリン・タリーとしての新たなスタートを。しばらくはうまくいくかに見えた」

シルヴィアはかぶりをふった。「彼女は人をふたり殺しているんですよ」彼女は椅子から身をのりだした。「あなたの助けが必要なんです」そしてマットの写真をハウザーに渡した。ハウザーはちらりと見ただけだった。

「マットが危ないんです、ネイサン。エリンがいそうな場所を知っているのはあなたしかいないんです」

判事が顔をあげた。赤らんだ頬は涙に濡れていた。消え入るような声で彼はいった。「本当にすまない」

そのとき判事のまうしろにある手彫りの装飾をほどこした背の高い扉がさっとひらき、エリン・タリーが部屋にはいってきた。黒っぽい髪を下ろして、まるで抜け殻のようにうつろな目をしている。彼女の手には三八口径のリヴォルヴァーが握られていた。

クリスト・レイ教会の古いアドービれんがの壁ほど美しいものは見たことがないとベンジーは思った。だがぐずぐずしている時間はなかった。大フクロウのあとを追わなくては。フクロウはアッパーキャニオン・ロードと並行するサンタフェ川に沿って飛んでいく。

川沿いに立ち並ぶ家は、それぞれに違った顔をしていた。八十年前に建てられた回廊つきのアドービれんがの屋敷の隣は太陽光をさんさんと浴びるソーラーハウスで、その隣は納屋風のアトリエのある石造りのコテージ。

ベンジーは、観賞用の池がある誰かの庭を通り抜けた。よどんだ池に目をやると、オレンジ、白、赤の鯉の群れがみな同じように尾をくねらせていた。そのリズムに催眠術をかけられたようになったが、ここでペースを落とすわけにはいかない。彼は山を目指して進みつづけた。

もう少しで貯水池の入口に着くというとき、道案内のフクロウがいなくなっていることに気づいた。フクロウに見捨てられた。そう思ったとたん、えもいわれぬ恐怖を感じて足がすくんだ。これこそがベンジーをくじき、飛べなくさせるもの。この恐怖という感情こそが、彼の力を奪う唯一のものだった。

周囲は山々に取り巻かれている。貯水池の先はスキー場だが、夏のあいだはただの荒れ地になっているはずだ。ベンジーは鼻を刺激する灰のにおいを感じた。灰。煙。炎。

背後に気配を感じてふりかえると、あのフクロウがいた。未舗装の道路の入口近くの高い松の木の枝にとまっている。ざらざらした木肌に力強い爪を立て、呼吸のたびに灰色の羽がかすかに動く。フクロウはその羽に覆われた無表情の顔をゆっくりと百八十度回転させて、まっすぐにベンジーを見据えた。

シルヴィアはエリン・タリーとして知っていた女性をまじまじと見た。目元にも口元にも以前の面影はまるでない。激しい怒りがエリンの容貌をすっかり変えて、冷ややかで険しいものにしていた。

エリンがいった。「ずいぶん時間がかかったじゃないの。待ちくたびれたわ」

「エリン、マットはどこ?」シルヴィアは必死に平静を装った。

どこか別の部屋でアドービが激しく吠えて、出してくれと訴えている。ドーベルマンは前肢で木をひっかいていた。ハウザー判事は初めて犬の鳴き声に気づいたようだった。当惑顔でエリンを見たが、彼女はそれを無視した。シルヴィアだけに神経を集中している。

エリンは微笑んだ。「キラーが裁きと処刑への道をたどる時がきたようだ」

シルヴィアはぞっとした。それはデュポン・ホワイトの声だった。

エリンはいった。「おまえたちは信用できない、誰ひとり」

シルヴィアは注意深くエリンをうかがい、正気と狂気の境を見極めようとした。エリンは汗ばみ、呼吸が異常に速く、からだをこわばらせている。だがその目にはかすかに知性のきらめきがあった。

「ラスクルーセスの爆発のあとデュポンはわたしのところへきた。彼は撃たれていた。三日三晩、わたしは彼のそばについていた、片時も離れずにね。そして彼は戦士らしく死んでいった。そのあともわたしは彼を自分のそばにおいておいた」

屋敷の上空を通過する飛行機の音にエリンの注意が一瞬それた。彼女はエンジン音が遠ざかるまでじっとしていた。

静寂が戻ると、低い声でいった。「おぞましい夢は……絶対に消せはしない」彼女はシャツのボタンをはずしはじめた。首すじから胸にかけて色が塗られていた。念入りに描かれた鳥の絵が、小さな乳房に塗りたくられた赤と黒の泥に混じって消えかけている。メーキャップ用のドーランにはじかれた汗が滝のように肌を伝い落ちて、ベルトの下のズボンのウエスト部分に染みこんでいた。

エリンは腰に下げた革の鞘から左手でバックナイフを抜いた。ため息がもれた。「その悪夢がわたしを苦しめた」ナイフの刃先を胸にあて、なめらかな肌に斜めに刃をすべらせる。血が玉のように噴きだして、肋骨を伝った。痛みに動じた様子もない。その目は水のように冷ややかで澄んでいた。指はリヴォルヴァーの引き金にかかったままだ。

エリンはナイフを鞘に戻した。それから親指を肋骨にこすりつけた。そしてふたりのとらわれ人にじっと目を据えたまま、血の混じったドーランを右の頬に、次に左になすりつけた。

エリンの目に自分がどう映っているかシルヴィアは知っていた。エリンが愛した男性を奪った女。エリンが殺した男たちを理解することで身を立てている精神分析医。人殺しのドクター。

そしてエリンも、そんな人殺しのひとりになった。

銃の重みで震えだした手で撃鉄をなんとか起こすと、エリンは判事に近づいた。「なぜやつらをとめてくれなかったの？　そうするのがあんたの役目だったのに。あんたもやつらと同じクズよ」囁くようにいうと、からだをぶるぶる震わせた。「だからアンソニー・ランドルがあんたの法廷から大手をふって出ていけるようにしてやったのさ」

判事はぴくりとも動かなかった。年老いた顔にはぼんやりとした表情が浮かんでいる――甘んじてすべてを受け入れた人の顔だった。彼はいった。「わたしを殺したいなら、やりなさい」

そのひとことで、張り詰めていたエリンの糸が切れた。一瞬、彼女は途方に暮れた顔をした。まるで迷子の子供のように。シルヴィアは〈デビルズ・デン牧場〉で夏をすごした幼い女の子のことを思った。その少女がここにいた。この部屋で、心の痛みに苛まれて気も狂わんばかりになっている。

ハウザーがふたたび口をひらき、当惑を声ににじませた。「どうしたんだね、ジェイン？ わたしを殺しにきたんだろう？ それがおまえの望みなのだろう？」彼は椅子の上でからだをずらして震える手を差し伸べた。ひどくぐあいが悪そうだ。額に玉の汗が浮かんでいる。顔は燃えるように赤く、いまにも心臓発作を起こしそうに見えた。目はうつろで、焦点が合っていなかった。

エリンはズボンのうしろポケットから一枚の写真をとりだしてナサニエル・ハウザーの方に放った。写真は判事の足元の床に落ちた。彼女は嘲るようにいった。「あんたはこれをデュポンに渡した。いまさら正義に目覚めたところでクソの足しにもならないんだよ」

シルヴィアは写真を見下ろした。それは、彼女がモーテルで見つけた写真と似ていた。幼いジェイン・グラッドストーンが全裸で縛られている。穢された天使。シルヴィアはエリンの視線を感じて目をあげた。一瞬、写真の少女の目をエリンのなかに見た気がした――だが少女はすぐにグロテスクで原始的なキラーの仮面の奥に消えてしまった。

エリンが三度引き金を引くと手のなかの銃が息を吹き返し、火を噴いて銃弾を吐きだした。一発目はシルヴィアの喉をかすめた。二発目はナサニエル・ハウザーの背後の壁にめり込んだ。最後の一発はガラスをこなごなにした。

判事が撃たれていないことに気づくまで少しかかった。

ハウザーはぼんやりとエリンを見あげた。彼の両腕がだらりと垂れた。家のなかはしんとして、ドーベルマンの不安げな鳴き声だけが響いていた。

# 24

エリン・タリーはシルヴィアのわき腹にリヴォルヴァーの銃身を突きつけた。「立って。歩くのよ」

エリンはシルヴィアより身長こそ二、三センチ低かったが、体重は六十三キロもあり、しかも筋肉のかたまりだった。それに加えて、彼女には現実とのつながりをすべて断った人間特有のパワーがあった。

エリンの精神構造はきわめて脆弱で、意識や記憶や認識力——さらにはアイデンティティまでが混乱をきたすと、いつの間にか解離状態、つまり意識の連続性を失った一時的な記憶喪失状態に陥ることを、シルヴィアは知っていた。いまはまともでも、次の瞬間にはそうでなくなる。その波を予測しようとするのは、煙をつかむようなものだ。そして、エリンの銃には少なくともあと一発は弾が残っているはずだった。

エリンの目は異様な輝きを帯び、からだからつんとするにおいを放っていた。黒い髪は自分の血でもつれている。

シルヴィアはいった。「このままでは判事が死んでしまうわ、エリン。心臓発作を起こしたのよ。早く助けを呼ばないと――」

「いいから行って！」

シルヴィアは震える息を深く吸いこむと、家から出て敷石の小道を自分の車の方に向かった。私道は閑散としていた。木々の深い緑が、周囲の家やその先の道路からの視界をさえぎっている。奇妙な女性のふたり連れ――ひとりは半裸で、からだにペイントをほどこしている――に気づくものはいなかった。

シルヴィアはうしろをふりかえり、指示を待った。

「そっちよ」エリンは敷地の背後にある山の方へリヴォルヴァーをしゃくった。

シルヴィアは屋敷のわきの道を進んだ。ベランダの前を通り、芝生がきれいに刈りこまれた小さな庭と果樹園を――林檎と梨とアンズと桃の木があった――横切る。そして松とハコヤナギの雑木林のなかにはいった。このまま行けば離れか――たぶん納屋かなにかに出るのだろう、とシルヴィアは思った。だが深い林を出ても、狭くごつごつした道がさらにつづいていた。

シルヴィアはどっと落ちこんだ。ようやく誰かが探しにきてくれたとしても、これでは絶対に見つからない。

マットは叩きつけるようにしてカプリスのギアを入れ、ナサニエル・ハウザーの屋敷があるアッパーキャニオン・ロードを目指してアラメダ・ストリートを疾駆した。通信指令係はシルヴィアの伝言をテリー・オスーナに取り次いでいた。

なんだって彼女はひとりで判事に会いにいったりしたんだ？　シルヴィアのやつ、見つけたら殺してやる！

はっか菓子《ライフセイヴァーズ》を口に放りこみ、駐車中の車と観光バスのあいだに無理やりカプリスを押しこむ。車体がこすれて、塗料がはげた。今日はカプリスを散々な目にあわせている――これが自分の車じゃなく警察車両でよかった。

渋滞がひどい。急がないと手遅れになる。

マットはアクセルを目いっぱい踏みこむと込んだ道路をいきなりはずれて、きれいに手入れされた誰かのサボテン・ガーデンをがたがた弾みながら走り抜けた。ウチワサボテンとヒラウチワサボテンがタイヤに踏まれてぐしゃぐしゃになった。

これまで完全にエリンのことを見誤っていたなんて信じられない。おれはなんてまぬけなんだ。

かつてはランドル・デイヴィの地所だったアッパーキャニオン・ロードの高級住宅地には、わずか十数件の家しかない。ハウザーの屋敷は通りのいちばん奥にあった。その先には山並みと――サングリ・デ・クリスト山脈のはじまりだ――貯水池と原生林がある。

急ハンドルを切ってハウザー家の私道にカプリスを入れ、アクセルをいっぱいに踏みこんで急な坂道を一気にあがった。そしてシルヴィアのヴォルヴォの横でブレーキを踏んだ。

次の瞬間には、車を降りて屋敷に向かって歩いていた。玄関の扉はあいていた。人の気配に耳をすませたあとで、慎重に家のなかに足を踏み入れた。ナサニエル・ハウザーはひじかけ椅子にもたれて眠っていた。どこかで二匹の犬が吠える声がしている——低いバスとキャンキャンという甲高い声。

「ネイサン？」少しして、マットは判事が死んでいることに気づいた。これといった傷は見られない。おそらく心臓発作か脳卒中だろう。ハウザーの足元の床に写真が一枚落ちていた。

床にひざをついて写真をじっくりと見た。またしてもジェイン・グラッドストーンの……いや、エリン・タリーのポルノまがいの写真だった。だがこれまでの写真とどこか違った。少女がふたり写っている。いやそうじゃない。鏡だ。ジェインが鏡に映っているのだ。鏡のなかにもうひとり、別の人物が映っていた。この写真を撮った人物が自分も写真のなかに入れていたのだ。男は全裸だった。カメラで顔の半分が隠れているが、その顔には見覚えがあった。ガレット・エリントンだ。

マットは判事のそばを離れ、屋敷を上から下までくまなく調べた。シルヴィアはもちろんエリンの姿もなかったが、少なくとも三発銃弾が発射された痕跡があった。そして床には血痕も。どうやらもうひとり犠牲者がいるらしい。

ああ、どうかシルヴィアではありませんように。

屋敷の外に飛びだし、ふたりの女性がどちらへ向かったかを考える。ここから離れる道すじは何本もある。

サイレンの音が近づいてきた。テリー・オスーナがこちらに向かっているのだろう。マットは途方に暮れてしばしその場に立ちつくしたが、やがて心を決めた。車でこの付近をしらみつぶしにあたろう。ふたりはおそらくエリンの車で大通りに戻ったのだ。マットは車寄せをダッシュした。カプリスの手前まできたとき、目の端になにかの色をとらえて頭をめぐらせた。果樹園の端で男が手招きしているのが見えた。男は林檎と梨の木のあいだに立っていた。狂ったように両手をふりまわし、いまにも走りだしそうだ。青い作業服を着て、痩せ型で、肌は浅黒い。マットは前にもこの男を見たことがあった。

消防士で受刑者のベンジー・ムニョス・イ・コンチャだ。

マットはわけがわからず、大声で呼びかけた。この受刑者がここにいる理由を頭のなかで必死で考えながら。

ベンジーが木々のあいだに姿を消した。

マットはあとを追った。

# 25

道が険しくなるにつれて、あたりの風景もポンデローサ松から背の高いモミやトウヒへとかわっていった。ここまでくると気温はだいぶ涼しいが、陽射しが背中を焼き、喉が渇いてひりひりした。頭もぼうっとして、何時間も歩いているような気がしたが、腕時計に目をやると実際には山を登りはじめてまだ十九分しかたっていなかった。

シルヴィアはペースを落とした。人質である彼女にとって時間は最後の望みの綱だ。時間がたてばたつほどこの状況から逃げだすチャンスも増え、そうなれば結果的に生き延びる確率も高くなる。エリンの行動は脈絡がなく予想がつかないが——彼女がシルヴィアを殺そうと考えていることだけははっきりしていた。

シルヴィアを怯えさせているのは自分自身の死の可能性ではなかった。仮にそのときが迫ったとしても、自分の運命は自分でまだなんとかできる。恐ろしいのは、この道の行き着く先でマットの死体を目にするのではないかということだった。

ときおり道幅が広くなると、エリンはシルヴィアと並んで歩いた。そんなときのエリンは熱い目でシルヴィアを見つめ、彼女の顔を心に刻みつけようとするかのように見えた。道幅がふたたび狭くなってひとりで歩くのがやっとになると、エリンはまたシルヴィアを先に行かせた。道がさらに険しさを増した。シルヴィアの息が荒くなる。むきだしの腕を木の枝がひっかく。汗で肌がむず痒い。エリンは少しも意に介していないようだった。

木立の壁に行く手を阻まれ、シルヴィアは足をとめた。

エリンが静かな声で「そこを通って」といい、地面近くの枝のあいだにできた小さな穴をゆびさした。シルヴィアは身をかがめ、自然がつくった入口をなんとかくぐった。尖った葉や小枝が肌にみみずばれを残し、顔をひっかく。どこか狭くて窮屈な場所に出るものと思ったが、そこは縦横三十メートルほどの開拓地だった。公有地に勝手に住んでしまう不法定住者の居留地のように見えた。エリンがあとから姿を現わすと、シルヴィアは周囲に目をやった。遠くにサンタフェの町が望め、手前には川谷とハウザー判事の屋敷が見えた。

風が勢いを増し、稲妻が空を引き裂いた。地面は松葉とかんなくずでいっぱいで――まるでマッチ棒を敷き詰めたかのようだ。開拓地の入口の両側に枯れ落ちた枝が山になっているのを見てシルヴィアは不審に思ったが（しかも金属のガソリン缶まである）、そのとき別のあるものに視線を吸い寄せられた。空き地のむこう端、露出した岩の横に白いパネルトラックが停まっている。新たな恐怖がシルヴィアの背中を駆け抜けた。

彼女はエリンをふりかえった。「マットなの？」

「行って、自分の目でたしかめれば」エリンは空いた方の手で金属製のライターのふたをあけ、大胆にも顔の前に火をかざした。

シルヴィアは背中を向けてトラックの方へ歩きだし、しまいには走りだした。トラックの後部ドアまであと少しというとき風向きが変わった。まるで追い詰められた獣のように、北風が渦を巻きながら吹きつけてくる。砂とガソリンの味がしたかと思うと、つんと鼻をつくにおいは消えた。シルヴィアの両手がドアの取っ手にかかる。思い切り引きあけた。

トラックのなかはからだった。

めらめらと怒りが燃えあがり、シルヴィアは叫び声をあげてさっとふりむいた。「彼はどこ？」エリンにどなったが、風が声をかき消した。

エリンはそれには答えず、ただ空き地の反対側で両足を広げて立っていた。背後に見える乾いた枝の山の上にライターがおいてあり、生まれたばかりの火がパチパチと音をたて、緑色の松の枝と出会った瞬間にシューッと鳴いた。火は見る間に消えて、小さな蛇のように林床を伝って退散した。

激しい怒りに駆り立てられ、シルヴィアはエリンに向かって突進した。数メートル行ったところで方向を変え、横すべりしながらとまる。気がつくと、からだが左右に揺れていた。激しい殺意にわれを忘れた――あの崖の上でケヴィン・チェイスと向き合ったときのように。彼女はエリン・タリーを殺したかった。

エリンがリヴォルヴァーをあげ、右手の上に左手を重ねてシルヴィアの心臓にまっすぐ狙いをつけた。

シルヴィアははっと足をとめた。銃を見てひるんだ、というだけではなかった。そこには越えてはいけない一線があった。シルヴィアはぎりぎりのところで踏みとどまったのだ。

エリンもそれに気づいた。その瞬間、激しい怒りが彼女のなかから消えていった。彼女は銃を空に向けた。そのからだから生気が抜けていくように見えた。

だが消えてなくなったのはエリンの殺意だということをシルヴィアは知っていた——そして殺意とともに、自分が犯した罪と生きていこうとする意欲までが失われようとしていることも。エリンはまるで酒に酔ったようにふらふらとリヴォルヴァーを口元にもっていくと、銃口をくわえて引き金を引いた。だがなにも起こらなかった。

信じられないという顔で口から銃を引き抜くと、エリンはさっと行動に移った。枯れ葉を蹴散らすようにして、先刻火を熾そうとした枯れ枝の山から数センチのところを突っ切る。目で見るより先に、エリンは炎の音を聞いた。彼女がつけた火は死んではいなかった。彼女はふりむき、地面を舐める黄色い炎を見つめた。ジジッという音とともに雑草が燃えあがる。ここでも。あそこでも。

エリンの背後には緑の森が広がっている。炎の魔の手に触れられぬままに。森は穢れを知らず無防備に見えた。この風では、火は数分で燃え広がってしまうだろう。

エリンは小さな火のまわりを用心深くまわっていた。そのとき視線が、二、三メートル先のガソリン缶の上でとまった。彼女は缶の方に近づいた。そのあいだもずっとシルヴィアの目を意識している。

シルヴィアは叫んだ。「わたしならあなたを助けられる」

「アンソニー・ランドルを助けたみたいに？　ジェシー・モントヤを助けたみたいに？」エリンはドーランを塗った顔に指をすべらせた。そのしぐさは、あたかも汚いものを拭い去ろうとしているかのように見えた。

シルヴィアはじりじりと前に進んだ。エリンとの距離は約六メートル。「助けてくれと、わたしに電話をくれたじゃないの」

エリンは激しく首をふりながら、熱い砂浜に裸足で立った子供のようにそろそろと歩を進めた。一歩、また一歩とガソリン缶に近づいていく。濡れた髪が頭に張りつき、頬のドーランは泥で汚れ、目は異様な輝きを帯びている。

彼女は不意に立ちどまり、ガソリン缶をもちあげた。缶を頭上に掲げると、ホースの先からどくどくと液体が流れだした。ガソリンがゆっくりと髪を伝い、胸元に流れ落ちる。

「缶を下におきなさい」シルヴィアは落ち着いた声を出そうと努力した。

シルヴィアを見て、エリンはうなずいた。そろそろと缶を下ろして地面においた。

シルヴィアは片手をあげてエリンの方に差し伸べた。ふたりの距離はわずか五メートル。

エリンは、右手にまだしっかりとリヴォルヴァーが握られていることに気づいたようだった。ぼんやりと銃を見つめた。その目的も使い方もわからないというように。引き金を引くと今度は銃口から弾が飛びだし、シルヴィアの二メートル手前の地面を吹き飛ばした。

エリンはそれからいきなり片足を蹴りだした。ガソリン缶が倒れて、ホースから液体がこぼれだす。ガソリンのにおいがあたりに広がった。黒っぽい水たまりが、じりじりと小さな火の方に近づいていく。

「やめて」シルヴィアは目にかかった髪をふりはらった。砂と塩の味がした。エリンは病める心のどこか深いところに触れたのだ。他人への殺意から彼女を守ってくれる場所に――だがそこも自殺衝動からエリンを守るだけの力はなかった。

火の手はまだ弱く、炎の円を描いているだけだったが、缶から勢いよく流れだすガソリンから数メートルしか離れていなかった。だがガソリンと出会うより早く、火はその無数の黄色い舌で揮発ガスを味わって、身震いしながら大きく燃えあがった。

シルヴィアはたじろいだ。エリンはその場に立ちつくし、勢いを増す炎を新たな恐怖をたたえた目で見つめている。エリンの手から銃が落ちるのを見て、シルヴィアは前へ飛びだした。しかし、エリンとのあいだの短い距離を縮めるより早くガソリン缶が爆発して、炎と金属とガソリンの衝撃をまともに受けて、シルヴィアは地面に叩きつけられた。肺から空気が押しだされる。呆然としながら、あえぐように息を吸った。木の枝や石がばらばらと手やひざにあたる。ガソリンで肌がひりひりした。

シルヴィアは自分の名前を呼ぶ声と――それから悲鳴を聞いた。炎がエリンをつかまえたのだ。シルヴィアは立ちあがり、めまいと闘いながらよろよろと前に出た。

炎がエリンのズボンを這いあがり、彼女のからだが硬直するのが見えた。エリンのブーツは、真っ黒な煙に隠れて見えない。

地面が焼けるように熱い。火が靴底からからだのなかにはいってくるような気がする。新たな爆発による炎がエリンをのみ込もうとしたまさにそのとき、シルヴィアは手をいっぱいに伸ばした。

エリンの腕をつかみ——引き戻そうとする炎の力に抗って——背中から倒れこむ。からだから力が抜けていくのを感じて、シルヴィアは悲鳴をあげた。誰かが彼女の名前を呼んだ。目の前に男性が浮かんでいた。最初は誰かわからなかったが——少ししてはっと思い至った。消防士のベンジー・ムニョス・イ・コンチャ。彼はシルヴィアを炎から遠ざけると、シャツをぬいでエリンの脚についた火を消した。

シルヴィアは息をしようとしたが空気がなかった。あるのは渦を巻く灰色の煙と灰だけだ。気が遠くなるのを感じた。

マットの声に、はっとわれに返った。彼が叫ぶ。「ここから抜けだすぞ！」

シルヴィアは自分がパネルトラックのそばにいることに気づいた。見上げると、マットがこちらに走ってくるのが見えた。エリンを肩に担いでいる。

「ベンジーはどこ？」シルヴィアはきいた。

「トラックのエンジンをかけろ。ここから離れるんだ」

シルヴィアは自分を奮い立たせ、運転席側のドアを強く引いた。焼けるような痛みが腕を貫く。キーはイグニッションにささったままで、エンジンがかかり安定したリズムを刻みだすと、彼女は小さく感謝の祈りを唱えた。

トラックの後部ドアがあき、マットが金属の床にエリンを寝かせた。

火がのたうちながら、エネルギーと勢いをため込んでいるのが見える。マットが運転席に飛び乗るとシルヴィアは隣へずれた。「ベンジーはどこ?」もう一度きいた。

「わからん。もう待てない」

マットは煙と炎を避けて、山の裏側を下る険しい道に車を走らせた。サンタフェ貯水池が見えてきたころ、ようやく消防車のサイレンが聞こえた。

# 26

まるで巨大な獣の背骨の上に立っているようだ。山の背が空にぎざぎざの線を描き、眼下の高原へと落ちていく。シルヴィアとマットは地面から大きく突きだした平らな花崗岩の上に立っていた。狭い山道から、ワイヤーヘヤードテリアのロッコがふたりを見あげている。

風はひんやりとしてすがすがしく――まるで水のようだった。北東の地平線ではサングリ・デ・クリスト山脈が、〝キリストの血〟の名のとおりに赤く染まっている。十日前に三十エーカーを焼いた山火事の痕跡はどこにもなかった。

尾根の西側から黒々とした雷雲が、形を変えながらぐんぐんとサンタフェの町へ近づいてくる。空気は雨のにおいがした。一羽のカラスが気流に乗って尾根の上を飛んでいった。それを見てロッコが吠えた。

シルヴィアは小さな水滴が肌にあたるのを感じた――雨が降りだしたのだ。彼女は病院の熱傷病棟にいるエリンのことを思った。エリンは一命をとりとめるだろう、とドクターたちは考えていた。もしその言葉どおりになれば、そのあとは私立病院に送られることになっていた。

ナサニエル・ハウザー判事の遺産で、エリンの一生分の費用はじゅうぶんにまかなえるはずだった。

判事がエリンに遺産を残したと聞いてもシルヴィアは驚かなかった。ハウザーもまた彼自身の悪魔とともに生きてきたのだ。そして結局、自分が守りつづけた秘密に殺された。

エリンに関しては……殺人事件の裁判を受ける法的能力があるかどうかを見極めるために、いずれ精神科医による精神鑑定を受けることになるだろう。裁判にかけられる可能性も否定はできないが、たぶんそうはならないはずだ。どちらにしてもシルヴィアは単なる証人として出廷することになる。専門家証人としてではなく。今回は、彼女は人殺しのドクターではない。

ロッコが激しく吠えて、尾をぴんと立てた。

ひどく興奮しているテリアを、マットはじっと見つめた。からからに乾燥した日が何ヵ月もつづいたあとで、雨が心地よかった。雨がすべての埃を洗い流して、新たなスタートを切らせてくれる。彼はナサニエル・ハウザーの屋敷で見つけた写真のことを考えていた。そして無意識のうちにうなずいた。大統領になるというガレット・エリントンの野望も、これでついえた。

シルヴィアの声がマットを物思いから引き戻した。「ガレット・エリントンなんか刑務所で朽ち果てればいいんだわ」

「きみは人の心が読めるのかい?」マットはシルヴィアの腕に手をかけた。「少なくともダン・チェイニーはひどい目にあうだろうな。ラスクルーセスでひらかれる議会の聴聞会で証言することになっているんだ。ダンはまさにハチの巣をつつく態だ。ひと騒ぎ起きる気がするよ」包帯を巻いたシルヴィアの手にマットは指でそっと触れた。火傷はあとが残るだろうということだった。

シルヴィアは深呼吸して雨のにおいを吸いこむと、マットの肩に頭を押しつけた。「マシュー、話があるんだけど。例の子供をつくるってことだけど……」

尾根の下の岩場をトカゲがさっと横切り、ロッコが興奮した様子で吠えた。テリアは宙を切ってトカゲに飛びかかった。トカゲはとっくに姿を消していた。

「……その前に結婚したほうがいいと思わない？」

マットはびっくりして彼女を見つめた。そしてようやくいった。「ああ、そう思うよ」

しばらく沈黙がつづいた。やがてシルヴィアが、ごつごつした岩場の先に見える木立と、少し前まで青々と繁っていた岩苔をゆびさした。彼女はいった。「あの木は父が手入れをしたの。あの岩苔も自分で運んだのよ。あそこに庭をつくりたいんだって父はいつもいってたわ」

マットは微笑んだ。「いい場所だな」

シルヴィアが軽警備棟監房棟Aの横の狭い運動場にはいったとき、ベンジー・ムニョス・イ・コンチャは世界に背を向けていた。ベンジーともうふたりの受刑者は脚立の上に立って、大波の泡立つ波頭にシルバーと黄色のペンキを塗りつけているところだった。波はブルーグリーンの静かな沖から生まれ、速度をあげながらぐんぐん大きくなって、ついには見る者に襲いかかる。

シルヴィアは運動場のまんなかで両足を広げて立った。リーヴァイスのジーンズにぱりっとしたコットンのブラウスというでたちで、ブラウスのボタンは襟元までとめてあった。壁画を眺めながら、彼女はひとり微笑んだ。

どんどんリアルになっていく白波をそのまましばらく見ていた。ベンジーは脇目もふらずにブラシを動かし、シルヴィアがいることに気づいてすらいない。

ほかの受刑者ふたりは、ときおりちらちらと彼女を見ていた。

ようやく、ベンジーが脚立の上にブラシをおいた。そしてうしろを見ないで、いった。「よう、ストレンジ先生」

シルヴィアはいった。「やっぱり超能力者なのね」

ベンジーは脚立から降りて地面に立つと、ゆっくりとふりかえった。目は黒いプラスチックのサングラスの奥に隠れて見えないが、その顔はにやついている。彼は片手に小さな鏡をもっていた。

シルヴィアは声をあげて笑ったが、すぐに笑みがひっこんだ。

ベンジーがちらりと視線を落とした。「手のぐあいはどうだい？」

「まだときどき痛むの」

ベンジーはゆっくりうなずいた。

「すわらない？」シルヴィアは壁際のベンチの方に歩いていった。ふたりの絵描きを除けば、狭い運動場にいるのは彼女とベンジーだけだ。並んでベンチに腰かけた。

「たばこは?」

ベンジーがうなずくと、シルヴィアはブラウスのポケットからキャメルのパックをとりだした。パックをふってたばこを一本出す。ベンジーはそれを受けとった。シルヴィアも一本とった。ふたりはベンジーのマッチで火をつけた。

熱い灰で指先が焼けそうになるまで、黙ってたばこを吸った。煙が重なって半透明の層になり、そよ風がそれを散らす。陽射しが心地よかった。

ベンジーがため息をつき、ペンキで汚れた指先で吸い差しをはさんで火を消した。

それを見て、シルヴィアはびっくりして眉をつりあげた。ぽかんとあいた口の端から、たばこがぶら下がっている。最後に一服したあとで、彼女はコンクリートで吸い差しをもみ消した。

「どうやってあのときあの山に居合わせたの?」

ベンジーは精神分析医の目をまっすぐに見つめた。「おれは一日じゅう作業に出ていた。一度も持ち場を離れてない。誰にでもきいてみてくれ」

シルヴィアが小首をかしげた。「みんなもそういうのよ。でもマットは、あなたが道を教えてくれたといってる」

「先生のボーイフレンドがなにを吸っているのか、たしかめたほうがいいんじゃないか」

「オールド・ラスヴェガス・ハイウェイからハウザー判事の家までの距離をマットは三度測ったの。あの時間にちょうどあの場に居合わせるなんてとても無理だ、と彼はいってる」

ベンジーの口元にかすかな笑みが浮かんだ。「そんなのやってみなくちゃわからないだろ?」

「それはそう。わたしにわからないのは、あなたがあの場所をどうして知ったのかということなの」

「何週間も前からの天気予報で、分水嶺で落雷による山火事が起こるかもしれないっていってたからね」

シルヴィアは立ちあがってうなずいた。鼻先までずり落ちていたサングラスを元の位置に押しあげる。情報に裏づけられた直感力——一応説明にはなっている。

シルヴィアはベンジーに向きなおると片手をさしだした。彼がその手をとり、ふたりはかたい握手を交わした。そのあとで、彼は仕事に戻った。

シルヴィアが運動場の扉の手前まできたとき、ベンジーの静かな声が聞こえた。

「ゆうべまた夢を見た……先生へのメッセージだった」シルヴィアの姿は、手のなかの鏡でまだはっきり見えた。濃い色の瞳を大きく見開いている。堂々として見えた。

彼女はいった。「メッセージって?」

「あなたの父親を探すべき時がきた」


家の側庭の松の木の下にすわって本を読んでいると、ロージーとレイのカマロが私道にはいってくるのが見えた。ロッコが激しく吠えながら、猛然と車に突進していった。

ロージーが車から降りて手をふった。レイも助手席側から降りたが、そのまま動こうとしなかった。顔に妙な表情を浮かべている。手になにかもっているようだ。

革のベルト。

違う、犬をつなぐ革ひもだ。

そして、ロッコは半狂乱となった——さかんに吠え、うなり、ちぎれんばかりに尻尾をふっている。

シルヴィアは本をおいて立ちあがると、二、三歩右に寄った。革ひもはカマロのうしろにまわってその先は見えない。レイは革ひもを引っぱり、にやっと笑った。

シルヴィアはすでにいいわけを考えていた。次になにがくるかはわかっている。手のひらを外に向けて両手をあげた。「絶対にだめ！」

革ひもがぴんと伸びて、またたるんだ。そしてついにカマロのうしろから一匹のシェパードが現われた。引き締まったからだをして、薄茶色の毛はもつれている。シェパードは頭を低く下げ、歯をむきだしていた。

この犬には見覚えがあった。刑務所の犬舎にいたニッキ。仕事に集中できない麻薬犬。ロージーがいった。「ニッキは監房内のマリファナのにおいを嗅ぎわけられなくて、麻薬犬をくびになったの」

「これ以上犬は必要ないわ」シルヴィアはいった。

「でもニッキには家が必要なのよ」

「その犬は頭がイカレてるわ」

「愛してくれる人が必要なだけよ。家族と呼べる人がね」

ニッキが背中の毛を逆立てて吠えはじめた。びっくりするくらい大きな声だ。ロッコが負けじとうなった。

シルヴィアは呻きながらも、抗う気持ちが薄れていくのを感じた。

彼女は二匹の犬に負けない大声を出した。「金庫番と話をしたわ。相談したいことがあるといって会ってもらったの」

ロージーは曖昧にうなずいた。

「もう心配ないわ。裁判に訴えるのもいいけど、たぶんもうその必要はないはずよ」金庫番との面会を思いだして、シルヴィアの目が細くなった。彼はばかでかいデスクの奥にすわっていた。背後の壁には州知事の写真。金庫番はぺらぺらとこういった。「きみのことを過小評価していたと認めざるをえないな、シルヴィア。マルコムもきっと勇気ある教え子のことを誇りに思っていることだろう」

シルヴィアはおどけてロージーの腕にパンチをくらわせた。「彼がわたしのことを〝勇気がある〟というなんていまでも信じられない。でも力を貸すと約束してくれたわ。刑務所長ご推薦のスーツを着た頭がからっぽの坊や《ペンデホ》は、じきにくびになるはずよ」

ロージーの顔に大きな笑みが広がった。「ありがとう、シルヴィア」

二匹の犬はいまでは、用心深くおたがいのにおいを嗅いでいた。

レイが肩をすくめ、革ひもを差しだした。「美しき友情のはじまりだな」

# 訳者あとがき

〈精神分析医シルヴィア・ストレンジ・シリーズ〉第二作『精神分析医シルヴィア　フクロウは死を運ぶ』（*Acquired Motives*）をお届けする。

ニューメキシコ州サンタフェでは異常気象による猛暑がつづき、大規模な山火事が頻発していた。そんななか、消火活動にあたっていた消防士が、山中で男性の焼死体を発見する。男の名はアンソニー・ランドル。シルヴィアが精神鑑定をおこなったレイプ犯だったが、警察の捜査ミスによって不起訴となり、前日に釈放されたばかりだった。ランドルは去勢され、しかも生きたまま火をつけられていた。

警察は当初、自警団による報復殺人と見ていたが、第二の殺人を予告するメッセージがシルヴィアの元に届けられるにいたって、事件は性犯罪者を狙った連続殺人の様相を呈しはじめる。しかも第二の犠牲者も、シルヴィアが鑑定をした性犯罪者だった。そして犯行の手口から容疑者として浮上したのは、二ヵ月前に死んだはずの男〝キラー〟だった。

模倣犯による犯行か、それともキラーは生きているのか。シルヴィアは真実を知るべく、犯人の心の闇を探ろうとするが……。

〈司法鑑定センター〉所属の精神分析医として、容疑者や被告人、または受刑者の精神鑑定をおこなうシルヴィア。犯罪者の邪悪な心にはいり込み、「他人のもっとも過激で凶暴な感情を受け入れる能力」に自信と誇りをもっていた彼女だったが、今回その自信がゆらぐような事件が起こる。さらに、恋人のマット・イングランド刑事との関係にもある問題が生じる。

仕事に悩み、過去に負った心の傷が原因で恋愛に臆病になっているシルヴィアに共感をおぼえる読者も多いのではないだろうか。シルヴィアといい、友人のロージー・サンチェスといい、作者サラ・ラヴェットの描く女性たちは決して完璧ではないが、泣いたり怒ったりしながらもとにかく前に進もうとする姿はとても魅力的だ。相手が支えを求めているときにはどこにいようとも駆けつける、そんなふたりの友情にはうらやましささえ感じてしまう。

舞台となるサンタフェの町そのものも、本書のもうひとつの魅力となっている。サンタフェはロッキー山脈の南の果て、サングリ・デ・クリスト（キリストの血）山脈の麓、標高二一〇〇メートル（富士山の七合目あたり）にあり、高地砂漠特有の抜けるような青空と町なかの建物に使われている日干しのアドービれんがの土色のコントラストが美しい町だ。文化的にはインディアン、スペイン、白人の文化が混合し、プエブロと呼ばれるインディアンの村も多数存在して、夏にはさまざまなダンスイベントや工芸品市が開かれる。ストーリーと合わせてサンタフェ独特の風景も楽しんでいただければと思う。

さて、シリーズ三作目の*A Desperate Silence*で、シルヴィアは、ある犯罪を目撃し恐怖のあまり口がきけなくなった少女を救うべく奮闘する。子供のためのノンフィクションも多く手がけるラヴェットであるから、子供の心理や言動を的確にとらえた作品になっている。邦訳も扶桑社より刊行予定なので、ドクター・ストレンジのさらなる活躍に期待していただきたい。

最後に、本書を翻訳する機会をあたえてくださった扶桑社書籍編集部の冨田健太郎さんと、的確なアドバイスをしてくださった本田真己さんに、心からお礼を申しあげたい。

二〇〇二年五月

◉訳者紹介　阿尾正子（あお　まさこ）
横浜市立大学国際関係学科卒業。翻訳家。プレスフィールド『バガー・ヴァンスの伝説』、ジョーンズ『アースクエイク・バード』（以上早川書房）他、訳書多数。

精神分析医シルヴィア　フクロウは死を運ぶ

発行日　2002年6月30日第1刷

著　者　サラ・ラヴェット
訳　者　阿尾　正子

発行者　中村　守
発行所　株式会社　扶桑社
東京都港区海岸1-15-1　〒105-8070
TEL.(03)5403-8859(販売)　TEL.(03)5403-8869(編集)
http://www.fusosha.co.jp/

印刷・製本　株式会社　廣済堂
万一、乱丁落丁の場合はお取り替えいたします。

Japanese edition ©2002 by Fusosha
ISBN4-594-03618-X C0197
Printed in Japan（検印省略）
定価はカバーに表示してあります。

## 扶桑社海外文庫

### わしの息子はろくでなし
ジャネット・イヴァノヴィッチ　細美遙子／訳　本体価格876円

あたしの今回の獲物は、なんとレンジャー！　彼はヤクザ者を殺して失踪したと言われているが……。爆弾娘ステファニーのシリーズ第六弾！〈解説・前島純子〉

### 刑事エイブ・リーバーマン　人間たちの絆
スチュアート・カミンスキー　棚橋志行／訳　本体価格781円

窃盗犯が、偶然見てしまった殺人現場。彼は、殺人犯ばかりか、老刑事リーバーマンからも追われるはめに……ますます評価の高まる警察小説シリーズ最新刊！

### アルとダラスの大冒険（上・下）
ジャッキー・コリンズ　井野上悦子／訳　本体価格各1048円

ロック界のスーパースターと美人コンテストの女王。LAからアマゾンの密林まで、二人が繰り広げる波瀾万丈の物語。謎をはらんだスリルあふれる娯楽大作！

### ケネディのウィット
ビル・アドラー／編　井坂　清／訳　本体価格705円

暗殺とスキャンダルばかりが取りあげられるケネディだが、若さと活力と卓抜なユーモアを備えた新しいリーダーだった。若き大統領の実像を伝えるスピーチ集！

＊この価格に消費税が入ります。